Franz Josef Degenhardt

Für ewig und drei Tage

Die Figuren in diesem Buch sind nicht identisch
mit lebenden oder toten Personen.

ISBN 3-351-02857-1

1. Auflage 1999
© Aufbau-Verlag GmbH, Berlin 1999
Einbandgestaltung Kathrin Steigerwald, Hamburg
Druck und Binden Clausen & Bosse, Leck
Printed in Germany

Inhalt

Ein schöner Morgen 9
Ein glückliches Haus 22
Linden und Tauben 35
Das Geheimnis des violetten Manipels 49
Andy und Annette 61
Der Durchreisende 76
Genealogisches 94
Vermutliches Ende einer Liebe 112
Spekulationen 132
Verwirrende Verwandtschaften 151
Gespräche über Geld und ähnliches in der Fußgänger-
    zone und zu Musik 169
Gespräche über Liebe und anderes in der Fußgänger-
    zone und zu Musik 187
Die Morddrohung 204
Verdächtigungen 220
Fünfundneunzig wird nicht jeder 239
Beatles und andere Überraschungen beim Abendmahl 262
... durch bis morgen früh 284
Mehrere Todesfälle 302
Ein weiterer Todesfall und gewaltige Herzschmerzen . . 318
Wieder ein schöner Morgen 339

5

Ein schöner Morgen

Tage, die die Welt erschütterten, würde man später wieder einmal jene Tage im August nennen, wie in diesem zu Ende gehenden Jahrhundert schon so manche, an die niemand mehr sich erinnert oder erinnert werden möchte. Ob sie die wirkliche Wende brachten, wie viele jetzt bereits meinen, weiß man erst dann, wenn alles gewesen sein wird. Allerdings beginnt ja die Zukunft mit jedem Augenblick neu.

Wie immer – in diese Zeit fiel auch der fünfundneunzigste Geburtstag von Karl-Walter zur Linden, sicher kein welterschütterndes Ereignis. Die Geburtstagsfeier sollte aber so leicht nicht vergessen werden. Abgesehen von dem einmaligen Ereignis als solchem und den mehr oder weniger üblichen Vorkommnissen anläßlich derartiger Feste, passierte nun wirklich einiges, was zumindest im kollektiven Gedächtnis einer Familie haften bleiben muß: Das – um nur damit anzufangen – nach dem »Praktischen Kriegskochbuch« von Luise Holle aus dem Jahre 1916 hergerichtete Menü – »deutsche Kotzkacke«, wie Nelly aus Brüssel, die Haushälterin, das nannte –; der mißlungene Selbstmord von Annette Vendrini-zur Linden, Lieblingstochter des Alten; das im Keller von einer Kinderschar entdeckte Ficki-Facki zwischen dem vierzehnjährigen David und seiner Großtante Gabriele; dann die plötzlich auftretenden Anzeichen von Kreuzigungs-Wundmalen an den Händen und Füßen von Cousinchen Bärbel, Novizin bei flandrischen Vinzentinerinnen, oder Erzbischof Heinrich-Johannes' im endlosen Schluckauf mündender Lachkrampf; die wundersame Heilung der seit Jahren am Krückstock humpelnden Tante Josephine oder Hans-Joachim zur Lindens Herzinfarkt im Laufställchen seines alten Kinderzimmers; Showmaster Eikes Schwanzparade auf der Empore und schließlich die nach dem Feuerwerk um Mitternacht aus-

Er und Benno Kröttmann hatten das alles gesehen durch zwei schmale ebenerdige Kellerfenster, vor denen die Sandsäcke vom Luftdruck weggefegt worden waren. Natürlich vergißt man so was niemals. Vor wenigen Jahren, an der gleichen Stelle, wo sie von zwei Luftschutzwarten in das fremde Haus gestoßen worden waren, will er es wieder gerochen haben: an der Currywurst-Bude, die da stand und noch steht. »Derselbe Geruch, ich sag's dir.«

Tatsächlich erschnuppert Hawa manches eher als andere, so wie in jener Bombennacht im Jahr vorm Ende des Krieges. Zu der Zeit entging nichts mehr den Flächenbombardements, und sie hockten im sogenannten Depot, dem Felsenkeller unter der Villa, der als Luftschutzraum benutzt wurde. Sogar der Alte hielt sich in jener Nacht dort auf, was selten vorkam. Er glaubte nämlich, das Haus würde nicht getroffen, man wisse schließlich, wer dort lebte, und Zielgenauigkeit wäre eine Stärke der Alliierten. Sie hörten zwar das Jaulen und Bersten, die Einschläge im Tal und am Berg – in jener Nacht wurden die gesamte Unterstadt und einige Häuser in der Oberstadt in Schutt und Asche gelegt –, doch hier oben explodierte nichts. Hawa roch es aber. »Feuer, Feuer«, schrie er, »Menschenfleisch! Pferdefleisch!« Tante Krüßchen imitierte diesen Panikschrei noch bis zu ihrem Tod vor drei Jahren. Brandbomben, Fehlwürfe nach Ansicht des Alten, hatten das Haus, die Ställe und das Nebengebäude getroffen. Das Feuer auf dem Dachboden der Villa konnte gelöscht werden. Aber Stallungen und der Fachwerkanbau standen in Flammen und drei Pferde, darunter Hans-Walters Liebling, der Wallach Theoderich, verbrannten.

An diesem frühen Augustmorgen nun war nichts Verbranntes in der Luft. Hawa verschränkte die Hände hinterm Kopf, atmete tief durch, machte drei, vier Kniebeugen, die Arme seitlich ausgestreckt, einige Rumpfdrehungen. Damit hatte sich seine Morgengymnastik, überhaupt seine gesamte Leibesertüchtigung. Mehr tat er nicht, bis auf das frühmorgendliche Schwimmen mit seinem Vater, wenn er an der Reihe war, aber selbst davor drückte er sich, sooft es ging. Daß er endlich mehr Sport treiben sollte, sagte man ihm ständig, seine Frau Marie-Anne jeden Tag: »Reite doch wieder, oder fahre wenigstens Rad.« Christa Meinhold, seine Freundin, empfahl ihm ein Fitneßstudio. Grotesk fand er das. »No sports«, diesen Churchill-Spruch, den er dann immer brachte, fand er allerdings selbst allmählich albern.

Früher hatte er Fußball gespielt – gut sogar; Benno Kröttmann in der Verteidigung, er auf dem linken Flügel, im selben Verein. Und er war geritten. Das war allerdings nun schon lange her, und ein guter Reiter ist er sowieso nie gewesen, obwohl er Pferde liebte.

Betastete er seinen Bauch, sah er seine nackte Brust im Spiegel – »mein Gott: Titten, richtige Titten«, durchfuhr es ihn einmal dabei –, wußte er: So ging das nicht weiter. Diät allein, wenn er sie überhaupt einhielt, genügte nicht. Vielleicht machte ihn diese Angst plötzlich so vorsichtig, die Angst vor dem hinterhältigen Schmerz in der Brust bis in den Kiefer hoch, der in letzter Zeit häufiger auftrat, ihm die Luft abklemmte, der ihm zweimal schon schwarz vor Augen hatte werden lassen, einmal sogar in Christas Bett, gerade als sie mitten dabei waren. Zusammenbruch nach durchzechter Nacht – damit hatte er sich und sie beruhigt. Er ahnte den wahren Grund, hatte aber noch mit niemandem darüber gesprochen, nicht einmal mit Marie-Anne, die ihn oft mahnte, sich endlich von Kardiologen in der Uni-Klinik untersuchen zu lassen. Vor dem Untersuchungsergebnis: Herzaderverstopfung, Infarkt, Bypass-Operation! hatte er fürchterlichen Schiß. »Dann geh ich drauf«, sagte er ihr.

Der Brabanter Gockel im Hühnerhof am Leutehaus krähte, der gewöhnliche deutsche katholische Misthahn, ein Bergischer Rotkamm, gleich hinterher, und die Sonne, eine goldgelbe Diskusscheibe an diesem Morgen, ging auf, das heißt: kam in drei, vier Rucken über die Horizontlinie, war voll da, als der dritte Hahn loslegte, dieser komische thailändische Zwerg-Brama. Elsterngeschnatter, Meisen-Zizida, ein paar Amsel-Schluchzer und Finkenpiepser – mehr Vogelgesang begleitet in dieser Gegend den Tagesanbruch im letzten Viertel des Sommers nicht. Dafür tönte ein Martinshorn überm fernen Brummen und Jaulen der Autobahn, dem

Wie Hawa ihr nachsah, der kompakten Rothaarigen im schwarzen Reitdreß, kam ihm wieder in den Sinn, was ihre Mutter, die sie nun wirklich mutterinnig liebt, von ihr sagt: »Eine Wölfin ohne Rudel.« Anne-Catherine sollte das Rudel, und damit meinte Hawa das Linden-Kombinat, also die Familie, einmal leiten. Tatsächlich kommt sie als einzige von allen dafür in Frage. Sie sollte ihn, Hawa, ablösen, und zwar möglichst bald. Nicht nur, daß plötzlich sein Herz stehenbleiben könnte. Er hätte das sogenannte Geschäftsleben satt, erzählte er, und plante, sich aufs Nur-Advokatische zurückzuziehen und da in Fällen tätig zu werden, die seine Teilnahme herausforderten oder ihn einfach nur amüsierten, wie dieser fabelhafte Lichtknips-Fall, in dem Anne-Catherine gerade engagiert war.

Viel weniger arbeiten. Das wäre auch ganz nach Marie-Annes Sinn, die ihn jetzt häufiger drängte abzuschalten. »Mehr Ruhe täte dir gut.« Er hatte mit seinem Vater über den Plan geredet, Anne-Catherine allmählich in die Leitung des gesamten Unternehmens einzuführen, sie ihr dann zu übergeben, selbstverständlich bei ständiger Assistenz durch ihn, Hawa. »Sie kann es, Papa, sie hat dieses Gefühl für den Zusammenhang. Du weißt!« Der Alte sperrte sich noch. »Grad jetzt doch nicht. In solcher Lage. Nach dem unerwarteten Ereignis, dieser sogenannten Wiedervereinigung. Zum Beispiel mit den Berliner Angelegenheiten; wo es in der bald wohl wieder Reichshauptstadt um Erweiterungen größten Ausmaßes geht. Und Dresden und Leipzig. Da ist viel zu tun. Also – du bleibst!«

Hawa mußte den Alten umstimmen. Es würde am Geburtstag klappen, da war er sicher, und er hatte dafür auch einiges vorbereitet.

Ein gutes Viertel des Hofes lag inzwischen im Morgensonnenlicht, in dem das Kopfsteinpflaster scharf und kantig nachgezeichnet wurde. Die Hähne gockelten, krähten gelegentlich noch gegeneinander, und der Sommerduft entfaltete sich. Hinter den Ställen stieg ein Taubenschwarm hoch, kreiste einmal über dem Wald, und gerade in dem Augenblick der Kehre zum Abflug, zu der die gewiß dreißig Vögel zugleich ansetzten, flimmerte ihr Gefieder wie Silberflitter. Der Trupp kam zurück und ging nieder, drehte einmal, zweimal, stieß erneut und in beinahe geschlossener Formation hoch, flog retour zum Wald, wo er seine Kreise zog. Das morgendliche Konditionstraining der Brieftauben, von Benno Kröttmann am Schlag des Taubenhauses beobachtet und dirigiert, hatte begonnen. Hawa zog ein Zigarettenpäckchen aus der Tasche des Hausmantels, zögerte, fummelte in der anderen Tasche nach dem Feuerzeug, zögerte, nahm dann doch eine Zigarette heraus, zündete sie an, inhalierte. Von der Stadt herauf – es mußte das Eisenwerk sein – hörte man einen kurzen Sirenenton. Das Stalltor wurde von Jan Makewka zur Seite geschoben, und als Anne-Catherine auf der Stute Princess herauskam, sofort im Hof lostrabte und ihrem Vater noch einmal zuwinkte, zog Karl-Walter zur Linden, der Alte, die Gardine seines Schlafzimmers im zweiten Stock des lübischen Flügels ein Stück zur Seite. Hawa, ganz der Sonne zugewandt und mit dem Rücken an die Balustrade gelehnt, bemerkte es, meinte, den Greisenkopf seines Vaters mit der vorspringenden Nase – »Römerkopf« hieß es in der Familie – zu erkennen, und nickte grüßend hinüber.

Der Alte war bereits im Pool des Souterrains des lübischen Flügels eine halbe Stunde geschwommen – mit Andreas, seinem Enkel, der in dieser Woche dran war –, und die Taxe, die Roggenkamp brachte, hätte längst da sein müssen. Zweimal wöchentlich las dieser seit ewig pensionierte Pfarrer der Gemeinde St. Marien die Missa matutina et privata meist nur für sich, Karl-Walter zur Linden und dessen Haushälterin Kläre Weidemann in der Hauskapelle im nördlichen Eckturm. Roggenkamp, zehn Jahre jünger als der ihm stets ministrierende Karl-Walter zur Linden und wie dieser selbstverständlich Anhänger der lateinischen Liturgie, war immer pünktlich, schon deshalb, weil die von zur Linden beauftragte und bezahlte Taxe exakt Viertel nach sechs vor dem Haus, in dem Roggenkamp zwei Zimmer bewohnte, hielt und knapp hupte.

Fünfundneunzig Jahre! Hätte je einer gedacht, Karl-Walter zur Linden würde so alt werden, wo er doch zeit seines Lebens vor sich hin kränkelte? Gewiß – sein Vater hatte es auf

Weidemann, die den Alten verpflegte. Sie wäre allerdings auch mit einem Geburtstagsessen des zu erwartenden Ausmaßes überfordert gewesen. Tante Änne aus Kamen, Tertiarin des vom heiligen Norbert gegründeten Prämonstratenserordens und Anhängerin frugaler Gerichte aus Deutschlands Notzeiten, war deswegen beauftragt worden, das Geburtstagsessen zu kochen, worauf Kläre Weidemann: »Dat soll mi äs verlangen« geknurrt und Nelly ihre Koffer gepackt und »je retourne chez ma famille« geschrien hatte. Das tat Nelly in Streitfällen öfter, kam jedoch regelmäßig in derselben Woche zurück. Diesmal schien ihre rechtzeitige Rückkehr aber nicht sicher.

Das Taxi mit Roggenkamp als Fahrgast fuhr in dem Augenblick auf den Hof, als Anne-Catherine, wie Hawa sah, im leichten Galopp hinter den Buchen hervorkommend, über die Lichtung zu den Tannen ritt. Hawa, der noch an der Balustrade der Veranda über dem Portikus lehnte, vor dem der Daimler direkt hielt, konnte nicht sehen, wie Roggenkamp mit einer für einen Fünfundachtzigjährigen erstaunlichen Gelenkigkeit aus dem Wagen kletterte und die Treppen hinaufeilte. Roggenkamp gehörte sozusagen zur Familie. »Der gute alte Pastor« wurde er genannt, und man hätte es ungern gesehen, wenn er alltags anders gekleidet gegangen wäre als in diesem unmodernen römischen Kleriker-Zivil: mit Kollar, »pechschwatt und dä Kragen met Schlabberlatz verkehrt herüm«, wie es hier schon mal von den Nichtkatholiken heißt, und sonntags in Soutane und mit Birett. Was verdächtig Jugendliches habe der Greis an sich, meinte Liliane, die jüngste Tochter von Hawa und Marie-Anne. Tatsächlich ist der ehemalige Pfarrer von St. Marien rank und schlank geblieben – ja, dürr. Überm faltigen Hals sitzt ein Jünglingsgesicht, eingetrocknet zwar, aber mit jenem naiven hoffnungsoffenen Ausdruck von jemandem, der partout nicht an ein Ende glauben will. Unter Geistlichen fände man es heute am allerwenigsten, solches Gesicht. Man müsse sich nur mal so Leute wie den Pastor Eppelmann angucken, sagte Liliane. Bei Frauen übrigens, und das sei keine Frage der Kosmetik, sähe man es neuerdings öfter als bei Männern. Man müsse natürlich richtig hinschauen. Naja, Liliane!

»Entschuldige, lieber Karl-Walter, eine Baustelle zwang zum umständlichen, leider völlig verstopften Umweg«, so oder ähnlich würde Roggenkamp dem Alten die Verspätung erklären. Dabei würde er dieses nach Liliane »verklärte Lächeln aller Bestußten« lächeln, das immer seltener von seinem Schmalen-Lippen-Mund verschwand seit dieser ominösen Geschichte, die durch die Medien als »Geheimnis des violetten Manipels des Pfarrer Roggenkamp« geisterte.

Sich reckend, streckend, den Hausmantel öffnend und schließend, den nicht mehr kühlen, aber noch nicht wirklich warmen Morgenwind einfangend, verließ Hawa, als das Taxi vom Hof fuhr, die Terrasse.

Ein glückliches Haus

Eine fünfstufige Treppe führt von der Terrassentür zur Empore im Haus, unpraktisch, unnütz wie so manches in der Lindenburg, das trotzdem nicht verändert wird. Dabei könnte man sich einiges durch nur kleine Verbesserungen einfach bequemer machen. So bräuchte man zum Beispiel bloß in einem der an die Terrasse grenzenden Zimmer die Mauer zu durchbrechen, und die wurmstichige, knarrende Eichentreppe könnte verschwinden. Doch daran denkt schon deshalb niemand, weil der Huck darunter seit eh und je Kindern als Zufluchtsstätte vor Erwachsenen dient – so auch an diesem Morgen.

Daß früh am Tag da überhaupt jemand hockt, ist an und für sich nichts Besonderes. Als Kind hatte auch Hawa und sogar nächtelang in diesem nach einer Seite offenen Verschlag gekauert. Er hätte vermutlich die Enkelin dennoch nicht bemerkt, wäre er nicht auf der untersten Stufe ausgerutscht und hätte er sich nicht aus Angst, es könne das plötzlich holpernde Herz aufhören zu schlagen oder noch verrückter pochen, zu Boden gleiten lassen. So lag er da, erst auf dem Rücken, dann auf der Seite, vorsichtig Atem holend, spürte keinen Schmerz im Arm, einen geringen, kaum klemmenden hinterm Brustbein, und erblickte sie, als er nach den Schreckmomenten die Augen wieder gebrauchte. Die Leuchten auf der Empore brannten, und hinter den Oberlichtfenstern strahlte die Sonne – genügend Helle, um zu sehen, daß die Kleine, in einem Nest aus Decken hockend, eine Katze im Arm hielt, ihren Kater Adam.

»Lenchen«, sagte Hawa.

Helena hatten sie sie getauft, ziemlich affig, für seinen Geschmack. Von Anfang an hatte er sie Lenchen genannt, zum Ärger der Eltern, vor allem des Vaters. »Was machst du da?« –

diese Frage, immer von Erwachsenen gestellt, wenn sie ein Kind im Huck unter der Eichentreppe entdecken. Lenchen antwortete nicht, sah ihn nicht mal an, drückte Adam fester an sich. Auch das gehörte dazu.

Hawa, immer noch auf der Seite liegend, winkelte einen Arm an, stützte den Kopf auf die Hand. Ob sie's ihm nicht sagen möchte.

Lenchen schüttelte den Kopf. Nach einer Weile, Hawa tat so, als wollte er aufstehen, sagte sie: »Mein Vater ist ein Arschloch.« Hawa wollte nicken. Du hast recht, hätte er am liebsten gesagt, schwieg aber, und als Lenchen begann, Adam irgendwie krampfhaft zu streicheln, erschrak er, sah sich wieder im selben Huck auf dem Hammelfell kauern, dessen ranziger Schafsgeruch sich mit dem vom alten Holz und Bohnerwachs vermischte und jenes Schutz- und Trutzgefühl seiner Kindheit erzeugte. Fünf Jahre alt war er grad geworden, und er lag da mit seinem Hund, dem Münsterländer Rollo, im Arm, und vor ihm stand der Vater, von dem er anfangs nur die Beine sah. Rollo, dreizehn Jahre alt, war blind, hörte kaum noch, fraß nichts mehr und hatte begonnen zu hinken. Sie wollten ihn erschießen. Die Idee kam von seiner Mutter; sein Vater mußte sie ihm beibringen, das wußte Hawa sofort. Seine Mutter wollte ihn treffen, sein Vater einen Erziehungsakt vornehmen. Auch das wußte er, oder besser: es schwante ihm, denn über Worte für so was verfügte er damals natürlich noch nicht. Wer schon! Er kannte aber das Zusammenspiel seiner Eltern, wenn es um ihn ging. Sein Vater hatte sich dann gebückt, lange auf ihn eingeredet, Hawa hatte Rollo immer fester, richtig krampfhaft, an sich gedrückt, geschrien, als sie ihn aus dem Huck herauszogen, sich weiter an den Hund geklammert, den sie aus seinen Armen lösten. Hermännken hätte ihm beinahe den Arm dabei ausgekugelt und wurde von seinem Vater dafür nachher durch Schnapsentzug bestraft. Den Triumph auf dem Gesicht seiner Mutter hat er nie vergessen. Sie hatte nach dem Flintenknall zur Laute gegriffen und eines dieser Hermann-Löns-Lieder gesungen: »Die Schneegans zieht, der Sommer flieht, das Lieben ist vorbei, vorbei …«, erzählte ihm später Onkel Gregor, der Rollstuhlkrüppel, der damals in ihrem

Zimmer dabeigewesen sein will, als Rollo am Waldrand vom Stallknecht Hermännken erschossen wurde.

Hawas Verhältnis zu seiner Mutter, die vor zehn Jahren – nun sagen wir – »verunglückte«, ist sowieso eine Sache für sich. Er haßte sie und liebte sie, manchmal beides zugleich, und zwar abgrundtief, wenn das Wort einen Sinn haben sollte.

Hawa rutschte näher an Lenchen heran, streckte die Hand aus, streichelte den Kater, der es sich gefallen ließ. Ob man was mit Adam vorhabe, fragte Hawa. »Sag's mir.« Lenchen schüttelte den Kopf. Hawa war erleichtert. Weiter fragte man in solchen Fällen nicht. Er wollte aufstehen, da sagte Lenchen: »Ich hau ab. Für immer.« Hawa sah sie lange an: das Gesicht ihrer Mutter, voll und dunkel mit diesen brombeerenen Glupschaugen. »Treudoof, aber römisch-hinterhältig«, wie sie der Alte mal bezeichnet hatte.

Das habe er als Kind häufig genug erwogen und ein paarmal sogar getan, sagte er, aber sie solle dran denken, in ein paar Tagen steige das große Fest zu Urgroßvaters Geburtstag; da kämen viele Leute, alle Kinder, die es so in der Familie gäbe, Ännchen und Lasse zum Beispiel vom Jochum-Hof, die sie beide doch so gern hätte; und die nähmen sie vielleicht hinterher auf den Hof mit. »Wäre das nichts?!«

»Kommt Onkel Martin?« fragte Lenchen und betonte Martin französisch wie Marie-Anne, ihre Großmutter. »Ja«, sagte Hawa, Onkel Martin habe aus Amerika angerufen, gestern. Morgen komme er schon mit dem Flieger an. Dann bleibe sie, sagte Lenchen, und Hawa sagte: »Da freut sich Onkel Martin bestimmt.«

Martin, Hawas und Marie-Annes zweiter Sohn, wird nicht nur von Lenchen geliebt. Die meisten Kinder in der Familie verehren ihn, erzählen sich seine verrückten und grausigen, komischen und traurigen Geschichten, die er besser bringt als jedes Stückchen im Fernsehen für die Kleinen, wenn er denn mal im Lande ist. »Aus der Fremde«, wie er sagt, hat er immer was für sie dabei: sprechende Blech- und Plastikmonster aus China, Specksteinfigürchen und Eisbärfell-Anoraks aus Eskimoland, Silbertaler, auf denen Pipi Langstrumpf zap-

24

pelt – merkwürdigerweise in Madagaskar hergestellt –, und natürlich diese Holzpuppen aus Jekatarinenburg, wie es wieder heißt, echt texanische Cowboy-boots für Kids und kürzlich, der größte Hit, eine Kiste voller Schrumpfköpfe garantiert im Kampf getöteter Neuguinea-Krieger. Beneidenswert: Er durchquert den Gran Chaco allein und zu Fuß mit einer Tuareg-Karawane die südliche Sahara, im Hundeschlitten die zugefrorene Hudsonbai, im Segelflugzeug als Lover einer Star-Moderatorin den australischen Kontinent, reitet von Bagdad nach Stambul, schippert durchs gelbe Meer ... Manches ist sicher geflunkert, aber tatsächlich ist er einer, der ständig unterwegs ist; kein gewöhnlicher Tourist, ein Globetrotter, ein Fahrtenbruder oder, wie der Alte sagt, »der ewige deutsche Wanderer«. Martin selbst bezeichnet sich als Reiseschriftsteller. Veröffentlicht hat er aber bis heute nichts. Als Liebling der Götter, mit glücklichem Leichtsinn ausgezeichnet, ständig unterwegs zu den letzten paradiesischen Inseln unserer Erde, falls es die überhaupt noch gibt, so geht er überall durch. Von wegen! In Wahrheit balanciert er – so seine eigenen Worte – »am Rande des Verderbens«. Hawa weiß es, Benno Kröttmann sowieso, und Marie-Anne ahnt es zumindest.

Hawa rappelte sich hoch, sagte: »Tschüß, Lenchen«, schaute beim Gang über die Empore – eine Umlaufgalerie über der Halle – hinunter, sah seine Frau im Gespräch mit Irene, der galizischen Haushilfe, rief: »Guten Morgen«, winkte ihnen zu und verschwand im Bad. Es liegt zwischen seinen und Marie-Annes Räumen und wird meistens von beiden benutzt. Auch diesmal fand er ihren Schwamm in der Dusche und das nasse Badetuch überm Trockenständer. Beim Rasieren fielen ihm seine anderen Fluchten ins Huck wieder ein. Zuletzt hatte er als Sechzehnjähriger dort eine Nacht lang gelegen, kaputt an Leib und Seele nach einer seinetwegen verlorenen Fußballschlacht und der Aufkündigung der Liebe seiner »Ische«, Edith Maruschke. Mit einem amerikanischen Besatzer, Sergeant Joe Silbermann, war sie nach New York gezogen, später in New Orleans aufgetaucht. Arti Höfelmann will sie da getroffen haben, in den Sechzigern noch; Sängerin in einer Bar sei sie gewesen. Aber was man so alles erzählte! Von Edith Maruschke träumend, ihrem Farnkraut-Geruch, ihren wilden, geilen Ritten, bekam er einen Steifen, beobachtete im Spiegel, wie er wuchs und wieder erschlaffte. Der Spiegel füllte die gesamte Fläche über den beiden Waschbecken aus, und als Hawa, nachdem er seine beiden Zahnprothesen aus Ober- und Unterkiefer in die Reinigungsschale gelegt hatte, mit der Mundusche das Zahnfleisch massierte, sah er wieder mal nur seine Augen. Die Tränensäcke darunter! Gemeine Augen habe er, hatte ihm seine Mutter einmal nach einem entsetzlichen Krach gesagt, »an den Kopf geworfen«, formulierte er es für sich, um dann laut darüber und in den Spiegel hinein zu lachen. Er zog die Augenbrauen mit einem schwarzgrauen Stift nach, überpuderte die vielen geplatzten Äderchen auf Wangen, Nase, Stirn, sprühte sein Eau de Cologne hinter beide Ohren. Seit dem Ausruf der vierjährigen Anne-Catherine »Papa riecht nach Heu« hatte er die Marke seines Duftwassers nie mehr gewechselt. Bei Christa Meinhold hatte eins gestanden, »überaus männlich, versuch's einmal. Extra für dich«. Er tat's natürlich nicht, vermutete, ein anderer Lover habe es bei ihr vergessen.

In seinem Schlaf- und Ruheraum, in dem der Nagel, der Kirchner, die beiden Dix, der Maserel-Zyklus hängen und die Schrottplastik »Altes Ölfaß mit Taube« von Benno Kröttmann steht, zog er sich an, verließ das »Refugium« – so nennt er seine Bude –, schritt, das Morgenlied noch einmal auf den Lippen, diesmal pfeifend, die Treppe hinunter.

Ob er das gewesen sei, der so schön gesungen habe und so früh schon, oder der Großvater, fragte Liliane, die neben ihrer Mutter und ihrer Tante Annette, Hawas Schwester, am Frühstückstisch saß. »Dein Großvater singt nicht mehr«, sagte Hawa, »er hat ganz falsch gesungen, als er noch sang. Er war ein sogenannter Brummer, anders als deine Großmutter. Sie hatte einen Sopran, den die Gemeinde St. Marien ›strahlend‹ nannte.«

»O je«, sagte Liliane, »nicht diese Gesangsgeschichte jetzt.«

26

Seit einiger Zeit, auch das eine Alterserscheinung, erzählte Hawa immer öfter dieselben Geschichten. Dabei gehörte diese »Gesangsgeschichte« in den Familien-Sagen-Schatz. Sie drehte sich um den allsonntäglichen Singewettstreit beim Hochamt zwischen Elisabeth zur Linden, geborene Jochum, und Maria Kronenberg, beide zu ihren Lebzeiten Sopranistinnen im Kirchenchor. Die Pointe besteht in dem anläßlich eines solchen Wettsingens – beim Agnus Dei, wie es heißt, eine Stunde übrigens vor der verheerenden zweiten Bombardierung der Stadt – zu Boden gerutschten Schlüpfer der Maria Kronenberg und Elisabeth zur Lindens Bemerkung dazu. Sie wird seitdem en famille verwendet, wenn jemand zu lange, zu laut oder zu aufdringlich quatscht. Und Hawa machte diese Bemerkung auch gleich, und der Chor der Frauen fiel, die Worte dehnend und leiernd und stöhnend, ein: »Maria, Sie werden noch mehr verlieren, wenn Sie weiter so quetschen.«

Hawa schenkte sich Kaffee ein, strich ein bißchen Diät-Marmelade auf eine Scheibe dieses ganz dünnen, brüchigen Knäckebrots, sah neidisch Liliane zu, die einen Teller voll Eier und Speck vor sich hatte und eine dicke Scheibe Weißbrot in der Hand. Die Frauen hatten ihr nach Hawas Eintritt fallengelassenes Thema wieder aufgenommen: Anne-Catherines Scheidung, wie sie es nannten. Über die Partnerin, die sie verlassen hatte, gingen die Meinungen auseinander; eine Garçonne, ein Typ also, der eigentlich von Anne-Catherine nicht geschätzt werde, so Marie-Anne, der Liliane widersprach. Alle lesbischen Frauen stünden auf diesen Typ, ausnahmslos. Nein, diese Zicke namens Uli sei einfach und eindeutig niederträchtig, dumm. Sonst nichts. Und im Bett eine Null.

Woher sie das wissen wolle, fragte Annette. So was sähe sie sofort, antwortete Liliane, wenn sie es nicht erfahren haben würde. Aus zuverlässigster Quelle. Lesben und Schwule nämlich seien, was diese Dinge angehe, nicht verdruckst wie die Heteros und wir Katholiken sowieso.

Für Hawa, der das Wort »schwul« und »Lesbe« immer noch als diffamierend empfand und nicht begriff, weshalb die

Homosexuellen geradezu stolz diese Ausdrücke benutzten, waren solche Gespräche nach wie vor genant. »Mich interessiert dieser Schwulenquatsch eigentlich einen Dreck«, hätte er am liebsten jedesmal losgelegt, wenn die Rede darauf kam. »Weil er selber 'ne schwule Ader hat, wie seine Lagerfeuer-Jugendfreunde alle«, so Liliane. Die Frauen schienen darüber aber geradezu begeistert zu plaudern, auch Marie-Anne. Ihren Sätzen lauschte er, am Knäckebrot knabbernd, nach. Der franko-belgische Tonfall wurde um so stärker, je engagierter sie über eine Sache redete. Er liebte diesen Klang, in dem hintergründig etwas Flandrisches mitschwang. Marie-Anne wies das allerdings zurück. Wie die meisten frankophonen Bruxellois verachtete sie alles Flämische. Hawa hatte sich gerade in diesen speziellen, spröden Singsang-Sound verliebt, als er sie zum ersten Mal sprechen hörte – vor fünfunddreißig Jahren. Er mochte die flämischen Schriftsteller, Felix Timmermans oder Ernest Claes, dessen »De Witte« vor allem, das Kultbuch seiner Jugend, die flämische Malerei sowieso; und ihre ersten Gespräche hatten sich gerade darum gedreht. Flämische Kunst und Kultur seien doch das einzige, darin hatte seine Suada fürs Flandrische gegipfelt, worauf dieses merkwürdige Gebilde Belgien sich überhaupt etwas einbilden könne. Diejenigen, die noch größere Imbéciles seien als die bauerndumpfen, strohköpfigen Flamands, hatte sie darauf gesagt, seien die Deutschen, ewige, ja, geborene Nazis, beide Volksstämme. »Sie Boche. Oder, auf flämisch: Sie Mof.«

»Der Beginn einer großen Liebe«, so ironisch er das schon mal anmerkte, so recht wird man ihm geben müssen. Bis heute sind die beiden zusammengeblieben, bei all seinen Affären – »der Hurenbock«, wie Gerda Kröttmann ihn gern nennt.

Hawa schenkte sich keinen Kaffee nach, schüttelte den Kopf, als Marie-Anne ihn bedienen wollte. Seit längerem bekam ihm die zweite Tasse nicht. Er fühlte danach irgend etwas in Richtung seines Herzens. Während er eine zweite Scheibe Knäckebrot mit Quark bestrich, hörte er den Frauen zu. Seine Schwester wirkte weniger abwesend als sonst, beteiligte sich, fand er, beinahe schon wieder interessiert. Seit ihrer Rückkehr saß sie gewöhnlich wortkarg herum, meist ab Mittag und bis weit nach Mitternacht vor dem Fernseher, trank dabei in Einliter-Kartons verpackten billigsten Rotwein. Hawas nun wirklich besten Burgunder, den Corton, lehnte sie ab, blieb bei ihrem »Vin de Papp«, wie die Leute den Roten von Aldi nennen. Längere Gespräche führte sie nur mit Andy oder mit dem Alten, ihrem Vater, dessen Liebling sie war. Worüber mit dem letzteren, das hätten alle zu gerne gewußt.

Hawas Schwester, Annette Vendrini-zur Linden, hat von 1979 bis 1990 in Ost-Berlin gelebt. Ein paar Tage nach »Selbstaufgabe der DDR«, so sie, kam sie zurück und wohnt seitdem hier im Haus oder auf dem Jochum-Hof im Münsterland, dem Familiengut mütterlicherseits, das von Engelbert Jochum, einem Doktor der Agrarökonomie, verwaltet wird und jetzt zum Linden-Kombinat gehört. Sie besitzt dort eine der Leutekaten, die sie im ursprünglichen Stil restaurieren und mit modernem Komfort ausstatten ließ. Hier im Haus bewohnt sie zwei Zimmer am Westturm. Annette Vendrini-zur Linden hat sich den Erstnamen während ihrer Verbindung mit dem Sarden Gianfranco Vendrini zugelegt, einem, der sich unverschämterweise »Anarchist« nannte, in Wahrheit ein kriminelles Arschloch sondergleichen. Sie ähnelt unglaublich der Droste-Hülshoff, wie man sie aus den Gemälden Johann Spricks von 1836, nicht von dem ihr Gesicht idealisierenden heutigen Zwanzig-Mark-Schein kennt. Merkwürdig, denn ihre Mutter, Elisabeth zur Linden, geborene Jochum, eine Verehrerin, um nicht zu sagen ein Fan der Dichterin, hatte die Tochter nach ihr benannt: die gleiche hohe, runde Stirn, die lange, gerade Nase, dieser bittere Zug um den Mund, die nach Levin Schüking »ganz außergewöhnlich scharf blickenden, hellblauen Augen, deren Pupillen durch die feinen Lider schimmerten, wenn sie sie schloß«. Es fehlte nur noch, daß sie ihr rotes, weiß durchsetztes Haar drostegleich frisierte: Korkenzieherlocken und Mittelscheitel. Aber sie trägt es offen oder in einem Nackenknoten gebunden wie an diesem Morgen, an dem sie erstmalig seit

längerem wieder von sich aus ein Thema anschnitt, und zwar
– wie sollte es anders sein bei ihr – das politische Tagesthema:
die Umbettung der beiden Hohenzollern-Könige nach Potsdam beziehungsweise Sanssouci. »Ein neuerliches vom Bit-
burg-Händchenhalter gesetztes Signal dafür, aus welcher
Richtung der Zug kommt und wohin er brausen wird, nämlich aus dem herrschsüchtigen Preußen übers Zweite und
Dritte ins Vierte Reich.« Und das alles bei schafsdämlicher
Zustimmung des sogenannten Volkes, des Deutschpacks, das
wieder mal nicht kapiere, wohin die Reise führe …

Daß Marie-Anne dem kopfnickend und einmal sogar Beifall klatschend zustimmte, war nichts Neues. Sie war eine
Roland, eine Familie, von der beim Brüsseler Aufstand gegen
die deutschen Besatzer drei Mitglieder, zwei Onkel und ein
Bruder, umgekommen waren, und sie hatte nie ihren
Soupçon gegenüber Deutschland verloren, immer wieder
Anzeichen für einen Rückfall der Bundesrepublik in alte, von
ihr als typisch deutsch bezeichnete Muster herausgefunden
und diese schadenfroh begrüßt.

Annette zerdrückte eine Knäckebrotscheibe. »Euch werden im übrigen noch die Augen auf- und übergehen. Euch
steht einiges bevor, von dem ihr meint, das sei längst vergessen und böse Geschichte«, einer ihrer Flammenzeichen-
Sätze. Dieses »Euch« und »Ihr«, das könne sie allmählich vergessen, hatte Hawa ihr kurz nach ihrer Rückkehr einmal
zurückgegeben, »Nettchen, das ist nun *ein* Land, ob's dir
paßt oder nicht. Wir sind jetzt alle ›Wir‹.« Fuchsteufelswild
hatte sie reagiert. Verbitten müsse sie sich diese Vereinnah-
mung. Sie gehöre nicht zu diesen »Wir«, diesen »Uns«. Sie
gehöre zu den anderen, die versucht hätten, ein diesem *euren*
Land völlig entgegengesetztes aufzubauen, einen in träume-
rischer Zuversicht sogenannten Arbeiter- und Bauernstaat,
friedlich, ohne Ausbeutung, dem Internationalismus aller
Unterdrückten verpflichtet. Das sei mißlungen, auch – und
sie betone ausdrücklich *auch* – infolge eigener Fehler. Aber
sie, die Unterlegenen – die vorläufig Unterlegenen, betone
sie ausdrücklich –, nunmehr zu der Absahnerclique, diesen
Zustimmern eines Großdeutschlands wie gehabt zu zählen,

das sei der Gipfel an Unverschämtheit, und sie lasse sich das von ihrem Bruder am allerwenigsten gefallen … und so weiter. In solchen Augenblicken wurde Annette Vendrini-zur Linden wieder die alte. Immer lauter hatte sie gesprochen, schärfer, »leninistischer«, nach Liliane, die dabeigewesen ist und am Ende Zustimmung zeigte, wenn sie nicht gar fasziniert war.

Erstaunlich. Liliane hatte ihre Tante in den letzten Jahren einigermaßen verachtet. Von zwei Besuchen bei ihr in Ostberlin war sie jedesmal entsetzter zurückgekehrt. »Die fühlt sich da wahrhaftig wohl. Unter dieser Tyrannei von Spießern, dieser Parodie auf so etwas wie Sozialismus. Was wir allein für unsere Muttis tun, sagt sie, nimm die Betreuung der Kinder in einem Hort. Für unsere Muttis! Stell dir das mal vor. Annette Vendrini-zur Linden, die Rotbrigadistin gewesen sein will!« Das Verhältnis zwischen den beiden hatte sich neuerdings tatsächlich gewandelt. Sie waren seit Wochen eine Art Koalition eingegangen gegen »diese archaische Endmoräne«, wie sie die Familie nannten. Und auch jetzt wieder beim Frühstück stimmte Liliane dem Vortrag der Tante: Preußen / Militarismus / Friedrich II. / Bismarck / Hitler / Großdeutschland – diese Linie – heftigst zu, fragte ihren Vater: »Und du, Paterfamilias? Was sagt denn ein Souverän deiner Sorte dazu? Wenn ich mich recht erinnere, werden in diesem Haus die Preußen doch beinahe so gehaßt wie die Evangelischen und die Nazis.«

Hawa hatte an diesem Morgen nicht die geringste Lust, darauf einzugehen. Bemerken wollte er bloß: »Ich habe ganz andere Sorgen, private, also die wichtigsten überhaupt«, brauchte es aber nicht mehr, weil Andreas hereinkam und ihn erregt anfuhr, warum er nicht Bescheid gegeben habe, daß Helena hier ins Haus gelaufen sei und sich im Huck versteckt habe, überall hätten sie sie gesucht. »Und du hast es gewußt, verdammt noch mal …«

Hawa fühlte Hitze vom Magen hochsteigen, in den Hals, in den Kopf, und sein Herz holperte. Andy verstand es einfach so und aus dem Stand heraus, ihn auf Zweihundertzehn, seinen gefährlichsten systolischen Wert, zu bringen. Schon als kleines Kind war ihm das gelungen. Hawa krampfte die Hand ums Messer.

Andreas, »Andy«, Hawas und Marie-Annes erster Sohn, hatte in seinem Leben von klein auf tatsächlich eine Menge angestellt, worüber man sich schon erregen konnte: Beine, Arme, Hände, paarmal fast den Hals gebrochen; vom Dach gefallen; den Kuhstall angesteckt und auch sonst noch hier und da ein Feuerchen gelegt, von kaputten Scheiben und anderen Dingen im Haus nicht zu reden; geklaut in Kaufhäusern; eingebrochen und alles schon bis zur ersten heiligen Kommunion. Später ging's weiter: Das Abitur natürlich nicht bestanden; zwei oder drei Autos zu Schrott, eine Frau zum Krüppel gefahren; Alkohol und schlimmeres Zeug geschluckt. Das alles hatte eine Menge Geld gekostet. Aber Hawa liebte ihn, obwohl irgend etwas sofort in ihm explodierte, wenn sie nur ein bißchen schräg aufeinanderstießen. Wie oft hatte Hawa ihn angebrüllt, ihn sogar ein- oder zweimal richtig verhauen, um ihn anschließend in die Arme zu schließen. Zuschüsse hatte er ihm gesperrt, um ihm dann wieder alles in den Hals zu stecken. Erst seitdem Andreas verheiratet war, Kinder hatte, den Bungalow bezog, die Bauabteilung der Grundstücksverwaltung leitete – gar nicht mal schlecht –, ging's einigermaßen, ist er ruhiger geworden.

Ob er eigentlich wisse, wie oft er, Andreas, als Andylein und auch später noch im Huck gelegen habe, fragte Hawa leise, mit Mühe beherrscht, dann lauter: »Wo denn sonst, verdammt noch mal, versteckt sich hier im Haus ein Kind, wenn es einige nicht ertragen kann, zum Beispiel dich!«

»Setz dich erst mal, Andy«, sagte Marie-Anne, »wenigstens eine Tasse Kaffee!« Andreas küßte seine Mutter auf den Mund, lange und innig. Unangebracht, provokativ fand Hawa das, und er fragte sich, ob dem Verhältnis der beiden nicht überhaupt schon immer etwas Anrüchiges angehaftet habe. Am liebsten hätte er ihm eine geklebt, dachte dann aber im selben Augenblick: Daß ich so auf meine Mutter herauskomme. Entsetzlich.

Andreas, größer als die anderen, meist kleinwüchsigen Zur-Linden-Männer, braunlockig bis in den Nacken, braungebrannt auf seiner Sonnenbank, im italienischen Anzug, einen dieser farbigen Künstlerschlipse umgebunden, die schwarzen Augen gerade noch böse funkelnd, mit einem Mal erstrahlend, setzte sich zwischen Schwester und Tante, fingerte von Lilianes Teller ein Stück Speck, biß von ihrem Brot, legte den Arm um Annettes Schulter, ließ sich von seiner Mutter eine Tasse Kaffee einschenken. Ein Wahnsinn sei das schon, er müsse das einfach erzählen, fing er an. »Also – ihr kennt den Schwaiger, diesen kurzen Schwarzhaarigen.« Andreas duckte sich, verzog das Gesicht genau so, daß jeder Schwaiger, einen Buchhalter aus der Grundstücksverwaltung, vor sich sah. »Der Schwaiger ist mit der Rita aus dem Architektenbüro übers Weekend ins Sauerland gefahren. Also, dort nun …« Alle am Frühstückstisch, Hawa eingeschlossen, lauschten förmlich hingerissen dem Schwadroneur – übrigens nicht nur wegen Andreas' Kommunikationskunst. Die Anekdote betraf einen »unserer Leute«, so werden die Arbeitskräfte jeglicher Art der Familie genannt, und das bedeutete immer schon mehr oder weniger vergnüglichen Klatsch und Tratsch. Besonders wenn es sich um so was Ulkiges handelte wie »Le mystère du bonhomme Schwaigäär«, als das es Andreas bezeichnete, nämlich Schwaigers geheime sadomasochistische Passion, die man dem Kürtel ernstlich nicht zutraute. Man hielt sie für eine Masche Schwaigers, um sich in den Ruf eines Verruchten zu bringen. Die täglich nach der nun wirklich allerneusten Mode gekleidete Rita hatte denn auch das ihr in einem Olsberger Landgasthaus – »›Zum Wilden Jäger‹, ich schwöre, so heißt's«, sagte Andreas – gemachte Angebot, ihn mit dem Hosengürtel zu schlagen und ihm dabei ins Glied – »›in den Pimmel‹, hat er gesagt« – zu kneifen, nicht entrüstet, sondern lauthals lachend abgeschlagen.

Alle lachten, sogar Annette, ihrem Liebling Andy einmal übers Haar streichend. Das Normale also, lernt man daraus, bringe selbst im traditionellen Milieu des Normalen nichts mehr, sagte Hawa, und nachdem auch das belacht worden war, schloß er an: »Zum Normalen zurück, zum Geburtstag nämlich. Ist das Quartierproblem gelöst, Andreas?« Der zog seine Augen zu Schlitzen zusammen, antwortete aber ruhig und lächelnd: »Zur Zufriedenheit.« Im »Rheinischen« und im »Westfälischen Hof« sei genügend reserviert; die aus dem engeren Familienkreis, die wohl im Hause bleiben würden, könnten allesamt untergebracht werden, wobei er allerdings »Seine Exzellenz Bischöfliche Gnaden und dessen Gefährten Tschup« beim Jubilar, der freue sich sogar, einquartieren müsse. Das Lieblingsnest Seiner Exzellenz, die kleine, gemütliche Wohnung am Westturm, sei ja von Tante Annette belegt, wie immer und zu Recht. »Und die räumt bestimmt nicht zugunsten des Hohen Priesters«, sagte Annette, um deren Schulter Andy seinen Arm gelegt hatte.

»Warum auch«, sagte Marie-Anne und erzählte noch einmal die Geschichte, wie Gesang in höchsten Tönen aus dem Westturm-Zimmer schallte, Nelly, deren Hochachtung schon vor dem niederen Klerus sprichwörtlich war, hinaufrannte, die Tür aufriß, weil sie glaubte, ein Kind habe sich erlaubt, in den Raum einzudringen, den Erzbischof in Badehose auf dem Bett sitzend vorfand, eines der Fahrtenlieder zur Gitarre singend:

> Wilde Gesellen, vom Sturmwind durchweht,
> Fürsten in Lumpen und Loden …

Die Fistel-Stimme von Hawas Cousin, in der Familie »Heijo« genannt, imitierte sie täuschend echt. Hawa fiel ein. Man lachte und erzählte weitere Kleriker-Anekdoten: Eine frohe Runde, plaudernd, lachend, im Gleichklang miteinander, so sah es aus beim Frühstück an diesem Morgen, und als dann noch Andreas' Frau Serafina mit Lenchen an der Hand, später Dr. Grabowski, Marie-Annes Assistent – ein John-Travolta-Lookalike, nach Liliane –, und schließlich Anne-Catherine, verschwitzt, aber gelöst vom Ausritt, hereinkamen, alle noch eine Tasse Kaffee tranken, Hawa eingeschlossen, da hätte man sagen können: Ein glückliches Haus.

Linden und Tauben

Morgens zwischen acht und halb zehn beginnt in der Lindenburg der Betrieb: die Angestellten der Grundstücksverwaltung und des Baubüros kommen kurz vor acht, um neun öffnet die Arztpraxis von Marie-Anne im Erdgeschoß des lübischen Flügels, in der Anwaltskanzlei im Mitteltrakt, zu der Publikum und Mitarbeiter über eine Treppe an der Nordseite gelangen, arbeitet man ab Viertel nach neun. Um diese Zeit erscheint meistens auch Hawa in der Kanzlei, deren Zugang durch die Halle nur ihm und Familienangehörigen gestattet ist. An diesem Morgen ging er aber zunächst zu Kröttmanns in die Souterrainwohnung des Mitteltrakts.

»Na, wer kommt denn da? Und so zeitig«, sagte Gerda Kröttmann. Sie saß am noch nicht abgeräumten Frühstückstisch und rauchte.

Hawa und Kröttmanns kennen sich seit Kindheitstagen. Sie haben – wie es so schön heißt – zusammen im Sandkasten gespielt, obwohl es weiß Gott keine Sandkästen gab da, wo sie ihre Spiele spielten, und Spiele sollte man das meiste von dem, was sie so spielten, auch wohl nicht nennen. Gerda Kröttmann, eine geborene Konietzka, ihren Vater hatten die Nazis gleich nach der Machtergreifung ermordet, ihre Mutter wurde während einem der ersten Luftangriffe von einer Splitterbombe zerfetzt, wuchs bei den Kröttmanns auf, und sie und Benno heirateten schon mit siebzehn, obwohl nichts unterwegs war – wie man hier so sagte, früher jedenfalls. Seit den Sechzigern, mit Schließung der Faßabteilung im Eisenwerk, wo Benno Kröttmann gearbeitet hatte, waren sie bei den zur Lindens als »Hausmeisterpaar« angestellt, eine Bezeichnung, die vor allem Bennos wirkliches Betätigungsfeld, dem keine Stellenbeschreibung gerecht würde, umfaßte.

Er käme wegen der Linde, sagte Hawa.

Karl-Walter zur Linden, der Alte, hatte sich einen Lindenbaum gewünscht, »am Morgen meines Geburtstags von euch
auf dem Hof gepflanzt. Sonst wünsch ich mir nichts.« So hatten Hawa und Benno Kröttmann in einer münsterländischen
Baumschule eine gegen neuartige Emissionen und Schädlinge
extra resistent gezüchtete Krim-Linde ausgesucht, einen beinahe zwölf Meter hohen, dreimal aus weitem Stand ver-
pflanzten Solitär am gewaltigen Ballen. Er sollte am frühen
Vormittag angeliefert und beim Leutehaus am Waldrand bis
zum Geburtstagsmorgen eingelocht werden. Den Platz im
Hof für den Baum wollten sie noch festlegen, und Kröttmann hatte deswegen den Hof, der als Parkplatz für die Angestellten und das Publikum dient, teilweise gesperrt. Die
Linde würde vermutlich eingehen wie vor zwei Jahren die
letzte, die nach Ausquartierung des Besatzungskommissa-
riats 1947 gepflanzt worden war, nachdem General Woitbecker die erste, über zweihundert Jahre alte Linde mit der
Begründung hatte fällen lassen, sie nähme zuviel Licht. Eine
Lüge nach Meinung Karl-Walter zur Lindens, der das Nieder-
legen der Linde als einen symbolischen Akt betrachtete, etwa
wie die Abholzung der Wotanseiche durch den heiligen Eife-
rer und später von den Friesen erschlagenen und aufgefresse-
nen Bonifatius. »Sie sind ein Kulturschänder«, hatte er den
riesigen, stoppelhaarigen Woitbecker angeschrien, und der
hatte geantwortet, wenn's nach ihm ginge, würde noch sehr
viel mehr in diesem Land geschändet, und nicht nur Bäume.
Gerda Kröttmann, in Hawas Alter, mit den Jahren zwar
etwas in die Breite gegangen, grauhaarig natürlich, aber immer noch ansehnlich – nur ganz wenig Doppelkinn –, sie
hatte den Teint einer Frau von dreißig, lachte. »Ja, die Linde«,
sagte sie, »wie alt die wohl wird?«

»Vielleicht überlebt sie uns«, sagte Hawa, »aber wer will so
was heute noch wissen.«

Sie bot ihm eine Tasse Kaffee an, die er ablehnte.

»'n Schnäpsken?«

»Auch nicht.«

Er solle sich mal untersuchen lassen, sagte sie, da stimme
doch was nicht mit ihm. »Seit längerem schon, find ich.«

»Jaja«, sagte Hawa, »alle wollen mich in die Klinik verfrachten. Meine Frau vorneweg.«

»Laß dich doch wenigstens von der mal gründlich untersuchen.«

»Das fehlt auch noch« – im übrigen sei Marie-Anne für Hals, Nasen, Ohren zuständig, bei ihm sei's aber, wenn überhaupt was wär, das Herz.

»Und wenne überhaupt eins has.«

Gerda Kröttmann blickte aus dem Fenster. Die Souterrainwohnung liegt unter der Halle, Küche und Wohnzimmer befinden sich auf der Nordseite über dem Felsenkeller, und man hat aus dem Fenster an Andys Bungalow vorbei einen weiten Blick auf die Stadt, über der der Dunst im morgendlichen Augustlicht wirklich wie eine riesige, düstere Glocke wirkte, hinter der sich oben am Nordhang die Hochhäuser türmten. Nur leise, weit weg, doch unüberhörbar drangen die brausenden Stadtgeräusche von unten herauf.

Wie sie das mit dem Herz meine? Hawa stellte sich neben sie, schaute mit ihr aus dem Fenster.

Er wisse schon, was sie meine, sagte Gerda Kröttmann rauchend.

»Nee, sag mal.«

Sie denke zum Beispiel an die abgeflämmte Kartonagefabrik diese Tage, sagte sie, und an die Leute, die da rausmußten.

»Wer sagt da was?«

»Gibt welche.«

»Das sind doch alles wieder nur Gerüchte.«

»So?«

Hawa ging zur Tür. »Wo ist Benno?« fragte er.

»Wo wohl? Bei seinen Sternen.«

»Sterne« waren Kröttmanns Tauben, deren Schläge sich in einem eigens für sie konstruierten, heizbaren und mit zeituhrgesteuerter, automatischer Beleuchtung ausgestatteten Haus hinter den Ställen befanden, und als Hawa die mit verschließbaren Luftgittern versehene Tür öffnete, »Hallo!« rief, wurde ihm von oben geantwortet: »Komm hoch!«

Hawa kletterte über die Leiter vom unteren Geräte- und

37

Futterbehälterraum, dessen Wände voller Preisurkunden, Medaillen und Goldspangen in Glaskästen hingen, in den oberen Teil des Taubenhauses mit der Schlaganlage: Jungschlag, Witwerschlag, Jährigenschlag, einer für die Witwerweibchen, und hinten neben den Heizkörpern die Zucht- und Einzelschläge. Benno Kröttmann stand am Witwerschlag, streichelte Kopf und Brust eines gehämmerten Vogels mit dem großen Kopf des Hengsttyps – ein Siegervogel der Spitzenklasse aus eigener Zucht. Hawa setzte sich auf die um den tragenden Pfosten in der Mitte der Schlaganlage führende Bank. Benno kam heran. »Guck ihn dir an«, sagte er, »den Hannes, ein Langstreckenflieger mit Radar im Blut. Der kennt sich besser aus über Europa wie die Lufthansa.« Hawa fuhr sanft mit dem Zeigefinger über den Kopf der Taube. Es war ein wirklich erstklassiges Tier, in dessen Auge – ungescheckte, dunkelgelbe, goldbraun umkränzte Iris ohne Strichel, Punkte, Strahlen oder auch nur Flöckchen – Flämmchen funkelten. »Hier« – Kröttmann zog die rechte Schwinge heraus. Der Vorderflügel – zehnschwingig – zeigte deutlich die Schwingen erster und zweiter Ordnung in einem feinen Himmelblauweiß. »Siebenzwanzig Preise, davon neun für die DEM«, sagte Kröttmann, »und er wird weiter hart und voll gespielt.« Übrigens gäbe es ein Angebot auf ihn über fünftausend Mark von einem Zahnarzt aus Bottrop, und er überlege, ihn zu verkaufen.

»Warum denn?« fragte Hawa.

»Wir wollen noch mal zu Elke in diesem Jahr«, sagte Benno.

Elke, Kröttmanns älteste Tochter, lebt im kanadischen Calgary, wo sie ein Speditionsunternehmen führt. Die Eltern hatten sie in den letzten fünf Jahren dreimal besucht, und seitdem kleidete sich Benno Kröttmann wie ein kanadischer Trucker, das heißt: er trug Bluejeans-Latzhose, kariertes Baumfällerhemd und eine Baseballkappe, auf der ein rotes Ahornblatt prangte. »Machse damit deine Sterne nich scheu?« hatte Gerda gefrotzelt. Das passierte nicht, und Benno Kröttmann fühlte sich, scheint's, wohl in seiner Ami-Kluft, die das Knochig-Schlaksige seiner Figur noch betonte.

Hawa und er fachsimpelten ein bißchen über Tauben im allgemeinen, Kröttmanns neue Zucht im besonderen – Cattrysee Nachzuchten, Kreuzungen mit Täubinnen Brüsseler Herkunft –, sprachen über die letzten und die nächsten Rennen und die neuartigen Methoden des Fütterns vor langen und vor kurzen Flügen. Anders als der Rest der Familie liebte Hawa die von Anne-Catherine verächtlich so genannte »Taumvatta-Folklore«, wenn ihm auch diese merkwürdige, »beinahe sodomitische«, so Anne-Catherine, Beziehung der Taubenväter zu den Lieblingen fremd blieb, er sich auch nie eigene Tauben gehalten hatte. Aber er mochte das ganze Drum und Dran der Taubenhalterei, vor allem die Atmosphäre auf den Schlägen: das Gurren und Trappen, Kicksen und Flattern der Vögel, diesen Geruch nach verwittertem Holz, Schiß und Puder, Mais und Gerste, Knoblauchöl – Düfte, Geräusche, die Erinnerungen wachriefen an helldunkle Stunden auf Maruschkes Dachboden mit Teppichen und Säcken hinter den Hochfliegerschlägen, wo er und Edith die ersten Stellungen probierten; Erinnerungen an die Nächte bei Kröttmanns Tauben, wenn sie, die anderen saßen in den Luftschutzkellern, aus der Schlagluke heraus – beim Brummen und Dröhnen anfliegender Bomber – den Himmel voll ständig sich kreuzender Scheinwerferstrahlen, aufblitzender und platzender Flakgranaten, radartäuschender Lichterbäume und -ketten beobachteten; Erinnerungen an endlose Regennachmittage, wenn sie, Tauben auf der Hand streichelnd und kraulend, davon träumten, erzählten, was man mit sich und der Welt anstellen wollte, Träume, Erzählungen, bei denen mit der Zeit, dem Heranwachsen, nach und nach die unterschiedliche Lage und die davon bestimmten Erwartungen der Kröttmanns, Maruschkes, Prötters, Manduschats, Sarembas einerseits und der zur-Lindens andererseits deutlicher wurden und die dann schließlich zu Trennungen führen mußten.

»Los«, sagte Hawa, »die Linde wird schon angekommen sein.« Benno setzte den teuren Hannes wieder ein, sie stiegen die Leiter hinunter, und bevor sie das Taubenhaus verließen, drehte Benno sich noch eine Zigarette aus Feintabak, in den er etwas Marihuana friemelte, eine Angewohnheit, die er ebenfalls aus dem kanadischen Calgary mitgebracht hatte, wo nach seinen Erzählungen viele das Zeug rauchten, schon um vom Saufen loszukommen in den langen, dunklen Winterzeiten. »Dreh mir eine mit«, sagte Hawa. Sie ließen sich an dem kleinen Tisch an der Wand voller Preisurkunden, goldener Spangen und Medaillen nieder, zündeten die Zigaretten an, inhalierten tief.

Daß einer wie Benno Kröttmann, seit Jugend-, ja seit Kindheitstagen Bier- und Schnapstrinker, nun noch im letzten Drittel seines Lebens mit Marihuana und Haschisch anfing, fand Hawa wunderlich. Das waren Drogen, seiner Ansicht nach für jüngere Jahrgänge bestimmt, für Anne-Catherine zum Beispiel oder Christa Meinhold, die kifften, nicht allerdings für so junge wie Liliane, in deren Zimmer vor Tagen ein süßes Wölkchen schwebte, über das mit ihr noch zu reden sein würde. Auf ihn, Hawa, wirkte das Zeugs weder anregend noch entspannend. Im Gegenteil – er spürte beim Rauchen ein mehr oder weniger unangenehmes Kribbeln unter der Kopfhaut, probierte es aber immer mal wieder, weil Christa Meinhold es ihm empfahl. Danach nämlich sei die Liebe doppelt schön. Ihm gab das Zeugs nichts und erst recht nicht beim Vögeln. Als er einmal Benno gefragt hatte, ob ihm das beim Fucken was brächte, hatte der nur geantwortet: »Awatt!«

In dem durch die Luftgitter in der Tür und in den Fenstern darüber wie gesprenkelt fallenden Sonnenlicht begann der Zigarettenqualm zwischen ihnen zu quirlen, und sein süßlicher Duft mischte sich mit dem Geruch von Gerstenkleie, frischen Körnern, Futterkalk, Bierhefe in den Tüten und Kästen ringsum. Über ihnen gurrten und ruckten die Tauben.

»Gerda«, sagte Hawa und pickte einen Tabakkrümel von der Unterlippe, »Gerda machte so eine Andeutung wegen der Kartonagefabrik. Ist da was im Busch?«

»Ja«, sagte Benno, blies den Rauch über ihn hinweg.

»Und was?«

Benno inhalierte, verschränkte die Arme hinter dem Kopf, wobei ihm die Kappe nach hinten rutschte, daß der Schirm beinahe senkrecht nach oben zeigte, und das gab seinem durchfurchten und faltigen, langen Gesicht mit der geraden Nase etwas kasperlehaft Karl-Valentin-Ähnliches.

»Lisa Saremba«, sagte er und stieß den Rauch aus.

Lisa Saremba, Sozialarbeiterin und nach ihrer Rückkehr aus den Vereinigten Staaten trainierte Streetworkerin, hatte sich um die in der Kartonagefabrik und auf ihrem Gelände hausenden Leute – die meisten von ihnen viel zu junge Drogensüchtige und Säufer – bekümmert, das heißt: dafür gesorgt, daß sie nicht verhungerten, nicht erfroren, nicht einfach so wegstarben und wenigstens manchmal ärztlich versorgt wurden. Mit ihr war auch die Räumung von Fabrik und Gelände verabredet worden, und die Sache verhielt sich nun so, daß sie anläßlich eines Besuchs bei Gerda Kröttmann, ihrer Tante, geäußert hatte, man kenne die wirklichen Hintergründe der Angelegenheit. Es handele sich nämlich um Brandstiftung.

»Gerüchte«, sagte Hawa.

»Naja.«

»Wie bitte?«

»Also – es gibt da wohl was.«

Hawa drückte die Zigarette aus, stand auf, stellte sich an die Tür. »Was erzählst du mir da für 'n Scheiß«, sagte er leise, »was ist los, verdammt noch mal?«

»Naja …«

»Ich will wissen …«

»Laß man, das brauchst du nicht. Es gibt einen Vorschlag.«

»Das wird ja immer schöner.«

»Setz dich wieder«, sagte Benno, eine Aufforderung, der Hawa nur widerwillig nachkam. Der Vorschlag lautete, man wolle die Ursache des Brandes der Kartonagefabrik auf sich beruhen lassen, für das Verstummen irgendwelcher damit zusammenhängender und umlaufender Gerüchte Sorge tragen, ja notfalls durch Aussagen von Augenzeugen die Zufälligkeit des Brandausbruchs, höchstens durch reinste Fahrlässigkeit beim Präparieren von Drogenstoffen entstanden, bestätigen lassen, allerdings nur, falls durch den Brand obdachlos gewordene Menschen in ihrer neuen Heimstätte, der sogenannten

Wagenburg auf dem ehemaligen Sportplatz von TuS 95 bei den Blauen Bergen, von allen Seiten unbehelligt bleiben dürfen.

»Für immer?«

»So ungefähr.«

»Sieh mal an.«

Bei dem alten TuS-Platz vor den bewachsenen Abraumhalden – den sogenannten Blauen Bergen – handelte es sich um ein von der Lindenhof GmbH erworbenes Gelände, das eben vor einem Monat – nicht ohne und nur durch hohe zusätzliche Kosten behobene Schwierigkeiten – zum Bauland erklärt worden war und auf dem nun ein vom Zur-Linden-Architektenbüro bereits entworfenes Tagungszentrum, die »Ranch bei den Blauen Bergen«, entstehen sollte. Seit ewig auch standen auf dem Platz buntbemalte Camping-, Bau- und Zirkuswagen, einzeln und in- und miteinander verbunden und verschachtelt, in denen Leute wohnten, die anderswo nicht leben wollten, konnten oder durften. Die zur-Lindens hatten die Leute in ihrer Wagenburg leben und tun lassen, was und wie sie es wollten, und hatten einiges dafür getan, daß sie unbehelligt blieben. Aber da nun bald mit dem Ausschachten und der Fundamentierung der Tagungsstätte begonnen werden sollte, mußte damit Schluß sein, das heißt: die Wagenburg mußte sobald wie möglich verschwinden. Und nun dieser »Vorschlag«, den Hawa, sich eine Zigarette aus seiner Schachtel anzündend, Erpressung nannte: »Eine glatte Erpressung. Oder wie siehst du das?« Benno zuckte mit den Schultern, strich sich übers Gesicht, blickte an Hawa vorbei, als lese er noch einmal die gerad neben Hawas Kopf hängende Preisurkunde für die Taube Bronco. »Das hat Lisa Saremba jedenfalls ihrer Tante Gerda gesteckt«, sagte er nach erneuter Aufforderung Hawas, Stellung zu diesem »Vorschlag« zu nehmen. »Wieso eigentlich Gerda?« fragte Hawa. Benno zuckte wieder mit den Schultern.

Hans-Walter zur Linden und Benno Kröttmann kannten sich gut, sehr gut sogar, ja sozusagen in- und auswendig. Hawa wußte, daß ihm kaum, eigentlich überhaupt kein Spielraum blieb, schluckte aber den Grimm herunter, der ihm wegen seines nur zu berechtigten Verdachts im Halse saß, zum einen, weil der zu nichts geführt hätte, und zum anderen, weil ihm dieser Vorschlag gar nicht mal so ungelegen kam. Er hielt das Projekt »Ranch an den Blauen Bergen«, eine Marotte des Alten, für dusselig und zudem wenig lukrativ. Außerdem hatte er etwas übrig für die Leute aus der Wagenburg, die anders lebten als die anderen, ja vielleicht sogar besser als alle anderen, jedenfalls so, daß man sie auf alle Fälle so leben lassen sollte, wie sie lebten. Bei ihnen würden zudem die Obdachlosen aus der abgebrannten Kartonagefabrik besser aufgehoben sein als irgendwo sonst – und was es kostete, könnte der Zur-Linden-Clan wohl allemal verkraften. Fraglich blieb nur, wie er, Hawa, die anderen aus der Familie überzeugen konnte, von dem Projekt zu lassen, und er sprach es halblaut vor sich hin, worauf Benno sagte: »Das schaffst du schon. Erklär ihnen die Alternative« – worüber Hawa nun wieder in Rage geriet, sich schließlich aber beherrschte und nur noch sagte: »Gut denn also. Wir akzeptiern den Vorschlag, sag das Tante Gerda, die ja wohl den Kurier in dieser Angelegenheit macht.« Benno nickte, und sie verließen das Taubenhaus.

An den Ställen kam ihnen Makewka entgegen: Der Baum sei angekommen, auf einem langen Lader. Makewka gestikulierte dabei mit beiden Händen.

Josef Makewka, seine Frau Maria und Sohn Jan betreiben den Obst- und Gemüsegarten des Zur-Linden-Anwesens, sorgen für Pferde, Kühe, Ziegen, Hühner und halten neuerdings dazu ein paar Schweine und Schafe. Sie wohnen im letzten übriggebliebenen Leutehaus, einer Fachwerkkate am Waldrand, in der einst die Offiziere der französischen Kriegsgefangenen untergebracht waren. Vor zwei Jahren mit der in der Gegend so genannten dritten Polackenwelle angekommen, hatte Karl-Walter zur Linden, der Alte, der nur Frisches aus eigenem Anbau und eigener Zucht aß und trank und jeden Morgen ein Glas Ziegenmilch beanspruchte, sie eingestellt, nachdem die Jennemanns gefeuert worden waren, »undankbare Profiteure« nach seinen Worten, die vieles verkommen, sich oft tagelang nicht blicken ließen, weil sie Gemüse und Obst und Eier auf den Märkten ringsum für eigene Rechnung verkauften. Das dürfen auch die Makewkas, aber anders als die Jennemanns, die im Lohn gestanden hatten, zahlen die Makewkas Pacht, und das Interessante ist, daß der kleine Betrieb seitdem floriert wie nie zuvor – »ein Beispiel für die Überlegenheit der freien Marktwirtschaft, jedenfalls auf der Ebene der Verbrauchsgüter«, so grinsend der Alte zu seiner Lieblingstochter Annette. Es liegt aber vor allem an der Tüchtigkeit Josef Makewkas, eines Schlitzohrs, dem es gelungen ist, eine nie völlig zu befriedigende Nachfrage nach den Agrarprodukten der Lindenburg zu erzeugen. Er hat es nämlich verstanden, unter den gesundheitsfanatischen Leuten der Gegend – zumeist Betuchte aus der oberen Mittelschicht – die Vorstellung zu verankern, es handele sich bei dem Obst, Gemüse, Fleisch, der Milch, den Eiern, den Gewürzkräutern, sogar den Kartoffeln, um nach streng biologisch-dynamischer, und zwar altrussischer Methode hergestellte Produkte. Dabei mag ihm sein Outfit geholfen haben. Josef Makewka gibt den Muschik, wie man ihn von alten Filmen und Fotografien kennt. Er trägt diesen groben, durch eine Schnur zusammengehaltenen kurzen Leinenkittel, Kosakenhosen in Lederstiefel gesteckt und eine sibirische Tschapka auf dem glattrasierten Schädel. Auf die Märkte geht er längst nicht mehr, die Leute kommen zu den Makewkas hoch, und wenn dieses oder jenes fehlt oder er bloß so tut, als sei's so – in Wahrheit kauft er nämlich längst von den Bauern, vor allem vom Jochum-Hof, dazu –, dann betteln sie ihn förmlich an, sie vorzumerken, in diese Liste einzutragen, um sie beim nächsten Mal, bitte, bitte, zu beliefern. Gerda Kröttmann, die den Kerl nicht ausstehen kann, behauptet, sie habe mitgekriegt, wie Josef Makewka einem Universitätsprofessor auf dessen Flehen hin zwei Eier aus dem Stall geholt und sie für eine Mark pro Stück verkauft habe. »Für eine ganze Mark!«

Ob das für die Linde vorgesehene Loch bei der Kate aufgeworfen sei, fragte Benno Kröttmann, und als Makewka bejahte, sagte er: »Dann geh jetzt dahin und gib Jan Bescheid zum Einsetzen, ich komm mit dem Lader rüber.« Benno ging zum Platz, und Hawa begleitete Makewka, fragte ihn unterwegs, ob die Geschäfte gutgingen und ob auch sonst alles zur Zufriedenheit laufe, worauf Makewka den Kopf schüttelte und die Schultern hob und senkte.

Was es denn gebe?

Es stellte sich heraus, daß Makewka ganz und gar nicht zurechtkam mit Tante Änne aus Kamen, die nach Nellys Streit wegen des vom Alten gewünschten Geburtstagsmenüs zum Haushalten und Kochen ins Haus gebeten worden war. Sie mische sich in alles und jedes ein, wolle ihm vorschreiben, was er Kunden abgeben dürfe, was nicht, und schaue sogar – einmal jedenfalls – in den Topf auf ihrem Herd.

Mit Nelly – ein Wunder für alle – verstand sich Makewka prächtig. Sie saßen manchmal in der Küche beieinander oder auf der Bank unter der Terrasse, lachten, erzählten sich Geschichten. Marie-Anne hatte, um Nelly zum Dableiben zu bewegen, gesagt, Josef Makewka seien, als er von Nellys Absicht erfahren habe, Tränen in die Augen gestiegen – »les larmes sont montées aux yeux« –, was Nelly tatsächlich beinahe von ihrem Vorhaben abgebracht hätte, wäre nicht Makewka kurz darauf in ihrer Küche erschienen, um ihr gute Reise zu wünschen und eine Liste mit bestimmten Zwiebelsorten und Gemüsesamen mitzugeben.

»Und immer zack-zack und immer sofort ...«, so sei sie, die Tante Änne, sehr deutsch eben. »Tante Ääänne«, kauderwelschte Makewka extra, und »särrrr deutsch.«

Sie hofften alle, sagte Hawa, daß Nelly bald nach der Geburtstagsfeier zurückkäme; solange müsse man's eben mit Tante Änne versuchen.

»Oje, das Geburtstagsessen.«

»Nun fangen Sie auch noch damit an, Herr Makewka«, sagte Hawa, also er hoffe jedenfalls, daß die dazu benötigten Lebensmittel, diese Gemüse und das andere Zeugs, beschafft werden können.

»Jawoll, Herr Chef, Pan Lindenburg«, sagte Makewka, und Hawa wußte wie meistens nicht bei dem Schlaumeier, ob er's ernst oder spaßig meinte.

Es zeigte sich übrigens, daß zum Einsetzen des Lindenbaums in das vorgegrabene Loch beim Leutehaus die Hilfe

Hawas, Bennos und der Makewkas nicht gebraucht wurde. Der Solitär, der halb auf einem Pritschen-Lkw mit vergrößerter Ladefläche lag, halb am Haken eines vom Führerhaus gesteuerten Krans hing, wurde nach Hochklappen der Ladefläche einfach, der gewaltige Ballen voraus, ins Loch gelassen und am Kran so lange in der Senkrechten abgestützt, bis er fest in der Erde stand, die einer der beiden Gärtner der Baumschule mit der Schaufel einfüllte, anwarf und nach und nach mit einer Ramme feststampfte, angeleitet dabei von seinem Meister, der auch den Kran steuerte. Warum um Himmels willen, wenn er so fragen dürfe, fragte der, würde die Linde erst hier eingesetzt, am Leutehaus, nur um dann ein paar Tage später endgültig anderswo, jedoch auf demselben Grundstück, eingepflanzt zu werden. »Gibt's da einen Hintergrund oder so was?« Hawa gefiel der junge Mann gleich, den Liliane, die sich ja dann für einige Zeit mit ihm liieren sollte, ihrer Mutter und ihrer Tante Annette als einen wirklich süßen Typ beschrieb, so einen wie diesen jungen, schmalen Vegetarier mit Fielmann-Brille, der sich an der Edeka-Kasse so nett schämt, weil die Kassiererin so laut den Preis der von ihm gekauften Kondome von einer Kollegin erfragt, der ihr dann von dieser so freundlichen Omi genannt wird, worauf dieser so süße Typ dann so sympathisch-schüchtern lächelt.

»Ja«, sagte Hawa, »es gibt so was wie einen Hintergrund«, und er erklärte ihm, daß der Baum von allen erwachsenen männlichen Familienmitgliedern am Morgen des Geburtstags des Paterfamilias auf den Hof getragen und dort von ihnen allen eingepflanzt werde. Ralfi, wie er später von Liliane gerufen wurde, breitete die Arme aus, sagte: »Wow – das ist ja phantastisch. Das ist ja fabelhaft, wie in einem Film von Bertrand Tavernier«, und ob man ihm die Stelle, wo dann der Baum seinen endgültigen Standort bekäme, zeigen würde, schon um zu sehen, ob dies ein gesunder Platz für die tilia euchlora wäre.

Na dann solle er sich ihm und Kröttmann anschließen, sagte Hawa, und während der Lader den Weg am Wald vorbei zurückfuhr, gingen sie über den Kiesweg durch den Gemüse-

und Obstgarten und an den Ställen vorbei zum Platz vor der Villa, wobei der junge Mann von seiner Arbeit als Dokumentarfilmer erzählte. Zwei Filme von ihm seien in Oberhausen gezeigt worden, einer davon sei prämiert worden, und nach einigem Hin und Her und Herumdrücken rückte er mit einer Bitte heraus, deren Aufdringlichkeit ihm durchaus bewußt sei, aber nun also: Ob er den Transport der Linde und deren Einpflanzung am Geburtstagsmorgen filmen dürfe?

»Warum eigentlich nicht«, sagte Hawa nach kurzem Überlegen, »filmen Sie ruhig den Akt und alles Drum und Dran«, wofür er sich von Benno Kröttmann, der für die Sicherheit an den Tagen mitverantwortlich war, einiges anhören mußte. Als sie die Stelle für den Baum, auch vom Gartenmeister Ralfi gutgeheißen, festgelegt hatten, beinahe in der Mitte des Platzes, und Ralfi dann gerade dabei war, mit einer imaginären Kamera auf der Schulter einen Rundschwenk zu vollführen, ertönte plötzlich ein derart gellendes Schreien über den Platz, daß alle wie abgeknipst dastanden. Sie blickten zur Terrasse über dem Portikus, wo Kläre Weidemann, die Haushälterin Karl-Walter zur Lindens, stand und schrie, vielmehr kreischte »wie am Spieß« – so Benno Kröttmann später zu Gerda, die über diesen Vergleich den Kopf schüttelte: Als ob sie beide nicht, versteckt hinter Brombeerbüschen, Schreie gehört hätten, die sie ihr Lebtag lang nicht aus den Ohren kriegten, Schreie, mit nichts vergleichbar, Schreie nämlich von einer, die wirklich am Spieß steckte – Else Reschob vom Ausflugslokal »Waldlust«. Zwei Männer der Polenbande, ehemalige nach der Befreiung sich in den Wäldern herumtreibende Zwangsarbeiter, hatten ihr einen angespitzten Ast zwischen die Schenkel in den Leib gehauen. Nein – Ralfi traf's wohl eher: Der Schrei der Frau, die Szene – das sei überdreht, gekünstelt und so gewesen wie in einem der Grusicals, in dem eine schon halb aufgelöste Person, den Zerfleischer mit Hackebeil und Säge auf den Fersen, von der Leinwand herunter, aus dem Bildschirm heraus, kreischt. So ähnlich wie in Russ Meyers Streifen »Motor-Psycho« oder »Faster Pussycat! Kill! Kill!«. Dazu habe gepaßt, wie sie, auf der Terrasse über dem Portikus stehend, die Hände auf die Balustrade aus gotisierendem Dreipaß-Maßwerk gestemmt, sozusagen förmlich pumpte, das Oberteil ihres Kleides zerrissen, so daß ihre Brüste heraustraten, zwei ältliche, aber wirklich gewaltige Russ-Meyer-Weibs-Brüste.

Was denn los sei, riefen Hawa und Benno ein paarmal in dieses Schreien, bis Kläre Weidemann aufgab und immer noch lauter als laut käbbelte: »Dä Ollen. Dä Ollen. O Häe. O Häe. Schihe, schihe!«

Das Geheimnis
des violetten Manipels

Was war passiert?

»Einer dieser typischen querelles allemandes, hier en miniature«, sagte Marie-Anne hinterher, als man am Tisch in der Küche saß, um etwas zu trinken.

»Genau«, sagte Annette Vendrini-zur Linden, und sie nähmen auch kein Ende, und es kämen nach dieser Vereinigung genannten Annexion laufend neue dazu. »Ist doch prima«, sagte Liliane. Tante Änne aus Kamen murmelte: »Nein, nein, wie iset nur möglich! Und zwei so alte, vornehme und gläubige Herren.«

Tatsächlich hatte es zwischen Karl-Walter zur Linden und Karl Roggenkamp eine Balgerei gegeben, die mit Handgreiflichkeiten nur ungenau beschrieben ist. Die Geschichte – Kläre Weidemann hat sie haarklein vertellt – ist die:

Man hatte wie gewöhnlich zu dritt in der Kapelle die morgendliche Messe gefeiert, bei der Roggenkamp zelebrierte, Karl-Walter zur Linden ministrierte und Kläre Weidemann als Küsterin fungierte. Die Kapelle befindet sich am und teilweise derart im östlichen Eckturm, daß die Halbkreisrundung hinter dem Altar eine Apsis bildet. Der Raum verströmt nach Liliane etwas Blutrünstiges. Es liegt wohl einmal an dem Boden, Altartisch und Betbänke bedeckenden roten Samt, der im diffusen Licht des Raums, in dem ja auch das ewige Licht brennt, so schummrig-purpurn schimmert. Vor allem aber sind es die Bilder: Die vier Rundbogenfenster, Glasmalereien, in den Sechzigern von einem dieser Düsseldorfer Kunstprofessoren in Chagall-Manier gemalt. Sie zeigen den pfeilgespickten, am Pfahl sich krümmenden heiligen Sebastian, die drei brennenden Jünglinge im Feuerofen, einen rotblau blutenden Sankt Stephanus und die sich aufschlitzende Pelikanhenne im Nest über ihren schnabelreckenden nackten Jungen. Frei überm Altar hängt ein – selbstredend echter – Nazarener: die Kreuzigungsszene mit einem blutüberströmten, schreienden Heiland, dem ein gläsern grinsender Legionär die Lanze zwischen die Rippen stößt. Ein idealer Ort für Messermord, meint Paulus zur Linden, der Bruder des Erzbischofs, die Location gleiche der, wo Papst Johannes-Paul I. von seinem Lover, einem jungen spanischen Jesuiten, im Auftrag von CIA, Mafia und polnischen Gefolgsleuten Carol Wojtyłas während der Prim, dem stillen Morgengebet, von hinten erstochen worden war. Nun ja – Tonton Päule! Und es passierte ja nicht in der Kapelle, sondern in der Sakristei, und es war ja schließlich beileibe kein Mord.

»Ein Rufmord allenfalls«, lachte Marie-Anne. »Das nun auch nicht gerade«, meinte Hawa.

Wie dem auch sei: die ganze Angelegenheit, wegen der es zu dieser Kalwerei kam, lag weit über fünfzig Jahre zurück. Sicher, solche Dinge kommen in einem Land schlimmster Verbrechen, ewiger Wenden, Verrate, Denunziationen, kleiner Heldentaten und mieser Arschkriechereien immer wieder mal zur Sprache, und nicht nur das, und wer weiß, wie lange noch, weil ständig eben auch noch nach Generationen irgendein Geheimnis gelüftet wird, und sei es nur das dieses violetten Manipels. Der war ein paar Tage Thema in allen regionalen Medien gewesen und hatte – wie schon erwähnt – das ständige Lächeln auf Roggenkamps vertrocknetem Jünglingsgesicht womöglich noch verklärter erscheinen lassen. Dieser violette Manipel war ihm, dem damaligen Kaplan von St. Marien, in der Zeit zwischen Reichskonkordatsabschluß und Verbot katholischer Vereine von zwei Mitgliedern des Jungmänner-Vereins geschenkt worden. Eingenäht in das während der Messe am linken Vorderarm zu tragende stilisierte Schweißtuch hatten die beiden einen Brief, von dem Roggenkamp aber nichts wußte. Einer der beiden jungen Männer, der Stalingrad und andere Schlachten und anderes Schlimmes überlebte, heute rüstiger Rentner, hatte im Frühjahr im »Ruhrwort« vom fünfundachtzigsten Geburtstag Roggenkamps gelesen, seinen ehemaligen Präses besucht, der noch immer den Manipel, ohne dessen Geheimnis zu kennen, benutzte. Sie hatten den Manipel aufgetrennt. Und voilà! – es steckte darin wahrhaftig die vor siebenundfünfzig Jahren handgeschriebene und schmal zusammengefaltete Seite aus einem Schreibheft, also der – wie es dann überall hieß – »brisante Brief, der, wäre er in falsche Hände geraten, sowohl den unerschrockenen Kaplan als auch die beiden Jungmänner ins Konzentrationslager gebracht hätte«.

Schon darüber war in der Familie gewiehert worden. Es war tatsächlich lachhaft. Die Unerschrockenheit Roggenkamps hatte damals allenfalls darin bestanden, daß er einmal die Spende für die Eintopfsammlung verweigerte, nie den deutschen Gruß erwiderte und im übrigen, »wenn auch nicht derart fanatisch wie sein Vorgesetzter, Pfarrer Petersmann, zum Nationalsozialismus feindlich eingestellt« war, »und das auch im internen Kreis mehr oder weniger deutlich zum Ausdruck« brachte. So heißt es in der Gestapo-Akte. Karl-Walter zur Linden – er war, von den britischen Besatzern eingesetzt, ein halbes Jahr lang Chef der deutschen Hilfspolizei der Stadt und des Kreises gewesen – bewahrte diese Akte in seinem Privatarchiv auf. Daß Roggenkamp in jener Zeit nun wahrlich kein Held war, wußte man nur zu genau, und der Alte hat es Roggenkamp immer mal wieder vorgehalten, meistens dann, wenn ihn dieses milde, verklärte Lächeln – der Alte nannte es »scheinheiliges Grinsen« – nervte. So ist es denn diesmal auch wieder dazu gekommen.

Nach dem Ite missa est beteten die beiden wie gewöhnlich, der Alte auf seinem gepolsterten Betstuhl, Roggenkamp auf der untersten Stufe zum Altar kniend, die Allerheiligen-Litanei, wobei Roggenkamp zum Schluß nach Anrufung aller heiligen Mönche und Einsiedler – Maria Magdalena und die anderen Frauenspersonen ließ er aus – jedesmal, und zwar dreimal hintereinander, Konrad von Parzam zur Fürbitte anrief; eine Marotte, wenn man so will. Konrad von Parzam war Ende des 19. Jahrhunderts, in dem er gelebt hatte, heiliggesprochen worden. Gott weiß warum. Aber in der Familie vermutete man, Roggenkamp habe sich diesen in der Heiligengeschichte als Wohltäter fahrender Handwerksgesellen und Kinderfreund bezeichneten Kapuzinerbruder aus einem ganz gewissen Grund zum Schutzpatron erkoren: Wegen seiner pädophilen Neigungen nämlich, die übrigens auch in der Gestapo-Akte, allerdings nur als Verdacht, erwähnt werden. Tatsächlich hatte sich Roggenkamp während seiner Amtszeit in der Gemeinde St. Marien als Kaplan, Vikar und dann als Pfarrer sehr jungen Ministranten, vor allem den sehr blonden, äußerst zugetan gezeigt.

»Aber weiß Gott doch nicht über das zulässige Maß dienstanweisender beziehungsweise seelsorgerischer Zuwendung hinaus. Alles andere ist übler Tratsch. Ich versichere Sie, Exzellenz«, hatte Karl-Walter zur Linden als Rechtsbeistand Roggenkamps dem Bischof gegenüber erklärt und »Sie wissen doch, wie so etwas zustande kommt«, mit einem Anflug von Anzüglichkeit hinzugefügt. In Wahrheit hatte man hier und da einiges zu vertuschen gehabt. Einmal mußte sogar eine Familie zum Schweigen gebracht werden mit einer erklecklichen Summe, die allerdings, notariell abgesichert, versteht sich, für das Theologiestudium des blonden Bürschchens zu verwenden war; eine ganz gewöhnliche Erpressergeschichte.

Nach dem dreimaligen Anrufen Konrad von Parzams erflehte Roggenkamp regelmäßig dessen Fürbitte um Erbarmen oder Erlösung bestimmter Personen. Das konnten kranke Familienangehörige sein, aber auch Politiker, Stars oder ein in den Medien gerade vorgeführter Mörder. Seit kurzem waren diese Personen nun – so wörtlich – »Brüder und Schwestern, die zu schwach gewesen sind, dem Bösen während zweier gottfeindlicher Diktaturen zu widerstehen, ja, die diesen zuweilen sogar zugedient haben«. Dieses Geseiche und die Verbindung vom Manipel-Geheimnis mit jenen anderen Geheimnissen, die nach der Friedliche Revolution genannten neuerlichen Wende aus Akten der Staatssicherheit der DDR tagtäglich offenbar wurden, hatten Karl-Walter zur Linden schon länger geärgert. An diesem Morgen war's ihm dann aber doch wohl zuviel geworden, und er bemerkte in seiner finnigen Art, für die er berüchtigt ist: »Ich vermute, Karl, so wie Sie sich seit dieser Manipel-Geschichte aufführen, daß Sie sich nicht zu jenen Brüdern und Schwestern zählen, für die Sie von Ihrem Hausheiligen Fürsprache beim Herrgott erbitten. Dabei wissen wir beide doch, wie es um Ihre sogenannte Unerschrockenheit, die nun zur Legende zu werden droht, seinerzeit bestellt war.«

Sie befanden sich in der Sakristei neben der Kapelle. Roggenkamp hatte das Meßgewand ausgezogen, nahm Stola und Manipel ab, küßte beides, bevor er es zusammenfaltete. Es war dieser alte violette Manipel, den er neuerdings jeden Morgen während der Messe trug, ganz unabhängig davon, ob violett, welches ja Buße und Einkehr versinnbildlicht, gerade paßte oder nicht. An diesem Tag zum Beispiel, dem Fest des heiligen Joachim, eines Bekenners, wäre Weiß als liturgische Farbe drangewesen, und Kläre Weidemann hatte neben Kasel, Stola und Kelchbedeckung aus gelblich-weißer Seide natürlich auch einen gleichfarbigen Manipel bereitgelegt. Doch Roggenkamp hatte ihn mal wieder beiseite geschoben und diesen violetten Manipel, den er übrigens mit heim nahm, aus der Tasche gezogen. »Dat hät den Ollen wieso schon lange gefuxt«, so Kläre Weidemann, »wo dat Tüg, wat he jo betahlt, düer genaug es.«

Das stimmte, die liturgischen Gegenstände kosteten den Alten eine Menge – aber er hatte nun mal einen Narren daran gefressen, wie man so sagt, suchte selbst die Sachen aus, ließ sogar Lieferanten aus Rom dafür kommen, konnte sich an den Altartüchern, den Gewändern, Gefäßen – letztere meistens aus echtem Gold – nicht satt sehen und fühlen und tasten. Also, Karl-Walter zur Linden versuchte, dem Pfarrer den violetten Manipel, nachdem der ihn geküßt und gefaltet hatte, »fortzureißen« – so Roggenkamp, der sich daran festklammerte. Vorher war es noch zu einer jener schon öfter zwischen ihnen geführten verbalen Auseinandersetzungen gekommen, während der, Kläre Weidemann zufolge, »dä ganze olle Driete nochessenens obgedischt wur«. Das heißt: Karl-Walter zur Linden warf Roggenkamp vor, »schon bald ...«

»Nein, das stimmt nicht ...«

»Na, jedenfalls ab 35 ...«

»Als eben nichts anderes mehr möglich war ...«

53

»Von wegen, es gab andere Möglichkeiten als den Schmusekurs von Kardinal Bertram, Reichspräses Nattermann und ähnlichen Halunken, denen Sie nur allzugern folgten ...«

»Karl-Walter! Ich bitte Sie! ... Und denken Sie an Römer dreizehn ...«

»Diese dummdreiste Legitimation klerikalen Opportunismus.«

»Es gab öffentlichen Protest. Von Galens Predigten ...!«

»Ach Gott! Die Empörung des Herrn Grafen. Wo blieb sie zum Beispiel bei der Judenausrottung!«

»Schließlich war dann ja auch Krieg, Karl-Walter. Der betraf das ganze Volk, ja die ganze Christenheit ...«

»Unfug. Gerade da war Widerstand nötig ...«

»Aber Karl-Walter ...«

»Jawohl, Widerstand, tatsächlicher Widerstand war wahre katholische Haltung.«

»Nein, das war nicht die der Kirche gestellte Aufgabe. Sie lag in der Erhaltung des Freiraums und im Zeugnis ...«

»Im Zeugnis! Was für ein hergeholter Blödsinn!«

»Jawohl, und Sie wissen es, Karl-Walter, im Zeugnis: in der Verteidigung unserer, der NS-Ideologie widersprechenden Lehre, im stillen Wirken zur Milderung manchen Unrechts, im nie verstummenden Lob Gottes ...«

»Um Himmels willen, Kalli, was können Sie salbadern. Das ist ja nicht auszuhalten. Dabei waren Sie doch bloß eine olle Bangebüchs ...«

»Und im schweigenden Leiden der Verfolgten ...«

Das sei zuviel an Chuzpe, hat hier der Alte unterbrochen, »gekrischt«, laut Kläre Weidemann. Er wolle nur an André erinnern. Und dabei riß er so heftig an dem Manipel, daß Roggenkamp, noch in der fußlangen Albe, sich weiter daran klammernd, gegen den Schrank mit Meßgeräten und Gewändern schlug. »Immer diese alte Geschichte mit André«, rief er dabei. »Jaulte hä«, so die Weidemann.

»Ja, diese Geschichte mit André«, rief zur Linden.

Tatsächlich belastete Roggenkamp diese Geschichte mit André bis in unsere Tage. Andere »Geschichten aus jener Zeit« – so hatte man sich angewöhnt, diese Dinge zu nen-

nen –, alle anderen ähnlichen Geschichten konnte Roggenkamp vor sich, dem Herrgott und immer vor der Mutter Kirche rechtfertigen. Allemal zum Beispiel die Weigerung, jene
beiden Arbeiter aus dem Eisenwerk, die in den Artilleriegra-
naten die Zünder unbrauchbar gemacht hatten, im Tiefge-
wölbe unter St. Marien nur für drei Nächte zu verstecken,
bevor sie von Fluchthelfern weitergeleitet werden konnten.
Die Armatur-Schlosser Placeck und Schlottermann waren
nämlich nicht nur keine Katholiken – nicht mal Christen –,
sondern in seinen Augen zu füsilierende Saboteure. Oder
auch die Sache mit dem britischen Bomberpiloten, der, nachdem er sich mit dem Fallschirm hatte retten können, von
Leuten aus der Stadt in einem Waldstück entdeckt worden
war und mit Knüppeln totgeschlagen werden sollte, was gerade noch verhindert werden konnte. Roggenkamp hatte
auch das kurzfristige Verbergen dieses schwerverwundeten
Mannes abgelehnt. »Ärztlich versorgen – ja.« Aber der
Schutz der Gemeinde gehe vor, und trotz allem handele es
sich ja wohl auch um einen in Gefangenschaft zu nehmenden
Feind, einen »Mittäter des Bombenterrors, den man auf keinen Fall rechtfertigen darf«. Man hatte den verwundeten
Tommy dann in einer Bomben- und Feuernacht in die Erlenhöhle geschleppt, ein verdammt gefährliches Unternehmen,
weil überall Feldgendarmen lauerten, die den geflohenen
Feind suchten.

Schließlich aber die Sache mit André. Der nun ist weder
Saboteur noch Feind gewesen, sondern ein achtjähriger
Junge, schmal, dunkelbraun, gerade wie man sich einen
Zigeunerjungen vorstellt. Aber sie hatten ihm schon vor dem
Transport eine Glatze geschoren. Er war ein dünnes, zappe-
liges Kerlchen, das sich irgendwie aus dem Viehwaggon hatte
quetschen können. Die Tür war wohl von einem barmherzi-
gen Wachposten nur so weit geschlossen worden, daß ein
Spalt zum Luftschnappen und Rausgucken blieb. Hawa hatte
André als erster bemerkt, damals im Morgengrauen, nach
einer der warmen Nächte im Sommer 44. Sie hatten am
Bahndamm nach den Kaninchenfallen gesehen und lagen neben dem Prellbock am alten Gleis im Ginstergebüsch, Hawa,

Benno und Gerda beobachteten die drei Waggons hinter dem Stellwerk, die in der Nacht vom D-Zug nach Norden abgekoppelt worden waren. Zwei Wachposten dösten davor, Karabiner geschultert. Juden wären da drin, meinte Benno Kröttmann, und zwar zum Vergasen. Daß die Waggons in der folgenden Nacht an den Schnellzug Richtung Osten gehängt würden, hatte Hawa vermutet. Dann sahen sie, wie sich auf der gegenüberliegenden Seite, so hundertfünfzig Meter von den Waggons entfernt, das kniehohe Pfeifengras vor den beiden ausgebrannten Lokomotiven bewegte, obwohl kein Lüftchen wehte. Es war bloß ein Zittern, doch ständig und langsam, vorsichtig sich fortbewegend in einer Schlangenlinie, direkt auf das Ginstergebüsch zu, hinter dem sie kauerten, und dann ist plötzlich das typische Jabo-Jaulen in der Luft gewesen, erstaunlich zu dieser frühen Stunde, da die zweisitzigen Jagdbomber der Amis normalerweise so früh noch nicht über Stadt und Land schnüffelten, um Jagd zu machen auf alles, was sich bewegte oder auch nicht. Die Maschine schoß hinter dem Nordhang hervor, jagte über die Kiefernwipfel, Zielpunkt die drei abgekoppelten Waggons, und die erste Bombe explodierte am Viadukt, die zweite am Stellwerk, und pausenlos knatterten dabei die Bordkanonen. So niedrig übrigens strich der Jabo nach einer Kehre am Schlot der Kokerei über den Bahndamm, daß man den mauloffenen, wahrhaftig lachenden Piloten erkennen konnte. Aus den drei abgekoppelten Waggons gellten Schreie, hohe, spitze Schreie, wie nur Kinder sie von sich geben. Die beiden Wachposten – einer von ihnen war getroffen worden und brüllte zwei Oktaven tiefer – hatten sich zwischen die Räder geworfen. Gleich beim ersten Geknatter war André aus dem Pfeifengras aufgetaucht und losgerannt – beste Zielscheibe –, aber Gerda Kröttmann riß ihn zu Boden, sie zogen ihn ins Ginstergebüsch, und als der Jagdbomber überm Gaskessel drehte, rollten sie schon den Bahndamm hinunter, krochen in eine der zwischen Kokshaufen gebuddelten Höhlen, die sie als Vorratslager benutzten, waren darin verschwunden, als ein Zug des Wachbataillons aus den Baracken am Güterbahnhof zu den Waggons rannte.

André trug einen Rosenkranz um den Hals gewickelt, erzählte, daß sie, dreißig Kinder aus einem Waisenhaus bei Aachen, nach Erhalt der Notkommunion von SS in einen Viehwaggon eingesperrt, drei Tage und Nächte durchgefahren waren. Irgendwo unterwegs hatte man andere Waggons mit Kindern angehängt. Daß sie alle getötet werden sollten, sagte André. Das hätten sie aus den Gesprächen des Priesters und der Ordensschwestern herausgehört. Schwester Roswitha, die mit ihnen gefahren war, hatte unterwegs ständig gebetet und gesungen. Vor dem Abtransport sei die Rede gewesen vom baldigen Wiedersehen im Himmel und davon, daß sie bald alle Engel würden vor Gottes Antlitz – ein Satz, den sie ihr Lebtag nicht vergessen sollten.

»Zigurris«, hatte Benno Kröttmann gesagt, »die wollen sie also vorher auch noch vergasen.« Nach Einbruch der Dunkelheit hatten sie den Zigeunerjungen – verkleidet als Jungvolkpimpf mit diesem gelben Hemd, Schulterriemen, Dolch an kurzer Hose und Schiffchen auf der Glatze – zur Lindenburg gebracht, wo er aber nicht bleiben konnte. Das Haus der zur-Lindens war trotz oder vielmehr gerade wegen des Publikumsverkehrs, des Lagers französischer Kriegsgefangener am Waldrand und der Dienststelle des örtlichen Luftschutzes im linken, dem Zunftgebäude-Flügel, Anlaufstelle für die Illegalen zwischen Rhein und Ruhr und Leute von der belgischen Resistance. So brachte ihn Karl-Walter zur Linden selbst am nächsten Tag ins Vikariat zu Roggenkamp. Sicher – nach den Erfahrungen, die man mit dem bereits gemacht hatte, wäre es eigentlich besser gewesen, André zu Pastor Petersmann zu schaffen, einem wirklich militanten Antinazi, obwohl der inzwischen beinahe taub war und bei seiner geschwätzigen Poltrigkeit besonders gegenüber den Braunen kaum noch in Frage kommen konnte. Bestimmt aber hätte er den Jungen nicht ausgeliefert, wie es Roggenkamp dann tun sollte.

Man ist übrigens nie dahintergekommen, wer Pfarrer Petersmann zwei Tage nach Kriegsschluß nachts in seinem Pastorat durch Genickschuß getötet hat. Vermutlich ist es Kreisleiter Pröger gewesen, Petersmanns alter Feind und weitläufiger Verwandter. Der wurde dann kurz darauf samt seiner Gartenlaube in die Luft gesprengt. Benno Kröttmann meint bis heute, das hätte eigentlich Roggenkamp verdient gehabt.

Aber Karl-Walter zur Linden – ist er an Andrés Auslieferung ganz und gar unschuldig gewesen? André hat an jenem Tag – nachmittags, zwischen zwei Bombenangriffen – im Beisein Karl-Walter zur Lindens seine Geschichte wiederholt. Roggenkamp, der sie unglaublich fand und deshalb für unglaubhaft hielt, weil es sich schließlich um ein katholisches, von Ordensschwestern geführtes Waisenhaus handelte, bot sich an, Nachforschungen in der Angelegenheit anzustellen und André solange bei sich zu behalten. »Der Junge hat das alles in Überängstlichkeit falsch interpretiert. Sie werden sehen, Herr Rechtsanwalt zur Linden. Ich bitte Sie, ein katholisches Heim!« Natürlich war es leichtfertig von Karl-Walter zur Linden, den Jungen dort zu lassen. Vielleicht wollte er ja auch an ein Mißverständnis glauben, und als Roggenkamp ihm am Tage darauf berichtete, er habe mit der zuständigen Schwester Oberin des Waisenhauses und später mit einem dort anwesenden Offizier der Waffen-SS telefoniert, die Kinder würden vor den anrückenden Amerikanern an einen sicheren Ort im Osten transportiert, und er, Roggenkamp, mache sich der Sabotage schuldig, worauf ja die Todesstrafe stehe, deshalb habe er André gleich zur Polizei gebracht – da war es zu spät, und weder zur Lindens Toben noch der Versuch von Schlüter, einem Zur-Linden-Konfidenten bei der Kripo, den Jungen wenigstens nicht der Gestapo zu überlassen, hat verhindern können, daß André mit dem nächsten Transport verschickt und am Zielort umgebracht wurde.

Wie gesagt – während Roggenkamp sein damaliges Verhalten in den meisten Fällen zu rechtfertigen vermochte, zumindest nicht als Sünde betrachtete, es deshalb auch nie gebeichtet hatte, fühlte er sich wegen Andrés »Schicksal« – so nannte er es wahrhaftig – schuldig, und diese Schuld machte ihm bis in unsere Tage zu schaffen, obwohl ihm deswegen, und zwar im Laufe der Jahre mehrere Male und von verschiedenen Konfratres, die Absolution erteilt worden war. Ob sie, diese Schuld, »immer ein Wundmal in meinem priesterlichen Gewissen bleiben wird«, wie er mit dem Rücken an den Schrank mit den Meßgewändern gedrängt, sich immer noch an den Manipel krallend, rief, bezweifelte Karl-Walter zur Linden, der, seinerseits am Manipel zerrend, zischte: »Ei, wie feinsinnig«, und auf Roggenkamps gejammerte Behauptung: »Jawohl, diese Schuld läßt mich manche Nacht wach liegen«, entgegnete: »Sie verwechseln Ihre Prostata mit Ihrem Gewissen, Karl.« Daß Roggenkamp bloß mit solchen pompösen Metaphern wie »Wundmal im priesterlichen Gewissen« kokettiere, er in Wahrheit ein Ausbund an Vergeßlichkeit, ein Verdrängungskünstler par excellence sei, wie zur Linden gerufen hat, bevor er stolperte, weil Roggenkamp ihm den Manipel dann doch entreißen konnte, stimmt so auch wieder nicht, ebensowenig wie Roggenkamps gezischelter Vorwurf, Karl-Walter zur Linden habe André doch nur loswerden wollen und ihn gerade deshalb zu ihm ins Vikariat geschleppt. Jedenfalls haben die beiden Alten dann plötzlich begonnen, miteinander zu ringen – »as son paar Piäddeknechte«, so die Weidemann, sie rutschten zu Boden, doch zu den Haarraufereien, Kratzereien, Püffen, Tritten kam es erst, nachdem Karl-Walter zur Linden seinem Hauspriester an den Kopf geworfen hatte, er habe gewiß keine Lust auf den Knaben gehabt, weil er bei diesem keinen Blondschopf habe streicheln können, und Roggenkamp seinerseits zurückgegeben hatte, Karl-Walter zur Linden habe doch nur deshalb den umtriebigen Antinazi gemimt, Nazigegner verteidigt, Juden und ähnliche Leute versteckt und zur Flucht verholfen, um sich nach dem voraussehbaren Zusammenbruch in alter Zur-Linden-Tradition noch unverhohlener an allen und allem bereichern zu können. Karl-Walter zur Linden war es dann, der Kläre Weidemanns Bluse zerriß, weil er sich an sie klammerte, als sie versuchte, ihm aufzuhelfen, was Roggenkamp jedoch, an zur Lindens Hosen reißend, zu verhindern wußte.

Als Hawa und Benno und später Marie-Anne mit ihrer Arzttasche herbeigeeilt waren, hatten die beiden auf Stühlen gesessen, jeder in einer anderen Ecke, und sich schweigend die Kratz- und Schürfwunden reinigen und verpflastern lassen. »Das war Ihr letzter Besuch in diesem Haus«, rief Karl-Walter zur Linden seinem langjährigen Hausgeistlichen aus dem Fenster nach, als der, von Hawa gestützt, zum Taxi humpelte. Karl-Walter zur Linden schien die Balgerei gut überstanden zu haben, bekam am Abend aber doch einen Schwächeanfall: er fiel neben seinem Lesesessel zu Boden, und man holte Grevenbroich, den Leiter der internistischen Abteilung der Universitätsklinik, der außer Erschöpfung, zu niedrigem Blutdruck und ein paar typischen Symptomen eines Fünfundneunzigjährigen nichts weiter feststellen konnte. Darauf ließ man Schwester Jakoba aus dem Marienhospital zur Nachtwache kommen. »So wollen wir dann mal wieder«, sagte die Vinzentinerin in ihrem sauerländischen Tonfall, »in Christi Namen.«

Andy und Annette

Der nächste Tag sollte sehr heiß werden, und bis zum Abend braute sich einiges am Himmel zusammen, das in der Nacht krachend niederging. Es schlug sogar der Blitz in eine Eiche unweit vom Leutehaus und setzte den Baum in Flammen – kein Zeichen oder so was für die kommenden Tage, falls man das etwa annehmen sollte. Allerdings wurde zur gleichen Zeit in Moskau der die weltweite Lage verändernde Sturz Gorbatschows, dieses Lieblings der Deutschen, dessen Rolle bei dem schließlich so genannten Putsch bis heute undeutlich bleibt, eingeleitet. Und man setzte etwa im gleichen Moment zu Fackelschein unter der Schloß-Terrasse in Sanssouci die überführten Gebeine von Friedrich II. bei – »eines der übelsten Paten der Hohenzollern-Family«, nach Annette Vendrini-zur Linden. Sie verfolgte vor dem Fernseher seit dem Vormittag die Trauer- und Umbettungszeremonien, ab und zu einen kleinen Schluck direkt aus der Verpackungsschachtel nehmend, schon mal ein kurzes, böses Lachen ausstoßend oder das eine oder das andere mit einer knappen Bemerkung kommentierend: »Das Volk gibt seinen alten Schlächtern die letzte Ehre« zum Beispiel, als der Zug mit den Sarkophagen des sogenannten Großen und des sogenannten Soldatenkönigs auf einer Lafette, gezogen von vier Hengsten unter schwarzen Schabracken, vorbei an Massen jubelnder, andächtiger und nur hier und da pfeifender kleiner Leute gen Potsdam fuhr. Zum Brandenburgischen Ministerpräsidenten Stolpe vor der Friedenskirche bemerkte sie: »Ein echter Preuße, egal, wovor er strammsteht, vor Honecker oder vor kaiserlichen Hoheiten.« Die Corps-Studenten im vollen Wichs kommentierte sie: »Voilà – Deutschlands vergangene und zukünftige Elite«, und nur die Gegendemonstration, auf der ein Alter Fritz mit Totenschädel aus einem offenen Sarg

61

Konfetti schmiß, brachte sie zu einem beinahe zustimmenden Lachen. »Obwohl das Theater alles andere als witzig ist«, wie sie gleich, zu Andy gewandt, sagte, der sich hinter sie gestellt und seine Hände auf ihre Schultern gelegt hatte.

»Va bene?« fragte Andy.

»Naja.«

Annette reichte ihm die Rotweinpackung. Andy nahm einen Schluck, und weil sich seine Tante wieder herumgedreht hatte, um nichts von dem Umzugsklamauk zu verpassen, brauchte er seinen Ekel vor dem Gesöff nicht zu verbergen. Er schüttelte sich. »Du magst das nicht?« fragte sie, ohne ihren Kopf zu wenden.

»Naja.«

Die beiden verstanden sich seit eh und je auf eine fast telepathische Art. Das Initial-Erlebnis dafür soll die in den Familiensagen so genannte »Erstrettung Andys« gewesen sein. Sie geschah, als Andy, zweieinhalb Jahre alt, im Kinderzimmer vor der Carrera-Autobahn kniend – er und seine Tante Annette ließen einen roten Ferrari und einen gelben Mercedes gegeneinander rennen –, plötzlich umfiel, am ganzen Körper zitterte, zuckte, um sich schlug, Schaum am Mund, die Augen verdreht, von Annette sofort hochgerissen, ausgezogen, im Bad nebenan unter kaltes Wasser gehalten wurde. Dabei entkrampfte sich Andy, erlangte sein Bewußtsein wieder und lachte seine Tante, deren Hand er ergriff, mit einem Ausdruck an, den sie später »wirklich und weiß Gott erlösend« nannte – eine in den Familiensprachschatz eingegangene Formulierung. Tatsächlich ist Annette zur Lindens spontane Behandlung »die vollkommen richtige Therapie gewesen, die vermutlich Schlimmeres verhüten konnte«, Doktor Stern, dem uralten Hausarzt der Familie, zufolge, der sich – ganz unverständlich für die meisten – 45, »nach all dem«, wie das hier heißt, wieder in der Stadt niedergelassen hatte. Er stellte übrigens von Anfang an die richtige Diagnose: Fieberkrämpfe, gab damit Andys Großmutter väterlicherseits recht, die derartige Fälle aus ihrer Familie, den Jochums, kannte, vom berüchtigten Augustin zum Beispiel. Cousin Augustin hatte seine polnischen Feldarbeiter manchmal vom

Pferd herunter mit Schrotladungen beschossen, »allerdings nur im Suff«, wie Elisabeth zur Linden immer wieder betonte. Später übrigens ist er besoffen in die Häckselmaschine geraten – gestoßen worden, vermutlich –, die ihn zerstückelte. Überhaupt wiesen Fieberkrämpfe, die ja in der Regel nur Kleinkinder befallen, es sei denn, sie wären Vorzeichen einer Epilepsie, auf einen Hirndefekt hin, der vor allem Unfallkindern und/oder kriminell veranlagten Knaben und Mädchen eigen sei. Merkwürdig – sie mochte grad Andy sehr gern, und seine die Familie erschütternden Unfälle und Untaten kommentierte sie dann nur: »Die Fieberkrämpfe, sagt ich's nicht«, wobei sie dieses nach Hawa »sardonische Mammi-Lächeln« aufsetzte; höchstens daß sie noch anfügte, für den Fall, daß es niemand gedacht haben könnte: »Er ist eben ein Jochum.« Und damit meinte sie, er sei eben nicht ein »spießig-bourgeoiser zur-Linden«. Jedenfalls, ob nun Initial-Erlebnis oder sonstwas, seit dem Fieberkrampf – er trat übrigens nicht noch einmal auf – fühlte sich Annette Vendrini-zur Linden als Schutzpatronin ihres Neffen. Als er zum Beispiel mit seinem Motorrad Annegret Leckebusch beinahe totgefahren hatte – mit besoffenem Kopp dazu –, schaffte Benno Kröttmann ihn nach einigen Verhandlungen mit hohen Funktionären in ihre Obhut ins damalige Ost-Berlin, wo er solange blieb, bis man die Angelegenheit weitgehend außergerichtlich hatte regeln können. Andererseits – Annette Vendrini-zur Linden verdankte ihrem Neffen auch einiges, letztlich sogar ihre nun wirklich nötige Trennung von diesem im Familien-Jargon so genannten »sardinischen Briganten«, Gianfranco Vendrini, einem tatsächlich miesen Schnorrer und Schläger, Feigling und Verräter nicht nur seiner eigenen Genossen. Benno hielt ihn sogar für einen geschulten Agent provocateur, vermutlich zu Recht.

Vorher schon, im Deutschen Herbst, hatte Andy, gerade sechzehnjährig, mit falschen Papieren selbstverständlich, Annette, die nicht Auto fahren konnte, profimäßig, das heißt: vorschriftsmäßig in bewohnten Gegenden und die Sperren umgehend – er hörte den Polizeifunk ab –, ansonsten in alptraumartiger Raserei nach Italien und im Frühsommer darauf, nach dem Mord an Moro, wieder herausgebracht. Oder später, als sie und Vendrini in der DDR verschwunden waren, hielt er, neben Gerda Kröttmann, die Verbindung, versorgte die beiden mit Devisen und leistete wichtige Kurierdienste, zum Beispiel beim Untertauchen einiger ihrer »Genossinnen und Genossen« – nun, sagen wir Freunde und Freundinnen – drüben.

»Weißt du, was wir machen sollten«, fragte sie, ihren Blick nicht vom Bildschirm lassend, Andy, der sich neben sie gesetzt und einen Arm um sie gelegt hatte.

»Sag's.«

»Wir sollten nach der Geburtstagsfeier, vielleicht schon in der Nacht, rüberfahren auf den Jochum-Hof.«

»Wenn du möchtest.«

»Ich möchte.«

Annette meint bis heute, Andy würde ähnlich fest wie sie an dem über zweihundertfünfzig Jahre alten Familienbesitz mütterlicherseits hängen. Wirklich hatte er sich dort nie eigentlich unwohl gefühlt. Im Gegenteil: Er empfand sogar so etwas wie genealogische Verbundenheit, »Abstammungs-Nostalgie«, spöttelte er, zum Jochum-Hof, diesem weilergroßen Anwesen mit dem eichenumstandenen Haupthaus aus Backsteinfachwerk, dessen First über Tenne und Speicher zwei gekreuzte Pferdeköpfe krönen, den Ställen, Scheunen, Schuppen, Leutekaten, der Kapelle hinterm buchsbaumverwachsenen Friedhof voller toter Jochums. Als Kind hatte er da ein paarmal die Sommerferien verlebt, angenehme, nach Milch und Kühen, Pferden, geräucherten Würsten, Heu und frisch geschnittener Petersilie duftende Erinnerungen. Zum erstenmal in seinem Leben gevögelt – in einem Weizenfeld! – hatte er dort. Später noch blieb er öfter da für ein paar Tage, um sich vom Ärger, der ihn ja weiß Gott oft niederdrückte, zu erholen. Als »unverbesserlicher Stadtmensch, Urbanist« liebte er diese münsterländische Agraridylle nicht dermaßen wie seine Tante, die das Gut, die Gegend, die, so weit man übers flache Land blickt, zum Hof gehört, als ihr »wahres Zuhause, meine Heimat, natürlich im Blochschen Sinn, meinen wirklichen, immerwährenden Genesungsort« bezeichnet.

Da ist was dran. Schon als Dreijährige wurde sie – so jedenfalls die Familienmythologie – nur deshalb dem Tod, der ihr nach einer Diphtherie-Infektion drohte, entrissen, weil man sie auf den Jochum-Hof gebracht und drei Tage und Nächte lang unter feuchtem Stroh auf dem Hängeboden im Stall über den Kühen, nackt an ihre nackte Mutter gedrückt, alles hatte ausschwitzen lassen – eine seit Generationen von den Jochums angewandte Behandlung, die aber, dem Glauben dieser Spökenkieker zufolge, eben nur bei ihnen auf dem Hof im Stall über den Kühen funktioniert. Nun ja, die Jochums! – allen voran übrigens Elisabeth zur Linden, Annettes Mutter, die sich in ihrem letzten Lebensjahr, »endgültig umnachtet«, wie man das damals umschrieb, auf den Hof zurückgezogen hatte und dann im Kranichteich ertrank oder sich ertränkte. Letzteres will gerade Hawa nicht glauben. Der meint immer noch, seine Mutter habe zwar andere, doch niemals sich selbst töten können. Der Alte übrigens, Hawas Vater also, der es besser wissen müßte, schwieg darüber.

Mit sieben Jahren wurde Annette auf dem Jochum-Hof ein zweites Mal geheilt. Sie war daheim durchgedreht, nachdem sie im Luftschutzkeller der Schule das fünfstündige Bombardement der Stadt überlebt hatte. Im Keller waren die Lehrerin und sieben Schülerinnen, darunter ihre liebste Freundin, Erika Winkelsträter, unter Trümmern begraben worden. Sie sprach danach kaum noch ein vernünftiges Wort, fiel, sobald es brummte, summte, die Sirene loslegte, ein Licht flackerte, in ein endloses, fast tonlos gemurmeltes: »Heiligemuttergottesbittefüruns Heiligemuttergottesbittefüruns Heiligemuttergottesbittefüruns Heiligemuttergottesbittefüruns Heiligemuttergottesbittefüruns …!«, und weder Schreien, Klatsche, Klapse, geschweige denn Zureden halfen, dieses zunächst alle nervende, später entsetzende Schock-Gebrabbel zu stoppen. Und weil sie schließlich auch den Luftschutzraum im Felsenkeller unter der Lindenburg – sicherer als jeder Bunker – nicht mehr verlassen wollte, ob Tag, ob Nacht, ob Fliegeralarm oder Entwarnung, sie vielmehr immer öfter in schweigende Starre versank, bis bei irgendeinem Geräusch dieses Stoßgebet wieder aus ihr hervorbrach, schaffte man sie nach einigen Beruhigungsspritzen zum Jochum-Hof, wo es aller damaligen Voraussicht nach bis Kriegsende ruhig und beinahe friedensstill bleiben würde – ein Irrtum, wie sich herausstellen sollte.

Wenn Annette Vendrini-zur Linden von dieser Zeit auf dem Jochum-Hof erzählt – sie tut's nicht oft –, wirkt sie richtig verklärt, oder sagen wir so: Das mit den Jahren recht Herbe, ja Verbitterte, verschwindet aus ihrem Gesicht, und es erscheint der Anflug ihres ganz früher von allen, sogar von ihrer Mutter, ohne Süffisanz beschriebenen »Engelsgesichts«. Alice nannte sie sich damals, nach der Figur aus Lewis Carrolls Wunderland-Buch, das ihr ihre Mutter zunächst vorlas und das sie später, und zwar in der ersten deutschen Übersetzung von Antonie Zimmermann, auswendig wußte und noch weiß. Anfangs, so Annette, seien ihr die Geschichten dieses viktorianischen Mädchens bloß langweilig, nichtssagend vorgekommen. Erst in jenem Winter und Frühjahr auf dem Jochum-Hof habe sie das Wunderbare, das Erlösende dieser Traumerzählungen empfunden. Ohne dieses Buch – sie trug es damals ständig bei sich – wäre sie sicher im Loch, in der Scheune, dem Kuh- oder dem Pferdestall, im Feld, am Bach, in der finsteren Schlafkammer, dem Schweinekoben, auf dem staubigen Öller oder sonstwo verendet. Mit Alice aber sei ihre Wahnsinnsangst in Gelassenheit, ja Überlegenheit verwandelt worden, weil sie nämlich mit Alice im vorgeblichen Sinn den Unsinn und in der sogenannten Vernunft das Unvernünftige entdeckt habe. Was wäre passiert, hätte sie sich nicht in der Höhle des rotäugigen Kaninchens wiedergefunden, in der Höhle, in die sie fiel, nachdem sie schon am ersten Morgen nach einer Nacht, in der Bomberstaffel auf Bomberstaffel über den Hof Kurs auf die Revierstädte nahm, weggelaufen war, übers Feld, im Märzschnee Fuchsspuren folgend. Hätte sie später in dieser von ihr dann ausgebauten Höhle die entflohene Zwangsarbeiterin Lena aus Minsk verstecken, mit Honig, Brot und Schmalz und Speck versorgen können, wäre es ihr nicht gelungen, wie's eben nötig wurde, kleiner oder größer zu werden? Die grauenhafte Erdrosselung von Lena und den beiden russi schen Knechten in der Tenne durch die Kerle der Waffen-SS, die knapp vor Schluß den Hof zum Widerstandsnest machen wollten, wie hätte sie das verkraftet, das Hängen am Haken bis zuletzt, die herausgewürgten blauen Zungen, ohne den Schlächtern zuzuschreien: »Ihr seid nichts weiter als ein Spiel Karten.« Und das gleiche noch einmal, als an einem frühen Morgen, nach dem letzten Hahnenschrei, die befreiten Landsleute der Erhängten vom Nachbarshof den Onkel Josef, diese im Grunde doch liebe Grinse-Katze, auf dem Misthaufen, den er erklimmen mußte, mit Maschinenpistolen so zerfetzten, daß sein Blut die Jauchepfützen färbte.

Einen Ort, an dem einem so etwas widerfährt, den verläßt man entweder für immer und alle Zeiten, oder man kehrt immer wieder an ihn zurück. Wie gesagt, Annette empfand den Ort als ihre sogenannte »wahre Heimat« und beschwor, bedrängte ihren Vater, den Hof, der nach und nach verkam, mit allen Lasten zu übernehmen. Der Alte, der Landwirtschaftsbesitz eigentlich nichts abgewinnen konnte und den Besitz der Familie seiner Frau regelrecht verabscheute, ließ sich von seinem Liebling schließlich – allerdings auch unter dem Gesichtspunkt der Selbstversorgung in Notzeiten – erweichen, erteilte Hawa, seinerzeit noch Referendar, den Auftrag, die Angelegenheit im Sinne der Familie zu besorgen. Die juristische und finanzielle Regelung des Geschäfts wurde Hawas Gesellenstück, die Organisation zur späteren ökonomischen Gesundung des Betriebs bis – rechnet man die EG-Subventionen und steuerlichen Abschreibungen dazu – in die Gewinnzone hinein sein Meisterstück, auf das er ziemlich stolz war. Um so schlimmer fand er daher das »Partisanen-Schelmen-Stück« seiner Schwester. Es bestand darin, daß Annette, allerdings mit Einverständnis Vetter Engelberts, des Gutsverwalters, ihren revolutionären Freunden aus verschiedenen Ländern Europas auf dem Jochum-Hof Unterkunft verschaffte. Es waren IRA-Kämpfer aus Irland – sie tranken übrigens keinen Tropfen Alkohol – ebenso wie baskische Guerilleros, italienische Rotbrigadisten und RAF-Leute aus der BRD – letztere überraschend liebenswürdig. Das alles wäre möglicherweise und kurzfristig noch zu ertragen gewesen.

Grundsätzlich hatte Hawa nämlich, der Familientradition gemäß, vor allem auch in Erinnerung an ihre Aktivitäten während des Nazi-Regimes, nicht viel dagegen. Ein paarmal schon hatten die Augen zugedrückt werden müssen, wie man so sagt, als Annette für Wohnungen der Familie in Berliner und Kölner Häusern Mieter fand, die von Interpol und einigen Diensten gesucht wurden. Doch als dann Schießübungen in einem Waldstück stattfanden, sogar auf dem kleinen Friedhof voller toter Jochums hinter der Kapelle, und die Kriminalpolizei aus Warendorf aufmerksam wurde – sie konnte gerade noch beruhigt werden –, da mußte Schluß damit sein. Benno Kröttmann nahm Kontakt zu den Leuten auf, ohne zunächst Annette einzubeziehen, versuchte, ihnen klarzumachen, daß sie verschwinden müßten. Er bot ihnen Geld, viel Geld an.

Die Mission blieb erfolglos, obwohl Benno sich einen Tag und eine Nacht lang bemühte. Er empfahl, nach vorheriger Warnung der Betroffenen natürlich und nachdem Annette sich ins Ausland, möglichst Schweden, abgesetzt hätte, die Polizei einzuschalten. Es ginge wirklich nicht anders. Benno brachte wohl den irischen und arabischen Untergrundkämpfern – sie galten ihm als Mitglieder nationaler Befreiungsarmeen – gewisse Sympathien entgegen, und er mochte sogar ein bißchen die Italiener. Sie sollten aber, verdammt noch mal, da bleiben, wo sie hingehörten, in ihren Ländern, meinte er. Die Deutschen, er nannte sie »Arbeiterfeinde«, Hawa bezeichnete sie als »Partisanen-Darsteller«, konnte er dagegen nicht ausstehen. Die schadeten mehr, als sie je nützen könnten. Man nahm übrigens an, daß das Anwesen samt Gelände ringsum längst unter Beobachtung stand. »Wir warten noch«, hatte Hawa gesagt, und er war zum Hof gefahren, um sich mit Annette zu treffen.

Annette kam einen Tag später aus Berlin, und Hawa benutzte die Zeit zur Inspektion des Betriebs, wobei er sich vorsichtig umtat. Er fand nichts, das ihren Verdacht, Hof und Gegend würden observiert, stützte. Zwei französisch sprechende junge Männer, die in einer der Leutekaten wohnten, stellte Engelbert Jochum ihm als hospitierende Studenten der Agrarökonomie aus dem Libanon vor – eine ziemlich albterne Ausrede. Einer von ihnen wurde, wie Kara Ben Nemsi von Hadschi Halef Omar, »Sidi« genannt. Überhaupt schien man ziemlich arglos zu sein, was Hawa bei seiner Schwester nicht überraschte. Die Ahnungslosigkeit in Dingen der Konspiration paßte zu ihr, und er mußte darauf bestehen, die Angelegenheit, wegen der er gekommen war, nur außerhalb des Anwesens zu bereden.

An diese Aussprache denken beide nur ungern zurück. Sie waren den Weg entlang der Blanken Becke zwischen Knüppelweiden zum Kranichteich gegangen. Es war ein Mittag mitten im Juli, erstickend heiß. Kein Luftzug wehte über die goldbraunen Kornfelder. Über dem Bruch brannte die Sonne so gewaltig, als ob der Himmel schmelzen wollte. Das Wasser stand schwarzgrün und giftig in dem zum Tümpel niedergetrockneten Teich, um den herum sie spazierten. In der Lautlosigkeit der flimmernden Hitze konnte man im verdorrten, raschelnden Gras die Heuschrecken knistern hören. Einmal wurde die Stille von zwei aus dem Dunst weit im Westen herandonnernden Tornados zerrissen. Natürlich kannte Annette den Grund von Hawas Besuch. Auch sie hatte übrigens unter Anleitung jenes ominösen Sidi geschossen, mit einer Baretta, einer Kalaschnikow, sogar einer Bazooka – »ein herrliches Gefühl von Vernichtung jeglicher Ohnmacht«. Einmal, an einem frühen Morgen nach dem letzten Hahnenschrei, hatte sie oben vom Misthaufen aus mit der Kalaschnikow eine Garbe aufs Tennentor gefeuert, wofür sie nachher von Sidi geohrfeigt worden war.

Hawa war gleich zur Sache gekommen, und er endete mit dem Satz: »Also die Familie kann und wird das nicht weiter dulden, Nettchen«, worauf sie, die solche Floskeln zur Genüge kannte, noch ironisch geäußert hatte: »Oh, wirklich nicht!« Besorgt war sie nicht gewesen, hatte sogar gelacht. Außerdem hatte sie aus der Suada ihres Bruders gegen »selbsternannte Revolutionäre, Freiheitskämpfer am falschen Ort und zur falschen Zeit … massenfeindlicher Avantgarde-Anspruch …« und so weiter die »typischen revisionistischen Argumentationsketten der Kröttmanns« herausgehört. Nicht mal sein Anwurf, sie sowie ihre Freunde würden den Terrorismus mit antifaschistischem Kampf verwechseln, »von dem ihr ja nun weiß Gott keine Ahnung habt«, hatte sie wirklich aufgebracht. Erst bei seiner Ankündigung, da sie Argumenten nicht zugänglich sei, die Polizei einzuschalten, »falls nicht innert drei Tagen der Spuk verschwunden ist«, war sie hochgefahren. Auf ihr »Wie bitte?« war dann das »Punktum« gefallen, das seit Kindertagen zwischen ihnen geltende Schlüsselwort für Unabänderliches, unverrückbar – in der Regel von der Familie – Beschlossenes. Die Ungeheuerlichkeit des daraufhin in ihr hochgekommenen Verlangens, das dann beinahe zum Vorhaben gedieh, »die gesamte Mischpoke wegzuräumen, wenigstens deren führende Köpfe«, ist ihr erst viel später, nämlich als auch diese Periode für sie vorüber war, aufgegangen. Hawa aber will heute noch nicht wahrhaben, daß er damals kalkulierte: »Sie wird draufgehen. Aber daran ist sie selbst schuld«, ausgehend davon, Annette und ihre Freunde würden sich, wie sie angedroht hatte, »gegen die Bullen mit allen Mitteln zur Wehr setzen. Punktum.«

»Wer die Viertelung nicht fürchtet, reißt den Kaiser vom Pferd«, hatte sie beim Abschied erklärt, »eine Erkenntnis, die du wohl längst vergessen hast.«

Zum Polizeieinsatz ist es dann ja nicht gekommen, weil wohl vor allem die arabischen Freischärler einen geeigneteren Zufluchtsort und Übungsplatz zu bieten hatten, und Annette war für einige Zeit auf Reisen gegangen – durch lateinamerikanische und afrikanische Länder. Aber, wie gesagt: Eine heikle Angelegenheit zwischen ihnen ist das geblieben, bis heute. Und vor kurzem noch hatte Annette ihrem Bruder ein Buch an den Kopf geworfen, als der sie, süffisant oder auch nur, um das Ganze doch mal ins Spaßige zu versetzen, fragte, warum sie »jene chinoise Parole vom Kaiser und der Viertelung« nicht in die Tat umgesetzt hätten, »da, wo es nun wirklich nötig gewesen wäre, in eurem späteren Eldorado, dem sogenannten ersten Arbeiter- und Bauernstaat auf deutschem Boden«.

Das einzige übrigens, vertraute Annette ihrem Neffen Andy und ihrem Vater an, das einzige, was sie während ihres zehnjährigen Aufenthalts in der DDR wirklich vermißt habe, sei diese ihre wahre Heimat, der Jochum-Hof, gewesen. Nach ihrer Rückkehr zog sie schließlich auch dorthin in eine der Leutekaten: ein idyllisch-gemütliches, von einem wild-wuchernden Garten umgebenes, von Andy so genanntes »Knusperhäuschen«.

»In dein Knusperhäuschen also, gut«, sagte Andy, der in-zwischen aufgestanden und ans Fenster getreten war, »ich fahre dich hin und bleibe einen Tag.«

»Nicht länger?«

»Es geht nicht.« Andy erzählte, daß er aus geschäftlichen Gründen nach Los Angeles müsse, weil er nämlich sich dort niederzulassen gedenke, und zwar – »du wirst's nicht glau-ben« – im Holzgeschäft, das ein alter Freund von ihm drüben bereits mit seiner, Andys, stiller Teilhabe führe; ein Tischler, dieser Freund, sie kenne ihn, Horst Küppersbusch, der Bier-brauereidirektor-Sohn. Vor fünf Jahren sei der rübergemacht. Sie solle sich vorstellen, bereits zwanzig Leute beschäftige der, gerade halte er sich in Indonesien auf, wo an Edelhölzer und Arbeitskräfte mehr als preiswert heranzukommen sei; eine Dependance wollten sie in Sumatra etablieren. »Holz«, sie wisse, wie gern er mit Holz umgehe. Es sei sein Material.

Nein, wisse sie nicht. »Also weg und für immer?«

»Fürs erste, sicher.«

»Du bist verrückt.«

»Na, aber sicher.«

»Und Serafina und die Kinder?«

»Kommen mit, wenn sie es wollen.«

Andy setzte sich wieder neben sie, legte den Arm um ihre Schultern. »Komm doch mit«, sagte er.

»Ich bitte dich! Andy! In die USA! Noch dazu in dieses Kalifornien!« Selbst wenn sie jetzt einreisen dürfe, was ihr seinerzeit untersagt worden sei. »Ich seh dich immer noch als Chef hier, später, wenn dein Vater, der ja wohl bald privati-sieren möchte, abgibt.«

»Ich aber nicht, und vor allem, ich will's überhaupt nicht.« Nach dem Tod des Alten – er sagte »unseres Großvaters« – würde er sich nun endlich, und sei's mit fremden Anwälten, sein Erbteil auszahlen lassen »und nichts wie weg – Tantchen, es geht nicht anders«.

Erstens, sagte Annette, sei's mit der Erbteilauszahlung so eine Sache, einige von ihnen hätten's ja schon versucht, unter anderem sie selbst. So einfach gehe das wegen dieser fideikomißähnlichen Regelung eben nicht, selbst nicht nach dem Tod des Alten. Sie sagte »nach Papas Tod«, wobei sie »Papa« französisch akzentuierte, nach Papas Tod, der im übrigen noch recht lange auf sich warten lasse, hoffentlich.

»Und diese fiedeikomißähnliche Regelung ist eben unzulässig, das weiß ich jetzt«, sagte Andy.

»Die Familie verzeiht so was nicht«, sagte Annette, »und was das bedeutet, brauche ich dir ja nicht zu sagen. Jedenfalls mag Papa gerade dich, und im Grunde will er, daß du hier dann an die Stelle deines Vaters trittst.«

Das war gelogen. Annette und ihr Vater hatten beim nachmittäglichen Tee und auch abends noch regelmäßig über Angelegenheiten des Linden-Kombinats gesprochen, was vor allem Hawa fuchste: »Nettchen, Papa, Nettchen! Herrgottnochmal, wir kennen doch alle unser Nettchen!« hat er jedesmal gesagt, wenn sein Vater einen Vorschlag machte – was immer noch einer Entscheidung gleichkam –, den er unter anderem damit zu begründen suchte, daß er anführte: »Annette meint das auch« – boshafterweise übrigens. Tatsache ist allerdings: Karl-Walter zur Linden liebte Annette, weiß Gott warum, vor allen seinen Kindern und Kindeskindern, von den übrigen Familienmitgliedern zu schweigen. Und trotz aller unmöglichen Eskapaden seiner Lieblingstochter, die, möchte man meinen, nun wirklich nicht für Realitätssinn und darauf beruhender Urteilskraft sprachen, hielt er in gewissen Dingen doch einiges von Annettes Hinweisen, Einschätzungen, Ratschlägen in geschäftlichen Angelegenheiten – unbegreiflich, wie gesagt, gerade für Hawa. Was nun Andy betraf, da war Karl-Walter zur Linden allerdings völlig anderer Ansicht als seine Tochter. Kam die Rede auf die Weiterführung »unseres Familienunternehmens«, »unseres Hauses«, wie der Alte das Linden-Kombinat zu nennen beliebte, so hatte Annette erst beiläufig, dann immer direkter, Andy ins Feld geführt. Der sei, man müsse ihn nur richtig lassen, der Richtige, habe Phantasie, erkenne das Neue und Machbare rechtzeitig, sei entschlußstark, der Beweglichste allemal, und seine Loyalität stehe außerhalb jeden Zweifels, die Treue gehe Andy über alles. »Und er ist, Papa, das wissen wir alle, ein Kommunikations-Genie. Diese Kombination, Papa, was willst du, was wollen wir alle mehr. Gut, Andy ist kein Jurist.« Aber sei das denn erforderlich in dieser Zeit? »Und was da auf uns zukommt! Haben nicht vor allem diese speziellen Fähigkeiten und Eigenschaften Andys, die eben noch nicht juristisch versaut sind, mehr Erfolg?« Und im übrigen habe man genug Juristen in der Familie. »Du magst ihn doch, den Andy.«

Ja, er möge ihn, vor allem auch deshalb, weil er seiner Lieblingstochter Liebling sei. Aber die Anhänglichkeit, die nahezu symbiotische Beziehung zwischen ihr und ihrem Neffen, trübe ihren Blick. Nein – Andreas sei zu sprunghaft, habe keinen Sinn fürs Naheliegende, sei im Grunde ein Träumer, weshalb sich beide, sie und er, ja wohl auch so gut verstünden. Und – also bitte – was der schon so angerichtet habe. »Und seine Affären … also! Liebe Güte!«

Genügend Gegenargumente waren von ihr angeführt worden, zum Beispiel auch, daß man Andy all und überall liebe, trotz oder gerade weil er so viel angerichtet habe. Sie hätten den Alten eigentlich überzeugen müssen, fand sie. Vor allem Andys Zuverlässigkeit hat sie immer wieder beteuert, seine Loyalität gerade auch in prekären, gefährlichen, ja dubiosen Situationen. »Wie gesagt, er läßt sich totschießen für die Familie.«

»Das ist doch überhaupt nicht nötig.«

»So? Für ewig und drei Tage nicht?«

Da hatte der Alte gelacht. Und als Annette nachgesetzt hatte, die verwundbarste Stelle ihres Vaters im Visier: »Wenn überhaupt einer, dann hält er den Laden zusammen, wenn's drauf ankommt. Für ewig und drei Tage – jedenfalls so lange er lebt« – da war es herausgekommen:

»Andreas ist Apostat.«

»Das bin ich auch.«

»Das meinst du nur.« Und schließlich wolle sie ja auch nicht dereinst die Familie, das Haus, führen, deren guter Ruf und anhänglichste Klientele und Mandantenschaft über die Grenzen der Gegend hinaus nicht zum Geringen darauf beruhe, daß zumindest die leitenden zur-Lindens gläubige, immer noch praktizierende Katholiken seien.

Annette wußte, dagegen war kaum noch zu argumentieren. Andy hat das alles längst von »dem Patriarchen« gewußt, lachte deshalb und sagte: »Komm, liebe Nette, gib's auf. Ich bin und will und werde nicht.«

»D'accord also, und nix wie weg gleich nach dem Geburtstagsfest.«

»Nicht direkt, einen Tag später.« Andy hatte die Organisation des Festes übernommen. Die Inszenierung eines Musicals mit hundert Darstellern sei ein Klacks dagegen, doch das Schwierigste sei gewesen, sich an diesem Tag die Offiziellen, wie es der Alte wünsche, vom Halse zu halten. »Zwei Wochen später im Rathaus dürfen die über ihn herfallen. Armer Alter. Aber ich bin dann schon längst in L. A.«

Andy hatte den Fernseher ausgeknipst. »Weißt du übrigens, wer gleich kommen wird?« fragte er.

»Na?«

»Angerufen hat er aus Düsseldorf.«

»Martin!«

»Exakt.«

Beide lachten, fragten sich, wie er diesmal auftauchen würde. Beim letzten Mal war er mit dem Fallschirm abgesprungen und beinahe zwischen den Luken auf Kröttmanns Taubenhaus gelandet. Sie erzählten sich einige Geschichten über Martins Geschichten.

»Er spielt den Exzentriker bis zum Exzeß«, sagte Annette.

»Laß ihn doch«, sagte Andy, »das ist heutzutage, wo schon unser Herr Schweiger den Sadomasochisten spielt, schwer genug.«

Er solle zu Greenpeace gehen, sagte Annette. »Da gibt's viele seines Temperaments. Da kann er sich austoben und sogar für einen guten Zweck, na, sagen wir, für einen unter den hiesigen Verhältnissen vertretbaren Zweck.«

»Martin ist Solist, Tantchen«, sagte Andy, »und außerdem auf einem neuen Trip – jedenfalls vor kurzem noch, als er aus Japan irgendwo anrief: Cyberspace-Player, Internet-Surfer ist er neuerdings.«

»Was ist denn das nun wieder?«

Andy, EDV-Spezialist des Linden-Kombinats – er hat für alle Abteilungen hier, sogar für die HNO-Praxis seiner Mutter, Programme entwickelt, die Angestellten angelernt und eingearbeitet –, begann: »Also, du mußt dir vorstellen, eine unendliche Reihe von ... oder sagen wir: so ein Informationsgefüge ...«, brach aber ab, als er auf dem Gesicht seiner Tante diesen Ausdruck erkannte, der allen in der Zeit vor den PCs geborenen Menschen eigen ist, wenn einer wie er zu Erklärungen au fond ansetzt: diese Mischung aus vorgeblicher Wißbegierde und Spott, hinter der sich Hilflosigkeit und Aversion verbirgt. Naiv-Usern mußte man anders kommen – und so sagte er: »Also das sind nette Spielchen im Bereich der virtuellen Realität. Ich glaube, sie würden auch dir Spaß machen. Es ist nämlich ein bißchen wie Alice im Wunderland.«

»Wenn du meinst«, sagte Annette, und das sollte heißen: »Wie unsagbar dumm und dämlich – dieser Bezug.« Sie nahm einen Schluck Wein aus der Pappschachtel. »Versuchen könnt ich's ja mal«, sagte sie, und Andy mußte über ihr Bemühen, ihn nicht ihre Empörung über die Unzulässigkeit eines solchen Vergleichs merken zu lassen, lachen. Er umarmte sie.

»Du bist so herrlich altmodisch«, sagte er.

Der Durchreisende

Martin zur Linden fuhr am Nachmittag auf den Hof in einem auf hohen und schmalbereiften Speichenrädern laufenden Oldtimer, dessen Motor unter einer durch zwei Ledergurte geschlossen gehaltenen Luftgitterhaube fast treckerlaut tuckerte. Zwei Kinder quetschten und drückten vom Beifahrersitz aus unablässig die in Höhe der Windschutzscheibe angebrachte quäkende Ball-Hupe. Der blecherne Auspuff knatterte, das Zwitschern kam von irgendwoher aus dem Getriebe, und das Quietschen von den die Stöße des Kopfsteinpflasters auffangenden Blattfedern des Wagens: ein schwarzgelber Cabriolet-Zweisitzer. Das Segeltuchverdeck war nach hinten geklappt, auf dem runden Heck über den beiden Ersatzrädern ein großer Koffer festgezurrt. Martin drehte drei Runden, ehe er vor der vom Portikus überdachten Haupttreppe hielt. Fünf Kinder, irgendwie in dem Auto neben und hinter Martin, hatten Hawaii-Hemden an und seidene Baseballkappen auf den kleinen Köppen, Geschenke von Onkel Martin. Der trug eine dieser Autofahrer-Schirmmützen aus den zwanziger Jahren, Staubbrille am Halse baumelnd über einem engen, weißen Sweater, und als er sich aus dem Gefährt flankte, sah man Knickerbocker. »Aber hallo«, sagte Liliane, »das ist ja mal wieder was Frisches.«

Außer Anne-Catherine und dem Alten, der aber am Fenster stand und die Gardine zur Seite geschoben hatte, waren alle im Hause, vom Lärmen und Hupen angezogen, heruntergekommen, »zum Empfang angetreten«, wie Liliane, Hand am Kopf, militärisch grüßend schnarrte. Man umarmte sich, etwas länger und fast innig Mutter und Sohn. Die anderen beließen es bei der förmlichen Acolade, den zur-Lindens ursprünglich eine fremde, ja verdächtige Begrüßungsart. Marie-

Anne hatte sie anstelle des »treudoofen teutonischen Händedrucks« in der Familie eingeführt, und insofern wurde die flüchtige Backenküsserei auch von den Älteren akzeptiert, lange übrigens bevor sie dann in den siebziger Jahren in bestimmten Kreisen sogar in dieser Gegend hier Mode wurde. Lenchen und Max, Andys Kinder, kletterten ins Auto zu Boris und Astrid, Enkelkinder von Hans-Joachim, die und deren Freunde Martin aus der Stadt mit hochgebracht hatte, und Benno Kröttmann fuhr alle noch einmal im Hof herum, während die Erwachsenen zuschauten und lachten und sich von Martin den Erwerb dieses Kraftfahrzeugs von einem Düsseldorfer Händler schildern ließen, bei dem er den Eindruck eines jähzornigen jugoslawischen Mafioso erweckt und dadurch den Kaufpreis um einiges habe drücken können. Wieviel er dafür bezahlt habe, fragte Hawa.

»Wird nicht verraten. Was meinst du?« fragte er Benno Kröttmann, der um das Auto herumging, sich niederließ, drunterguckte, über die lange und schmale, zweiflüglige Motorhaube strich. »Mehr als fünfunddreißigtausend wär verrückt«, sagte er, »bei aller Liebe für so 'n Töff-Töff.«

»Ein BMW aus den Zwanzigern ist allemal das Vierfache wert«, rief Martin, »wenn nicht das Sechsfache.«

Hawa sagte: »Naja – BMW Dixi, so sieht er jedenfalls von außen aus. Handgetriebene Karosserie allerdings …«

»Die ist nachgebaut«, sagte Kröttmann, »Chassis, Motor, Hinterachse sind Baujahr neunundzwanzig, schätze ich. Aber das andere ist später dazugekommen.«

»Siebenhundertfünfzig Kubik, seitengesteuerte Maschine, vier Zylinder, wassergekühlt mit Fallbenzin – keine Pumpe«, sagte Hawa, »Doktor Stratmann hatte so einen, Benno, weißt du noch, neben seinem Dekawuppdich.« Kröttmann nickte. Sie hatten den Wagen des Arztes eines Nachts im Winter 43 aus der Garage geholt, wo er als kriegsverwendungsunfähig abgestellt war, waren mit ihm bis ins Sauerland gefahren, und als sie zurückkamen, stand Doktor Stratmann auf dem Hof, holte beide aus dem Wagen und ohrfeigte sie, meldete sie aber nicht, eine Geschichte, die Hawa wieder mal gleich darbot, obwohl alle sie kannten, auch den Schlußsatz – ein geflügeltes

Wort und Zitat des Alten: »Ja, der Stratmann, ein Liberaler zwar, aber ein wirklicher«, und der Familienchor antwortete leiernd und unisono: »Und schon im Garten seines Vaters, denkt euch, war immer unsere dritte Station bei der Fronleichnamsprozession.«

»Nach 38 jedenfalls ist die Karosserie draufgesetzt worden«, sagte Benno Kröttmann. Woher er das wisse, fragte Martin.

»Weil sein Vorbild der BMW 328 ist, zwei Liter, sechs Zylinder. Und der ist erst 1938 gebaut worden. Stimmt's?« fragte er zu Hawa hin.

»Ja«, sagte Hawa, »wir hatten so einen.« Man sah den Alten oben hinter seinem Fenster nicken.

»Wenn wir ihn untersuchen, und das tun wir gern, Martin, wird man sehen, daß hinter den Bremstrommeln Reibräder angebracht sind«, sagte Hawa.

»Das ist noch nicht ausgemacht«, meinte Benno.

Aber das sei doch gerade wertsteigernd, Motorchassis schon von 1929, so Martin.

»Das glauben die Laien«, sagte Hawa.

Sie sollten nun endlich reinkommen, drängte Marie-Anne, es gäbe doch nun wirklich Wichtigeres zu erzählen als …

»Wartet noch«, sagte Martin, machte sich daran, den Koffer über den Ersatzrädern abzuschnallen, wobei ihm Andy half. »Die Geschenke sind da drin« – und dann gingen alle, Andy schleppte den Koffer, ins Haus zurück, versammelten sich in der Halle. Der Koffer wurde auf den großen Ablagetisch gehoben, die Kinder drängten sich drum herum, und die Erwachsenen standen hinter den Kindern.

Bevor Martin den Koffer öffnete, sagte er in die Runde: »Ich hab euch etwas mitgebracht, und wißt ihr was?« Das gehörte zum Ritual.

»Neiheiheihein.«

»Wißt ihr denn nicht, wo ich gewesen bin?«

»Neiheiheihein.«

Er hätte ihnen, den Kindern, doch schon etwas geschenkt; die schönen, bunten, seidenen Hemden, die schönen, bunten, seidenen Kappen. Woher?

Hawaii, schätze sie mal, sagte Anne-Catherine, die erst

jetzt dazugekommen war. Nicht nur da sei er gewesen, sagte Martin, aber auch – und er rezitierte:

> An goldnen Küsten und auf Inselgruppen
> wo die Töchter der Malaien
> seltner Fische bunte Schuppen
> Schiffern vor die Füße streuen.
> Da wo Meere, deren stille Häfen
> sich mit Inselgürteln schürzen ...

Er solle es nicht so spannend machen, rief man, »Herr Freiligrath«, sagte Annette.

»Fidschiinseln«, riet jemand.

»Bingo, und?«

»Samoa.«

»Richtig, und und und und, zuletzt über Hawaii in die Karibik.«

Wie gesagt – so was gehört dazu, wenn Martin von seinen Reisen mal vorbeikommt, für länger oder meistens für kürzer, bevor er die Geschenke auspackt. Diesmal war es wieder lauter verrückter Krimskrams: mit den Porträts von Michael Jackson und Imelda Marcos bedruckte Seidentücher und Krawatten, Rollschuhe, die Rennwagengeräusche produzierten, wenn die Räder rollten, Stäbchen aus Haifischgräten zur Penisverstärkung, ein Satz Kugelfisch-Häutchen als Hymenersatz mit Klebstoff – natürlich für die Erwachsenen in Perlmutt- und Muschelkästchen verpackt – und der Clou: Kokosnüsse, aus denen per Knopfdruck eine bastrockbekleidete Mädchenpuppe sprang, die zur Musik tanzte, eine Art Funkenmariechen-Gehopse zu einem Kölner Karnevalsmarsch – alles made in Honolulu; eine Gaudi, nicht nur für die Kinder. Annette bekam eine Kokosnuß extra, aus der, als sie den Knopf drückte, der bärtige, die geballte Faust reckende Fidel Castro schnellte und pausenlos, aber wohl originalgetreu: »Socialismo o muerte« rief. Ein Fauxpas sondergleichen, wie sich herausstellte, denn Annette schmiß das Ding durch die Halle und gegen die Wand. Das sei nun wirklich mehr als abgeschmackt, sagte sie, bleicher noch als sonst und noch rotfleckiger im Gesicht. Martin begriff zuerst nicht, wollte lachen, aber als er den Ausdruck in Annettes erhitztem Gesicht sah, wurde er tatsächlich verwirrt.

»Ich wollte doch bloß ...«, stotterte er, »und ich dachte, jetzt, nach alldem, sei das nun doch auch für dich ...«

Es wurde dadurch nur noch schlimmer, und als er, das geflüsterte »Tais-toi« seiner Schwester Anne-Catherine überhörend, auf seine Tante zuging, drehte die sich weg und rannte raus.

Nun muß man wissen, daß Martin und seine Tante Annette einander auf eine verdrehte Art schätzten. Sie nannte ihn einen caractère joyeux, er sie eine schrullige Tante – ironisch-liebevoll und durchaus bewundernd beide. Dieses spaßbereite, entspannte und ein bißchen geplänkelhafte Verhältnis hatten sie sogar in politicis durchgehalten, erstaunlich bei Annettes unbeugsamem – von Hawa »feierlichstem«, von anderen »Bier-« genanntem – Ernst in diesen Dingen. Dieses gegenseitige Verständnis rührt von der gleichen Einschätzung des, so Martin, »zur-Lindenschen Grundmusters seit drei Generationen«, das er ihr einmal in einer seiner »ideologischen Exkursionen« bezeichnete als »diese spezielle Haltung aus katholischem Wertkonservatismus, vermengt mit der seit quadrogesimo anno und rerum novarum formulierten Soziallehre, welche sich gegen die traditionelle kapitalistische Moderne richtet, darin allerdings nur dem zur-Lindenschen Wirtschaften folgt, einem vom Verwertungsprozeß des modernen Räuberkapitals noch beinahe unabhängigen, quasi-feudalen Grundeigentum-Wirtschaften, das ja das zur-Lindensche Alltagsleben dominiert – dieses quasi vorkapitalistische Milieu von Familie, Kirche, Patriarchen- und Vasallentum in milder Nachsommer-Idylle. Dies in marxistischer Deutung, extra für dich, schrullige Tante.«

Martin hatte sie, allerdings nur kurz, ein paarmal in Ost-Berlin besucht, doch seinen Erzählungen hatte man in der Familie begieriger als denen von Andy gelauscht. Martin nämlich macht gewöhnlich in den Geschichten, die er mitbringt, keinen Unterschied, ob diese in irgendwelchen Gegenden unter archaischen, dem Animismus noch verhafteten Eingeborenen spielen oder hier und heute, sei's in Dänemark

bei sozialdemokratischen und monarchistischen Kleinbür-
gern, in Queensland bei presbyterianischen Großfarmern, im
sauerländischen Plettenberg zwischen Nachbarn des verbli-
chenen Carl Schmitt, in Arizona bei anarcho-faschistischen
Sektenmitgliedern, Zahnärzten in Tübingen oder eben unter
Leuten in real-sozialistischen Bereichen. Von allem, über alles
wird mit dem Blick und dem Ton des schriftstellernden
Fremden und Entdeckers berichtet. Da gibt es Erzählungen,
die in den Familien-Fundus der oft kolportierten Dönekens
eingegangen sind. Die drei Tage und Nächte dauernde Bil-
lardschlacht im flandrischen Kortrijk etwa, die ein elfjähriges
Mädchen aus Surinam gewann, oder die Reise von Stalingrad
nach Astrachan auf einem Luftkissenschiff voller Fabrik-
arbeiterinnen, die schöner sangen als jener Chor schwarzer
Baptistinnen aus Baton Rouge im Mississippidelta. Herrliche
Parodien waren darunter, so die des Pfarrers aus dem bergi-
schen Gummersbach, wie der im rheinischen Dialekt den
Sturm auf dem See Genezareth schildert, oder jene des besoffenen US-Veterans aus Idaho, der die D-Day-Schlacht beschreibt. Vor allem der Alte konnte sich an solchen Stücks-
kens nicht satt hören, hatte sich allerdings bei Martins Bericht über das Leben seiner geliebten Tochter in Ost-Berlin
seinen »üblichen Ulk« verbeten. Karl-Walter zur Linden übrigens hatte nie begriffen, warum Annette »um Himmels willen gerade in dieses preußische Ost-Berlin« gezogen war und
nicht zum Beispiel, »wenn's denn unbedingt der Osten sein
muß, nach Budapest, wo wir noch immer ganz interessante
Verbindungen unterhalten und wo man auch deutsch spricht
– allemal so verständlich wie im Sauerland. Na – man will's ja
eigentlich nicht wissen …« Aber lächelnd, einen Strohhalm
zwischen seinen Fingern zerreibend, hatte er aufmerksam
zugehört, wenn Martin von drüben erzählte.
  Annette Vendrini-zur Linden arbeitete damals in Ost-Berlin – unnötigerweise, doch sie hatte auf eine Beschäftigung
gegen Entgelt bestanden – in einer Künstleragentur, die
Schriftstellerlesungen, Auftritte von Schauspielern und Musikanten in Betrieben, Schulen, Kulturhäusern und dergleichen vermittelte. Nachdem Gianfranco Vendrini aus ihrem

Leben, und nach Hawas Vermutung überhaupt aus dem Leben, verschwunden war, lebte sie mit einem Parteihochschul-Philosophen zusammen. In ihrer Wohnung trafen sich Intellektuelle, Künstler, Dichter, Fachleute aller Branchen – SED-Mitglieder die meisten, versteht sich. Da wurde viel geredet, geschwätzt, über dies und das, viel über die Beschwernisse des alltäglichen und des Berufslebens, obwohl es den meisten, die dort verkehrten, alles andere als schlechtging. Ästhetische Probleme kamen, zu Martins Verwunderung, erstaunlich häufig aufs Tapet. Vor allem aber die Diskussionen übers »Große und Ganze« interessierten ihn, und in den Schilderungen solcher nächtlicher Gespräche lief er zu Hochform auf. Er beschrieb sie wie Dispute unter Spätscholastikern, so die Debatte über jene Stelle im Kommunistischen Manifest, bei der es darum geht, daß anstelle der alten bürgerlichen Gesellschaft eine Assoziation tritt, worin die freie Entwicklung eines jeden die Bedingung für die freie Entwicklung aller ist. Man stritt darüber, ob diese Assoziation überhaupt erst mal jene Voraussetzungen schaffen müsse, welche die freie Entwicklung des einzelnen für die freie Entwicklung aller setze – oder ob die freie Entwicklung des einzelnen bereits wesentliches Kennzeichen dieser Assoziation zu sein habe. Letzteres vertrat vor allem der international berühmte, doch kaum noch dichtende Dichter, von dem es hieß, er habe jederzeit Zutritt zum Generalsekretär und Staatsratsvorsitzenden Honecker. Er bekannte übrigens, dieser Auslegung erst seit kurzem – man schrieb 1988 – zuzuneigen. Vorher habe er anders geurteilt. Seine ikonenhafte Gestik – eine Hand immer an der kalten Pfeife im Mund oder im Schoß, das Zurückstreichen des in die Stirn fallenden Weißhaars, die aufrechte Sitzhaltung, den strengen, bedeutenden Ausdruck – stellte Martin ebenso komödiantenhaft-hinreißend dar wie den Sprecher der Gegenseite, einen breitgesichtigen, ständig lausbubenhaft lächelnden Germanisten, der zu bedenken gab, daß solche Interpretation ans Eingemachte ginge, nämlich die Partei beträfe, ja treffe, und zwar mitten ins Herz, mal davon abgesehen, daß er sich nicht vorstellen könne, die Verfasser des Manifests hätten Stirnersche

Vorstellungen mit jener Assoziation verbunden. Die dritte Position – Jacke wie Joppe sei das doch alles, Hauptsache der Warenhaushalt stimme – vertrat ein enorm dicker Genosse vom Außenhandelsministerium, dessen zur Schau gestellten Plebejismus zu imitieren, Martin besonderen Spaß machte. Und Annette dazwischen, lauschend und kaum mal das Wort ergreifend, aber dann doch mit allen anderen in das Gelächter einstimmend, als er, Martin – aufspringend in Art eines advocatus diaboli –, gerufen hatte, nunmehr müsse er die Disputanten strengstens ermahnen, das eigentliche Thema zu behandeln, nämlich: »Wie viele Engel passen auf eine Nadelspitze?«

Wie gesagt, damals amüsierte sich Annette noch über solche komischen Glossen zu solchen ernsthaften Gedanken. Sie hatte sogar als erste in das Schweigen der anderen hineingelacht und damit das allgemeine und dann »homerisch« genannte Gelächter erzeugt, als Martin ein andermal dazwischengekaspert hatte. Es war darum gegangen, inwieweit Marx das Problem des Warenwerts gelöst hatte, und wieder mal war eine hermeneutische Angelegenheit daraus geworden. Man verglich Stellen aus Band eins und Band zwei vom »Kapital« mit solchen Produktion und Warenwert betreffenden Stellen in Marxens Kritik am Gothaer Programm, wobei die These eines Filmhochschulprofessors, der meinte, der Großmeister habe dabei naiverweise vorausgesetzt, daß die Gesellschaftsmitglieder ohne Marktermittlung zutreffende Informationen über die Menge gesellschaftlich notwendiger, durchschnittlicher Arbeit bekämen, auf Widerspruch bei den meisten stieß. »Abgesehen davon, daß der ironische Begriff ›Großmeister‹ unangemessen ist«, so ein ebenfalls international berühmter, aber offiziell bereits in Verschiß geratener Dichter – Martin beschrieb ihn als »absolut Adler-Sam-ähnlich«. Bbei allem Verständnis fürs Kolportagehafte, was ja in der Kinoästhetik wohl das Normale ist«, hatte der Dichter noch hinzugefügt, worauf ein Zwischenstreit darüber ausgebrochen war, wie Kolportage und Ironie überhaupt zusammengedacht werden können, ohne den Begriff »Dekadenz« ins Spiel zu bringen. »Einmal abgesehen davon, daß Ihre

Arbeiten, verehrter Dichterfürst, doch nun wirklich von Kolportage und Ironie durchzogen sind, weshalb sie sich ja so gut verfilmen lassen«, woraufhin der Dichter lachend entgegnete: »Aber eben nur im Westen.«

Dann hatte man sich wieder daran gemacht, in jener scholastischen Manier, unter Zuhilfenahme sekundärer Schriften verschiedenster Verfasser, die besagten und andere Stellen auszulegen, wobei ein kleiner, quirliger Mann sich hervortat, der Rechtsanwalt war und aus altem Revolutions-Geschlecht stammte. Seine Urgroßmutter, so Martin, sei Narodniki-Bomberin an der Seite von Lenins Bruder gewesen. Jener Rechtsanwalt behauptete, der Schlüssel für das bislang in der Planwirtschaft ungelöste Warenproblem läge in der unhistorischen Interpretation des Gebrauchswerts Marxscher Prägung. Dieser sei nämlich wesentlich an einem Stadium gesellschaftlicher Produktion orientiert, in welchem die individuelle Reproduktion für viele noch relativ unabhängig vom Verwertungsprozeß des Kapitals möglich war. Das Alltagsleben von Leuten wie Marx und Engels und »ähnlich behäbigen Herren« sei in solcher Distanz zu der vom Kapital dominierten großen Produktion verlaufen, daß sie sich zum Beispiel den Kommunismus vorgestellt hätten als eine Gesellschaft – so ja die berühmte Stelle in der »Deutschen Ideologie« –, in der man morgens jagen, nachmittags fischen, abends Viehzucht treiben, nach dem Essen kritisieren könne. Er frage sich bloß, warum das Herz und Nase erfrischende Stallausmisten dabei fehle. Eine vorindustrielle Idylle sei also Hintergrund für dieses, er nenne es mal gut westlich, »Feeling« vom Gebrauchswert. Breites Gelächter daraufhin, und einer sagte: »Gute Conférence, mein Lieber, aber mehr nicht.« Daß dieser kleine, quirlige Kerl bald eine famose Politprofi-Karriere machen sollte, ahnte wohl noch niemand der Anwesenden. Er schien übrigens als einziger Martins Anregung zu verstehen, in diesem Zusammenhang einmal darüber nachzudenken, ob infolge von Massenproduktion und Massenkonsum, die ganz nebenbei enorme Egalitätsprozesse und Individuationsschübe freisetzten, der Begriff »Warenwert« nicht eine völlig neue Definition erfahren müsse.

Inwieweit sich eigentlich hinter dieser Wertproblematik im ökonomischen Gefüge des Realsozialismus »gewaltiger Sprengstoff« verbarg, wie Annette ihm später erklärte, hatte Martin nie begriffen, und er kam auch nie dahinter, was in diesen oft bis zum Morgengrauen dauernden Gesprächen wirklich verhandelt wurde – weit mehr, als »ein Westler wie du je ahnen kann«, nach Annette. Jedenfalls er, Martin, war irgendwann mal wieder, halb Juxkerl halb den Ärgerlichen spielend, dazwischengefahren: Warum, Herrgottnochmal, man denn nun dermaßen an den Äußerungen der Kirchenväter Karl und Friedrich hafte; wenn schon, empfinde er, der sich als Lenin-Fan bekenne, es als weitaus produktiver, sich ans Schlitzohr Lenin zu halten, bestimmt aber als amüsanter. Wie dieser Bursche, allen Weissagungen der Erzväter zum Trotz, gerade im zurückgebliebenen Rußland die neue Zeit habe heraufdämmern lassen, super – und wie er seiner verdutzten Fan-Gemeinde in Old-Europe dieses archaische Agrargebiet als schwächstes Kettenglied des Imperialismus verklickert habe, das sei schon spitzenmäßig und äußerst jetztzeitig, wenn er sich mal so ausdrücken dürfe, dynamischer jedenfalls als diese gemütliche Vorstellung der ollen Meisterdenker vom Heranreifen der neuen Gesellschaft im Schoß der alten. Also, wenn man darauf warten würde, auf dieses Reifen, dann läge zumindest die Mehrheit der Russen heute noch auf ihren Öfen und kratzte sich die Läuse vom Leibe ...

So naiv übrigens, wie Martin sich da gern gab, war er in Wahrheit nicht, und in einem Tête-à-tête-Gespräch zwischen ihm, Annette und ihrem Lebensgefährten, dem Parteihochschul-Philosophen, im Anschluß an eine lange durchtanzte, durchzechte, durchlachte Nacht, hatte er seine Ansicht über die Dreieinigkeit von historischem und dialektischem Materialismus und politischer Ökonomie dargelegt. Wirklich überrascht hatte ihn dabei die Reaktion des Gefährten auf seine, Martins, Einordnung Marx-Engelscher Grundthesen, »dieser großen Erzählung der Erzväter« als »geistesgeschichtlich: reinste Romantik« – so die Vorstellung von der Einheit von Stoff und Idee, der Versöhnung von Natur und Geist, Basis und Überbau, die Idealisierung der Gemeinschaft statt Gesellschaft oder die Vision einer Zukunft namens Kommunismus aus einer idealisierten Vergangenheit namens Urgesellschaft. »Interessant und gar nicht so abwegig«, hatte der nämlich gemeint, »aber völlig unbrauchbar für uns.«

»Und das alles ohne Ironie, ich schwöre, denn so was ist denen fremd«, hatte Martin im Familienkreis erzählt, »er heißt Erwin, und anders kann er auch gar nicht heißen, höchstens noch Ewald oder Egon.« Martin parodierte ihn natürlich glänzend, diesen ernsten, freundlichen, urplötzlich und auch nur kurz grimassierenden, das heißt: die rechte Gesichtshälfte und die Nase ruckhaft verziehenden und dabei schnüffelnden Mittvierziger, obwohl der Alte dann so tat, als verabscheue er das. In Wirklichkeit amüsierte sich Karl-Walter zur Linden, wollte aber vor allem wissen, wie's seiner Tochter »denn nun wirklich geht, zum Beispiel mit diesem von dir so abgefeimt karikierten Herrn«.

Wie er das meine, fragte Martin.

»Na, du weißt schon.«

»Ob sie sich lieben?«

»Zum Beispiel.«

»Ob die das so nennen, weiß ich nicht. Liebt man Lebensgefährtinnen? Kinder, wenn du das meinst, kriegen sie nicht mehr, pépé Karl-Walter« – Martin nannte seinen Großvater gern französierend wie den Vater seiner Mutter in Brüssel, zu dem er pépé Daniel sagte –, »dafür ist deine älteste Tochter nun nicht mehr jung genug.«

Martin fand den »deutschen Arbeiter- und Bauernstaat« – er betonte diese Wortschöpfung so, als handele es sich um den exotischen Namen eines neuafrikanischen Staates – »eigentlich ganz unglaublich«. »Zum Beispiel«, erzählte er, »in diesen Nächten, während wir redeten oder feierten, standen die Fenster sperrangelweit offen, bei minus zwanzig Grad draußen, denn sonst hätte man's vor Hitze nicht aushalten können. Die Heizkörper sind nämlich nicht zu regulieren, und ähnliches triffst du auf Schritt und Tritt. Eine gloriose Nichtbeachtung des Zweckmäßigen, des ökonomisch Vernünftigen, des einfach Praktischen, Pragmatischen – und das bei völlig entgegengesetzter Rhetorik, die die raison d'être dieses Arbeiter- und Bauernstaates ausdrücken soll, zum Beispiel in der grotesken Parole: ›Entschlossen voran auf dem Weg der Hauptaufgabe‹, was die an sich famose Einheit von Wirtschafts- und Sozialpolitik meint.« Er frage sich, ob dieses Paradoxon nicht überhaupt aus einer geheimnisvollen dialektischen Vernunft heraus sich produziere, von oben wie von unten unbewußt unterstützt. Jedenfalls: dieses Nichtperfekte allenthalben: das leicht Verschlafene, das Verschlampte auch, diese Melancholie des Verfalls, das Unangestrengte, ja das Innige, er wiederhole: *das Innige*, einfach phantastisch, frühes 19. Jahrhundert, Allemagne profonde, wie bei Jean Paul – leider nicht überlebensfähig. »Aber euer Versuch«, hatte er zu Annette gesagt, »die herrlichen Träume des 19. Jahrhunderts doch noch zu verwirklichen, den Umschlag des Fortschrittsbewußtseins ins Falsche doch noch rückgängig zu machen … das ist … – nun ja – eure Urenkel werden einmal wunderschöne Geschichten darüber schreiben und Lieder dazu singen.«

»Wenn's dir hilft, das ganz andere, das Neue hier zu verstehen«, hatte Annette gesagt, »nun ja, caractère joyeux«, und er hatte gesagt: »Du paßt genau hierhin, schrullige Tante.«

Es sei übrigens alles andere als ein ungläubiges Land, so Martin einmal zum Alten, »auch wenn du meinst, das Gebiet zwischen Elbe und Oder sei, da niemals wirklich christianisiert, Hort des Atheismus. Sie sind sogar inständig gottgläubig, nennen es nur anders.«

»Gewiß«, hatte der Alte dazu gemeint, »diese Haltung, daß heute noch nicht ist, was morgen alles sein könnte – sympathisch und beinahe theologisch. Aber doch wohl auch ein bißchen kindisch, das Morgen ins Diesseits zu verlegen. Das eigentliche Dilemma »der da drüben« sei aber, daß sie überflüssig geworden seien als Cohortes praetoriae der Arbeiterklasse, ebenso wie die Cohortes praetoriae der Bourgeoisie, die Faschisten. Dafür wolle man Gott preisen, für solche Zeiten, in denen Prätorianergarden überflüssig seien, »wer weiß, wie lange sie anhalten, diese Zeiten«. Das solle er mal seinem Liebling Annette erzählen, die würde ihm ein Ohr abbeißen, meinte Martin lachend.

Wie gesagt, Martins Erzählungen von drüben wurden in der Familie gern gehört, wenn auch nicht richtig ernst genommen, anders als das, was Andy, der Annettes Vertrauter war und blieb, von dort, wo er zudem öfter und länger als sein Bruder gewesen war, zu berichten wußte.

Martin fragte denn auch jetzt Andy, was er tun solle, um sich mit Annette wieder zu versöhnen. »Fürbitte für mich, tust du das?« Bis zum Angelusläuten vom Kapellentürmchen hatten sie allesamt, der Großvater eingeschlossen, zu Kaffee und Kuchen und Martins Geschichten aus Japan und Polynesien am langen Tisch in der Küche gesessen, und Martin war dann mit zu Andy gegangen. Während seiner Visiten wohnt er meistens bei Andy. In der Lindenburg, da könne er auf keinen Fall mehr schlafen, da würden ihn nachts die Wölfe reißen – eine in den Nachtmar-Phantasien aller Zur-Linden-Kinder schaurig-spukende Vorstellung.

Sie saßen nach dem Abendessen auf der Bank vor Andys zur Nordseite, etwas unterhalb des Haupthauses, zwischen Blutbuchen gelegenem, im japanischen Stil erbautem Flachhaus, tranken Bier und sahen auf die Stadt, über die sich ein blaßroter, an den Rändern smog-gelber Himmel wölbte. Vor Ausbruch des Samstagnachtverkehrs war es beinahe abendstill, bis auf den während solcher Ruhemomente hintergründig brummenden Autobahn-Sound. »Wo ist eigentlich dieser Erwin abgeblieben?« fragte Martin.

»Der ist mit rübergekommen, bald aber wieder zurückgefahren in sein Ost-Berlin«, sagte Andy, und Martin: »Wer kann hier schon leben.«

»Die meisten Deutschen«, sagte Andys Frau Serafina, die sich zu ihnen gesetzt hatte.

»Die meisten Deutschen mochten auch Adolf Hitler«, sagte Martin, »überhaupt die meisten Deutschen ... du kannst darauf wetten, die meisten Deutschen fahren immer in die falsche Richtung.«

»Ach, ihr Deutschen«, sagte Serafina mit italienischer Aussprache, und dann im Tonfall der Region: »Also los, ihr Jauste, machen wa nu 'n Zuch durch de Gemeinde, oder wat nu?« Als geborene Römerin trifft sie erstaunlich gut die

Sprechart hier, wenn sie will. »Ich fahre ins ›Dorian‹«, sagte sie, »treffen wir uns da?«

Sie wollten mit dem Dixi in die Stadt, doch sie fanden den Wagen nicht auf dem Platz, wo er geparkt worden war. Sie rieten nicht lange, wohin er entführt sein könnte, sahen ihn in der Garagenwerkstatt bei den Ställen auf dem Hebestempel und darunter Hans-Walter zur Linden und Benno Kröttmann, beide in Blaumännern.

»Seht mal her«, sagte Hawa, er fuchtelte mit der Handlampe, »hier, Reibräder, wie ich vermutet habe, statt Stoßdämpfer, die es noch gar nicht gab damals. Geschnittener Federstahl, kreisförmig wie ein Windrad. Wunderbar!« Während Martin und Andy hereinkamen, rief Serafina: »Ich fahr los. Viel Spaß, ihr Spezialisten, und macht ruhig alles kaputt!«

Daß sie eigentlich mit diesem Auto in die Stadt wollten, sagte Martin.

»Awatt«, sagte sein Vater, »schau dir das lieber an.«

Benno Kröttmann, ebenfalls mit einer Handlampe hantierend, sagte zu Martin: »Ganz klar Baujahr neunundzwanzig. Hier, die in der Mitte geteilte Antriebswelle ohne Kreuzgelenk; kein Kardan – aber hier in der Gußglocke, hier hinten, sie ist nach vorn offen, siehsse, steckt die Welle, und dadrin – da musse schomal näher ran, mach dich nich schmierig – steckt quer 'n Stück Rundstahl, und das überträgt die Drehkräfte in die Glocke. Gut, was! Das Ganze nennt man Kniegelenk. Jaja. Wir haben's geschmiert; musse immer wieder machen; das quietscht sonst nich nur, wie wenne auf 'ne Katze trittst, das bricht auch weg sonst.«

Und ob er ahne, warum der Motor so laut tuckere, fragte Hawa.

»Sag's mir.«

»Kommt drunter weg.«

Kröttmann fuhr den Hebestempel herunter, und Hawa öffnete die Motorhaube. Sie beugten sich darüber. »Was! Ist das ein Stück! Seiten- nicht kopfgesteuert. Die Nockenwelle liegt unten, seitlich neben der Kurbelwelle, und das Novotaxrad auf dem Wellenstumpf, habt ihr ja gesehen, nimmt die schrägverzahnten Zähne des Rads auf, das auf der Kurbelwelle sitzt. Die Stößel gehen nach oben, drücken die Ventilhebel hoch, die kippen auf der Ventilhebelwelle, öffnen die Einlaßventile – alles nicht zu schnell, denn er hat ja bloß fünfzehn PS. Aaaber! Hier, die Ventilteller sind fast abgebrannt, können also die Ventile nicht mehr richtig schließen. Die Treibstoffgase blasen teilweise an den Ventiltellern vorbei in den Ansaugstutzen. Der kann doch kaum noch ziehen, der Motor! Du darfst übrigens nur Super verbleit fahren, sowieso.«

»Wir bauen deshalb die Ventile aus«, sagte Kröttmann, »und schleifen nach.«

»Und dann paßt ihr Kegelsitz wieder genau in die Ventilöffnung«, sagte Hawa.

»Ihr habt sie doch nicht mehr alle«, sagte Andy, und Hawa fühlte darüber wieder mal seinen Hals enger werden. »Na, dann spielt man schön weiter«, sagte Martin, »wir entfernen uns, tschüß.«

»Eigenartig«, sagte Hawa, als die beiden gegangen waren, »Martin bringt einen trotz allem nie so zur Weißglut wie Andy.«

»Die sind eben verschieden«, sagte Kröttmann.

»Ach nee, was du alles weißt, Klugscheißer.« Sie beugten sich wieder über den Motor und begannen, die Ventile auszuschrauben.

Nicht nur in der Familie galten Andy und Martin tatsächlich als »grundverschieden«. Die beiden fanden sich dagegen ziemlich ähnlich – und sie waren es auch, obwohl sie sich äußerlich wenig gleichen. Martin ist kleiner und damit mehr ein zur-Linden, aber er hatte das Flachshaar der Brüsseler Rolandes. Daß der Ältere, Andy, immer wieder in Unfälle, Ungeschicklichkeiten, Turbulenzen und Schlimmeres verwickelt war, sehen sie als mehr oder weniger zufällig an. All das hätte auch Martin passieren können, davon sind beide überzeugt, und es gilt ihnen als Wunder, daß der Jüngere aus seinen Extratouren – bis jetzt jedenfalls – meist unbeschädigt herausgekommen ist; Martin meint: »Mit heiler Haut und kaum verwunderter Seele. Und im übrigen sind wir so verschieden, wie alle voneinander verschieden sind, ob zu ein und derselben Familie gehörend oder nicht. Und wenn ich überhaupt jemandem gleiche, dann …«, und an diesem Punkt bringt Martin eine seiner Geschichten, in denen irgendein Exot, in Grönland etwa oder ein Afrikaner, sich als sein wahrer Doppelgänger entpuppt.

Sie fuhren in Andys BMW los, und bevor sie auf die Piste gingen, ins sogenannte Bermuda-Dreieck in der City, und in die Discos reinschauten, streiften sie durchs Nordstadt-Viertel, »Kumpelfolklore schnuppern«, sagte Martin, »aber laß bloß dieses Das-Ist-Ja-Alles-Irgendwie-Nicht-Mehr-So-Wie-Früher-Gefühl nicht raus. Ich will von sowatt nix hören, jenfalz heute nich.« Leicht war das aber für beide kaum. Bei Erwin Zibulla zum Beispiel, der Kneipe, wo man nach den Spielen auf dem TuS-Platz so oft versackt war, stand eine Dame hinterm Tresen und zapfte »ein gepflegtes Pils, die Herren?«. Kein Bekannter, außer Colombo, dem einäugigen Linksaußen aus versunkenen, seligen Oberligazeiten. Er hockte zwischen den Rentnern hinten, wo ein Video-Western übern Fernsehschirm lief. Fränzken Saremba im Rollstuhl im »Alten Krug« gab es nicht mehr. Dafür zapfte sein Enkel Jeff, ein Goldketten-Junge mit Tätowierungen bis an den Hals – ein Pseudo-Knacki und wirkliches Zuträger-Arschloch –; und der Flipper-Automat, »noch vor einem Monat hat er da gestanden, da«, sagte Andy, »ich schwöre es«, fehlte. Dafür ragte an der Stelle ein Dart-Automat in die Höhe, vor dem sich eine dieser Cliquen fläzte: Der Aber-immer-öfter-Kerl mit dem Hund aus der Werbung für Clausthaler, der Vertreter der Hamburg-Mannheimer, die Frau, deren Gläser im falschen Geschirrspüler nie klar werden, die rassige Tussi, welche ihrem zu spät kommenden Lover, einem Mercedesfahrer, eine knallt, der Cappuccino-Italiener – und noch ein paar dieser Sorte. »Widerwärtig«, sagte Andy, »tatsächlich.« Nur im »Hinterm Mäuerken« war's noch so wie früher mal, aber auch bloß deshalb, erklärte Paul Prötter, weil die Kneipe ins touristische Besucherprogramm einer alternativen Stadtrundfahrt aufgenommen worden sei. Da gab's tatsächlich noch die Sparkästen an der Wand überm Stammtisch, auf dem der Wimpel vom Taubenverein »Der Luftbote« stand, und Alfons Auvermann, Frührentner, typischer Eckenpisser, lehnte am Tresen und erzählte nickenden Fremden, wie sie Karl-Heinz Siepmann »unter die Erde gebracht« hatten, den »Taumvatter mit mehr wie hundert ersten Preisen. Zwanzig Tauben mit schwarzen Schleifchen haben wir am offenen Grab hochgehen lassen.«

Nachdem Andy und Martin dann – es gewitterte draußen und goß in Strömen – ein paar Guinness in ein paar Pubs im Bermuda-Dreieck getrunken, kurz im »Rundschlag« einer Hardcore-Band aus Seattle gelauscht und bei Rocco reingeschaut hatten, wo zu Schlagern aus den zwanziger Jahren wunderschöne Mädchen und Jungen zwei Rundfunkmoderatoren anhimmelten, von denen sie ausgewählt werden wollten, fanden sie – der türkische Türsteher küßte Andy den Handrücken – Serafina im »Tanzfloor«, heftig tanzend zu einem vollsynthetischen Rhythmus-Gedröhn, einem Stroboskop-Gewitter in bunten Nebelschwaden, aus denen sie zweimal heraussprang, ihnen zuwinkte und kopfschüttelnd andeutete, daß sie nicht mit ihnen käme. Sie tranken dann noch in einer Art Hafenbar zur Musikautomaten-Musik aus den Sechzigern – Mississippi gab's und Georgia von den Pussycats – einige Steinpils, dieses Gedeck der Region aus Wacholder-Klarem und Aktienbräu, und machten sich dann auf den Heimweg, und obwohl er ziemlich betrunken war und Martin ihn abhalten wollte, fuhr Andy los. Betrunken kutschiere er immer noch vollendeter als alle, die er kenne, den Polizeistreifen-Oberwachtmeister Küppersbusch, einen Rallye-Meister von Monte Carlo, eingeschlossen. Es war schon beinahe vier – das Nachtgewitter hatte sich längst verzogen, die Vögel lärmten schon –, als sie auf den Hof fuhren. »Guck dir das an«, sagte Andy. Sie waren am Patrizierhaus-Flügel vorbeigegangen und schlugen den schmalen Weg ein, der direkt am Haus vorbeiführt. Auf der hier übermannshohen Haussockelmauer waren in Bauchnabelhöhe mit Schwarzkreide zwei Zinken, diese Gaunerzeichen, gekritzelt. Neben einem halb-offenen Viereck ein Kreis. »Tonton Päule ist also eingetrudelt«, sagte Andy, »das ist sein Werk.« Ob er denn wisse, was die Zeichen bedeuteten, fragte

Martin, der sich kaum auf den Füßen halten konnte, besoffen, wie er war.

»Halbe Portion und Punze«, sagte Andy.

»No, Sir, das offene Viereck meint: Hier kriegt man ein
Nachtlager, und der Kreis mit Punkt heißt: Hier kriegst du
sogar Geld.«

»Woher weißt du das?«

»Ein Durchreisender wie ich muß so was wissen.« Martin
bückte sich, grabschte nach einem Stein, mit dem er neben
den Kreis ein schmales Viereck und darin einen Punkt ritzte.
»Das heißt: Besitzer ist brutal«, lachte er, sich schüttelnd, um
dann, mit einer Hand sich an der Haussockelmauer abstüt-
zend, zu kotzen.

Genealogisches

Tonton Päule, Neffe des Alten, Sohn von dessen verstorbenem Bruder Alfred, verschwistert mit Heinrich-Johannes, genannt Heijo, Erzbischof der Diözese, mit Hermann, dem Berliner Filialleiter, und Ursula, genannt Uschu – nicht Uschi –, einer Nur-Hausfrau, Cousin mithin von Hawa, Annette, Hans-Joachim, Onkel also von Andy, Martin, Anne-Catherine und Liliane – Tonton Päule, Paulus zur Linden, war spätabends angekommen, hatte sich nur kurz gezeigt, um gleich wieder zu verschwinden, »unterzutauchen« in seiner Redeweise. Er logiere in der Nähe, wo, das müsse verschwiegen werden – folgte dieses nach Hawa »Geheimlogen«-Handzeichen, typisch für ihn, gehört zu seinem Verschwörer-Tick, seinem Paranoia-Syndrom nach Marie-Anne.

Daß Paul zur Linden Quelle für manchen Familien-Joke ist, läßt sich denken. So schnarrte Liliane den beiden, Andy und Martin – die, von ihrer Sauftour angeschlagen, als letzte am Frühstückstisch erschienen, gebuckelt, den Kopf vorstreckend, ganz Tonton Päule –, dessen »Gutzeit, Gutzeit« entgegen. Martin nahm die Pantomime auf, stieß schräggelegten Kopfes, mit den Augen seinem nach oben sich drehenden Zeigefinger folgend, spitzmündig einen absinkenden Flötenton aus, um dann zu flüstern: »Also wenn ich euch jetzt ... aber lassen wir das ... nun ja«, worauf der Familienchor unisono brummte: »Ihr werdet euch jedenfalls alle noch wundern ...« Marie-Anne sagte: »Ihr werdet euch tatsächlich wundern.«

Sie hatte ihren Schwiegervater in der Frühe nach dessen Schwächeanfall am Vortag noch einmal untersucht, ihn so gesund und frisch und rüstig, wie ein Fünfundneunzigjähriger nur eben sein konnte, vorgefunden, eine Schramme am Arm frisch gepflastert, ihm aber das morgendliche Schwimmen im

Pool für diesmal untersagt. Er habe in der Nacht tief durch-
geschlafen »wie in Abrahams Schoß«, so Schwester Jakoba,
die es sauerländisch »S-koß« gesprochen hatte, und wenn er
nun wieder »aufem Damm« wäre, müsse sie zurück ins Ho-
spital, wo wirklich Kranke auf sie warteten. »Gehen Sie nur,
Schwester«, hatte der Alte gesagt, »in Christi Namen – und
bis nach einer nächsten Prügelei«, und Schwester Jakoba war
kopfschüttelnd gegangen. Daß Paul zur Linden sich angemel-
det habe, hatte der Alte Marie-Anne erzählt, sie würden gemeinsam lunchen. Tonton Päule nämlich habe etwas äußerst
Interessantes herausgefunden, etwas, was das Herkommen
der zur Lindens aus den dunklen Tiefen der Vergangenheit
endlich erhelle. »Und das offenbart er heute dem Patron beim
déjeuner, die presentation einer chronique familiale also«,
sagte Marie-Anne. Martin hob wieder den Zeigefinger, und
alle am Tisch stießen diesen absinkenden Flötenton aus, der
dann im gemeinsamen Gelächter endete.

Gerda Kröttmann fiel gerade Onkel Päule ein, wenn sie an
die Liedzeile dachte: »Die Müßiggänger schiebt beiseite«.
Dabei war Paul zur Linden nicht eben faul. Zwar bestritt er
wie auch einige andere Familienangehörige seinen Lebensun-
terhalt größtenteils mit der ihm zukommenden Revenue aus
dem sich ständig vermehrenden Familienvermögen. Aber er
hatte ewig zu tun, schrieb für verschiedene esoterische Blät-
ter und Öko-Zeitschriften, war Tierschutzaktivist, militan-
ter Vegetarier und in eigenartigem Kontrast dazu Vorstandsmitglied im »Verband für das Deutsche Hundewesen e.V.«.
Und er betrieb Ahnenforschung, wobei die Geschichte der
Familie zur Linden im Vordergrund stand, und das nicht von
ungefähr. Versuche, eine Chronik der Familie über mehr als
drei Generationen vor dem Alten, Karl-Walter zur Linden, zu
erstellen, waren, bislang jedenfalls, immer »an eine verschlos-
sene Tür«, eine von Karl Josef zur Linden, dem Vater des Alten, gefundene Metapher, gestoßen.

Tatsächlich liegt die Geschichte der zur-Lindens vor dem
19. Jahrhundert im stockdunkeln. Nichts konnte da mit Anspruch auf historisch Haltbares aufgefunden werden, trotz aller Bemühungen, vor allem in den dreißiger, vierziger Jahren,

als es darum ging, Ariernachweise zu erbringen. Daß eben dies der Grund gewesen sei für das Verschließen jener in tiefere Vergangenheit der Familie führenden Tür, ist heute allgemeine Meinung, jedenfalls der Hawa-Mischpoke. Das ist möglich, aber es gibt auch ganz andere Gründe dafür. Warum man denn da nicht mal ernsthaft nachgeforscht habe, hat vor allem Anne-Catherine immer wieder angemahnt, damals, als sie mit Geraldine zusammenlebte, einer jungen Frau, die ihrer orthodoxen Familie aus Rotterdam entflohen war. Auch der Alte, mehrfach von Annette daraufhin angesprochen, hatte gemeint, schaden könne es ja heutzutage nicht, im Gegenteil, wenn hinter dieser verschlossenen Tür Hebräer auftauchen würden – eine Meinung, der Annette widersprach, der Antisemitismus sei nämlich überhaupt nicht erledigt, das sei eben auch eins der Ergebnisse der sogenannten Vereinigung, bald werde er sich auch wieder ganz offen und demonstrativ zeigen. Gerade darum gelte es, zum Beispiel für die zur-Lindens, Flagge zu zeigen, nämlich sich zu den jüdischen Vorfahren zu bekennen. Tonton Päule hatte Ahnen vom Stamme Israel, wie er sich ausdrückte, immer ausgeschlossen. Ein Blick auf jeden x-beliebigen zur-Linden oder jede zur-Lindin genüge, um festzustellen: Nichts da! Allemannisches ja, Römisches seinetwegen, überhaupt Welsches; hier und da ein slawischer Einschlag, Keltisches, seines Erachtens sogar sehr viel; aber Semitisches könne man prima vista ausschließen. Den Einwand, es gäbe nun ja auch blonde und blauäugige Juden, schlank und groß oder klein und stämmig, ließ er nicht gelten. Irgendwann, bei irgendeinem Nachfahr, schlügen semitische Rassemerkmale durch, »todsicher«.

»Todsicher!«, so Hawa zu Marie-Anne, »stell dir das vor, todsicher!«, und die hatte gemeint, auf den müsse man stets ein Auge haben. Wie auch immer – gesichert war, in Dokumenten nachgewiesen und von Paul zur Linden wie alles Material über die Familie archiviert, daß es sich bei dem ersten aufgetauchten Ahnen der Familie um Carolus zur Linden handelte. Ob als ein Zur-Linden-Geborener blieb ungewiß, da ein Geburtsnachweis – Tonton Päule hatte Hunderte von Kirchenbüchern durchgesehen – fehlte. Namentlich als »Karl oder Carolus genannt zur Linden, geboren zwischen 1793 und 1797, heute coram parocho duobus autem testibus geheiratet die im Februar 1800 zu Essen geborene Rieke Schlößer«, erscheint er erst 1823 in einer übrigens äußerst ominösen Heiratsurkunde, einer Abschrift aus dem Schwelmer Kirchenbuch, die Paul zur Linden über einen Essener Archivar bekam. Galt Carolus zur Linden nun als Stammvater der Familie, so doch nicht als Vermögensgründer, bislang jedenfalls nicht. Als solche wurden Eduard, Sohn aus der Ehe zwischen Carolus und Rieke, angesehen und dessen Frau Anna, eine geborene Morelli, Tochter eines Italo-Frankfurter Wein- und Gewürzhändlers. Anna Morellis Erbschaft und Eduards Geschäftstüchtigkeit hätten den Grundstein gelegt fürs Stammkapital, hieß es immer. Doch über alldem lag so etwas wie ein prähistorischer Nebeldunst oder – wie Annette es ausdrückt – »ein Schleier gewebt aus Lügen und Legenden«. Wie zum Beispiel konnte lange Zeit verborgen bleiben, daß des Alten Großmutter, die geborene Anna Morelli, die illegitime Tochter jenes Italo-Frankfurter Wein- und Gewürzhändlers war und überhaupt nichts aus irgendeiner Erbschaft erlangt hatte? Oder: Warum blieb – bis jetzt jedenfalls – sowohl das letztendliche Schicksal von Stammvater Carolus als auch das der Stammutter Rieke unbekannt? Im Badischen, zur Zeit der Revolutionswirren neunundvierzig, habe sich beider Spur verloren, hieß es einmal; ein andermal, Carolus sei an der Murg niederkartätscht worden und dort verblutet, seine Gattin Rieke aber sei danach in Berlin aufgetaucht bei ihrem Sohn Eduard, der schon damals dort als gerade mal Fünfundzwanzigjähriger in ansehnlichen Verhältnissen lebte. Dann wieder hatte Tonton Päule in London eine Schiffsliste von 1838 aufgespürt, auf der sich ein Passagier fand namens Carolus zur Linden – Nationalität: German; Profession: Jeweller –, ein Mann, der dann, unter diesem Namen jedenfalls, nie wieder auftauchte. Aber ein Juwelenhändler namens »Lindentree«, der nachweislich in Geschäftsbeziehungen mit einem zur-Linden in Berlin stand, hatte bis 1850 in der Londoner Bond Street einen Laden geführt, und von diesem Lindentree existierte sogar eine frühe Fotografie,

eine Daguerreotypie, »die typische Zur-Linden-Züge« auf-
wies, wie der Alte zugeben mußte: diese römische Nase, die
merkwürdig hochgeschwungenen Brauen und dieses »gewisse archaische Lächeln in den Mundwinkeln«, nach Marie-
Anne. Soviel steht jedenfalls fest: Über die Stammeltern Carolus und Rieke zur Linden hat der Alte von seinem erst 1924
neunundneunzigjährig hier im Hause verstorbenen Großvater Eduard, Sohn des bis dato bekannten Stammvaters, immer bloß eigenartige, mehrdeutige bis ausweichende Aus-
künfte gekriegt. Etwa diese: Nun ja, als Hausierer sei der
noch mit dem Handkarren herumgezogen, anfänglich; erst
Spirituosen, später dann schottisches Tuch; paarmal sei der
wohl auch nach London gereist; vermutlich dort habe der mit
Münzen gehandelt, jawohl – und ähnliche Rothschild-Stories
waren ihm aufgetischt worden, auch die Version, wonach Carolus zur Linden im Badischen sich rumgetrieben habe im
Neunundvierziger-Jahr, Brausekopp, der er gewesen, aber
immer einen Vorteil für sich dabei im Sinn. »Ein Politischer
größten Formats hätte aus dem gerad so gut werden können – wenn nicht … nun ja.« Karl-Josef, des Alten Vater,
hatte überhaupt dazu geschwiegen; er wisse nichts Hand-
festes, und sein spätes Bekenntnis: »Nichts wird man je aus
meinem Mund darüber erfahren, versiegelt sind meine Lippen«, stammt aus seinem letzten Lebensjahr, 1946, in dem er
sich eigentlich nur noch mit seinem Beichtvater und dem heiligen Josef, seinem Schutzpatron, unterhielt. »Deine Großmutter, Papa? Die hat doch noch gelebt damals in Berlin,
oder?« hatte Karl-Walter zur Linden öfter gefragt. »Nun ja,
Wälterken, Oma Rieke – ich hab sie nur ein- oder zweimal
gesehen. Aber ein boshaftes Weib war das nicht. Schlaf
schön!« Der Alte sah bei solchen Erinnerungen seinen Vater
vor sich am Bett neben seiner Mutter, die sich über ihn
beugte, ihm ein Kreuz über die Stirn strich, bevor sie ging,
den Vater mit sich aus dem Kinderzimmer zog. Eduard zur
Linden habe niemals von Rieke, seiner Mutter, gesprochen –
so die Familienüberlieferung. Daß man ihn aber nicht mal auf
sie habe ansprechen dürfen, stimmt nicht. Der Alte, fünf-
jährig damals, hatte es getan, und Eduard, sein Großvater,

hatte ihn sich auf den Schoß gesetzt und ihm ins Ohr geflüstert: »Dat war ne patente Dame, Jüngelken, wat immer
auch die anderen sar'n«, und dann hatte er seinen nach Tabak
riechenden Finger auf des kleinen Karl-Walters Lippen gelegt. Und was waren die beinahe letzten Worte Eduard zur
Lindens gewesen, bevor der seinen letzten schnappenden
Atemzug tat – in dem Zimmer übrigens, das heute des Alten
Studio, seine domaine reservée ist? Dieses hauchleise, er-
staunte und nach Dr. Stern äußerst beglückte: »Mama, da
biste ja!«

Dennoch – Karl-Walter zur Linden hatte sich später nicht
mehr sonderlich für Herkunft und Vergangenheit der Familie
interessiert, das Spekulieren darüber hatte ihn amüsiert, ja er
hatte dem Rätselhaften sogar einiges durch hier und da nur
mal so hingeworfene, dunkle soupçons enthaltende Bemerkungen hinzugefügt, einfach aus Spaß und Dollerei. Nun, da
ihm zu seinem fünfundneunzigsten Geburtstag eine »wenn
auch vielleicht nur vorläufige« – so der Autor – Familienchronik überreicht werden sollte, war seine Neugier aber mal
wieder geweckt, und er wollte dieses Konvolut Tonton Päules jedenfalls vorher durchsehen, schon deshalb, weil man die
»Ergüsse« – wie Paul zur Lindens verschriftlichte Äußerungen en famille genannt wurden – nicht unzensiert herauslas-
sen durfte. Es würden sich, das war klar, nämlich nicht nur
Familienmitglieder über eine Zur-Linden-Chronik herma-
chen, vor allem, wenn sie – so Paul zur Linden – »äußerst Bri-
santes, alles bislang für möglich Gehaltene in den Schatten
Stellende« enthielt.

Sich an diesen Satz erinnernd, flötete der Alte diesen von
hoch nach tief gehenden Ton, dabei mit schräggelegtem Kopf
seinen nach oben sich drehenden Zeigefinger beäugend. »Wä
es dat?« fragte er Kläre Weidemann, die die einzige war, die
unangemeldet sein Studio, seine domaine reservée, betreten
durfte. »Dä dulle Päule«, sagte Kläre Weidemann.

»Dä kömmt van Dage.«

»Oh, Häe!«

Kläre Weidemann konnte Paul zur Linden nicht ausstehen.
»Jümmes dä usen Häegott sine Tied klaut«, nannte sie ihn,

womit sie eine ganz ähnliche Empfindung ausdrückte wie Gerda Kröttmann, die in Tonton Päule das Beispiel eines zur Seite zu schiebenden Müßiggängers sah.

»Hä iättet met us«, sagte Karl-Walter zur Linden zu Kläre Weidemann, die mit ihrem Staubwischen fertig war und, das Staubtuch in der Hand, vor ihm stand, »met mi allene – wiägen dat ... hä well mi wat vatellen, wat gans Gehäimet, siät hä.«

»Dat wät woll wat sien. Wat soak dann koacken?«

»Melksuppe, Broarärpel un Schwattemagen. Dat mach hä nämlich behaubs nich.«

»Minswiägen.«

Kläre Weidemann »diente«, so nennt sie es selbst, seit ihrem sechzehnten Lebensjahr, also seit beinahe fünfundvierzig Jahren, in der Familie und seit dem Tod von Elisabeth zur Linden dem überlebenden Witwer, dem Alten, allein. Sie redeten miteinander ausschließlich im traditionellen Platt der Gegend, einem Idiom, das hier – in seiner reinen Form jedenfalls – kaum noch gesprochen wird. Karl-Walter zur Linden sprach dieses Platt von Jugend an. Sooft es sich anbot, benutzte er es, zum Beispiel im Umgang mit Mandanten, Mietern, Geschäftspartnern. Er kannte die feinsten Nuancen und Unterschiede in Sprechweise, Betonung, Wortwahl von Fabrikarbeitern, Bauern, Lkw-Fahrern, Gemüsehändlern, Metzgern, Bauunternehmern. Niemand von denen sprach es aber noch so rein wie Kläre Weidemann, was daran liegen mochte, daß sie schon sehr lange bei ihm war. Das Idiom hatte seinen Ursprung im Nordteil der Unterstadt, und er empfand es als wichtiges Korrektiv einer vor allem durchs Juristendeutsch versauten hochsprachlichen Redeweise. Eine Zeitlang war er Mitglied, sogar Vorstand des »Vereins zur Pflege des heimatlichen Plattdeutsch« gewesen, einem Club von Ärzten, Anwälten, Architekten, Lehrern und ein paar Richtern und Unternehmern, die zweimal monatlich an einem Stammtisch eine Art Honoratioren-Platt pflegten. Aber weil es ihm nicht gelang, dort das – wie er es nannte – »wahre, nämlich plebejisch-schmuddelige Unterklassen-Platt« durchzusetzen, war er wieder ausgetreten.

»Un ne Pulle Bäe för den Drögelappen«, rief er Kläre Weidemann nach, als die schon die Tür hinter sich geschlossen hatte, »süß nix för den Grasfriätta un Water-Süpper«, fügte er leise für sich hinzu.

Er hatte diesen Morgen gemütlich angehen lassen. Nach der Untersuchung durch Marie-Anne hatte er sich noch einmal hingelegt, gefrühstückt: ein Glas Ziegenmilch, eine Scheibe Weißbrot mit Heidehonig, zwei Trockenpflaumen, hatte seine zweite Portion Pillen und Tabletten, Alterspalliativa allesamt, zur Herzstärkung, Beruhigung, Belebung, Regulierung der Nierenfunktion, Prostatabehandlung und dergleichen genommen, seine Zeitungen gelesen – drei überregionale, als erste die Neue Zürcher Zeitung, und eine regionale – und hatte sich angekleidet. Aus einer Laune heraus, der er nicht weiter nachgegangen war, hatte er den weißen, bestimmt vierzig Jahre alten Leinenanzug genommen, sich eine Rose ins obere Knopfloch des siebenknöpfigen, eng anliegenden Jacketts gesteckt. Dann hatte er einen Augenblick lang überlegt, die uralte, oft gereinigte, aber immer noch blütenweiße, weil immer wieder nachgeweißte und immer noch passende Schirmmütze aufzusetzen, die er beim ersten Rendezvous mit seiner Frau Elisabeth, geborene Jochum, und letztmalig bei deren Beerdigung getragen hatte. Als er aber im Spiegel Kläre Weidemann mit jenem Gesichtsausdruck, den sie zum Beispiel gezeigt hatte, als sie ihn vor zwei Monaten beim Onanieren erwischte, sah, da hatte er die Kappe wieder in den Schrank gelegt. Weil es Sonntag war und ein Sonntag ohne Messe für ihn nicht in Frage kam, hatte er dann Pastor Lorenz von St. Marien angerufen und ihn gebeten – oder besser: dazu bestellt –, die Abendmesse in der Lindenburg-Kapelle zu zelebrieren.

Lorenz haßte die Art des Alten, sich wie selbstverständlich in Angelegenheiten der Gemeinde St. Marien einzumischen, ja über ihn zu verfügen. Er wußte aber auch, daß er das ertragen mußte wegen des Gewichts der zur-Lindens in der Diözese, der ein zur-Linden als Oberhirte vorstand, und speziell des Alten für das Ansehen und die ausgeglichene Bilanz der Pfarrgemeinde. So hatte es ihm ein bißchen Genugtuung verschafft, abzulehnen; nein, er sei leider unabkömmlich, am

Abend habe man Konveniat aller Pfarrvorsteher des Dekanats. Aber den neuen Vikar würde er gern veranlassen, die Abendmesse droben zu lesen. So könne er, Karl-Walter zur Linden, diesen außerordentlich tüchtigen und überaus glaubenseifrigen Mitarbeiter im Weinberge des Herrn kennenlernen. Er heiße übrigens Fick – und diesen Namen hatte er genüßlich wiederholt: »Fick!« Der Alte hatte geantwortet: »Nuja, dann schicken Sie mal Hochwürden Fick«, und hatte vor dem Losprusten schnell aufgelegt. Kläre Weidemann hatte zwar nicht mal mit der Wimper gezuckt, jedoch jenen speziellen Ausdruck in ihrem Gesicht noch stärker hervorgehoben, als er ihr den Namen »van däem dä Vanohmt bi us dä Messe liäst« nannte. Er hatte sich dann in sein Studio begeben und vor der Mutter Gottes sein zweites Morgengebet verrichtet – heute das erste Geheimnis des Freudenreichen Rosenkranzes.

Die Madonna, in einer Nische über der mit blauem Samt bezogenen Gebetbank, ist ein echter Kunstschatz – zwar nicht, wie einige meinen, Riemenschneiders vermutlich gestohlene Himmelsteiner Maria, von der ja nur eine Kopie im Würzburger Dom steht, aber eine Lindenholz-Plastik des Ulmer Meisters Hans Multscher aus der Mitte des fünfzehnten Jahrhunderts, eine Figur im Knitterfaltenstil jener Zeit mit ineinandergelegten Händen in Brusthöhe und einem melancholischen Ausdruck im Stupsnasengesicht, das ein schadorähnliches Kopftuch halb verhüllt. Es hätte übrigens seinerzeit nicht viel gefehlt, und der US-General Woitbecker hätte sie beschlagnahmt, das heißt als Beutegut eingezogen, ebenso wie einen Teil der Bücher, die in den verglasten, die Wände des Studios bedeckenden Schränken stehen, darunter Werke von wirklich unschätzbarem Wert: ein Exemplar des Corpus Juris Civilis in der Lyoner Ausgabe von Gothofredi von 1627 und eins der beinahe ebenso wertvollen Amsterdamer Nachdrucke von 1663 oder eine fast unbeschädigte Editio Romana des Corpus Juris Canonici von 1582 und das wohl wertvollste Stück: der Sachsenspiegel in der Brand-von-Tzerstede- und Dietrich-von-Bocksdorf-Ausgabe von 1452 oder die vollständigste Sammlung der deutschen Pandektistik aus dem vorigen Jahrhundert in Erstausgaben mit Autographen, zum Beispiel Thibauts »System des Pandektenrechts«, Savignys sechsbändige »Geschichte des Römischen Rechts im Mittelalter« und dessen eigenes Exemplar vom »Recht des Besitzes« von 1803 voller Glossen. Solche Zeugnisse der Menschheitskultur gehörten nicht länger in den Besitz von »euch Deutschen, den barbarischsten Terroristen der Neuzeit«, so Woitbecker, oder wolle er, Karl-Walter zur Linden, etwa auf Luther, Goethe, Beethoven und so weiter verweisen – »auf die ihr euch zur Begründung eurer Schlächtereien während der zwölf Jahre berufen habt?« Der Alte hatte sich nicht gegen die dämliche Vorstellung Woitbeckers verwehrt, man habe die Verbrechen unter Berufung auf diese Meister begangen, sondern schärfstens widersprochen, weil Woitbecker von »euch Deutschen« rede; er, Karl-Walter zur Linden, zähle nicht zu »euch Deutschen«, das, goddamn, solle er sich merken, es gäbe nämlich auch ein anderes Deutschland ...

Ach – jenes andere Deutschland sei wohl dasjenige der gleichfalls »strämm« – so sein Ausdruck – national gesinnten Bürgerlichen, zu denen er, zur Linden, wenn auch nie Mitglied der NSDAP, sich gezählt habe und wohl immer noch zähle, hatte Woitbecker noch angefügt, boshaft, obwohl er doch hätte wissen können – die Briten jedenfalls wußten es –, daß des Alten Auftreten als »strämm« national Gesinnter Tarnung, weil unabdingbare Voraussetzung, gewesen war für sein Wirken als Anwalt von Regimegegnern, Schwarzhörern, Fremdarbeitern, Deserteuren und solchen Leuten, von den illegalen Aktivitäten ganz zu schweigen. »Sie unwissender Idiot!« hatte Karl-Walter zur Linden noch gebrüllt.

Daß Woitbecker wegen dieses Ausbruchs Madonna und Bücher nicht weggenommen hat, wie der Alte meinte, ist aber ausgeschlossen. Woitbecker war ein unerbittlicher Deutschenverächter, aber auch ein Pragmatiker, und seine Tage waren gezählt, denn die Briten sollten baldigst die Besatzung der Gegend übernehmen. Diese nun wieder, in ihrer langen Erfahrung als Besatzer überall in der Welt und in Kenntnis der zur-Lindenschen Haltung und Handlungen während der Nazizeit, machten Karl-Walter zur Linden kurzzeitig zum Chef der Deutschen Hilfspolizei. Diese Position wiederum nutzte der unter anderem dazu, »Zeugnisse deutsch-christlicher und/oder humanistischer Tradition in blutbeschmutzten Händen« – sich so die Woitbeckerschen Argumente zu eigen machend – zu konfiszieren. Er nahm zum Beispiel die Erstausgabe der Leiden des jungen Werthers von 1774 mit den Initialen des Autors von eigener Hand auf der letzten Seite dem Chefpräsidenten Fischer ab, einem bösartigen Obernazi, der einige Verurteilungen von Zwangsarbeitern zum Tode wegen Nichtigkeiten zu verantworten hatte und der leider nicht hatte wirklich bestraft werden können. Die meisten der konfiszierten Gegenstände wurden übrigens später zurückgegeben, nicht allerdings den Erben Fischers jene Werther-Ausgabe, die Karl-Walter zur Linden der Universitätsbibliothek geschenkt hat, als Dank für die Verleihung der Ehrendoktorwürde.

Spätere Diebstahlsversuche bei den zur-Lindens blieben übrigens ebenso erfolglos wie der Woitbeckersche. Die paar Einbrüche in der Lindenburg, die alle den Gemälden, Skulpturen, Büchern im Hause galten, mißlangen. Sie kamen von Amateuren, die man nur belächelte – bis auf die Attacke vor sechs Jahren, geplant und betrieben von ausgebufften Profis. Sie waren außen an der Nordseite des Hauses mit Steigeisen und Seilen hochgeklettert – eine alpine Hochleistung –, waren schließlich aber zwar nicht am Panzerglas der Fenster oder an der Alarmanlage gescheitert, sondern an Benno Kröttmann, der sie mit der Kalaschnikow im Anschlag im Studio erwartete. Man hielt das für eine äußerst unangenehme Angelegenheit, denn niemand wußte, ob es bei dem mißlungenen Versuch bleiben werde und wer dahinterstand. Zu seiner Zeit wäre so was nie passiert, hatte der Alte gewettert, und man wußte, was er damit meinte. Karl-Walter zur Linden hielt zu seiner Zeit bestimmte Kontakte zu solchen Personen im Milieu, die übrigens, soweit sie dort als Chefs galten, niemals seine Mandanten waren. Er hielt diese Kontakte zu Recht für »die beste Einbruchsversicherung«. Daß und wie Anne-Catherine neuerdings solche Kontakte wieder aufgenommen hatte und pflegte, zum Nutzen nicht nur der zur-Lindenschen Privatsphäre, sondern ebenso für manche Firmenprojekte, schätzte der Alte hoch ein, und er wurde von Hawa, der Anne-Catherine als Nachfolgerin haben wollte, kräftigst darin bestärkt.

Karl-Walter zur Linden setzte sich in den rindlederbezogenen, nach »Zur-Linden-Männer-Ärschen« stinkenden« – so Liliane – Ohrensessel seines Großvaters hinter den Schreibtisch – ein Prachtstück flämischer Tischlerkunst der Nach-Rembrandt-Zeit. Er sah durch das hohe, breite Panzerglasfenster weit über die Stadt und sogar noch über die südlichen Höhen hinweg. Die Smogglocke hatte sich zum Teil verzogen, und der Himmel zeigte dieses dunstig-bläßliche Stahlblau, ein falsches Sommermorgen-Blau, das nie wieder, nicht mal am satten Mittag, in das wirkliche Blau, das er noch aus Kinder- und Jugendzeiten kannte, übergehen würde; nicht zu seiner Lebenszeit jedenfalls, die ja nun doch bald ihr Ende finden mochte; obwohl er gern die Jahrtausendwende erlebt hätte hier im Hause, so wie er vor jetzt einundneunzig Jahren die Jahrhundertwende erlebt hatte. Erst dreieinhalb Jahre ist er damals gewesen – aber an jene Silvesternacht der Jahrhundertwende erinnerte er sich original – nicht nur nach den Familienerzählungen: Wie sie – er in einem jener pumpigen Pyjamas, überm Bauch ein dicker Schokoladenfleck, Schwester Johanna und Cousine Thilde in fußlangen, weißen Hemden – auf der Empore über der Halle hockten, hinter ihnen Bruder Julius, Bruder Josef in der Uniform eines Ulanenfähnrichs durfte schon mitfeiern. Unter ihnen saßen die Feiernden, mehr als fünfzig Männer und Frauen, Damen und Herren, fein oder festlich gekleidet, an hufeisenförmig gestellten Tischen, essend, redend, lachend, trinkend, rauchend, im Kronleuchterfunkeln und -blitzen, Knistern, Kichern und Hüsteln, und über allem war dieser Duft aus Zigarrenqualm, Parfum, Wein, Männer- und Frauenwärme zu ihnen aufgestiegen; plötzlich die Stille und der Westminster-Glockenschlag aus der riesigen Standuhr, dann zwölfmal das »Boing« und in den letzten Schlag schon hinein das Gejubele, Gekreische, Gejuchze, Geschluchze, das Champagnerkorken-Knallen, das

Prost-Neujahr-Gerufe. Auf dem Arm seiner Mutter – er fühlte, sich daran erinnernd, ihre Brustwärme, roch den Duft nach Milch und »mille fleurs« – hatte er von der Balkonterrasse aus das Feuerwerk erlebt, dieses Knallen, Ballern, Donnern, Zischen und Sprühen und Fauchen zu den »Ohs« und »Ahs« und »Achs« um ihn herum, hatte einmal aufgeschrien, weil er glaubte, der Stall stünde in Flammen, war beruhigt worden von Umstehenden und der Mutter mit nassen, nach Champagner schmeckenden Küssen, und er meinte sogar, er habe die Flammenzahl »1900« in den Himmel hinterm Hof und über den Tannen gesprüht gesehen, obwohl er doch damals noch nicht lesen konnte. Jedenfalls hörte er seinen Vater, dem Himmel zuprostend, noch sagen: »Ein glänzendes Jahrhundert wird das, ganz klar. So hat es sich ja schon angelassen.«

Oder so ähnlich; jedenfalls hatte er recht gehabt, auch und gerade, was die Lage der zur-Lindens betraf. Das war nicht selbstverständlich gewesen damals. Gewiß, alles im Reich befand sich im Aufschwung. Es boomte nur so. Die Landschaften blühten. Deutschland stand an der Spitze Europas. Die verspätete, aber dann um so rapidere Industrialisierung, verbunden damit Handel und Wandel, angeschoben durch die immensen Reparationszahlungen des besiegten Frankreich – all das war zunächst auch bei den zur-Lindens bestens zu Buche geschlagen, und es hätte weiter die Habenseiten füllen können, wären diese Geschäftsbücher nicht zwanzig Jahre zuvor »tout à coup gerichtlicherseits«, so sagte man damals, beschlagnahmt worden wegen Fälschungen im Zusammenhang mit Spekulationsbetrügereien größten Ausmaßes auch und vor allem auf Kosten eines bestimmten Bankhauses, übrigens nicht der einzige Eklat dieser Art damals im Gründerzeitfieber. Allerdings kamen dazu Gerüchte auf, nach denen das Zur-Linden-Vermögen von Anfang an räuberisch erworben worden sei. Ein Redakteur der Vossischen Zeitung behauptete, er hätte herausgefunden, der Großvater des Gründers des Familienunternehmens, ein gewisser Abi Hämpel, genannt »das Lindenbürschchen«, Mitglied eines Räuberordens, habe während der Napoleonischen Wirren im

Linksrheinischen Kasse bei den Reichsten der Reichen gemacht, dessen Sohn, ein radikaler Revoluzzer und Umstürzler, im Badischen während der Unruhen sich herumtreibend, sei 49 den preußischen Eingreiftruppen gerade noch entkommen, und zwar unter Mitnahme der Kriegskasse der Marodeure. Nun – der Redakteur der Vossischen hatte zum Schweigen gebracht, das Bankhaus, eine Konkurrenz des Bleichröderschen Geldimperiums, anderweitig befriedigt werden können. Bleichröder selbst, Eduard zur Linden aus früherer Zeit verpflichtet, war dabei hilfreich gewesen. Dennoch – für die zur-Lindens hätte es in Berlin keine Zukunft mehr gegeben. »Verduften«, war ihnen geraten worden, »schnell und sang- und klanglos – irgendwohin. Das Reich ist ja groß genug.« Höheren Orts, nämlich beim Kanzler Bismarck, als dessen Hausfinancier Bleichröder fungierte, war man ebenfalls dieser Meinung gewesen, es mußte mithin geradewegs als Anordnung verstanden werden und war gar nicht mal so übel, denn das bedeutete so etwas wie einen Schutzbrief in jener Gegend Preußens, wo man sich niederzulassen gedachte. Daß die Wahl dann auf die Gegend hier, gerade auf diese Stadt fiel, das mag mehrere Gründe gehabt haben. Ob Eduards Frau, des Alten Großmutter, Anna Morelli, da letztlich bestimmend gewesen ist? Der Alte hatte seine Zweifel.

Jedenfalls war's eine vortreffliche Wahl, hier im Revier, der Schmiede des Reichs, wo es florierte wie nirgendwo sonst, sich niederzulassen. Abwicklung der alten, Einrichtung neuer Geschäftsbereiche, letztere vor allem und schließlich nur noch im Immobilienerwerb und -handel, war Aufgabe und Meisterstück Karl-Josef zur Lindens, Vater des Alten und Gründer der Zur-Linden-Anwaltsdynastie, ebenso übrigens die mit der Umsiedlung vollzogene Wandlung aller bis dahin zwar formal katholischen, doch nur lau sich zur Kirche bekennenden zur-Lindens zu eifrig praktizierenden Gliedern der Ecclesia Una Sancta. Dazu hatten allerdings nicht allein der Schutz der Familie und andere Zweckmäßigkeiten Anlaß gegeben. Karl-Josef zur Linden war vorher schon ein durch und durch überzeugter Katholik gewesen, Jesuitenzögling seit Kindheitstagen, Laiengefolgsmann des Ordens seit Studienzeiten. Und die Rechtsvertretungen, Verteidigung von im Kulturkampf verfolgten Priestern, Redakteuren, Ordensschwestern und -brüdern nicht nur in Berlin – das ging bis zum Verstecken gesperrter und gesuchter Kleriker und vatikanischer Geheimdelegaten –, dienten zwar gewiß dem Ansehen und der Hochachtung, die die Gläubigen dann hier in der Beinahe-Diaspora diesem Zugezogenen entgegenbrachten. Sie waren aber ebenfalls Ausdruck der Glaubensstärke und absoluten Kirchentreue Karl-Josef zur Lindens. Die ähnliche Hilfe, die er dann den aufgrund der Sozialistengesetze Verfolgten zukommen ließ – zunächst rätselten alle, weshalb bloß –, steigerte sein Ansehen bei der katholischen Mandantenschaft allerdings weniger, obwohl sie sich später ja als durchaus vorteilhaft erweisen sollte. Einerseits kam diese Hilfe wohl auch mehr oder weniger zufällig zustande. Sein erster Fall auf diesem Gebiet betraf nämlich einen in die Arbeiterbewegung umgestiegenen Bundesbruder seiner Verbindung. Andererseits und in der Folge war sie, diese Hilfe, den Ratschlägen seines jesuitischen Anleiters geschuldet, eines beinahe schon kommunistischen Organisators der katholischen Arbeitervereine. Schließlich aber tat er es – und das war ausschlaggebend – seiner Braut Hanna Körner zuliebe, die er fünf Jahre nach dem Tod seiner ersten, im Wochenbett gestorbenen Frau hier kennengelernt hatte. Man kann es auch als eine Art Tauschgeschäft ansehen dafür, daß die Atheistin Hanna Körner, deren Vater, Brüder und Cousins allesamt Sozialdemokraten waren, konvertierte, Voraussetzung für die Ehe der beiden, aus der eine Tochter und ein Sohn hervorgingen: die mit elf Jahren an der Diphtherie erstickte Johanna und eben Karl-Walter, der dreieinhalb Jahre vor der Jahrhundertwende hier im Haus zur Welt gekommen ist – per Sturzgeburt, so will es die Familiensaga.

Die anderen vier Kinder stammten aus der ersten Ehe Karl-Josef zur Lindens mit Hermine Lafontaine: Eduard, von einem Husarenleutnant im Duell wegen einer Liebesaffäre mit einem Fähnrich getötet, Julius, siebenundachtzigjährig in seiner Bude am Bahndamm gestorben, und Alfred, Vater Tonton Päules, Heijos, Hermanns und Uschus, mit achtzig Jahren unter »heiklen Umständen«, wie's in der Familie heißt, umgekommen – unter der voluminösen fünfundsechzigjährigen, von der Familie 1943 vor ihren Verfolgern versteckten Zigeunerin Katja nämlich.

Der Alte reckte sich, bewegte seine Finger hin und her, eine Übung, die ihm versichern sollte, daß die Gicht ihn nicht erwischt hatte wie seinen Vater mit achtzig Jahren.

Ja – 1900 hatte alles zum besten gestanden und 2000 könnte es – und das wollte er noch erleben – ähnlich und sogar noch besser zum besten stehen. Blühende Landschaften wie hüben sollte es auch drüben geben, wo den zur-Lindens Grundstücke trotz jener vierzig Jahre geblieben waren, sowohl in Ost-Berlin als auch in Leipzig und Dresden und hier und da in Mecklenburg. Möglicherweise war zwar dieses Blühen ein voreiliges Versprechen. Einiges sprach dafür. Geld gab's genug für den Anschluß; gefährlich so viel Gepumpe, und ein blühendes Großdeutschland, protzend und niedermachend wie zweimal schon, war gewiß nicht nach seinem Gusto. Mehrere kleine Deutschlands in der Größe Belgiens oder Dänemarks wären ihm allemal lieber gewesen. Aber für »unser Haus« – wie er immer sagte – eigentlich bestens. Wenn – ja wenn das Haus weiter bestens geführt würde. Er machte sich da nichts vor. Aber bei allem Klagen und Jammern über das Ende der Familie – gewiß war da was dran, vor allem, was die nicht vermögenden Familien anging –, gut geführte Familien und deren Unternehmen, in welcher juristischen Form auch immer, wußte er, gingen nicht unter. Die hielten ewig und drei Tage, vorausgesetzt allerdings, da gab es mehr als bloß das Vermögen, wenn auch so raffiniert als nur möglich zusammengehalten. Den Spruch »Alle großen und reichen Familien zerfallen eines Tages« hatte er immer für eine Wunschvorstellung zu kurz gekommener Kleinbürger oder durch Nachlässigkeit gescheiterter Bourgeois gehalten. Kam die Rede darauf, brachte er gern Beispiele, so das der Familie des amtierenden Bundespräsidenten, die seit Generationen dem Staat in seinen wechselnden Herrschaftsformen in wechselnden Kostümen diente: im Ministerrock, in

SS-Uniform, im Professorentalar, im Firmenkittel, im Greenpeace-Dreß ... »Chapeau! Chapeau!« sagte er dann. »Das nenne ich gut geführt, obwohl diese Art von Opportunismus und diese Staatsdienerei natürlich ganz unerträglich sind.« Zu Hawa hat er immer wieder geäußert: »Wenn die Führung des Hauses funktioniert, bleibt der Zusammenhalt der Familie erst mal gewahrt. Das bringt jedem schon die ökonomische Vernunft bei, auf die man bei den meisten zur-Lindens immer zählen darf. Aber fallt nie vom Glauben ab. Und unser Glauben ist eben der katholische, per omnia saecula saeculorum – wenigstens für ewig und drei Tage.« Hawas Vorstellung, Anne-Catherine habe die nötigen Qualifikationen, könne die Führung der Familie übernehmen, hat er damals noch schwankend gegenübergestanden. Vorbehalte gab es gegenüber dieser Enkelin, die ihm nie nahegewesen war, Vorbehalte weniger wegen ihrer erotischen Vorlieben – Erbteil ihrer zweiseitig veranlagten Großmutter Elisabeth Jochum, seiner Frau. Aber daß die Enkelin diese Eigenart so offen auslebte! Nascosto peccato non offende – diese gute alte katholische Weisheit, warum beachtete Anne-Catherine sie nicht?! Allerdings: Sie praktizierte, beichtete sogar noch, das sprach für sie, und natürlich ihre Stärke, was das Anwaltliche und das Geschäftliche betraf. Man würde sehen!

Er seufzte, stand auf, suchte, ohne Bestimmtes im Sinn, im Bücherschrank mit den Werken zur Rechts- und Staatsphilosophie, stieß auf Carl Schmitts »Legalität und Legitimität«, ein handsigniertes Exemplar, Geschenk seines Neffen Heinrich-Johannes, der, so wurde gemunkelt, in den Siebzigern Beichtvater Carl Schmitts gewesen sei, wozu sich der Bischof natürlich nicht äußerte. Der Alte bewunderte Schmitt und hegte gleichzeitig äußerste Antipathie gegen ihn, und als er einmal Heijo gegenüber sagte, er würde nie verstehen, weshalb man diesen falsch-katholischen Kleinbürger, diesen Staatsfetischisten überhaupt je ernst genommen habe, dagegen sei der Atheist Lenin direkt eine Offenbarung, kicherte der erst in seiner merkwürdigen, in der Familie gern imitierten Art fistelstimmig los, um seinen Onkel dann aber scharf zu fixieren – auch so eine Eigentümlichkeit, die in der Familie der »Exkommunikations-Blick seiner Bischöflichen Gnaden« genannt wurde.

Karl-Walter zur Linden blätterte in dem Buch, setzte sich in den Lesesessel, las sich fest, fühlte sich angeregt und erregt in dieser Mischung aus ärgerlicher Empörung und Lachbedürfnis – gerade die richtige Stimmung, um Tonton Päule zu empfangen.

Der wurde beinahe Punkt zwölf von Kläre Weidemann gemeldet: »Hä es do.«

»Lo ne rin.«

»Hier rinne?«

»Hier rinne.«

Und dann trat Paul zur Linden in diesem ewigen grauen Flanellanzug ein, hager, spiddelig, die Hakennase so rot wie sonst, eine Mappe unterm Arm, spitzmündig, sein »Gutzeit, Gutzeit« halb flüsternd, halb rufend.

Vermutliches Ende
einer Liebe

Ein Vorbeben der im 2370 Kilometer entfernten Moskau ausgebrochenen Ereignisse jener »die Welt erschütternden Tage«, die in der Woche begannen, an deren Ende der fünfundneunzigste Geburtstag Karl-Walter zur Lindens gefeiert werden sollte, hat hier niemand gespürt. Nun werden selbstverständlich Vorbereitungen eines Coup d'État geräuschlos getroffen. Man muß sich allerdings fragen, ob überhaupt von Vorbereitungen in diesem Zusammenhang die Rede sein kann. Das Ganze stellte sich im nachhinein als ziemlich unprofessionelles Unternehmen der sogenannten Achterbande um Janajew heraus. Schon ein Wochenende abzuwarten, um erst am Montag, einem Arbeitstag, loszuschlagen! Weder sofort Bahnhöfe, Flughäfen noch Rundfunkanstalten, Telefonzentralen und E-Werke zu besetzen, die Kaserne der Prätorianergarden nicht mit schweren Waffen zu umstellen, Straßen zum Regierungs- beziehungsweise Parlamentssitz ungesperrt zu lassen! – um nur das Notwendigste zu erwähnen. Das alles sind merkwürdige Unterlassungen, weshalb nicht nur Annette Vendrini-zur Linden und die Kröttmanns nachher von einem *sogenannten* Putsch und seiner *sogenannten* Niederschlagung sprachen.

Gewiß, ahnungslos war man nicht gerade. Man mußte schon mehr als naiv sein, um anzunehmen, der »Zerfall des Riesenreichs« – so eine gängige Formel – würde ohne Stocken weiter fortschreiten, wenn auch das Ende, »das *vorläufige* Ende«, so Annette Vendrini-zur Linden, dessen, was mit der Revolution von 1917 eingeleitet worden war, sich nicht mehr aufhalten ließ, wie es schien. Und während damit für seine Schwester »der letzte Akt vor dem Untergang überhaupt« begann, wollte Hawa darin die Perspektive für eine ganzheitliche Welt mit offenen Märkten, »welche ungeahnte

Möglichkeiten für weltweiten Wohlstand« eröffnen könnte, sehen. Er behauptet auch, mehr als nur eine Ahnung davon gehabt zu haben, am Sonntagmorgen sogar beinahe die Gewißheit, daß drüben in Moskau was im Busch sei. Das ist nicht geflunkert. Er kriegte was mit in der Wohnung von Christa Meinhold, die er besucht hatte.

Christa Meinhold wohnte in einem dieser Loftapartments mit Dachgarten in einem der Nordstadt-Hochhäuser, das zum Linden-Kombinat gehört und von dessen Grundstücksverwaltung, der Lindenhof GmbH, vermietet wird. Vor zwei Jahren, gleich am Abend ihrer Bekanntschaft beim Abendessen mit einem seiner und gleichzeitig ihrer Mandanten, den sie als Fachanwältin für Steuerrecht beriet, hat Hawa sie dorthin begleitet und ist die Nacht über in ihrem »Tower-Loft«, wie Christa Meinhold ihr Apartment nannte, geblieben. »Eine Wahnsinnsnacht«, hat er geschwärmt, die in seinem Alter zu erleben und durchzuhalten er nicht mehr erwartet habe. Es blieb nicht bei dieser einen Nacht, und es wurde mehr daraus als eine seiner üblichen Affären – kurze Bums-Verhältnisse meistens –, nämlich eine längere »Beziehung moderner Art sozusagen«. Typisch dafür ist vielleicht, was Christa Meinhold ihm zu Anfang einmal flüsterte: Er könne sie ruhig als »meine Maitresse« bezeichnen; romantisch höre sich das an und treffe ja auch irgendwie zu; aber einen sexuellen oder anderen Anspruch auf sie, wie früher ein echter Bourgeois auf die seine gehabt haben mochte – »ein Recht auf so oder so bezahlten Fick also« –, dürfe er daraus nicht ableiten. Von Anfang an übrigens hat eine Art Abmachung zwischen ihnen bestanden, wonach sie einen anderen oder weiteren Lover sich leisten dürfe, so wie er, Hawa, der ja niemals seine Frau verlassen werde, ebenfalls. »Kein synallagmatischer Vertrag auf gegenseitige Treue oder so was zwischen uns, klaro?« so eine ihrer Formulierungen.

Nun weiß jede und jeder: So etwas wird gesagt und vermutlich anfangs geglaubt, aber es dann durchzustehen, bedeutet etwas anderes, und es hat tatsächlich auch zwischen Hawa und Christa hier und da nicht gerade Eifersuchtsszenen, aber doch mehr als Eifersüchteleien gegeben. Dabei spielte Aids-Angst keine geringe Rolle. Klar – er benutzte Kondome, wenn sie ihn darum bat, so lautete ihre Absprache, und zweimal hatten sie beide sich untersuchen lassen, mit negativem Befund. Dachte er an diese Zeit, zwei Wochen bis zum Ergebnis, wurde ihm immer noch flau. Beide Male schwor er sich, Schluß zu machen. Aber es lief nun mal bestens im Bett zwischen ihnen, zwar nicht mehr so oft und so heiß, aber wann und wo hatte er schon seine Lieblingsposition, den Spanischen Ritt, bei dem er ohne Schutz trabte und galoppierte, so auskosten können! Trotzdem – er bekam häufiger mulmige Gefühle, und tatsächlich wurde ihre Liebschaft lauer, was heißt: Sie trafen sich weniger oft und wenn, so redeten sie miteinander öfter belangloses Zeugs. Sie hatten sich zwar bewußt und von Anfang an in einer frotzelnden und das Oberflächliche betonenden, Distanz suchenden Ausdrucksart unterhalten. Doch dahinter hatte es geknistert und sie geil gemacht. Das fehlte dann mehr und mehr, und es blieb fast nur noch ein mehr oder weniger ironisch-witziges Gerede.

Daß neben Aids-Angst und üblicher Abnutzung von Lust und Liebe sein Alter mitspielte – immerhin wurde er bald sechzig – und seine Furcht vor dem plötzlichen Brust und Luft abklemmenden Schmerz, verhehlte er sich nicht. Die Beziehung aufzugeben, das Verhältnis einschlafen zu lassen, am besten, bevor es zu einem gewöhnlichen Anhänglich-keits-Kontakt verkam, schien ihm allmählich vernünftig zu sein – übrigens ebenso mit Rücksicht auf Marie-Anne. Die hatte kürzlich nach seiner Verabschiedung aus ihrem Schlaf-zimmer mit einem knappen Kuß und einem Gute-Nacht-Wunsch gemeint, ob er sich nicht zu sehr überfordere in sexualibus – ihr Gioconda-Lächeln dabei lächelnd. Die bei-den schliefen zwar selten noch im selben Bett, ein- oder zweimal monatlich, doch wenn sie's taten, dann ging es rich-tig los zwischen ihnen, immer noch. Über seine Affären, so-weit sie davon wußte, hatte Marie-Anne meistens eine Zeit-lang hinweggeschaut, bis sie mit derartigen Andeutungen signalisierte, nun müsse diese Angelegenheit, »cette chose-là«, beendet werden, sonst …, und er hatte bisher immer verstanden und gehorcht. Daß sie allerdings mit Grabowski, ihrem Assistenten, mehr als nur Berufliches verband, sie nämlich mit ihm »was angefangen hatte«, wie man hier so sagt, wußte Hawa da noch nicht. Aber – es wurde schon angedeutet – Hawa liebt seine Frau Marie-Anne, so Liebe das meint, was alle darunter verstehen, und, falls so was überhaupt möglich ist, als einzige wirklich, trotz seiner Hurerei; »wie ein echter Katholik eben«, nach der Vorstellung seines Sohns Andy, und damit liegt er gar nicht so daneben. »Kost' dich das eigentlich gar nichts?« hat Gerda Kröttmann Hawa einmal gefragt. »Was heißt das schon!« hat er ihr geantwortet. Ausgehalten jedenfalls wie früher hin und wieder die eine oder andere Frau hat er Christa Meinhold nicht. Die war beinahe wohlhabend, verdiente jedenfalls genug. Der City-Einzelhandel aus der Textilbranche gehört zu ihrer Klientel. Als Steueranwältin kannte man ihren Namen weit über die Stadt hinaus. Geschenke hat sie zwar angenommen, ihm aber gleiche zurückgegeben, »wegen meiner Vorstellung von Unabhängigkeit, die – im Privaten jedenfalls – ausschließlich von meinen Launen und Trieben abhängig sein soll«. Wie auch immer, Christa Meinhold hing trotz allem – soll man sagen: in *ihrer Art*? – an Hawa.

Sonntagmorgens trafen sich die beiden eigentlich nie. Es gab auch diesmal keinen besonderen Grund für seinen Besuch, oder vielleicht doch, wie sich Hawa gestand, als er über beinahe leere Straßen in die Nordstadt fuhr. Am Abend zuvor hatte sie sich mit Leuten aus der Textilbranche getroffen »zum Umtrunk nach geschäftlicher Besprechung, vermutlich bis in die tiefe Nacht«, wie es in ihrem Fax hieß, mit dem sie ihr verabredetes Rendezvous absagte. Neben den öden Middleclass-Vatis gäb's amüsante Kerle unter den Textilbranche-Typen, hatte sie ihm einmal erzählt, wahre Stenze und Vorstadt-Dandys, Commis voyageurs mit dem gewissen schrägen Etwas, und alle herb-gut riechend – na, er kenne ja ihre Schwächen.

Hawa besaß keinen Schlüssel für ihre Wohnung außer dem, den die Lindenhof GmbH für alle von ihr vermieteten Wohnungen bewahrte. Christa würde ihm sicher nicht öffnen, falls einer dieser Strizzis bei ihr oben läge; andernfalls bestimmt. Das wollte er probieren, warum, wußte er nicht. Wahrscheinlich suchte er gerade an diesem Sonntagmorgen einen Grund dafür, entweder »cette chose-là« zu lösen oder fortzuführen – eine Zeitlang jedenfalls noch. Es war bis jetzt nur ein- oder zweimal vorgekommen, daß sie ihn, obwohl anwesend, nicht hereingelassen hatte. »On verra, verra«, sang er vor sich hin, parkte den Wagen wie sonst ein gutes Stück weg von dem siebzehnstöckigen Gebäude, über dessen oberstem Geschoß ihr Apartment liegt, aus Vorsicht und unnötiger, aber bauchkitzelnerregender Heimlichtuerei, was für ihn beim »Fremdgehen«, wie Leute hier so was nennen, dazugehört.

Er überraschte sich selbst, als er einen Weg nahm, den er normalerweise nicht wählte. Nach Überquerung des Zubringers zur Autobahn und einiger Nebenstraßen fand er sich wieder im Komponisten-Viertel, so genannt wegen der Straßennamen nach Musikern – ein Stadtteil mit lauter gleichen Backsteinbungalows und Gärten dahinter und davor, umgeben von gleichhoch geschnittenen Buchenhecken bis auf zwei oder drei Ausnahmen – Parzellen von Leuten, die sich vermutlich als Individualisten verstanden. Die meisten Häuser gehören den Bewohnern, aber ein paar der Grundstücke den zur-Lindens, und deren Bewohner machen mehr Ärger als alle anderen Mieter in der Stadt, wußte Hawa von Schwaiger aus der Grundstücksverwaltung.

Hawa war seit ewig nicht hier gewesen. Die Flachdachhäuser im Grünen hatte man in den siebziger Jahren geplant und gebaut, dafür einen Kiefernwald, der bis über die Scheitelhöhe des Nordhangs gestanden hatte, abgeholzt. Als der Kiefernwald noch als Schonung gewachsen war, hatte ein Pfad quer hindurch geführt, den sie damals auf den heimlichen Wegen zur Erlenhöhle benutzten. Hawa überlegte, wo dieser Pfad verlaufen sein mochte, blickte umher, versuchte Orientierung zu finden, indem er sich Schonung, Weiden, die drei Eichen, Rehschops Feldscheune und das Tannenensemble davor an Ort und Stelle in Erinnerung rief. Er entschied sich für die Mitte der Johannes-Brahms-Straße, die auf die Nord-Süd-

Tangente führte, heute ein dreispuriger Schnellweg, früher, als der noch »Hohlweg« hieß, eine schmale, kaum geteerte, oft geflickte Straße voller Schlaglöcher, die zwischen Kiefernschonung und Viehkoppeln auf der einen und einem Mischhochwald auf der anderen Seite ziemlich steil abwärts in die Stadt beziehungsweise steil aufwärts und hinaus ging. Daß höchstens zweihundert Meter entfernt von der Einbiegung der Johannes-Brahms-Straße in den Schnellweg, also beinahe direkt gegenüber, die Hochhäuser standen, unter ihnen das, auf dem in ihrem »Tower-Loft« Christa Meinhold wohnt, hätte er nicht gedacht. Und noch etwas fand er heraus: »An dieser Stelle, ja, genau an dieser Stelle, Kreuzung Brahmsstraße/Schnellweg, war es, wo wir zwischen Kiefern versteckt lagen, als die Amis ankamen, den Hohlweg runter, nachmittags, Mai 45; blauester Himmel, eine Hitze! Erinner dich«, sagte er am nächsten Tag zu Benno Kröttmann, »wir fahren hin, und du wirst sehen.«

Sie hatte ihm tatsächlich aufgemacht, saß im Nachthemd am Tisch in der Küche, schlürfte Kaffee. Mit einem Anruf aus Georgetown/Washington D. C. sei sie geweckt worden, einem Anruf ihrer Tochter, die ihr mitgeteilt habe, sie komme morgen nachmittag um fünf Uhr fünfzehn am Rhein-Ruhr-Flughafen an. Tochter Jessica stammt aus Christas erster Ehe und lebt seit einigen Jahren bei der Familie von Christas Cousine, deren Mann im US-Außenministerium arbeitet.

»Ihr Jahresbesuch ist das nicht«, sagte Christa und goß Hawa eine Tasse Kaffee ein, »der wäre erst im Winter fällig; nun, man wird sehen.« Und warum er, Hawa, schon so früh und an diesem Sonntagmorgen bei ihr aufkreuze, sagte sie, könne sie sich denken. Überraschen habe er sie wollen, ertappen in flagranti sozusagen, mit einem Krawatten-Vertreter oder vielleicht einer dieser langbeinigen Boutiquen-Tussis, »sei ehrlich, Hans-Walter zur Linden«.

»Vielleicht«, sagte Hawa, und nach einigem Wortgeplänkel, das sie beide kaum erregte, küßten sie sich dann doch, wobei er an ihrem Atem allmählich ihre Bereitschaft schmeckte, und sie zogen sich, zum Schlafzimmer gehend, stolpernd, gegenseitig aus und fielen im Bett übereinander her. Nach seinem ersten Orgasmus trieb sie ihn wieder an, er schaffte schließlich den zweiten und sie dann wohl auch endlich den ihren, falls sie, sich aufbäumend, ihren Kopf hin und her werfend, stöhnend, diesen nicht vortäuschte. Aber da kann man sich ja niemals sicher sein, es sei denn, die Frau ejakuliert ebenfalls, was selten genug vorkommt, und die Frauen hatten nach seiner Erfahrung in diesen Dingen sowieso meistens Mitleid mit ihren Geliebten.

Er war danach mehr als erschöpft, hatte nach einigen Minuten, in denen sie beide schwiegen, mit einem Mal weit über die übliche postkoitale Tristesse hinaus einen solchen Tiefpunkt, daß er dachte: Hier bist du jetzt am Ende. Wesenlos fühlte er sich, ohne irgendein Selbst. Ob ich sterbe, dachte er, wenn das überhaupt ich bin? Und dann, nach einer Weile – in Wahrheit vermutlich bloß Sekunden –, zuckten ihm Bilder durchs Gehirn, von denen er geglaubt hatte, die seien längst im Sumpf des Vergessens verschlickt, Szenen aus Kinder- und Jugendzeit: Er in Bleyle-Hosen und Samtbommeln überm weißen Hemd in der Kommunionsbank, unwürdig kommunizierend, weil nach der Beichte noch mehrere Male onaniert, dann zwischen Tschup und Heijo, die über ihn hinweg ihre Hände halten, im Feuerzelt liegend – alle Szenen äußerst schnell hintereinander, durcheinander –, auch wie seine Mutter ihm die Brustwarze in den Mund drückte an seinem dreizehnten Geburtstag in ihrem Schlafzimmer, oder der Messerhieb, den er Päule Schablowski, dem strunzenden Hitlerjungen, versetzte, und dann das Guillotinieren der Pillekes, der Entenküken, die er und Ännchen Wittkopf, beide dabei masturbierend, unters lange, auf Knopfdruck fallende Schlachtmesser trieben.

In letzter Zeit war ihm das öfter passiert. Jedesmal bei Schwächeanfällen hatte er diesen zu scheußlichen Turbulenzen in seinem Innersten führenden Ansturm vergangener Szenen und der darin eingebundenen, umhertreibenden Gefühle ertragen müssen; ein Schleusenbruch, so interpretierte er, lebensgefährlich, weil Wegbruch der Stautore Überflutung und – erreichte man kein Ufer – Ertrinken bedeutete.

»Was ist?« fragte Christa. Er schüttelte den Kopf. Sie stand auf, brachte ihm ein Glas Wasser, das er in Schlückchen trank. Danach fühlte er sich allmählich besser, kam sich vor wie ein aus dem Strudel befreiter, langsam an Land kraulender Schwimmer.

»So, ich denke, ich bin jetzt am Ufer«, sagte er.

»Aha«, sagte Christa.

Er ging ins Bad, besah sich im Spiegel, fand nichts Todesnahes in seinem Gesicht, keine zu bleiche Blässe, keine Schwellungen, fühlte den Puls, der etwas zu langsam schlug, ging ins Schlafzimmer zurück. Christa lag dösend, wohl halb schlummernd auf dem Bett, ganz La Bergère. So nannte er sie gern, nach der Schäferin, die er als Fünfzehnjähriger aus dem Weidengeäst heraus beobachtet hatte, wie sie sich nackt im Licht der Spätnachmittagssonne im Bach, der Blanken Becke beim Jochum-Hof, mit einem Grasfrasen wusch, die Herde, auf beiden Ufern grasend, um sie herum: das große Gesicht und die grünen Augen, Knubbelnase und Breitband-Lippen, diese Hüften, der Kugelhintern, die schweren Brüste und die rotblonden Haare auch unten. Jünger war jene damals gewesen als Christa, die Zweiundvierzigjährige, die zweimal verheiratet und zweimal geschieden war und ein Kind geboren hatte. Es roch nach ihr im ganzen Raum. Aber ihr Körpergeruch war durchmixt mit Kneipen- und Knoblauchdunst aus der vergangenen Umtrunk-Nacht. Es hatte ihn vorher nicht gestört, jetzt wurde ihm beinahe übel, und er öffnete das Fenster einen breiten Spalt, sog die frische Luft durch Mund und Nase ein.

Von dieser Höhe aus blickt man weit nach Norden, sieht auf Straßen und Häuser, einige Hotels westlich der Nord-Süd-Tangente, östlich davon auf Bürogebäude, Lager, Betriebshallen, Einkaufszentren, und nicht eben weniges davon gehört den zur-Lindens. Vor knapp vierzig Jahren noch war diese Gegend eine Wald-Wasser-Weiden-Landschaft, Staatseigentum das meiste und Herrschaftsgebiet von Jugendbanden mehrerer Generationen aus den Werkvierteln der Unterstadt, verbotenes Gelände für solche aus anderen Stadtteilen, mit wenigen Ausnahmen. Hawa ist eine gewesen, und seine Freundschaft mit Kröttmann und dessen Clique wurde dann auch von den übrigen Banden – unter ihnen ein paar gefährliche Hitlerjungen – immer eisig beäugt.

Hawa schaute nicht zum erstenmal aus diesem Fenster in Christas Schlafzimmer, doch diesmal machte er sich bewußt, wo er sich befand: Hoch über der Koppel nämlich, legte er fest, auf der damals die Soldaten-Pferde weideten, die er und die anderen nachts ritten. Und etwas unterhalb der Scheitelhöhe des Nordhangs fand er hinter dem fünften Mast der Überland-Stromleitung die Stelle, wo in einer Buche das Baumhaus hing, von dem aus man den Zugang zur Erlenhöhle einsehen konnte. Nicht weit davon entfernt stand das Farnkrautfeld, in dem sich die französischen und belgischen Zwangsarbeiter aus dem Eisenwerk mit ihren gleichfalls gefangenen polnischen und russischen Freundinnen heimlichst trafen und liebten – heftig und schnell, denn wehe, man entdeckte sie, was nie passierte, weil Hawa und die anderen Wache hielten, aufpaßten, aber auch die Liebespaare beögelten und sich dabei die Schwänze wund rieben. Später zog Hawa einmal mit Edith Maruschke ins Farnkrautfeld, hatte am Morgen ein richtiges Liebesnest dort gebaut. Es sollte romantisch werden wie in dem Südsee-Film mit Dorothy Lamour, und so klimperte Käp Haussmann für einhundert Mark – noch vor der Währungsreform war das – im Farnversteck unsichtbar ein paar Meter hinter ihnen auf seiner Gitarre, und als sie dann erschöpft und umarmt und rauchend beieinanderlagen, sang Käp durchs Farnkraut:

> Zarina, ein braunes Naturkind,
> sang fröhlich ein Liedchen im Mai.
> Die Reisfelder wogten im Märzwind,
> und Pedro war auch mit dabei …

Und ganz klar und ohne Zweifel sah Hawa jetzt von oben: seitlich da unten an der Kreuzung Johannes-Brahms-Straße/Nord-Süd-Tangente war es gewesen, bis wohin seinerzeit die Kiefernschonung ging, und zwar direkt bis zum abfallenden Rand, der, wie auf der gegenüberliegenden Seite der steile Waldsaum, die Straße begrenzte, die so an dieser Stelle tatsächlich als eine Art breiterer Hohlweg verlief.

Genau dort ist es gewesen, Anfang Mai, ein sommerheißer Tag damals, als die Amerikaner kamen. Sie sind übrigens, nachdem sie die Stadt tage- und nächtelang mit Artillerie belegt und bombardiert und dann eingekesselt hatten, an diesem Tag von allen Seiten in die Stadt gekommen, aber über den Hohlweg haben sie das Stadtgebiet zuerst erreicht. Hawa, Gerda, Benno, Ziß Schüssler waren unterwegs zur Erlenhöhle mit Kartoffeln und Honig für die Versteckten – unter den langjährigen drei Deserteure, die gerade erst abgehauen waren und von den Killern der Feldgendarmerie – sie trugen eine Art blanken Schild um den Hals, einen solchen verwahrt Hawa noch heute als Trophäe – überall gesucht wurden.

Dieses eigenartige Kettenrasseln unter Quietschen, das nur ein fahrender Panzer macht, hörte man als erstes, eben als sie an den Hohlweg kamen. Sie krochen zurück ins Kieferngebüsch, sahen den Sherman herankommen, darauf zwei Männer liegend, und hinter dem Panzer vier oder fünf gebückt schleichende GIs, Sturmgewehre im Anschlag, und alle in diesen Kampfmonturen und mit diesen Helmen, die sie bisher nur auf Fotos bewundert hatten, und ein weiterer Sturmtrupp von zehn Soldaten, einige schwarze darunter. »Neger, kiek an«, flüsterte Benno Kröttmann, »so sehen die also lebend aus.« Und nach einer Weile – vielleicht zwei Minuten –, während der sie, die Köpfe ins Moos unter den struppigen Kiefern gedrückt, dalagen, kam das heran, weshalb niemand von ihnen gerade diesen Augenblick der Ankunft »unserer Befreier«, wie's pathetisch, aber zutreffend dann hieß, je vergessen konnte: Ein Jeep, gefahren von einem Schwarzen, besetzt mit drei Offizieren, und hinten auf dem Heck, überm Ersatzrad mit den Beinen baumelnd, Euken Wördehoff, genannt Nevada Kid, und der schlug seine Klampfe und sang den Song, den sie später noch oft hören und mitsingen sollten:

> Gonna take a sentimental journey,
> gonna set my heart at ease ...

Das dürfe doch gar nicht wahr sein, flüsterte einer – es wird Benno gewesen sein.

Hawa sang lächelnd und leise den Schlager an: »Gonna take a sentimental journey ...«

»Hallooooh!«

Er drehte sich herum.

»Na«, sagte Christa, »was ist!«

Sie lag da, die Beine leicht angezogen, Kopf auf den Kissen, drückte mit beiden Händen die Brüste gegeneinander – eine äußerst aufreizende Haltung für ihn, die erregendste Aufforderung überhaupt. Er schaute, starrte und fühlte nichts, und trotz oder gerade auch wegen des inneren Leistungsappells: »Los ... du schaffst das ... darfst dich nicht drücken ...« und fieser: »Die will doch bloß, daß du kneifst ...«, bewegte sich nichts in und an ihm, und sein Blick auf die Spiegeltüren der Schränke an der Wand gegenüber, darin seine pyknische Figur mit Bauch, darunter der geschrumpfte, schlappe Schwanz, brachte ihn vollends ins Unvermögen. »Na, komm schon, Reiter«, sagte sie, »wenn du erst mal ...«

Und dieser Geruch im Raum ... Ihm wurde wieder übel. Rauslaufen konnte, durfte er nicht, und da rettete ihn – so muß man es wohl nennen – das Klingelgesäusel des Telefons neben dem Bett, zweimal, dreimal, bevor Christa abnahm, sich mit »Hallo« meldend, und nach ihrem »Ach, du bist das« winkte Hawa ihr zu, verließ das Schlafzimmer, ging erst ins Bad, band sich ein Badetuch um die Hüften, dann in den großen, hellen Raum nebenan, in dem eine Menge Sessel und zwei Couchen standen. Am Getränke-Buffet goß er sich einen Marc de Champagne in ein Schnapsgläschen. Vielleicht hilft das, dachte er, trat an die die gesamte Frontseite des Salons ausfüllende Panoramascheibe, zog einen Sessel heran, legte sich hinein, trank ein Schlückchen, fühlte bald einen wohligen, weichen Flügelschlag im Magen, schaute hinaus, suchte, fand – jetzt aus einem anderen Blickwinkel – die Kreuzung Johannes-Brahms-Straße/Nord-Süd-Tangente, über die Wagen stadtein- und stadtauswärts flitzten.

Der Schnaps tat ihm wohl, er trank das Glas leer, summte und sang leise vor sich hin den Song, den er damals zum erstenmal von Euken Wördehoff gehört hatte, und zwar in dessen Version, das heißt mit der Aussprache, der Vokaldehnung, von der Euken behauptet hatte, es sei der Tennessee-Slang: »Gonna take a sentimental journey, gonna set my heart at ease, gonna take a sentimental journey, to renew old memories.« Euken Wördehoff! Nevada Kid, sein Nom de guerre als Edelweißpirat. Um ihn hat sich Hawa später immer wieder gekümmert, ihn in einigen Verfahren wegen krimineller Kinkerlitzchen oder wegen § 175 vertreten und verteidigt, ihm manchen Hunderter, sogar Tausender zugesteckt, Scheine, die Euken wenig halfen, weil er sie versoff und später verspritzte und sich niemals auf Entzug setzen ließ.

Euken hatte man damals beim Geländespiel ertappt, als er nackt, im Arm einen Jungvolkpimpf – Päule Schabrowski ausgerechnet! –, im Farnkraut versteckt lag, hatte ihn in eine der berüchtigten Umerziehungsanstalten gesteckt, aus der er geflohen war, um dann bei den Edelweißpiraten der Gegend unterzutauchen. Und nachdem seine Truppe zusammen mit der Schwarzen Schar aus Elberfeld beim bewaffneten Angriff auf das HJ-Heim in den Barmer Bergen »aufgerieben«, das heißt geschnappt und auf der Stelle gehängt worden war, glaubten alle, Nevada Kid habe mitgebaumelt. Er hatte aber fliehen können, und das Gerücht, er sei ein Verräter, von ihm sei der Tip über den bevorstehenden Sprengstoffangriff aufs HJ-Heim an die Gestapo gekommen, ist bis zu seinem Tod nicht verstummt. Hawa wollte das nie glauben, und als Nevada Kid dann mit den Amis in die Stadt einfuhr, hat es keiner mehr von ihnen geglaubt. Sie hatten die Edelweißpiraten immer ein bißchen bewundert, ihre Vagabondage und Tollkühnheit, und mit seinem Vater, der die Edelweißpiraten als »Kriminelle, nichts als Kriminelle« beschimpfte, sprach Hawa damals ewig nicht, nachdem herausgekommen war, daß die verfolgten Schwarzschärler und Edelweißpiraten, aus den Barmer Bergen hierher geflohen, auf der Lindenburg Schutz und Hilfe fordernd, abgewiesen worden waren.

Man hat Euken Wördehoff in seiner Knastzelle erhängt gefunden. In die Wand geritzt stand: »Nevada Kid 1930–1985. Widerstand bis zuletzt.« Naja – ziemlich prätentiös, aber irgendwie stimmt's schon, jedenfalls wenn man es so versteht wie Nevada Kid, der auch meinte: »Edelweißpiraten, Schwarze Schar, das war das, was heute RAF plus Rock 'n' Roll ist.«

»Gonna take a sentimental journey, to renew our memories«, sang Hawa laut und wunderte sich nicht, daß er ein bißchen weinte dabei. Er ging zum Buffet, goß sich noch einen Schnaps ein, setzte sich wieder in den Sessel, süffelte.

Was er, Frankie-Boy, davon halte, wieder mal rüberzujetten nach Chicago, nämlich ins Drake-Hotel in den höchsten, den dreizehnten Stock, hoch über der Magnificent Mile und gleich am Michigan-See, »to renew old memories, na?«, fragte Christa, oder ihretwegen auch ins Days-Inn, direkt am See mit Blick darauf, zwar familienmäßig, aber warum nicht. Sie war hereingekommen, goß sich Mineralwasser ein, setzte sich an seinen Sessel auf den Fußboden.

»Übernächstes Wochenende? Zur Erholung von eurer Familienfete? Täte dir gut!« Sie müsse hin, so oder so, termingeschäftlich.

»Aha!«

Ob sie zwei Tickets bestellen sollte, ach nee, das falle natürlich unter die Geheimhaltungspflicht, »also buch selbst, tu einfach, als ob du auch ein tolles Schnäppchen angeln möchtest, South of the Loop, an der Hochbahn dort, bevor dort die Grundstückspreise noch höher schnellen.«

»Vielleicht«, sagte Hawa, »warum eigentlich nicht.«

Sie rieb ihren Kopf an seinem Bein. Er merkte, daß sie mehr im Sinn hatte, als nur diese kurze Reise mit ihm, wie früher öfter schon mal, nach Chicago eben, dort am See spazieren, in der Magnificent Mile einkaufen, im Binyon's, einem Restaurant für Anwälte und Richter, speisen und an der Weizenbörse, der Chicago Board Of Trade an der La Salle Street, reinschauen, im B.L.U.E.S. in der Hallstedt Avenue wirklichen schwarzen Blues hören ...

Sie ahnte wohl wie er, daß es mit ihnen zu Ende gehen wollte, und sie wollte festhalten, meinte er, glitt aus dem Sessel, umarmte sie, und sie küßten sich. Doch daß es kein Halten mehr gab, ein langsames Fading-Out – so nannte sie es – einsetzte, empfanden beide, wenn auch nur ungewiß.

»Und deine Tochter?« fragte Hawa. »Sie wird dich doch besuchen.«

Jessica fliege dann eben zu ihrem Vater nach Frankfurt, der gerade angerufen habe, der könne sich ruhig mal um sie kümmern, und der tät's sogar gern, wenn's nicht länger als ein paar Tage dauere, »und das tut's ja nicht«. Werner habe ihr übrigens etwas Hochinteressantes mitgeteilt. »Etwas ganz Hochinteressantes, zum Beispiel für Spekulanten und Termingeschäftler nicht nur meiner Kragenweite.«

Christas Mann aus erster Ehe ist genau das, wonach er aussieht: ein Frankfurter Bänker. Und der hatte am Telefon geflüstert, es sei noch bloß ein Gerücht, aber so gut wie sicher: in Moskau werde geputscht. Ob der auf der Krim urlaubende Gorbatschow lebend zurückkehre, sei ungewiß. In der Nacht schon, spätestens morgen laufe das über die Ticker und sei in den Nachrichten.

»Und das bedeutet, Schatz«, sagte Christa, »Orkanstürme an den Börsen und eine tiefere Baisse als während des Golfkriegs; rapider Fall der Getreidepreise, Weizenschwemme, denn die neuen Kreml-Herren, die ja vermutlich die ganz alten sind, kriegen todsicher keinen US-Weizen mehr. Aber wenn der Coup d'État zusammenbricht und dieser Perestroika-Kerl mit der Teufelskralle auf der Glatze das Heft wieder in seine Hand nimmt, dann, Hans-Walter zur Linden, dann sollte man vorher gekauft haben, ganze Frachtschiffe womöglich, ich aber wenigstens ein paar fette Frachtschiffsaktien und Optionen. Und damit hätte man ein Schnäppchen gemacht, das man getrost einen Happen nennen darf. Werners Kontaktmann in Chicago wartet ab morgen, wenn man eine Menge für 'n Appel und 'n Ei bekommen könnte, auf Order. Also was meinst du, hat diese Konterrevolution oder die richtige Revolution oder was auch immer, wenn sie denn hereinbricht, was Werner schwört, Erfolg oder nicht?«

Hawa lachte. Er spekulierte nie in dieser Art, getreu der Zur-Linden-Maxime: Wir sind Grund- und Boden-Leute, keine Börsianer – ein für allemal. »Nach dem, was uns einmal passiert ist«, pflegte sein Großvater jedesmal hinzuzufügen. Das galt zwar nur fürs Firmenkapital, aber Hawa hielt sich weitgehend auch privat daran: Selbst bei einem dicken Cash-Flow-Überhang nur seriöse Anlagen! Anne-Catherine hielt das für einen Spleen, sollte sie Chefin werden, hatte sie ihm sehr ernst auseinandergesetzt, wollte sie »diese archaische Maxime, oder besser: Marotte« außer Kraft setzen.

»Also«, fragte Christa nach, »deine Einschätzung, aber seriös, wenn ich bitten darf.«

Und während sie ein Zigarettenblättchen in ihre Maschine steckte, Tabak einfüllte, ein Hartstückchen Haschisch aus Stanniol wickelte, ihr Feuerzeug daran hielt, einige Krümel abfriemelte, diese im Tabak verteilte, das Papier anleckte, drehte, die Zigarette anzündete, rauchte, legte Hawa sein Für und Wider einer möglichen Neuverteilung der Machtverhältnisse im Sowjetreich dar und gelangte zu dem Schluß, daß einerseits der Westeinfluß über die Weltbank und weitere Geldgeber und Connections zu starken Abhängigkeiten geführt hätte, denen man sich, wer immer ans Ruder gelange, kaum mehr entwinden könne, und daß andererseits, infolge der Verelendung der Massen und fortschreitender Entmachtung alter Eliten und Verfügungsinhaber, eine explosive Lage entstanden sei, welche entschlossene Revolutionäre, Bolschewiki zumal …

»Undsoweiter, undsoweiter«, unterbrach sie, »kurz und knapp, du weißt es nicht, ich weiß es nicht, Werner weiß es nicht, niemand weiß es – also tippen! Dein Tip?«

»Zwei zu eins für Borussia.«

»Hahahahaha.«

Sie reichte ihm die Zigarette, und er tat einen Zug, spürte gleich diesen dumpfen Kopfdruck, der sofort seine Übelkeit wieder anfachte. »Morgen jedenfalls weiß man mehr«, sagte er.

»Jajajaja. Gehst du schon?«

Er war aufgestanden, zog sich an. An der Tür küßten sie sich noch einmal.

»Mach's gut«, sagte Christa, »du mußt dich erholen und entspannen, am besten mit mir am Wochenende drüben.«

»Jajajajaja«, sagte er.

Im Aufzug bekam er Atemnot, rannte, unten angekommen, hinaus und holte noch im Eingang, die Arme hebend, Luft, ging dann langsam, schließlich schneller unten herum zu seinem Wagen, fuhr, die Gegend der alten Werksviertel passierend, einen anderen Weg zurück, hielt dann, einem plötzlichen Einfall folgend, in der Kurt-Schumacher-Allee an, spazierte zurück ans Eck und zur Trinkhalle von Karl-Heinz Schüssler in der Unterfront eines Fünfziger-Jahre-Mietshauses.

Wer die Gegend kennt, weiß, daß eine Trinkhalle nichts weiter ist als eine Mischung aus Tante-Emma-Laden, Zeitungsstand und Tresen im Freien, ein größerer Kiosk, an dem man neben »Zeitschriften und Spirituosen« – so das Schild an Schüsslers Trinkhalle – alles mögliche kaufen und was Warmes und Kaltes trinken und sogar essen kann, kreidegekritzelt auf draußen angebrachten Tafeln angeboten – bei Karl-Heinz Schüssler: Pommes rot-weiß, Kartoffelsalat und Würstchen, Reibekuchen, Rübstiel nach Art des Hauses.

Diese Kabuffs, im Sprachgebrauch der Revierfolkloristen »Kurorte für Kumpel«, verschwinden hier mehr und mehr mit dem Kumpel und Fabrikarbeiter, »den deutschen wenigstens«, laut Karl-Heinz Schüssler, »und Türken siehsse kaum anne Bude, und weil überhaupt heute lieber zu Hause vor der Glotze gesoffen und geknabbert wird und die Pacht nicht mehr bezahlbar ist, und von den Erwerbslosen mit und ohne Stütze und den Rentnern kannze keine Trinkhalle halten.« Das stimmt. Doch bei Ziß – so sein Spitzname – Schüssler geht man immer noch gern »mal eben anne Bude«, bißchen aus Nostalgie, bißchen aus Neugier, zum Tratschen und auch, um zu gucken, welchen Spruch er gerade mal wieder erfunden hat für den Tag oder die Woche. Schüssler schreibt nämlich auf eine besonders große Tafel zwischen den Angeboten Merksätze, »Tagesbefehle« sagen die Leute. »Zerschlagt das neue Riesenreich«, las Hawa diesmal schon von weitem und darunter: »Spalter aller Länder vereinigt euch. Der Osten raubt uns aus.« Einige Male hatte Ziß Schüssler Ärger wegen solcher Parolen bekommen, zuletzt wegen der Aufforderung und Losung: »Carol Wojtyla ins Höllenfeuer! Es lebe Eugen! Eugens Feinde an den Galgen!« – nach Oberstaatsanwalt

Hofstätter nicht nur Religionsverunglimpfung nach § 166 und eine Bedrohung nach § 241, sondern auch eine Straftat im Sinne von § 130a. Das war selbstredend Unsinn, von dem Hawa und Anne-Catherine ihn abbringen konnten, und verständlich nur, weil Hofstätter diesen Eugen, seinen ehemaligen Klassenkameraden, weiß der Teufel weshalb, unbändig haßte, zur Freude wiederum des Alten, für den eben dieser Eugen »ein schleher Ketzer und Selbstbeflecker« war, von dem übrigens Tante Änne aus Kamen, die ihn schon als Kind kannte, einiges Kuriose zu erzählen wußte; so Klein-Eugens Ausruf beim Anblick der Bibliothek ihres längst verstorbenen Mannes, eines Gymnasialdirektors: »Wat Beukers! Wat Beukers!« – ein gern zitierter Spruch im Familienkreis, wo die Hintergründe der Fehde zwischen dem »typisch deutschen Psycho-Priester« – so Marie-Anne – und dessen Bischof, Heinrich-Johannes zur Linden, beliebter Gesprächsstoff sind. Karl-Walter zur Linden, Onkel des Oberhirten, hatte diesen übrigens einige Male aufgefordert, dem »Ketzer« nicht nur die Missio canonica zu entziehen, sondern endlich auch dessen Real-Degradation anzuordnen und selbst vorzunehmen.

»Tag, Ziß«, sagte Hawa.

»Wer kommt denn da!« sagte Ziß Schüssler. »Der Herr Doktor! War im Tempel, und nu geht er rum, sieht mal nach seinen weit verstreuten Liegenschaften, mischt sich unters Volk, ein richtiger Harun al Raschid.«

Hawa und Ziß Schüssler kennen sich von Jugend an, nicht nur aus ihrer gemeinsamen Ministrantenzeit in St. Marien – die Schüsslers gehörten zu den äußerst seltenen Katholiken in der Unterstadt –, sondern auch aus Abenteuern früher Jahre, in und an der Erlenhöhle zum Beispiel, oder von späteren Fahrten mit ihrer gemeinsamen Jungenschaftshorte. Er, Ziß, wisse doch, sagte Hawa, daß er nur selten einen Tempel in der Stadt betrete, und St. Marien schon gar nicht mehr, und die Liegenschaften inspizierten Vasallen, nicht er. Ziß grinste.

»So hab ich dich gern«, sagte er, »aber drücks dich wohl heute vor der Messe oben bei euch im Privat-Tempel. Inne Burgkapelle is ja wohl nix mehr, nachdem ihr den Manipel-

Helden rausgeschmissen habt. Und das paar Tage ehe euer Opa seliggesprochen wird an seinem Fünfundneunzigsten.«

»Das hat sich also unten schon herumgesprochen.«

»Aber klaro. Wat aufem Schloß passiert, weiß doch der Plebs sofort. Küchenspionage! Was darf's denn sein?«

Hawa verlangte Mineralwasser, trank und sagte, nachdem er sich den Mund gewischt hatte, ihm sei eine Idee gekommen.

»Aha.«

Was er, Ziß, davon halte, wenn eine Straße nach Euken Wördehoff benannt würde.

»Aha.«

Ziß Schüssler und Euken Wördehoff sind Nachbarskinder gewesen, das heißt: ihre Familien wohnten Tür an Tür, und beide hingen bis zuletzt in eigenartiger Treue aneinander. Ziß ist Hawas und Bennos Jahrgang, also jemand, der damals weder Flakhelfer noch Soldat wurde, sich aber, wie viele in der Unterstadt, um die Familien zu bekümmern hatte, um den Haushalt, die Blagen, weil Väter und Brüder eingezogen waren, die Schwestern und Mütter als Arbeitsverpflichtete im Eisenwerk Granaten drehen mußten, und da es Wördehoffs sehr schlecht ging, kein Vater, Mutter meist krank im Bett, die Zwillinge gerad am Laufen und die beiden Schwestern, Lore und Doris – verrückte Nazi-Konvertiten –, ewig im Einsatz, versorgte Ziß nach Eukens Verschwinden beide Familien, und dafür fütterte Euken die Schüsslers später in der Hungerszeit nach 45 mit Ami-Verpflegung durch.

»Hans-Eugen-Wördehoff-Straße, wär doch was.«

»Also, daß du dich bis zuletzt um Nevada Kid gekümmert hast, gut, dafür kriegst du drei Jahre Ablaß. Aber immer noch warten Lichtjahre Fegefeuer auf einen zur-Linden.«

»Oder Nevada-Kid-Platz?«

»Das gelingt auch einem zur-Linden nicht, selbst wenn von euch einer inner Politik wäre, was ja wohl nicht nötig ist, eure Geschäfte gehen sowieso, und die Politik tut sowieso, was euren Geschäften nutzt. Aber Straßennamen geben und so was Kosmetisches, das lassen die sich nicht nehmen – schon aus Selbstschutz nicht. Aber wem erzähl ich sowat behaupts.«

Das wolle man doch mal sehen, sagte Hawa, zu Umbenennungen brauche es ja nicht zu kommen, neue Straßen entstünden hier und da, zum Beispiel bald bei den Blauen Bergen.

»Aha«, sagte Ziß, »sieh mal an. Dat schlechte Gewissen also. Pocht mal wieder, wie. Erst die Kartonagefabrik abflämmen und dann wohl bald die Wagenburg. Nennt doch gleich dat Manager-Schulungszentrum, dat da hin soll, Hans-Eugen-Wördehoff-Stätte, dat wär doch wat.«

Ziß Schüssler redete und zeterte, brachte seine üblichen Anschuldigungen gegen »die zur-Lindens und Konsorten, die über Leichen trampeln, wenn bloß der Profit gesteigert wird ... aber alles fein fein, und hinter der Maske frommster Gläubigkeit ...«, in dieser Art, bis Hawa ihn unterbrach:

»Jajaja, aber nun hör zu! Weshalb du, Herzjesu-Sozialist, für die Struppis bist, die nun alle in der Wagenburg hausen, ist ja verständlich nach eurem Sozialprogramm. Sie säen nicht, sie ernten nicht, aber der Himmlische Vater ernährt sie doch.« Nach einer seiner Schimpfkanonaden auf Sozpack, Anarcho-Satanisten, grüne Kindsmörderinnen, Stasi-Verbrecher, schwule Evangelen ... geriet Schüssler ins Mildere: Es gebe auch Menschen, die ihre Verbrechen bereuten, Bekehrte, und Jesus Christus selbst, das brauche er ihm, Hawa, nun ja wohl nicht zu verklickern ...

»Mit andern Worten«, sagte Hawa, »ihr macht jetzt gemeinsame Sache, jedenfalls was die Wagenburgangelegenheit betrifft. Gut, daß ich das weiß.«

»Es werden noch viel mehr«, schnaufte und schrie Ziß Schüssler, »wir, die Evangelischen, die Grauen Panther, jawohl, ganz viele aus unseren Gemeinden und Grüne, Rote, Schwarze, Haßkappenleute, wie du willst, und ...!«

»Ich weiß doch schon genug«, sagte Hawa und legte drei Mark hin.

So, dann würde er, Hawa, jetzt wohl die Pacht erhöhen, schrie Ziß Schüssler, »um mich rauszukriegen hier ausse Bude, weil Body-Center oder Bräunungsstudio zehnmal mehr bringt, dat willze doch bloß nur, und Grund dafür haben ...«.

»Warum denn«, sagte Hawa, »hab ich doch nix von. Ne bessere Auskunftsstelle als deine Bude gibt et doch behaupts nich. Also bis die Tage.«

Hawa winkte ihm zu, ohne sich umzudrehen, als er zu seinem Auto zurückging. Zu Benno Kröttmann sagte er später: »Dolles Bündnis wird ja da gegen die Wagenburg-Räumung geschmiedet – und Ziß, der Herzjesu-Anarchist, vorneweg, und viele – wie heißt das doch noch – ›christliche und bürgerlich-humanistische Persönlichkeiten‹ aus der Stadt dabei.« Benno hat darauf geknurrt: »Das sind doch alles bloß Spekulationen.«

Spekulationen

Anne-Catherine zur Linden, die infolge jener Ereignisse »der die Welt erschütternden Tage« nun wirklich mehr als ein Schnäppchen, mehr sogar als einen Happen einbringen konnte, erfuhr wie viele andere erst in den Frühnachrichten am Montag, daß der Staatspräsident Gorbatschow abgesetzt, fern der Hauptstadt auf der Krim, wo er urlaubte, festgehalten wurde, der Ausnahmezustand herrschte, ausgerufen von dem Vizepräsidenten Janajew an der Spitze einer Gruppe alter und hoher KPdSU-Funktionäre: »Ein veritabler Staatsstreich, Beginn des Rollback, den viele schon lange befürchteten. Die Konterrevolution also«, so der erregte Radiokommentator.

Daß nun an allen Börsen die Kurse fallen würden wie grad schon in Tokio, wo die Sonne viel eher aufgeht als in Frankfurt, brauchte man ihr nicht mehr zu melden. Sie beeilte sich aber nicht, duschte, putzte sorgfältigst ihre Zähne, schminkte sich, bläßlich im Hauptton, zog sich an, Rock und Bluse nur, und erst dann telefonierte sie mit ihrem Frankfurter Börsenmakler Engelbrecht.

Der war längst wach, seit vier in der Früh, behauptete er, obwohl er schläfrig sprach. Er verschluckte sich beinahe, als er den Auftrag seiner Kundin hörte. Es schaue doch nun alles nach einer Revision in Rußland aus, nach einer endgültigen, so jedenfalls die einstimmige Meinung aller in seinen Kreisen, und sie wisse wohl, was das bedeute: »Baisse, Baisse bis zum Gehtnichtmehr; also abstoßen, das wacklige Zeugs, aber so schnell als eben möglich.« Engelbrecht, früher evangelischer Pfarrer, lispelte – eine von ihm nicht abstellbare Eigenart und ein Grund dafür, hatte er mal geflachst, daß ihm der Pfarrerberuf verleidet worden sei. Ob sie ahne, wer und wie man all over the world auf sich entwickelndes Marktgeschehen drüben gesetzt habe – »und alle diese, Frau von Linden, sehen jetzt ganz alt aus, werden versuchen abzustoßen, aber subito, aber rapido. Die verlieren gerade ihre Hosen. In Tokio ist der Teufel los.«

Man könne also recht günstig kaufen, sagte Anne-Catherine.

»Günstig ist gut …!«

Und hätten sie beide nicht ähnliche Gespräche geführt, fuhr sie fort, vor einem Dreivierteljahr, während der Golfkrise, und habe sie, Frau von und zu Linden, ihm nicht gegen seinen Widerstand förmlich befehlen müssen zu kaufen; seien nicht dann im Januar dieses Jahres, mit Beginn nämlich von Desert-Storm und der Bombardierung Bagdads, kaum faßbare Kurssprünge passiert? »Erinnern Sie sich unserer Gewinne, Pastor Engelbrecht, RWE fast fünfundzwanzig Prozent plus, Daimler und Mannesmann ähnlich. Und was war mit dem Öl?«

Ob sie etwa annehme, fragte Engelbrecht, der Westen interveniere. »Bomben auf Moskau?«

Anne-Catherine wußte, daß es keinen Sinn hatte, weiter mit dem Mann, der an sich recht zuverlässig arbeitete, zu diskutieren, sagte ihm nur noch: »Also rufen Sie mich von der Walstatt aus an. Ich bin immer erreichbar. Sagen Sie mir alles durch, wie's steht und fällt, und ich sage Ihnen dann, was wir nehmen oder abstoßen. Klaro?«

»Wie Sie wünschen, Frau von und zu Linden«, sagte Engelbrecht.

Beim Frühstück in der Küche unten war sie allein mit Tante Änne aus Kamen, die ihr den Kaffee einschenkte. Änne Gretlers Verhältnis zu ihrer Großnichte ist kompliziert: eine Mischung aus Zuneigung, Abneigung, Angst und Respekt. Daß sie sie über das Maß hinaus, wie man Verwandte zu mögen hat, mag, liegt daran, daß Anne-Catherine ihr Patenkind und als Kleines wohl besonders zutraulich zu ihr und ihrem verstorbenen Mann gewesen ist. Anne-Catherines Lebensweise, über die sie nicht einmal schweigen will, verabscheut Änne Gretler, die Drittordensfrau, aufs äußerste. Ihre Furcht hat den Grund in der »robusten, ja rabiaten, ganz und gar unkatholischen« Art Anne Catherines, die sich immer und überall durchsetzte. Die manchmal bis zum Devoten gehende Hochachtung Tante Ännes vor dem »Gottchen«, wie Anne-Catherine von ihrem verstorbenen Mann, einem Schweizer, gern gerufen wurde, beruht auf ihrem Unterordnungsverlangen, das sie ja schließlich auch zum Mitglied des Dritten Ordens bei den Prämonstratensern hat werden lassen. »Roter Dübel« nennt sie Anne-Catherine manchmal in einem gewissen, eben aus diesem genannten Gefühls-Mix herrührenden Tonfall, so auch an diesem Morgen, und fragte nach ihrem Befinden: »Bisse in Gedanken, wie; hasse wieder was Haariges vor, woll?«

»Dreh mal das Radio an«, sagte Anne-Catherine, »und brat mir noch ein Spiegelei. Aber dünner den Speck.«

Die Musik im Radio wurde unterbrochen von Meldungen aus Moskau. Hunderte von Panzern, hieß es, rollten von allen Seiten ins Zentrum der Stadt. Man hörte zwischen Rauschen und Piepen fernes Ketten-Rasseln. »Oh, Gott«, sagte Tante Änne, »das ist ja furchtbar.«

»So?« sagte Anne-Catherine, wischte mit einem Stückchen Brot den Eirest vom Teller. »Das ist also furchtbar.«

»Etwa nicht?« Endlich habe man aufatmen dürfen. Der Kommunismus besiegt, schlußendlich und mit Gottes und der Menschen Hilfe, und nun! Er melde sich zurück; »der Satan löscht die Lichter wieder aus«.

»Awatt«, sagte Anne-Catherine, »es geht alles so weiter wie immer, mit Gottes und der Menschen Hilfe.«

»Du bist – ich weiß nicht … Anne-Catherine … du sagst das so … als wennze …«

Im Radio knallte es plötzlich los. Es hörte sich an wie Kanonendonner und peitschende Schüsse, war aber nichts weiter als der Auftakt eines Popstücks.

»Knips aus«, sagte Anne-Catherine, »viel wichtiger ist doch jetzt, Tante, wie's mit dem Festessen steht; dieses berüchtigte Menü, das Nelly nicht kochen wollte, klappt das denn? Kriegst du das hin? Für über fünfzig Personen?«

»Siebenundachtzig«, sagte Änne Gretler. Vor zwei Monaten noch habe sie eins bereitet für achtundsiebzig Personen, zur Primiz von Norbert Vahle, dem Steigerssohn aus Bergkamen; das Übliche allerdings bloß: Königinpastetchen, Klare Suppe mit Einlage, Schweinebraten zu Erbschen und Möhren, Schokoladenpudding; aber im letzten Jahr, das Stiftungsfest der Kolpingsfamilie – einhundertvierzehn Personen und beinahe schon was Französisches; acht Gänge … Hauptgericht Entenbraten. Alles sei eine Frage der Vorbereitung, das Geheimnis: vorkochen, vorbraten, dann einschweißen und in die Kühltruhe. Jedes habe sie gekriegt mit Hilfe Makewkas, den sie allerdings zurecht habe stucken müssen; ein Polack eben, aber gut-katholisch und, was sie nicht geglaubt habe, die ganze Familie praktiziere; ein Problem sei die Bleichzichorie gewesen – aber auch dieses Gemüse habe beschafft werden können und sei bereits präpariert; eine Herausforderung für sie, dieses Mahl, aber gerade recht; allerdings fünfzehn Serviererinnen seien zu wenig; zwanzig müßten her und noch zwei weitere Hilfsköche; ob sie, Anne-Catherine, da nicht noch einmal ihren Bruder Andreas, den Andy …

»Mach ich«, sagte Anne-Catherine, stand auf, eben als ihre Mutter und ihre Schwester Liliane hereinkamen.

Ob sie's schon wüßten, wurden sie von Tante Änne gefragt: »Rußland!«

»Was ist denn da los?«

»Der Satan löscht die Lichter aus«, sagte Anne-Catherine, küßte ihre Mutter auf den Mund, gab ihrer Schwester einen Klaps auf den Hintern und rief im Hinausgehen: »Hört's euch an im Radio.«

Als sie hinunter in die Stadt zu ihrer Anwaltspraxis fuhr, war es noch vor acht, doch sie rief schon Christa Meinhold an, die ebenfalls im Auto saß, auf dem Weg nach Düsseldorf. Die beiden kannten sich, flüchtig, beruflich mehr, privat kaum. Von der Liaison zwischen Christa Meinhold und ihrem Vater wußte Anne-Catherine – »aus speziellen Quellen«, wie so was en famille genannt wird.

Und Anne-Catherine wußte auch von der Chicago-Connection der Meinhold, und darauf sprach sie sie an; sie würde nämlich gern in Weizen investieren, Sojabohnen gleichfalls und ähnliches, Optionen, Aktien, was jetzt so angeboten würde, und zwar eben direkt am Brennpunkt, und der sei ja immer noch die Chicagoer Getreidebörse. »Ihr Mann in Chicago könnte mir dabei helfen, Frau Meinhold, falls Sie ...«

»Warum nicht«, sagte Christa Meinhold; sie, Anne-Catherine, meine also, dem Putsch sei kein Erfolg beschieden.

»Genau.«

Das sei aber eine ausgefallene Meinung, sagte Christa Meinhold, worauf Anne-Catherine sagte, sie teile diese Einschätzung mit ihrem Vater. Die Meinhold lachte. In dieser Baisse, wenn man die Abstürze noch so nennen dürfe, kaufen, um dann, wenn die Ordnung, wenn man das so ausdrücken solle, wieder hergestellt sei ..., sagte Christa Meinhold.

»So kann man es ausdrücken«, sagte Anne-Catherine.

Als Christa Meinhold dann die Summe erfuhr, die Anne-Catherine auszugeben bereit war, um auf diese »doch recht vagen Aussichten zu spekulieren – aber bitte«, blieb ihr »die Spucke weg« – so später zu Hawa, der sich weniger wegen der Höhe des Betrages beunruhigte – das sei ihr Privatgeld, meinte er jedenfalls –, als vielmehr deshalb, weil Anne-Catherine seine Geliebte direkt auf deren Chicagoer Verbindung hin angesprochen hatte. »Nötig wäre das nicht gewesen. Man hätte das über andere Drähte einfädeln können, die auch ihr zur Verfügung stehen.«

Die Anwaltskanzlei der zur-Lindens in der Stadt, »die Filiale«, die Anne-Catherine leitet, befindet sich in einem der Cityhäuser der Familie im dritten Stock über einem Café. Sie wird als recht gut gehende Praxis bezeichnet. Ihre Klientele setzt sich anders als die der Lindenburg, des »Hauptbüros«, mehrheitlich aus mehr oder weniger normalen Leuten zusammen, Mandanten mit mehr oder weniger normalen Fällen aus allen Rechtsgebieten; eine sogenannte »Wald- und Wiesenpraxis« also, wenn man so will – nun, vielleicht nicht ganz und gar eine solche. Aber das früher hie und da umlaufende Gerücht – einmal sogar als Behauptung in der WAZ aufgestellt, doch schnell und unter vielen Entschuldigungen und nach Entlassung des verantwortlichen Redakteurs zurückgenommen –, es handele sich bei »diesem Anwaltsbüro um ein

Tarn- und Alibi-Unternehmen des Zur-Linden-Clans«, ist einfach nur dumm und dämlich. Als ob so etwas nötig wäre!

Donatha Quellenberg und Erich Schapiro, beide promovierte Anwälte, keine Sozii, Mitarbeiter nur auf Gehaltsbasis bei einer Art Gewinnbeteiligung, waren noch nicht da, als Anne-Catherine eintraf, wohl aber die Angestellten, drei Sekretärinnen, die zusammenhockten und Kaffee tranken, und die Bürovorsteherin Senta Gördeler. Sie kam mit in Anne-Catherines Büro, reichte ihr eine Einkaufstüte. »Da – schau mal rein.«

Anne-Catherine zog einen hellgrünen leichten Pullover heraus. »Ein echter Jil Sander«, rief sie, zog ihre Bluse aus, den Pullover an, besah sich im Spiegel neben der Tür. »Und so schön weit, verdeckt meine überflüssigen Pfunde. Ein Geschenk?«

»Aber ja.«

»Danke dir sehr, soll ich ihn anbehalten?«

»Warum nicht.«

»Es wird heute wieder heiß.«

»Ist doch ein ganz leichtes Ding. Komm, wir müssen noch einiges durchgehen.«

Senta Gördeler nahm vom Aktenbock einige Akten, legte sie auf den Schreibtisch.

»Hier das für heute«, sagte sie.

»Jaja«, sagte Anne-Catherine und setzte sich an ihren Schreibtisch.

»Gleich die erste Sache: Bernardo gegen Sawallisch. Darrrf ich Sie um Ihrrre Dienste bitten, Signora, ich mach Ihnen einen Vorschlag, den können Sie nicht ablännnen.«

»Der Lichtknips-Fall«, sagten beide gleichzeitig und lachten laut auf.

»Was für ein Zeitgeist-Melodram«, schwärmte Hawa förmlich, als er davon hörte, der, wie schon erwähnt, künftig nur noch anwaltlich tätig sein möchte und sich dann ausschließlich mit derartigen Fällen zu beschäftigen wünscht. Es handelte sich bei diesem Lichtknips-Fall tatsächlich um eine kuriose, vielleicht wirklich für unsere Zeit bezeichnende Geschichte: »Am Rosenberg«, dem tristen Vorgürtel-Viertel am

137

Ostrand der Stadt, hatte bei Einbruch der Dunkelheit ein Ehepaar – die Sawallischs – am Fenster seines Schlafzimmers in einem der siebenstöckigen Häuser gestanden, beobachtet, wie in der Wohnung eines der gegenüberliegenden Häuser ständig und in rhythmischer Folge das Licht an- und ausging, und dieses als Signal interpretiert: »ein Signal an alle: Ich lebe, und ihr? Wo seid ihr? – in dieser Art« – so jedenfalls ihre Aussage. Die Sawallischs antworteten mit An- und Ausknipsen ihres Schlafzimmerlichts in ähnlicher rhythmischer Folge – ein Blinken hin und her, etwa eine Stunde lang –, und dann ging das Paar hinüber, fand die Wohnung in der sechsten Etage, schellte, und als ein bärtiger Mann öffnete, sagte das Paar: »Hier sind wir. Warum aus der Ferne spielen!«, bemerkte dann aber beim Eindringen in die Wohnung, dem sich der Bärtige zunächst nicht widersetzte, daß die defekte Leuchtstoffröhre überm Tisch eines beinahe kahlen Zimmers in kurzen Abständen an- und ausblitzte – und lachte lauthals los. Darauf kriegte Stephan Sawallisch vom Bärtigen eins mit dem Baseballschläger übergebraten und seine Frau, Bernarde, einen Tritt in den Bauch, worauf diese – eine merkwürdige Übereinstimmung übrigens mit dem Zunamen des Bärtigen, die während des Strafprozesses für einigen Spaß gesorgt hatte – dem Bärtigen, er heißt Bruno Bernardo, ihr Schweizer Messer, das sie ständig bei sich trug, in die Brust stieß und Stephan dann auch über den Bärtigen herfiel und selbst noch einmal, nämlich am Skrotum, verletzt wurde. Alle überlebten, wurden mehr oder weniger milde und auf Bewährung bestraft und stellten nun absurd hohe Schadens- und Schmerzensgeldansprüche gegeneinander.

Die Häuser »Am Rosenberg« wurden von der Lindenhof GmbH verwaltet, und so kamen zunächst die Sawallischs zum Anwaltsbüro zur Linden, mußten jedoch abgelehnt werden, denn Anne-Catherine hatte bereits die Vertretung von Bernardo übernommen, nicht nur weil der ja ebenfalls in einem der Zur-Linden-Häuser wohnte, sondern weil sie von Giorgio Franzaroli darum gebeten worden war.

Die zur-Lindens und Giorgio Franzaroli haben öfter miteinander zu tun – in Grundstücks- und Bauangelegenheiten und ähnlichem –, eigentlich zu beider Zufriedenheit. Anne-Catherine hatte zudem einmal Franzarolis Tochter in einer Scheidungssache vertreten und zwei- oder dreimal mit der Tochter und ihrem Vater gespeist, eine Bekanntschaft, die auch anderweitig Früchte tragen sollte, vor allem – es wurde schon erwähnt –, was die Verständigung mit dem Milieu betrifft. Giorgio Franzaroli soll so etwas sein, was die Italiener Pate nennen. Nun ja – ein Dreckskerl ist er nicht, und er genießt eine Menge Respekt in der italienischen Gemeinde, die sich hier seit den fünfziger Jahren – den »Gastarbeiterjahren« – ständig vergrößert hat, aber schon in den zwanziger Jahren von Straßenarbeitern aus der Lombardei und Kumpeln aus allen Teilen Italiens gegründet worden ist. Die Galutis, die Passinos waren Nachbarn der Kröttmanns, der Maruschkes, gehörten sozusagen dazu, wie die Sarembas, deren Elsa beim letzten Bombenangriff, der die Stadt nun wirklich beinahe völlig zertrümmerte, umkam, an geplatzten Lungen im Bunker an der Adolf-Hitler-Straße, wo sie mit einem aus der Gestapohaft entkommenen Priester hatte abtauchen müssen. Die Franzarolis gehören nicht zu diesen Gründerfamilien, deren Angehörige wie die Sarembas längst naturalisiert sind und auch sonst nicht mehr als »italienisch« gelten, als »Spaghettis«, wie man hier so sagt. Die Franzarolis kamen in den siebziger Jahren, etablierten sich als Gastronomen und betreiben heute in der Gegend Restaurants, kleinere Hotels, Pizzabäckereien, Gemüseläden. Sie gelten sämtlich als Tarnfirmen, dienten als Drogendepots und Waschanstalten für dreckiges Geld, heißt es – Unsinn, jedenfalls was die meisten dieser Geschäfte betrifft. Gewiß, Giorgio Franzaroli ist im Milieu ein Chef. Er hat in den Etablissements des Rotlichtbezirks ebenso das Sagen wie in den meisten Kneipen, Spielhallen, Diskos im Bermuda-Dreieck. Da kassiert er natürlich ab, paßt aber auch auf, und Polizei und Kripo wissen, was sie an ihm haben. Jedenfalls gibt es hier bis jetzt keinen solchen Kuddelmuddel wie in anderen großen Städten, wo sich Banden unterschiedlichster Herkunft neuerdings regelrechte Feuergefechte liefern.

Bruno Bernardo war Franzarolis Schützling. Der bärtige

»Barbarossa«, so sein Spitzname, war sozusagen nur auf Besuch hier – in Wahrheit auf der Flucht, weil er in Kalabrien gesucht wurde. Giorgio behauptete: auf Flucht vor der Polizei, aber richtiger ist wohl: vor einer konkurrierenden Familie. Barbarossa arbeitete als Küchengehilfe im »Zio Alberto«, einem Restaurant im Ostteil der Stadt, und wollte gleich nach der Schlägerei mit den Sawallischs trotz seiner Verletzung abhauen, weiter rauf nach Schweden, doch Giorgio Franzaroli ließ das nicht zu – aus verschiedenen Gründen, nicht nur, weil er »für den Jungen Sorge zu tragen habe«. Da es sich auch nicht um eine milieubestimmte Straftat von jemandem aus dem Milieu handelte, eine solche sollte von einem Zur-Linden-Anwaltsbüro nicht bearbeitet werden – ein ungeschriebenes Gesetz des Hauses, das Anne-Catherine heute nicht mehr beachtet –, bestanden keine Bedenken für die Übernahme des Mandats. Daß die Strafe für Barbarossa so glimpflich ausfiel, fünf Monate auf Bewährung gegen zwei Monate auf Bewährung von Stephan Sawallisch – beiden wurde Putativnotwehr zugestanden – und Freispruch für Bernarde – ihr hatte man wirkliche Notwehr zugebilligt –, ist vor allem auf Anne-Catherines Geschick zurückzuführen, weniger auf eine, nun: Intervention Giorgio Franzarolis. Er hatte den Anwalt der als Nebenkläger beigetretenen Sawallischs, Helm Bredtstedt, der sich wie wild ins Zeug legte und drauf und dran war, die Identität des hier untergetauchten Barbarossas zu entdecken und dem Gericht preiszugeben, an seine häufigen Besuche im »Relax Deux«, einem Bordell mit Sadomaso-Praxis, erinnert, »und zwar sehr eindringlich«, wie Franzaroli sich ausdrückte. Anne-Catherine hatte er nach dem Prozeß die Hand geküßt, »ich werde Ihnen dankbar sein«, geflüstert und ihr als »davon unabhängige Erkenntlichkeit« einen Freitisch in seinem First-Class-Restaurant »La Specia« »ein Vierteljahr lang, wann immer und mit wem Sie wollen«, aufgedrängt; überflüssig das eine wie das andere, selbst die Drohung gegen Helm Bredtstedt. Das war aber typisch für Giorgio Franzaroli, den Spinner und Stenz, der gern den altmodischen Mafiaboß mimt und sich darin gefällt, wie Marlon Brando in diesem Coppola-Film aufzutreten. Das Schlitzohr weiß natürlich genauso, daß die Leute hier, vor allem auch Kripo und Polizei, dieses Klischee eines sizilianischen Dons vergangener Tage von ihm erwarten, ja geradezu brauchen.

»Ich trink noch schnell einen Kaffee«, sagte Anne-Catherine, »bevor ich los muß.«

»Ei-ßi«, sagte Senta Gördeler – eine nur von Anne-Catherines intimen Freundinnen und Freunden benutzte Koseform, die anglo-amerikanische Form der Initialen ihres Vornamens, »du mußt wirklich jetzt los. Es ist die erste Sache der Kammer.«

»Du hast recht.« Anne-Catherine raffte die Akten, den Talar warf ihr Senta Gördeler zu. Im Hinauslaufen begrüßte sie Erich Schapiro, der eben hereinstapfte – ein Zwei-Meter-Riese mit gewaltigem Brustkorb und Gewichtheberschultern. In der Asylantensache Siba müsse er sie dringend sprechen.

»Später!« rief Anne-Catherine schon von der Treppe zurück, kam Schlag neun aus der Tiefgarage, fuhr viel schneller als erlaubt und zweimal bei gelb über Kreuzungen, gelangte dennoch nicht pünktlich ins Gericht – was nicht weiter schlimm war, denn die Kammer hatte den Termin um eine Stunde verschoben.

Die Anwälte erschienen mit ihren Parteien, Bernardo und den Sawallischs. Das Gericht hatte eine Beweisaufnahme angeordnet, weiß der Himmel weshalb, denn man war sich weitgehend einig und längst vergleichsbereit. Womöglich wollte die Kammer die Typen, deren Groteske sie bloß aus den Akten und der Presse kannte, einfach mal in Augenschein nehmen, und der Verlauf der Verhandlung bestätigte diese Vermutung.

Der Vorsitzende, Josef Ptack, ein Enkelsohn von Stacho, dem »Wasser-Polack« vom Bahndammviertel, den die Kinder – wie lang ist das her! – ewig hänselten, grinste immerzu, und die Beisitzer, ein fast glatzköpfig rasierter Boy, der wahrhaftig einen Ohrring trug – nun ja, einen winzigen –, und eine damenhafte Frau unbestimmten Alters konnten sich das Lachen selten verbeißen; zum Beispiel als Bernardo in schwerem, aber beinahe flüssigem Deutsch seine »Beraschunge unde Angste« beim Eindringen der Sawallischs in seine Wohnung schilderte. Ja, sicher, der Baseballschläger läge immer bereit, der Ausländerfeinde wegen und anderer Verbrecher, die nächtens in Häuser eindrängen, um seinesgleichen fertigzumachen – was mehr als unglaubwürdig war, denn der neuerdings bartlose Barbarossa, einer jener Kalabresen und Sizilianer mit normannischen Genen, blond, stämmig, sommersprossenbesät, sieht nicht aus wie ein Ausländer, sondern wie ein Münsterländischer Bauer auf einem Kalenderfoto. Ebenso dick trug Bernarde Sawallisch auf – eine schlanke, ja zarte Blondine. Sie umschlang während ihrer Vernehmung den Oberkörper mit ihren Armen und erzählte in einem überraschend sonoren Alt die Geschichte so, als seien ihr Mann und sie, das Lichtblinken als Notsignale interpretierend, aus Hilfsbereitschaft – sie gebrauchte den juristischen Fachausdruck »Nothilfe« – hinübergelaufen, hätten angenommen, der damals noch bärtige Bernardo sei ein Gangster, der Bewohner folterte oder so was.

»Nein, aus keinem anderen Grund sind wir gekommen, Herr Richter. Ich bitte Sie, Sexspiele! Wer macht denn so etwas!« sagte sie auf die entsprechende Frage des Beisitzer-Boys. Stephan Sawallisch hingegen, ein schüchterner Schlaks, arbeitslos gewordener Werkzeugmacher, der sich zum Maschinenbautechniker hatte umschulen lassen und als solcher erst recht keine Arbeit fand, bekannte, das Ganze beruhe doch wohl mehr oder weniger auf einem Irrtum, einem verzeihlichen vielleicht – die Einsichts- und Mitleidstour, welche aber, da man gerichtlicherseits auf so was überhaupt nicht aus war, keine Anerkennung fand. Es stellte sich vielmehr, nachdem alle ausgiebigst und zum Amüsement aller im Saal – unter den Zuschauern Hawa – zu Worte gekommen waren, heraus, daß die Kammer von Anfang an bereit war, einen Vergleich abzusegnen: Aufrechnung sämtlicher Schadensersatz- und Schmerzensgeldansprüche gegeneinander bei Übernahme der Verfahrenskosten durch Bruno Bernardo.

»Gratulor«, sagte Hawa zu seiner Tochter draußen auf dem Flur, »wollen wir nicht einen Kaffee zusammen trinken? Ich lade dich ein.« Er würde gern etwas mit ihr bereden.

142

»Okay«, sagte Anne-Catherine, »Augenblick bitte.«

Ihr Handy in der Tasche piepte, und sie ging ein Stück beiseite, schaute zum Fenster hinaus auf den Hof, wo gerade zwei in der Acht geschlossene Frauen aus einem Polizeiauto gebracht wurden, eine der Frauen schrie und versuchte, eine Polizeibeamtin zu treten. Engelbrecht, Anne-Catherines Frankfurter Makler, sprach: So was habe er noch nicht erlebt, so was könne sie, Anne-Catherine, sich nicht vorstellen. »Hören Sie!« Im Hintergrund rief und schrie und dröhnte es. Alles falle. »Der Dax schlägt durchs Parkett.«

»Alles?« fragte Anne-Catherine.

»Nein«, sagte Engelbrecht, »natürlich nicht, aber sehr vieles und sehr Wichtiges, von dem man es nie angenommen hätte …«

»Was?« fragte Anne-Catherine, und Engelbrecht zählte auf:

»Daimler, VW und die Japaner …«

»Warten Sie noch«, unterbrach sie, »rufen Sie mich in zwei, drei Stunden wieder an. Das geht ständig weiter abwärts, aber zum wirklichen Crash wird es ja wohl nicht kommen.«

Engelbrecht lispelte: »Wer weiß.«

»Du bist also wieder mal im Spiel, vermute ich«, sagte Hawa. Er vermute richtig, sagte Anne-Catherine, und sie würde jetzt gern die laufenden Werte vor Augen haben an den Börsen zwischen Tokio und der Wallstreet und vor allem die von dem Chicago Board of Trade.

»Im Financial Canon an der Lassalle Street«, sagte Hawa, »ich kenne dieses Roulette-Zentrum. In seinen holzgetäfelten Sälen haben viele ihr Todesurteil vernommen, seit Generationen.«

»Seit 1920, um genau zu sein«, sagte Anne-Catherine, »und sehr viele Broker haben da ihr Glück gemacht – und ihre Kunden, die sie von der Visitor-Gallery aus anfeuerten, ebenfalls.« Sie lachten beide und sagten gleichzeitig: »Denn Ceres, die Getreidegöttin, schützt sie ja.«

Das Café, in das sie gingen – es liegt in einer Nebenstraße hinter dem Gericht, wird frequentiert, früher undenkbar, sowohl von Anwälten als auch von Richtern und Staatsanwälten –, ist nach Art eines Pariser Bistros eingerichtet: Ein

Zinc, paar dieser speziellen Stühle und Rundtische in der Mitte, Kellner mit weißen Hemden und Fliegen und langen Schürzen, entlang den verspiegelten Wänden die langen Eßtische, ein Ventilator an der Decke, an der Wand neben der Tür Werbeplakate für Aperitifs, ein wöchentlich wechselnder Pariser Veranstaltungskalender … Es hatte keinen Namen, man hatte sich aber angewöhnt, es »Chez François« zu nennen, nach dem Betreiber, François Pimpf, einem Elsässer und, was natürlich nur Eingeweihte wußten, Kokain-Dealer. Es war meistens gut besetzt. Mittags bekam man kaum noch einen Platz. Die beiden setzten sich an einen der hinteren Eßtische. Der Kellner brachte ihnen Kaffee und Croissants.

Sie spekuliere also auf Zusammenbruch des Moskauer Staatsstreichs, sagte Hawa, »riskant, riskant«.

»Überhaupt nicht«, sagte Anne-Catherine, erklärte ihm ihre Sicht, wonach Coup d'États überholt seien, falls nicht Flankenschutz von Einflußmächten gegeben werde, wofür in diesem Falle nichts spräche. Das gelte übrigens selbst und erst recht für Drittländer, wozu man das implodierende Sowjetreich schon fast zählen müsse. »Die können ohne Pump nicht überleben, das wissen alle, und die Bolschewiki zuallererst. Und wer gibt ihnen Dollar, Kredite und Deutsche Mark?« Das sei doch wohl auch seine, Hawas, Ansicht, oder?

So sicher sei er sich nicht, aus verschiedenen Gründen. Zum Beispiel könne die neue alte Clique mit ihren Vernetzungen überall im Riesenreich unter Umständen für eine Ruhe und eine Art Ordnung sorgen, die für Investitionen viel günstiger sei als bislang …

»Um so besser«, sagte Anne-Catherine.

»… und davon abgesehen«, fuhr Hawa fort, »gibt's in solchen Lagen Unwägbarkeiten; die Armee jedenfalls ist aus den Kasernen. Panzer überall in Moskau, im Baltikum. Wenn so was erst mal losgeht …!«

»Kommt drauf an, wem sie letztlich folgen. Und Unabwägbarkeiten gibt es immer«, sagte Anne-Catherine, an ihrem Croissant lutschend, das sie in ihren Kaffee gestippt hatte, »und ein Risiko ist immer dabei …!«

144

»... und überdies«, unterbrach Hawa, »wir spielen nie auf schnellen Gewinn spekulierendes Rendite-Poker, wie du weißt. Wir wetten nicht. Und ich für meinen Teil gleichfalls nicht. Es gibt da überhaupt einiges Fundamentale ...«

Während ihr Vater wieder mal über zu beachtende Grundsätze und dergleichen schwadronierte – »principiis obsta!«, eine seiner Lieblings-Parömien, kam öfter dabei vor –, fragte sich Anne-Catherine wieder mal, woher diese »blockierende Unbeweglichkeit«, mit der sie künftig wohl noch mehr zurechtkommen müßte, herrührte. Sie wußte natürlich, weshalb Hawa nun häufiger diesen Ton ihr, »der Nachfolgerin«, gegenüber anschlug; gewiß einmal einfach aus Sorge um den weiteren Zusammenhalt der Familie und deren Vermögen, das er sich, wie sein Vater und dessen Vater, nur in familieneigenen Liegenschaften – »das, wovon die zur-Lindens wirklich etwas verstehen« – als weitgehend sicher angelegt vorstellen konnte, und ein bißchen in sogenannten Standbein-Beteiligungen, die allerdings in letzter Zeit schon weit mehr als nur ein bißchen ausmachten. Darüber hinaus lenkte ihn aber noch etwas anderes, etwas, das ihn zu so was wie Identitäts-Durchhaltung zwang. Kontinuitätsbesessenheit nannte sie es, unbegreiflich für sie, dieses: So bin ich, so sind wir nun einmal!, verschlungen mit merkwürdigen, scheinbar unaufkündbaren Loyalitäten einerseits, einer ständigen Verratsfurcht andererseits.

Anne-Catherine findet überhaupt die Vorstellung, daß ein und derselbe Mensch sein Leben lang ein identisches Ich besitzen müsse, unsinnig und ein bißchen lächerlich, jedenfalls unzeitgemäß. Nach ihrer Ansicht ist sie vor allem bestimmten Leuten einer bestimmten Generation eigen, solchen nämlich, die den letzten Krieg als Kinder und Jugendliche erlebt haben. Wie für viele ihrer Eltern sei der Krieg für sie immer noch nicht zu Ende. Bei Tante Annette sei das zum Tick, ja zur Obsession verstiegen – okay –, und wie aus den Familienstories bekannt, pathologisch bedingt. Doch ansonsten! Warum dieser ewige Bezug auf »diese Zeit damals«. »Nicht nur, daß außer euch niemand mehr daran denkt – ihr habt zudem auf der richtigen Seite gestanden, sozusagen gewonnen.

Dann kann man doch das alles hinter sich lassen, durchstarten, was ganz Neues tun, sich und anderes mal umstülpen. Aber in diesem Blick auf eure Heldenzeit entschwindet euch die Gegenwart. Und euer Nazi-Terror-Trümmer-Trauma! Oje!« So konnte sie loslegen, und woher auch sollte sie begreifen, was ihrem Vater und »bestimmten Leuten einer bestimmten Generation« passiert ist: unter Terror und Trümmern der Verlust des Urvertrauens nämlich, die schlimmste Kindesmißhandlung überhaupt.

Ein leicht angetrunkener Helm Bredtstedt kam an ihren Tisch. »Na, wie haben wir das hingekriegt?« sagte er.

Bredtstedt, ein kinderreicher Katholik, dem sie oft Fälle zusteckten, wollte sich zu ihnen setzen, aber Hawa sagte: »Sehr gut, Helm; aber wir haben hier etwas zu besprechen. Bis später mal«, und Helm Bredtstedt zog sich zurück an den Tresen.

Mehr und mehr kamen ins Lokal, und die Kellner begannen, fürs Mittagessen einzudecken. Man begrüßte sich, knappe Informationen gingen hin und her, Sprüche, Witziges, Gelächter – auch so was früher undenkbar unter Antipoden, die deutsche Richter, Staatsanwälte und Rechtsanwälte nun einmal sind, nicht nur in forenso.

»Also eigentlich wünsche ich dir, daß du mal auf die Nase fällst bei deiner Spekuliererei«, sagte Hawa, »aber was ich mit dir besprechen möchte: da ist erst mal Paulus zur Linden, Tonton Päule«; der müsse mal wieder beruhigt werden, und zwar mit einer Spende für einen Verein gegen Tierexperimente, sie kenne ja Tonton Päules Aktivitäten in dieser Richtung – so, und die soll diesmal über die Filiale laufen.

»Wieviel?«

»Fünfzigtausend.«

»Aber das ist doch ... was hat der denn schon wieder vor ... hat er nicht genug gekriegt ... will der nun noch mal? ...«

»Was soll's, wir ziehn's ihm später ab, nach und nach, ohne daß er's mitkriegt.«

Der Zur-Linden-Clan ist eine Eigentumsgemeinschaft auf Quotenbasis unter Ausschluß der Aufhebung, außer aus wichtigem Grund, der aber äußerst eingeschränkt ist. Laut

Gemeinschaftsvertrag kommt nur ein Teil der Einnahmen aus dem weitgehend aus Wohn- und Geschäftshäusern, Firmengrundstücken und ähnlichen Liegenschaften sowie Beteiligungen an Versicherungen, Banken, Brauereien und Baustoffunternehmen bestehenden Vermögen zur Verteilung. Der andere Teil muß für Investitionen, wiederum möglichst in Liegenschaften, verwendet werden, und darüber befindet ein Familienrat unter Vorsitz des mit Einspruchsrechten und umfassenden Befugnissen ausgestatteten Geschäftsführers der Lindenhof GmbH – also des Familienchefs. Abgestimmt wird nach Quotenanteilen. Paul zur Linden nun, dessen Anteile als Sohn des früh verstorbenen Alfred, Bruder des Alten, beinahe gleich hoch sind wie die Hawas, obstruierte seit eh und je, sei es, daß er höhere Einnahmen beanspruchte, Pacht- und Mieterhöhungen oder -senkungen forderte, dieses oder jenes Grundstück kaufen oder abstoßen wollte, sich immer irgendwie, abseits jeden vernünftigen Geschäftssinns, einzumischen versuchte, schon mal direkt androhend, daß er dieses oder jenes aufdecken werde, wenn nicht …

Nun ja – Tonton Päule, Spinner und Querulant in einem, und wenn man ihn zurechtstuckte, und das mußte ein paarmal geschehen, konnte man mit ihm zurechtkommen. Allerdings nicht immer. Diesmal, erklärte Hawa, habe es zu tun mit dieser Familienchronik, die er am Geburtstag nicht nur dem Alten, sondern auch der Öffentlichkeit übergeben möchte.

»Na und, soll er doch«, sagte Anne-Catherine.

»Karl-Walter zur Linden«, sagte Hawa – er nannte seinen Vater manchmal so, wenn's um Geschäftliches ging –, »möchte es nicht, und ich kann ihn verstehen. Es könnte tatsächlich der Familie schaden«, und Hawa berichtete seiner Tochter – beide grinsten sich dabei eins –, daß Tonton Päule bei seinen Forschungen nach der Herkunft der zur-Lindens etwas herausgefunden habe: Nicht Urgroßvater Eduard, Sohn aus der Ehe dieses ominösen Carolus mit dieser Rieke Schlösser, sei der Vermögensgründer, sondern – »und jetzt kommt was ganz Abenteuerliches« – der Vater dieser Rieke Schlösser. Schlösser sei überhaupt nicht ihr richtiger Name.

In Wirklichkeit sei sie Tochter des berüchtigten Räubers Abraham, genannt Hampel Holmich, vom westfälischen Zweig der Neuwieder Bande, eines französischen Juden, geendet mit seinen Kumpanen auf dem Schafott. Hundertzwanzigtausend Taler, die Versilberung des in langen Jahren zusammengeraubten Schatzes der Bande, habe diese Abraham-Tochter sozusagen geerbt. Ihre Heirat mit Carolus zur Linden sowie ihr angenommener Name: reine Camouflage und Teil einer raffinierten Spurenverwischungsstrategie, denn die Polizei dreier Länder hätte seinerzeit dem Nachlaß der Bande auf die Spur kommen wollen. Eine Liste aus irgendwelchen alten Gerichtsakten führe über einhundertfünfzig Straftaten dieser Bande auf, Raub- und Mordbrennereien, daß einem die Haare zu Berge stünden. Und nicht nur sämtliche Bandenmitglieder seien Juden gewesen, neben diesem Abraham Hampel Holmich etwa Afram May, Moses Gas, Itzig Nudel, sondern auch deren Opfer, *reiche* Juden eben.

»Pathologische Projektion dieses notorischen Antisemiten, sein geheimer Wunschtraum«, sagte Anne-Catherine.

»Wie auch immer«, sagte Hawa, »aber in einer Chronik unserer Familie veröffentlicht, mehr als dummes Zeug, gerade heutzutage.« Der Alte lese schon die Schlagzeilen: »Die zur-Lindens, die in ihrer alten, räuberischen Tradition nun auch in den neuen Ländern ...« oder »So sind in diesem Land einige zu ihrem Reichtum gekommen: durchs Ausplündern reicher Juden. Später nannte man es Arisieren ...« oder »Zur-Lindens Vorfahren: jüdische Mörder und Räuber, die ihre Glaubensbrüder beseitigten, um sich deren in der Regel ebenfalls durch Raub und Betrug erlangte Schätze anzueignen ...«. Anne-Catherine lachte.

»So, und Tonton Päule möchte dieses ganze Zeugs, er hat es drucken lassen und nennt es sein Lebenswerk, veröffentlichen, en tout cas, wie er sich ausdrückte. Karl-Walter, der Großvater, hat sich den Mund fusselig geredet, bis er ihn so weit hatte, wenigstens noch einige Zeit damit zu warten, und er hat ihm eben diese Spende zugesagt.«

»Ein richtiger kleiner Erpresser, unser Onkel Päule«, sagte

Anne-Catherine; sie verstünde nicht, warum man dem nicht längst eine wirkliche Lektion, die er nie vergessen würde, erteilt habe. »Und man soll ihn endgültig rausschmeißen, einen wichtigen Grund herstellen, die Anteile übernehmen, die Familie hat doch das Vorkaufsrecht; herrje – das ist möglich.«

»Das will er ja eigentlich, die Auflösung«, sagte Hawa, »aber er gehört zur Familie, und er ist ja nicht ...«

»Ein Dreckskerl, das ist er.«

»Und er ist ja nicht der einzige Verrückte in der Familie.«

Da war sie wieder, diese für Anne-Catherine »bis zum Übelwerden unbegreifliche Loyalität«. Sie schluckte ein paarmal. Man kennt diesen bestimmten Ausdruck im Gesicht von A-C, den bösen Glanz ihrer Katzenaugen, den »verächtlichen Zug« um ihren Mund dabei. »Deine Älteste ist eiskalt«, hatte Gerda Kröttmann Hawa einmal geflüstert, »aber sie macht kein Brimborium darum wie ihr andern, versteckt das nicht.« Daß ihr irgend etwas fehle – noch fehle, redete Hawa sich gern ein –, etwas zur Führung Unentbehrliches. Glauben, nannte es der Alte und meinte den eigentlichen Glauben. Den besaß sie – mehr vielleicht als andere aus der Familie, mehr als Hawa selbst sowieso. Sie beichtete zum Beispiel noch, obwohl das ja nicht mehr unbedingte katholische Pflicht ist. Sie fuhr dafür nach Maria-Lach zu einem der Benediktiner-Mönche, und Hawa war ihr einmal nachgefahren und hatte gesehen, wie sie weinte und betete, nach der Beichte, in der Bank kniend, ohne Zweifel erschüttert. Hawa beichtete nicht mehr. Früher war er einmal im Jahr nach Telgte gefahren, wo er einem jüngeren, immer feister werdenden dümmlichen Bauernsohn seine Sünden erzählte und von dem anstandslos die Absolution kriegte. Nein – Hawa meinte eine andere Art von Glauben, den er bei Anne-Catherine – *noch*, meinte er – vermißte.

»Die Adresse dieses Tierschutzvereins haben wir dir zugefaxt«, sagte Hawa, »komm, wir zahlen und gehen.«

Neben sie hatten sich schon einige gesetzt, die essen wollten. Brechend voll war es geworden. Hawa zahlte am Tresen.

»Bei diesem Betrieb«, sagte Anne-Catherine draußen, »ist die Pacht, die der Pimpf zahlt, eigentlich ein Witz.« Im Ge-

149

gensatz zu ihrem Vater wußte sie von Pimpfs Dealereien und kannte Bezieher von ihm aus Justiz- und Anwaltskreisen.

»Du hast recht, aber laß mal; so was hat auch sein Gutes«, sagte Hawa, und: »Ich begleite dich noch zu deinem Wagen.« Es gebe da nämlich noch eine Angelegenheit, die er mit ihr besprechen wolle. Sie kenne doch diese Lisa Saremba. »Ja, und da läuft etwas, was man eine regelrechte Erpressung nennen könnte«, und er erzählte ihr von den Gerüchten über den Brand in der Kartonagefabrik, die Lisa Saremba zu verbreiten sich anschickte, von deren und anderen Aktivitäten, die Wagenburg an den Blauen Bergen betreffend, so wie er es von Benno Kröttmann und Ziß Schüssler erfahren hatte.

»Diese Lisa«, sagte Anne-Catherine, und man hörte ein feines Lachen hinter ihren Worten. Ja, sie werde mit der reden.

Verwirrende Verwandtschaften

Ab Mittag hatte Annette Vendrini-zur Linden die Fernsehnachrichten geschaut und die Berichte über die Ereignisse in Moskau mitgeschnitten. Das Video sah sie sich bis zu den nächsten Sondermeldungen immer wieder an: die rollenden Panzer im Regen, flanierende Russen unter Regenschirmen, den mal hier und mal dort davor oder daneben auftauchenden Korrespondenten im Trenchcoat, vollbärtig, grauhaarig am Kinn und kühl, beinahe schläfrig die Geschehnisse kommentierend: den Aufruf des Notstandskomitees, die Schließung von Radio »Echo Moskau«, den überall angeschlagenen Streikaufruf Jelzins, den Aufbruch der Menge zum Manegeplatz, die Verbarrikadierungen dort, die Rufe nach Verbot der Kommunistischen Partei, die mützenvermummten Grenadiere auf ihren Spähwagen vor dem Bolschoi-Theater, umringt von Eisverkäufern und schönen Frauen, das Herauszerren eines der Knabensoldaten aus seiner Ketten-Fahrzeug-Luke durch junge Burschen in Zivil und schließlich den Clou, immer wieder von Annette per Fernbedienung zurückgeholt und normal oder in Zeitlupe abgespielt: Boris Jelzin auf dem Panzer vor dem weißen Parlamentsgebäude.

Sie saß in der Sofaecke, einen Arm auf der Lehne, neben sich eine Schachtel Vin de Pap, aus der sie ab und zu einen Schluck Rotwein trank. Die Panzerszene mit dem Parlamentspräsidenten – eine fast klischeehafte Version vom bärbeißig gutmütigen, doch im Zorn unberechenbaren Rußki – lief gerade zum x-ten Mal, als Hawa ins Zimmer kam. Er hatte öfter angeklopft, war dann ohne Aufforderung eingetreten und stand nun hinter seiner Schwester und sah zu, wie Jelzin zum Generalstreik aufrief, die Wiedereinsetzung Gorbatschows verlangte. »Gleich Lenin 1917«, sagte er, »geschickt.«

Annette ließ die Szene zurück- und wieder vorlaufen, diesmal in Slowmotion.

»Wie sagt noch der Meisterdenker«, fragte Hawa, »alle großen weltgeschichtlichen Tatsachen und Personen ereignen sich sozusagen zweimal: einmal als Tragödie, einmal als Farce? Ist das nun die Farce? Jedenfalls ist der Kerl um ein oder zwei Köppe größer als das Original, physisch meine ich natürlich, länger also. So was Zartes und Kleines und Wächsernes wie der Lenin, wenn man ihn mal gesehen hat in seinem Sarkophag ... aber wie auch immer. Ist das jetzt so etwas wie der Thermidor?«

Annette schwieg, ließ zu Ende laufen, dann noch einmal zurück und wieder vor.

»Herbiekieken kögeget em nich«, sagte Hawa, einen Spruch der Weidemann, wenn der Alte am Fenster stand und auf einen Besucher wartete, zitierend.

»Da!« sagte Annette, ließ das Bild stehen, um es dann Einstellung für Einstellung vorzuknipsen. Jelzin stand auf dem Panzer, las etwas von einem Blatt; neben ihm drei Männer. »Der da«, sagte Annette, »der Dicke.« Direkt neben Jelzin stand ein glatzköpfiger Dicker, schwitzend, wischte sich mit einem Taschentuch die Stirn. Annette drückte Bild für Bild. Das Ganze lief jetzt wie ein Trickfilm: auf und ab das Taschentuch, wieder runter, seitwärts, wieder geradeaus das Gesicht des Dicken, auf und zu der Mund, ein Karpfenmaulschnappen.

»Na und?« fragte Hawa.

»Ein Ami«, sagte Annette, »der Dicke da gibt die Stichworte.«

»Naja«, sagte Hawa.

Annette ließ die Szene zurücklaufen und wieder vor, diesmal in normaler Geschwindigkeit, und verfiel in dieses Schweigen, das sie beibehalten sollte, wenn und sobald in den nächsten Tagen Rede, Gespräch oder Bild auf »jene die Welt erschütternden Tage«, wie's schon bald hieß, kam.

Weswegen er eigentlich da sei, sagte Hawa – Annette hatte den Bildlauf gestoppt, aber eine der Aufnahmen, die Jelzin auf dem Panzer zeigte, stehenlassen –, also, das sei eine

Merkwürdigkeit, die sie, Annette, womöglich ihm, Hawa, erklären könne.

Er brauche nicht so gestelzt herumzuquasseln, sagte Annette, sondern solle klar und deutlich ausdrücken, was er wolle.

»Hast du etwa den Dienels eingeladen, diesen Onkel Ludwig?«

»Wer soll das sein?«

»Der Mann von Tante Luzie.«

»Onkel Bluthund?«

»Genau der.«

»Was für 'n Quatsch«, sagte Annette und stellte den Fernseher wieder an, diesmal auf Direktübertragung. Es gab neue Meldungen aus Moskau. Der bärtige Korrespondent interviewte einen jungen Mann am Manegeplatz vor einem umgestürzten Bus, der als Barrikade diente. Sie würden die Demokratie mit allen Mitteln verteidigen, sagte der, und ein zahnloser Mann hinter ihm brüllte zustimmend oder ablehnend dazwischen. Der bebrillte Korrespondent auf dem anderen Kanal sprach mit dem selbstbewußt lächelnden Chefredakteur von Radio »Echo Moskau«. Der Putsch der Greise bräche bald zusammen, sagte der.

Man habe natürlich Dienels bewußt nicht eingeladen, obwohl »Papa« – Hawa betonte bewußt die erste Silbe –, also obwohl Pápa etwas gezögert habe.

Die Panzer fuhren vor dem Bolschoitheater einmal einen Kreis, blieben dann mit laufendem Motor stehen; ähnlich vor dem Parlamentsgebäude.

Jedenfalls, Ludwig Dienels sei angekommen, habe aus Düsseldorf angerufen …

Und was sie damit zu tun habe, fragte Annette.

»Als ich ihm sagte, er könne sich doch wohl vorstellen, warum er zum Fünfundneunzigsten von Karl-Walter zur Linden nicht eingeladen worden sei, Verwandter oder nicht, hat er bloß gelacht und gesagt: Aber why? ›Grüß mal die Annette, deine Schwester, herzlichst von mir.‹«

»Das hat er gesagt?«

»Hat er. Und nun frage ich, why?«

Wie er, Hawa, darauf käme, daß sie etwas mit dieser Einladung zu tun haben könnte.

Er habe gedacht, sagte Hawa und sah dabei zu, wie eine Straßenbahn auf dem Manegeplatz umgekippt wurde, er habe gedacht, während ihrer Reise all around the world seinerzeit, auch durch südamerikanische Staaten, da habe sie vielleicht Onkel Ludwig getroffen, mit ihm Verbindung aufgenommen sozusagen, und diese Verbindung sei möglicherweise nicht mehr unterbrochen worden.

»Ich bitte dich! Mit diesem Ganz-und-gar-Faschisten!«

»Naja«, sagte Hawa, »wenn ich an gewisse Connections denke, die Roten Brigaden oder andere Briganten etwa mit israelfeindlichen Kräften ...«

»Ach, halt den Hals«, sagte Annette, »du hast doch nie etwas begriffen.«

»Naja – aber daß dieser Kerl wieder auftaucht, dieser Dienels ...«

Ludwig Dienels ist tatsächlich ein Kapitel für sich; kein zur-Linden, nicht einmal ein geborener Jochum, sondern ein Eingeheirateter. Er war, das kann man wohl sagen, ein Durch-und-durch-Faschist der Naziart, und zwar in besonders radikaler Form: SS-Offizier nämlich, zuletzt im Rang eines Sturmbannführers. Er hatte die jüngste Schwester von Elisabeth, geborene Jochum, Hawas Mutter, geheiratet, oder besser: er war von Luzie Jochum geheiratet worden, 1935, als man wohl noch nicht absehen konnte, was für einer da ins Nest gezogen wurde. Sicher, Ludwig Dienels zeigte sich als Anhänger der sogenannten Neuen Zeit, schwärmte von einem von Grund auf gesundeten, von Dekadenz und fremdrassigen, insonderheit jüdischen Krankheitserregern gereinigten Deutschland. Doch davon gab's ja viele damals. Man nahm das nicht besonders ernst. Das würde sich bald erledigen, hatte zum Beispiel Gottlieb Jochum, Luzies Vater, gemeint. Der war zwar damals schon leicht bestußt, doch Karl-Walter zur Linden, der das allerdings später abstritt, ist damals der gleichen Ansicht gewesen. Reste einer falsch geleiteten Jugendbewegung seien das, mit dem Erwachsenwerden verschwänden solche Jungenvorstellungen – so in etwa seine

Worte. Zudem glaubte man, dieser Dienels wolle eigentlich bloß ein bißchen die Jochums ärgern, erschrecken, ihnen imponieren, um sich, heute würde man wohl sagen: zu profilieren. Das jedenfalls behauptete Luzie oft, Luzie, die ewig einen halben Meter über dem Boden schwebte und die klirrend lachte, wenn Dienels etwa von den Jochums als altmodischen Feudalen redete, denen echte, deutsch-bäuerische, kämpferische Blut- und Bodengesinnung beizubringen sei. Irgendwie ist man damals sogar froh gewesen, daß Luzie – wie so was früher genannt wurde – schnell unter die Haube kam, bevor ihre noch als kapriziös durchgehende Flatterhaftigkeit in Schrulligkeit und jene typisch Jochumsche Abgedrehtheit übergehen würde, vor der sie nur – so die damalige Überzeugung – Kinder, möglichst viele Kinder, und eine starke ehemännliche Hand bewahren würden. Kinder sollte sie nicht kriegen, und wie aus der starken ehemännlichen Hand eine blutbeschmierte Tatze wurde ... – nun ja!

Dabei ließ sich eigentlich alles normal an. Ludwig Dienels, Sohn eines Leichlinger Obsthändlers, Lehrer für Musik und Sport, wurde bald Oberstudienrat, dann stellvertretender Direktor des Gymnasiums der rheinischen Kleinstadt, in der die beiden lebten, und wenn sie auf Besuch kamen, zum Jochum-Hof oder auf die Lindenburg, so konnte man ein mehr oder weniger normales Paar erleben, wobei er sogar den toleranteren Part abgab, der sich nicht einmal daran stieß, daß sie – für eine deutsche Frau seinerzeit eine Unmöglichkeit –, man muß schon sagen: unmäßig rauchte und trank. Als Dienels dann achtunddreißig in die Schutzstaffel wechselte, und zwar in einen dieser berüchtigten Totenkopfverbände, der 1940 in die Waffen-SS überführt wurde, machte man sich dann doch Gedanken, wie man mit ihm weiter umgehen solle. Ob sich damals keine Gelegenheit bot, ihn kaltzustellen, sofern das überhaupt möglich gewesen wäre, oder ob man einfach Abstand von Planungen in dieser Richtung nahm – es wurde ja zuweilen aus Angst oder Vorsicht argumentiert, es nütze nichts, solche Leute zu beseitigen, andere würden an ihre Stelle treten, womöglich noch Schlimmere –, darüber wird heute geschwiegen. »Hätte man ihn bloß erledigt! So einen

155

hat man nicht in der Familie«, meinte Marie-Anne. Ob ein Schlimmerer an seine Stelle getreten wäre oder nicht, auf Dienels Konto jedenfalls gehen eine Menge schlimmster Schandtaten. Wie viele Tote, Erhängte, Füsilierte – von den im durch ihn befehligten, sogenannten regulären Kampfgeschehen Getöteten ganz zu schweigen – er in Polen und in Rußland zurückließ, weiß kein Mensch. Tausende werden es gewesen sein, und noch zuletzt, als Stadtkommandant von Aachen, das er bis zum letzten Mann verteidigen wollte, hat er einundzwanzig, die nicht mehr weiterkämpfen wollten, an die Wand gestellt. »Schlagt den Bluthund Dienels tot«, diese von den Amis per Lautsprecher in die eingekesselte Stadt posaunte Parole haben heute noch einige Aachener im Ohr.

Daß Onkel Bluthund – so sein Name dann in der Familie – 45 mit heiler Haut davonkam, ist ein weiteres Kapitel für sich. Dienels konnte tatsächlich entkommen. Ausgerechnet Karl-Walter zur Linden half ihm dabei. »Gefallen gegen Gefallen«, begründete er das. Nun war Dienels wirklich dreimal gefällig gewesen; zweimal – nun ja, mal eben so: einen von Karl-Walter zur Linden verteidigten Feindsenderhörer hatte Dienels durch Intervention auf zur Lindens Bitte vor dem Todesurteil bewahrt, und die Ausradierung des Jochum-Hofs durch eine SS-Einheit war von ihm gestoppt worden. Aber das Entscheidende war die Benachrichtigung von der Falle gewesen, die man infolge eines bösen Verrats zwei Männern und zwei Frauen der belgischen Resistance auf deren Weg von der Lindenburg zur Grenze gestellt hatte. Die Nachricht darüber war gewiß keine Überzeugungstat von Onkel Bluthund, sondern reinstes Vorsorgekalkül zu einer Zeit, als an den Endsieg Deutschlands nur noch Totalbestußte glaubten.

Wenn der Alte erzählt, wie er über den damaligen Oberhirten der Erzdiözese die Flucht-Connection des Vatikans angezapft hat, zeigt er dieses finnige Halunkenlächeln. Der Oberhirte war ein hundertprozentiger Anhänger der offiziellen, von Pacelli, dann Papst Pius XII., dem vormaligen Nuntius in Deutschland, ausgegebenen Linie gewesen. Danach waren die Hauptfeinde die gottlosen Bolschewiki. Zu deren Ausmerzung waren die weniger gottlosen Faschisten, vor allem die deutschen, berufen, und deshalb waren sie in ihrem Krieg gegen das böse Reich im Osten und seine dem Materialismus verfallenen Verbündeten im Westen zu unterstützen, »zur Rettung unseres Heiligen Deutschland und des gesamten Gesitteten Abendlands«. Durch solche Sprüche – sie seien ihm übrigens von Herzen gekommen, nicht mal opportunistischen Ursprungs, pflegte der Alte anzumerken – hatte er sich bei den Westalliierten spätestens seit 1942 in Verschiß geredet, und so schien es ihm nach 45 doch ratsam, mit denjenigen Gläubigen seiner Herde Kontakt aufzunehmen – besonders Vermögenden und solchen mit einigem Einfluß bei den neuen Herren –, die vorher schon Hitler als den Hauptfeind betrachtet hatten und der Meinung gewesen waren, dieser Oberverbrecher könne nur mit Hilfe des Verbrechers Stalin erledigt werden, und aufgrund dieser Überzeugung sogar den Alliierten, soweit überhaupt möglich, zugearbeitet hatten – wie eben die zur-Lindens. Der Oberhirte – so der Alte – habe ihn, einen Hoch- und Vaterlandsverräter, zunächst nicht vorlassen wollen. Einige Bemerkungen gegenüber dem Generalvikar zu ein paar recht üblen bischöflichen Kollaborationsaktivitäten, zum Beispiel zu einer von Exzellenz selbst unterzeichneten internen und geheimen Anweisung an Dekane und Pfarrer, die Überstellung geflohener Kriegsgefangener und per Fallschirm abgesprungener alliierter Piloten an die zuständigen Behörden, also die Geheime Staatspolizei, betreffend, hatten aber zu einer Audienz geführt, während der Karl-Walter zur Linden in der Achtung Bischöflicher, zwanzig Jahre später zur Eminenz gekürten, Gnaden stieg. Die Einschleusung Ludwig Dienels' ins absolut sichere Flucht- und Spurenverwischungsprogramm der Kurie für hohe faschistische Kader katholischer Konfession war ein Klacks gewesen, einiges andere, und dabei grinste der Alte sphinxhaft, sei schon schwieriger gelaufen. Aber vieles hätte ja auch seinen befriedigenden Gang genommen. Man brauchte nur daran zu erinnern, daß jener Oberhirte der Vorgänger des heutigen, Heinrich-Johannes zur Linden, dem der Kardinalshut allerdings immer noch fehlt, war.

Die Akte Ludwig Dienels blieb längere Zeit geschlossen.

Man vergaß ihn. Kontakte gab es nicht mehr, außer zu Elisabeth, der Frau des Alten. Doch in den frühen sechziger Jahren flatterte eines Tages eine Todesanzeige, die das Ableben »meiner über alles geliebten Frau Hedwig-Lucia, geborene Jochum« anzeigte, ins Haus. Elisabeth zur Linden weinte, schrie ein paar Tage und Nächte hindurch, beruhigte sich schließlich und vergaß dann wieder, wie so manches andere auch. Abgeschickt hatte man diesen Brief in Saragossa, Spanien; eine Deckadresse natürlich, und man fand schnell heraus, daß Dienels in Argentinien lebte, wie viele seiner Spieß- und Mordgesellen, und zwar mitten in Buenos Aires. Reich oder besser: wohlhabend geworden im Fleischexportgeschäft, zog er, zum drittenmal verheiratet mit einer um vieles jüngeren US-Amerikanerin, in den siebziger Jahren weiter nach Norden, über Kolumbien, wo er per Drogenbusiness noch einiges zulegte, und Mexiko bis schließlich nach Florida, wo er in der Umgebung Miamis das Leben eines wirklich reichen US-Rentiers führte. Der Alte, der einige Wochen vor seinem Geburtstag, als es um die Einladungen der Verwandten ging, die Akte vorgelegt bekam, hatte – wie gesagt – etwas gezögert, gefragt, und Hawa hatte »auf keinen Fall« gesagt, »das Kapitel ist für uns abgeschlossen«.

Nun war es – wie man so sagte – wieder aufgeschlagen, das Kapitel. Um den alten Grandseigneur, dem er doch einiges zu verdanken habe, zu dessen fünfundneunzigstem Geburtstag persönlich zu gratulieren, hatte Dienels am Telefon mit US-amerikanischem Akzent auf Hawas Frage geantwortet: »Why do you really want to see us, Mr. Dienels?«, Hawa hätte am liebsten hinzugefügt: »Why the fuck don't you leave your Nazi-ass where it belongs – in Miami along with all the other scumbags!« Und ebenfalls, so Ludwig Dienels, sei er gekommen, weil seine beiden Kinder, die ihn übrigens begleiteten, endlich einmal die Heimat des Vaters, von der man so viel erzählt habe, kennenlernen möchten, die Wurzeln des Stammbaums, wenn man so wolle, den Jochum-Hof und ähnliches. Das erzählte Hawa seiner unbewegt auf dem Sofa vor dem Fernseher sitzenden Schwester Annette, die den Ton abgestellt hatte, ihn aber gleich wieder mitlaufen ließ, als die Sendung – eins dieser üblichen Quiz-Spektakel – unterbrochen wurde, der Kreml auf dem Schirm erschien, davor der bärtige Korrespondent, der ankündigte, bald, jedenfalls heute noch, würde das Notstandskomitee eine auch vom Fernsehen übertragene Pressekonferenz abhalten.

»So was«, sagte Hawa, »wäre ja früher auch undenkbar gewesen, daß die Usurpatoren sich der Öffentlichkeit vorstellen, bevor noch die Köpfe der alten Herrschaften in den Körben liegen.«

Annette schwieg, sagte nur, an den Bericht Hawas über die vom Onkel Bluthund angeführten Gründe für seinen Besuch hier anknüpfend: »Wurzeln hat der nicht bei uns, schon überhaupt nicht auf dem Jochum-Hof. Soll er zu seinen Obst- und Kartoffelhändlern nach Leichlingen fahren, da kommt er her, sonst nirgends.« Hawa erzählte ihr, daß von diesen Dienels niemand mehr in Leichlingen und weiterer Umgebung existiere.

»Dann pustet ihn doch einfach weg«, sagte Annette.

Hawa lachte. »So was nenne ich einen Rückfall ins Brigantentum«, sagte er, »nein, im Ernst, ich meine, er sollte kommen. Er will doch was von uns. Davon muß man ausgehen. Und dann ist es besser, er ist hier und nicht anderswo. Und wir fühlen ihm auf den Zahn.«

»Wenn du meinst. Und Papá?«

»Pápa meint das gleichfalls.«

»Dann ist doch gut.«

»Ja«, sagte Hawa, »und Andy soll dafür sorgen, daß die Dienels im Rheinischen Hof untergebracht werden. Sie treffen heute abend noch dort ein.«

»Dann ist ja gut«, sagte Annette, ließ das auf Video Aufgenommene noch einmal zurück- und vorspulen, sah es sich an, während Hawa den Raum verließ.

Bevor Hawa in seine Praxis ging, wo er dringend von den beiden japanischen Herren aus Düsseldorf erwartet wurde, die seit einer Stunde auf heißen Kohlen säßen, wie Baldura Dautzenberg, die Bürovorsteherin, ihm hatte ausrichten lassen, traf er noch in der Werkstatt Benno Kröttmann, der an seiner uralten Drehbank stand, gegen deren Verschrottung er immer wieder erfolgreich protestierte; seine Staffelei sei das. Er hatte ein Stück in Arbeit, ein Geburtstagsstück für den Alten, eine Art Raubvogel aus rostigem Blech, blankem Gestänge, Plastik, Buntglas, übermetergroß.

»Schlagt den Bluthund Dienels tot!« rief Hawa ihm zu. Kröttmann drehte die zischende Flamme am Schweißbrenner auf Erbsengröße herunter, schob die Schutzbrille von den Augen. »Ludwig Dienels hat sich zum Geburtstag eingeladen«, sagte Hawa.

»Sag das noch mal!«

»Schlagt den Bluthund Dienels tot!« rief Hawa in eine vom Boden genommene Blechkanne, die er als Megaphon halb vorm Mund hielt.

»Okay, machen wir«, sagte Benno Kröttmann, stellte die Flamme wieder heller und heißer und zog die Schutzbrille vor die Augen. Hawa betrachtete die Plastik.

»Wie soll denn dieser Kawensmann heißen?« schrie er Kröttmann ins Ohr. Benno drehte die Flamme wieder zurück, ließ aber die Schutzbrille vor den Augen. »Raffende Zur-Linden-Kralle«, sagte er und machte sich weiter ans Geburtstagsstück.

Noch vor der Verhandlung mit den beiden japanischen Herren über den Bau eines Bürogebäudes auf einem Zur-Linden-Areal in Düsseldorfs Norden rief Hawa im Rheinischen Hof an, um seinen Sohn Andreas zu sprechen. Der aber befand sich seit Mittag schon im Westfälischen Hof, wo Hawa ihm die Ankunft dreier Dienels, um deren Unterkunft im Rheinischen Hof er sich kümmern möge, mitteilte.

»Etwa dieser Onkel Bluthund und Mischpoke?« fragte Andy.

»Ja«, sagte sein Vater, »dieses Arschloch und zwei Kinder, die er von seiner zweiten Frau hat.«

»Na denn«, sagte Andy.

Er kümmerte sich seit dem Morgen schon um anreisende Verwandte. Eine Stunde vor Mittag war der Zug mit den Süddeutschen angekommen: Hans-Joachims Tochter, also Andys Cousine Elisabeth Buchinger, genannt Betty, deren Tochter Brigitte und die Großtante Gabriele Buchinger, Mutter von Bettys Mann Melchior, einem Medienkonzern-Vorstandsmitglied, Wiener wie Großtante Gabriele, die einen ziemlichen Begrüßungszirkus auf dem Bahnsteig veranstaltete, ihn, Andreas, »Andy-Bursche« nannte und ihn zungenküßte. Die Nummer kannte man. Dafür war Großtante Gabriele gut, immer bemüht, ihrem Ruf als »spontane, leidenschaftliche Frau ungarischen Einschlags« – wie man in der Familie unisono und im Wiener Dialekt loslegte, sobald ihr Name fiel – nachzukommen. Dabei war sie »höchst elegant und doch dezent« – so ein weiterer Familienspruch in Verbindung mit der Buchinger – gekleidet, im Gegensatz zu Betty, geborene zur Linden, die »etwas Bayrisch-Folkloristisches trug, eine Art Dirndl«, wie Andy später seiner Tante Annette erzählte, als er mit ihr auf dem Sofa saß und sich ein paarmal die Pressekonferenz des »Gekatschape«, des »Staatskomitees für den Ausnahmezustand«, so die offizielle Bezeichnung des Notstandskomitees – der Putschistenbande oder einfach Achterbande – nach den hiesigen Medien – ansah: sechs der acht in ordentliches Zivil gekleidete »Old Boys of the Russian Typus« laut CNN-Kommentar, die sich – »sonderbarerweise für Revolutionäre«, merkte Andy an – vor dem Journalistenpublikum und den laufenden Kameras verbeugten, melancholischen Ausdruck auf ihren Gesichtern, nebeneinander am Tisch hockten, Schriftliches vor sich, und ohne irgendein Mienenspiel schwiegen zu dem, was der Chef dieses Wohlfahrtsausschusses, Janajew – ein Bruder Breschnews beinahe, dem Gesichtsschnitt nach –, sagte, der unter anderem versicherte, die Perestroika werde weitergehen, die Außenpolitik nicht geändert und Gorbatschow nach seiner Krankheit, die seine Abberufung erforderlich gemacht habe, zurückkehren, um, soweit nach sechs Monaten alles in ordentlichen Bahnen ablaufe, seine Geschäfte wieder aufzunehmen.

Sie solle doch nun den Quatsch abstellen, hatte Andy gefordert, Annette hatte endlich gehorcht, und Andy erzählte ihr vom Tage, von seiner – sie sagte: »Betreuerfunktion«, wohl ein Ausdruck ihres Tätigkeitsbereichs in der dahingeschiedenen DDR.

Kurz nach den Süddeutschen hatten die Brüsseler Verwandten sich eingefunden. Der Grund für dieses frühe Eintrudeln Verwandter aus verschiedenen Richtungen Tage vor der Fete war Bärbel, die andere Buchinger-Tochter. Novizin bei den Vinzentinerinnen im belgischen Geyzegem, durfte sie, obwohl noch fast zwei Monate an der vorgeschriebenen Vorgelübdezeit fehlte, das Mutterhaus verlassen, um am fünfundneunzigsten Geburtstag ihres Urgroßvaters teilzunehmen – eine knifflige Erlaubniseinholung das. Der Status der Familie als »Wohltäterin der Congrégation der filles sœurs de la charité de St. Vincent de Paul« allein reichte dazu nicht aus. »Ich hätte das nie für möglich gehalten«, erzählte Hawa, »nur so viel: Allein um die Fassung während der Verhandlung mit der Magistra Novitiarum zu bewahren, bedurfte es verdammt mehr als der üblichen Geduld und Coolness.« Gleich nach der Geburtstagsfeier mußte und wollte Bärbel wieder ins Mutterhaus zurück. Es blieben damit nur ein paar Tage, um letztmalig für lange Zeit mit Vater, Mutter, Schwester und anderen Verwandten zusammen zu sein. Man konnte sich darauf verständigen, daß die Novizin in Familienbegleitung reisen durfte, und da einige der Brüsseler Verwandten sowieso an der Geburtstagsfeier teilzunehmen gedachten, fuhren sie eben eher, das heißt sofort, los und nahmen Bärbel in ihrem Auto mit. So kam es, daß sie zu viert – die Novizin eben, Michel Roland, Bruder von Andys Mutter, Lilly, Michels Frau und ihre Enkelin Laure, so alt wie Bärbel, nämlich achtzehn – fast gleichzeitig mit den Süddeutschen im Westfälischen Hof eintrafen.

Während der mehr als zwanzig Jahre, die Annette Vendrini-zur Linden abseits der Familie verbrachte, hatte sie vor allem die auswärtigen Verwandten nie oder höchst selten gesehen. Neugierig auf sie war sie gerade nicht, aber sie ließ sie sich doch gern von ihrem Neffen und Liebling beschreiben. Sie kannte die 1973 geborene Bärbel Buchinger gar nicht, und auch Andy hatte sie nur ein- oder zweimal anläßlich irgendwelcher Familienereignisse erlebt: ein rotblondes, sommersprossiges Kind, eines wie andere aus dem Zur-Linden-Clan. »Sie ist«, sagte er, »… nun vielleicht, daß ihre Augen so einen

Ausdruck« ... also er habe nach ihrer Begegnung heute krampfhaft in Erinnerungen gestochert, und dabei sei eine Szene vor seinem inneren Auge abgelaufen wie auf einem homemade Acht-mal-acht-Film: hier im Garten Bärbel auf einer Baumastschaukel hoch- und runtersausend, irgendwie überdreht, jubelnd und girrend und mit geradezu leuchtenden Augen. Aber vielleicht habe er das doch nur ...

»Jedenfalls«, sagte Andy, »ihre Augen strahlen; wenn so eine Metapher überhaupt irgend etwas meint, dann in diesem Fall. Barbara Buchingers Augen haben einen strahlenden Glanz.«

»Aha«, sagte Annette.

»Na gut«, sagte Andy, »jedenfalls sah's so aus, und irgendwie war auch dieses girrende Jubeln um sie, wenn sie redete – eine Aura würde ich sagen, stünde ich auf so was.« Nicht die typische klösterliche Tracht trage sie, aber doch so etwas Ähnliches, ein Kostüm zum Ausgehen ins Weltliche vermutlich, knöchellanges blaues Faltenkleid und Kopftuch, und dieses Outfit unterstreiche womöglich diesen ihren ...

»Sag doch gleich Heiligenschein«, sagte Annette.

»Jedenfalls so was Ähnliches.«

Michel Roland beschrieb er als »nun eben Onkel Michel, kennst du ja noch«; mehr als früher gleiche er einem alt gewordenen Jacques Brel, immer leicht abwesend, paffe eine auf die andere, lache plötzlich los, grundlos für die anderen, wahrscheinlich in Gedanken an heikle Situationen mit einer seiner Geliebten; seine Frau, Tante Lilly, bieder, bieder wie nur eine brave Brügger Bürgerin ...

»... hat es aber ganz dicke hinter den Ohren«, warf Annette ein, »damals jedenfalls«, und welches von ihren Kindern sei mitgekommen, Marc, Jacqueline, Laure, hießen sie nicht so?

»Ja«, sagte Andy, und Laure sei's, die mitgekommen ... ging gleich weiter und über zur Beschreibung des spektakulären Aufeinandertreffens von Großtante Gabriele und der Novizin Bärbel.

Daß er Laure nicht weiter erwähnte, hatte einen Grund, den er selbst seiner in vielen Dingen Vertrauten nicht offenbaren mochte. Vielleicht ahnte Annette Vendrini-zur Linden etwas, sie fragte nämlich noch einmal nach, seit wann er »diese kleine Roland« denn kenne.

»Oh, schon lange«, antwortete er und erzählte, er habe sie seinerzeit, nachdem er gerade von ihr, Annette, nach diesem schäbigen Unglück mit Annegret Leckebusch zurückgekommen sei, erstmals auf einer Geburtstagsfeier gesehen, im Landhaus der Rolands bei Ostende. Acht Jahre sei die damals gewesen oder sieben; später vielleicht noch ein- oder zweimal. Seine Tante, die besser über ihn Bescheid wußte als alle anderen, Vater, Mutter, Serafina oder Martin und ein paar Freunde eingeschlossen, »roch den Braten«, wie man hier so sagt, hörte hinter seinem so Dahingeplauderten, den vorgeblich nebensächlichen Erklärungen, die Ablenkungsabsicht, wußte aber auch, daß sie nicht nachfragen durfte, um das herauszukriegen, was Andy mit dieser »kleinen Roland« verband – nämlich eine regelrechte, Laure nannte es »inzestuöse Affäre«.

Die hatte vor zwei Jahren begonnen auf Jaquelines – Laures Schwester – Hochzeit in Veurne, einer flämischen Kleinstadt, dem Heimatort von Jacquelines Bräutigam, einem Makler und Textilhändler, einem freakhaften, eigensinnigen Typ, verschworen – so muß man das wohl nennen – dem Carillon, diesem mittels Klöppel-Tastatur hand- oder besser: faustgeschlagenen Glockenspiel, das immer noch und weit übers platte Land von vielen flandrischen Kirchtürmen tönt. Während eines solchen Carillon-Spiels des Bräutigams oben im Turm der Kirche im benachbarten Niewport – sie beide hockten etwas unter ihm im zugigen Gebälk – passierte es, daß Andy seinen Arm um Laure legte, sie an sich zog, küßte, streichelte, und dieses Spiel war noch weitergegangen, während Tom mit nacktem Oberkörper die Fäuste auf die Carillon-Klöppel sausen, das Glockengeläut ohrenklirrend und dröhnend schallen ließ, zum Beispiel mit – daran erinnerten sich beide gern – dem Beatles-Song »Yellow Submarine«. Daß sich daraus ein Jahr später eine wahre amour fou entspann, nannte Laure, die so gut Deutsch sprach wie er, eine »Fügung«, seltsam herkömmlich, wie sie sich sonst ganz und gar nicht ausdrückte und benahm, vor allem nicht in der Liebe. Sie taten es, wo immer sie sich trafen, in der Regel sofort und egal wo und wie, einmal sogar im Beichtstuhl einer leeren Dorfkirche in den Ardennen, ein andermal in einem Aachener Kaufhaus auf dem Klo ... Und heute nachmittag, während ihre Großeltern, die Buchingers und Hans-Joachim, Bärbels Großvater, im Hotelrestaurant Tee tranken, waren sie in ihrem Hotelzimmer übereinander hergefallen, hastig und schnell, um keinen Verdacht zu erwecken. Aber so viel Zeit war doch geblieben, daß sie ihm mit einem nicht abwaschbaren Fleischbeschauerstift ein Fragezeichen auf den Schwanz malen konnte – verrückt, wie Laure nun einmal war, und wie er das Mal Serafina erklären sollte, wußte er auch noch nicht.

Annette hatte die Videokassette zurücklaufen lassen, den Ton noch einmal abgestellt: Barrikaden auf dem Manegeplatz, Panzer und Schützenwagen, die absurderweise vor Ampeln auf Rot anhalten, Kommentare von Passanten, Jelzin auf dem Balkon des sogenannten Weißen Hauses ...

»Nun laß das, Nette«, sagte Andy, »das macht dich bloß fertig. Ich merke das doch.« Sie tat so, als höre sie nicht, und als er sagte, so, er müsse sich jetzt aufmachen zur Begrüßung und Betreuung von Onkel Bluthund, sich erhob und zur Tür ging, rief sie ihm nur zu: »Viel Spaß dabei; und Rapport danach, wenn du Lust hast.«

Ein Ami wie aus Hollywoodfilmen der fünfziger Jahre, so stelle er sich dar, Onkel Bluthund, dieser Ludwig Dienels, berichtete Andy seiner Tante hinterher: Flanellhose an Hosenträgern, Glencheck-Jacke, spärliches grauweißes Haar, randlose Brille, halbrundliches, trotz seines Alters erstaunlich frisches Gesicht – eine Mischung aus Truman und Mister Burnes von der Jack-Daniel's-Werbung, lacht dieses Businessmangebiß-Lachen, spricht Deutsch mit Midwest-Akzent, quatscht über alles, bloß nicht über Politik, kennt sämtliche Football- und Baseballclubs und deren Ergebnisse, sagt so Sachen wie: »Bei uns in Amärike« und »Ihr Doitsche« ...

»Ist er's überhaupt?«

»Naja – why not.«

»Wie alt?«

»Er ist jetzt achtundsiebzig oder neunundsiebzig, vielleicht schon achtzig.«

»Er hatte ein Hermann-Göring-Gesicht damals, ohne fett zu sein am Leib.«

»Es gibt aber seit fünfzig Jahren kein Foto mehr von ihm bei uns.«

Sie waren beinahe gleichzeitig beim Rheinischen Hof angelangt, Andy hatte sie aufs Zimmer gebracht, in eine der Suiten. Nach ihren Wünschen gefragt, wollte Onkel Bluthund vor allem was richtig Gutes essen, Rheinischen Sauerbraten, wenn's den gäbe, und den gab es tatsächlich, und so aßen sie gemeinsam zu viert Rheinischen Sauerbraten. »Not horse?« tat Dienels enttäuscht, und seine Kinder, Sohn Randolph und Tochter Share, taten erleichtert.

Eine pflegeleichte Truppe, sagte Andy, »Randolph studiert Mathematik in Yale, und so sieht er auch aus, Share studiert Rechtswissenschaft, mit dicken Titten und einem T-Shirt, daß man die Knospen sehen soll. Typen, wie man sie aus Filmen und TV-Serien kennt.«

Annette lachte. Sie hatte die vierte oder fünfte Pappschachtel mit Rotwein leergetrunken, jede in eine andere Ecke geschmissen.

»Manchmal bist du ein richtiger zynischer Westler«, sagte sie, »aber erzähl ruhig weiter.«

Vom Jochum-Hof habe er geschwärmt, der eingeheiratete Onkel, so was gäb's auf der ganzen Welt nicht mehr, und Share habe gefragt, wann sie denn dorthin führen.

»Da wird er nicht mehr zu kommen«, sagte, halb lallend, die rotweinvolle Annette, »und weiter …«

Andy hat ihr noch dies und das erzählt, und als sie darüber einschlief, verließ er das Zimmer, fuhr noch einmal zurück in die Stadt, hielt vor dem Haus seines Onkels Hans-Joachim, ging hoch, wurde ins Eßzimmer geführt, wo die Buchingers und die Brüsseler mit den zur-Lindens nachtmahlten, Novizin Bärbel auf dem Ehrenplatz am Kopfende gleich einer Heiligenbildchen-Ikone. Er nahm ein bißchen Dessert, trank ein Glas, bis Laure äußerte, sie habe starke Kopfschmerzen, würde nun gern ins Hotel zurück, und sie mache sich also auf; die Gelegenheit für Andy, ihr seine Begleitung anzutragen, und dann liefen sie, Laure wollte es, zu Fuß den langen Weg zum Westfälischen Hof, wobei sie unentwegt, weintrunken und stoned – während des Soupers hatte sie zwischen den Gängen ein paarmal auf der Toilette »gutes Kraut« geraucht –, redete, redete über Partys, copains und copines, die er natürlich nicht kannte, Motorradfahrten durch stürmische Nächte bis Paris und zurück, Schwofereien in den alleraktuellsten Dancehalls und Discos zwischen Brüssel und Reims, Plappereien, die ihm wieder einmal klarmachten, wie unmöglich – von der Blutsverwandtschaft gar nicht zu reden – ihre Verbindung war, eine Erkenntnis, die seine Lust auf sie nicht im mindesten beeinträchtigte, »tout au contraire«, sagte er halblaut, versuchte sie in einen Hauseingang zu ziehen – in Münster hatten sie einmal nachts in einem Hochhaus in der obersten Wohnung geschellt, und nach dem Öffnen hatten sie's auf der Treppe hinter dem Aufzug, sitzend, kniend, atemlos, gemacht –, aber Laure wehrte sich. Selbst seine Bemerkung über das Fragezeichen auf seinem Schwanz machte sie nicht spitz; den werde sie ihm irgendwann freilutschen, »versprochen«, doch sie leide wirklich an Kopfschmerzen und an dem anderen auch, »mon chou, ganz plötzlich«, und so preßten sie sich nur fest aneinander, küßten sich lange, bevor sie im Hotel verschwand. Sie müßten vorsichtig sein; dieses Klischee heimlich Liebender, kicherte sie noch, die Wiener Tante zum Beispiel, die röche so was förmlich.

Stimmte sogar; denn als er, mit der Taxe zurück, an seinem Wagen vor Onkel Hans-Joachims Haus die Gäste traf, die in ihr Hotel fahren wollten, flüsterte Großtante Gabriele ihm beim Abschiedskuß ins Ohr: »Habt's noch einmal ordentlich gepudert, gell.« Er fuhr heim, parkte vor seinem Bungalow, ging aber noch einmal zur Villa hoch und hinauf ins Zimmer seiner Tante. Er machte sich Sorgen um sie, hatte bemerkt, daß sie zitterte, und ihr Versuch, sich mit Litern von Rotwein ruhigzustellen, beunruhigte ihn zunehmend. Er fand sie auf dem Sofa liegend, schlafend, mal röchelnd, mal schniefend und mit einem verrutschten Lächeln auf dem Gesicht. Der

Fernseher lief ohne Ton, zeigte nichts weiter als ein stehendes Bild: Boris Jelzin auf einem Panzer vor dem weißen Parlamentsgebäude in Moskau. Andy legte eine Decke über die den quälenden Schlaf der Betrunkenen Schlafende, knipste das Licht aus, nicht aber den Fernsehapparat, schloß leise die Tür hinter sich.

Gespräche über Geld
und ähnliches in der Fußgängerzone
und zu Musik

Man sah ihn in diesen Tagen noch oft und in vielen Posen, Jelzin, den bulligen, trinkergesichtigen Parlamentspräsidenten, von dem man noch nicht wußte, daß er als Sieger herauskommen, der künftige erste Mann Rußlands sein würde – dann gern »Herrscher aller Reußen«, »Zar Boris« oder ähnlich genannt. Dabei schien schon an diesem Tag, dem zwanzigsten August, die Waage zu seinen Gunsten auszuschlagen. Nachdem er die Mitglieder des Notstandskomitees, allen voran Janajew, zu Kriminellen erklärt hatte, demonstrierten Hunderttausende und mehr für ihn vor dem Parlamentsgebäude. Auch aus Leningrad, das bald wieder Sankt Petersburg heißen sollte, wurde ihm zugejubelt, die Bergarbeiter riefen den Generalstreik aus, und das entscheidendste: Teile der Armee schlugen sich auf seine Seite, Panzer fuhren zu seinem Schutz vors sogenannte Weiße Haus.

Aber ob sich viele hierorts darüber überhaupt Gedanken machten, ahnten, daß das, was drüben passierte, die Lage insgesamt und ihre eigene gleich mit verändern würde? In den Fußläufigkeiten der Innenstadt gewiß nicht. Da taten die Leute das, was sie immer tun, wenn sie nichts anderes zu tun haben: flanieren, gucken, kaufen, an diesem Morgen genauso wie sonst auch.

Es stimmt schon: Die Innenstädte, in dieser Gegend sowieso, gleichen sich allesamt und überall, was Hawa seit langem verstimmt. In den Fußgängerzonen findet sich sogar ein Blinder ohne Stock und Hund gleich zurecht – Bepo Prange zum Beispiel, dem als Zwölfjährigen beim Abschuß einer Panzerfaust die Rückstoßflamme beide Augen ausbrannte. Der weiß jederzeit, wo, wie und was ist, in jeder Fußläufigkeit zwischen Rhein und Ruhr: hier Eduscho, da Nordsee, Klamotten-August – so nennen die Leute hier C&A – neben

Sportcenter, Boutiquen und allerlei Kostbarkeits- und Tinnef-läden dazwischen. Am Schritt, Tempo, Schlürfen, Trappen, Trippeln, an den Gesprächen natürlich, sagt er, höre er, wohin, woher die Leute gehen und kommen. Aber durch Schnüffeln allein schon könne man's festmachen. Kaufhof rieche anders als Hertie, Spar und Tengelmann anders als Aldi, und erst mal die Schuhgeschäfte!

Das ist natürlich was für Hawa, der meint, ihm gelänge diese Ortung durch Wittern geradesogut. Dabei verabscheut er die Shopping-Malls, Krämer-Center, Einkaufspassagen, Ladenzeilen, besonders wenn sie sich um solche neokopf-steingepflasterten Flanierwege, Kunststein-Stiegen, Sitz-Rondelle, Glitzerbrunnen und dergleichen in aufgemotzten Altstadtkulissen zeigen wie hier und da in der Stadt. Unver-ständlich Hawas Aversion; denn abgesehen davon, daß sie der Familie eine Menge einbringen – hatte er nicht davon ge-träumt, sich sozusagen versprochen, einmal auch so was zu haben, was er, erstmals aus dem kaputten, verlumpten Deutschland herausgekommen, staunend, dann begeistert in Italien kennengelernt hatte Anno Santo 1950? Diese kleinen Plätze, Straßen und Gassen zwischen Geschäften, Kneipen, Stehcafés, winzigen Handwerksbetrieben, wo Leute spazier-ten, kauften, saßen, tranken, quatschten, lachten, Kinder spielten, Zeitungsverkäufer Sprüche kloppten, Straßenmusi-kanten spielten und sangen. Das müßte zivilisieren, hatte er gemeint. Jetzt gibt's das auch hier, und die zur-Lindens kön-nen sagen: »Wir waren maßgeblich daran beteiligt, in unserer Gegend jedenfalls.« Gewiß ist das alles anders als damals im Bel Paese Anno Santo 50. Die sogenannte Entkernung der Innenstädte zum Beispiel ist nicht das, was er sich vorgestellt hatte. Außer paar Single-Snobs, Künstlern, Architekten und solchen Leuten wohnt ja niemand mehr dort, und Hand-werksbetriebe fehlen sowieso.

Trotzdem – es ist doch schon was, findet zum Beispiel Hans-Joachim zur Linden, Jochen also, Hawas um fünf Jahre jüngerer Bruder. Der treibt sich zwischendurch gern in den Fußläufigkeiten herum, um sich nach dem Kauf irgendeiner Kleinigkeit, dem Schwatz mit Bäcker, Döner-Türken, Turnschuh-Kofmich, Juwelier, einer Boutiquen-Schönen – Mieter beziehungsweise Pächter der Lindenhof GmbH – unauffälliger seine Teufelsmischung genehmigen zu können: »Fernet mit Schuß« –, jenen italienischen Magenlikör in Coca mit Zitrone. Das tat er auch am Morgen dieses zwanzigsten August, an dem er sich mit Anne-Catherine treffen wollte, und vor dem Café Conti zwischen Dro-Markt und »Pralinenschachtel« saß er nun, nachdem er bißchen herumgeschlendert war, und wartete auf seine Nichte, mit der er »die ganz und gar unmögliche Spenderei für Tonton Päule« – seine Worte am Telefon – und anderes zu besprechen gedachte. Um diese Zeit war es schon sehr heiß in jenem August, ja stickig. Die Leute schwitzten, spazierten langsamer oder saßen, die Einkaufstüten neben sich, auf den Steinquadern, den »Rastangeboten« – so hier der Ausdruck dafür –, oder auf Stühlen unter Markisen vor den Cafés. Feuchte T-Shirts, Minis, knappste Hosen, Schweißtropfen auf Nase und Stirn, ein bißchen verlaufene Schminke, die trägen Bewegungen und der Hauch von Parfum und Pisse über den anderen Düften und Gerüchen, dieses brünstige Hochsommerfluidum der Kaufzonen mochte Hans-Joachim zur Linden. Gleich gegenüber dem Café Conti und vor der bronzenen Statue, die Häpken-August darstellt, Stadtoriginal aus der Vorkriegszeit, 1937 in Suff und Elend verendet, bevor sie ihn ins KZ schleppen konnten, musizierten drei engelähnliche rotblonde Kinder, langlockig, in fußlangen, grobgewebten bunten Kitteln. Eins spielte Gitarre, eins die irische Bodhran, das jüngste die irische Tin-Whistle, und alle drei sangen das Lied von der dirty old town:

> I met my love by the gas-works door
> Dreamed a dream by the old canal
> Kissed my girl by the fact'ry wall
> Dirty old town
> Dirty old town

Vor ihnen ein Hut, in den beinahe alle Passanten Geldstücke warfen, wenn sie stehenblieben und lächelten. Bald, gegen Mittag, würde der Vater kommen, ein langhaariger, weißlockiger, weißbärtiger Kerl in fußlangem weißen Kittel, um den Hut zu leeren und die Kinder an einen anderen Platz in der Stadt zu bringen. Sie lebten, hieß es, in einem Hausboot irgendwo auf der Ruhr. Tauben tippelten umher, pickten ihnen hingeworfene Krümel auf, halbnackte Kinder, Baseballkappen, Schirme nach hinten oder zur Seite, auf den Köppen, kurvten auf Skateboards oder diesen neuen Inline-Skates zwischen allem, ein Harlekin hüpfte herum, wirbelte Teller auf einer sich biegenden Gerte.

> I heard a whistle coming from the docks
> And a train set the night on fire
> Smelled the spring on a smoke-filled air
> Dirty old town
> Dirty old town,

sangen die irischen Engelskinder.

»Freizeitpark Deutschland.«

Jochen zur Linden, der seinen Fernet mit Schuß kippte, schreckte, drehte sich um. Anne-Catherine legte ihm ihre Hand auf die Schulter. Sie setzte sich ihm gegenüber an den kleinen Tisch.

»Ja«, sagte Jochen, wenn man nur diesen Ausschnitt betrachte und dazu nicht addiere, daß die meisten gerade heute und hier sich keinen Urlaub leisten könnten, hierher kämen aus Reihenhauskolonien und Blocks und Mietertürmen an der Peripherie, wo sie oft die Hälfte ihres Einkommens für Miete, Hypothekenabzahlungen und dergleichen aufbringen müßten.

»Mehr.«

»Wie bitte?«

»Mehr als die Hälfte, Onkel Jochen, und meistens an die Lindenhof GmbH.«

»Na siehst du.« Und viele von ihnen drückten sich einfach nur die Nase platt an den Schaufenstern.

»So was liest man bei Charles Dickens«, sagte Anne-Catherine, »heutzutage geht man hinein in die Kaufhallen, schnuppert, fummelt, kauft oder auch nicht. The times they are a-changin'.«

»Naja.«

Jochen bestellte bei der Bedienung, einem hochbeinigen Girl im Mini, das ihn und Anne-Catherine duzte, »noch einen Fernet mit Schuß«. Anne-Catherine verlangte einen Cappuccino. »Naja«, sagte Jochen, aber frage sie sich nicht auch manchmal, wie lange die Leute sich das noch gefallen ließen, mitmachten, ihre ständig sich verschlechternde Situation weiter als individuelle Niederlage interpretierten, hier und erst recht drüben, wo ja weit und breit keine blühenden Landschaften ...

Anne-Catherine hörte sich ihres Onkels »Bauchschmerzen« – so nannte man das in der Familie – nur mit halbem Ohr an. Hans-Joachim zur Linden nennt sich gern einen Achtundsechziger, obwohl er nur ganz am Rande etwas mit denen zu tun gehabt hat. Er hatte Anne-Catherine, die in den späten Siebzigern als Studentin in einer Wohngemeinschaft mit Leuten aus einer äußerst linken, sich sogar »revolutionär« nennenden Gruppe zusammenlebte, häufig besucht und sich an den oft nächtelangen Diskussionen über Politische Ökonomie beteiligt, »als einer«, pflegte er zu betonen – und das war zum geflügelten Wort unter ihnen geworden –, »der nicht nur Ökonomie studiert hat, sondern sie auch praktisch betreibt, was immer schon politisch ist«. Seit jener Zeit verband sie ein beinahe herzliches Verhältnis, das allerdings angeknackst war, seitdem er erfahren hatte, daß Hawa sie als seine Nachfolgerin favorisierte.

»Du hast ja recht«, sagte Anne-Catherine schließlich, »aber wie geht's denn nun dem Bärbelchen. Sie ist doch gestern angekommen. Wie ist sie? Erzähl mal!«

»Na, ach Gott, wie ist sie ... eine junge Nonne eben ...«

Er trank einen Schluck seines Teufelsgesöffs. Während des Essens am gestrigen Abend hatte er ein paarmal wirklich gemeint, seine Mutter Elisabeth säße da oben an der Tafel: die Kopfhaltung, die Geste beim Brotbrechen, wie sie das Glas in der Hand drehte, der Versuch, nicht zu schlingen, und dieser eigenartige Ausdruck ihrer Augen – Leuchten, Strahlen, mochte man dazu sagen. Hinterhältiges Glimmen, nannte er es lieber, das bei seiner Mutter, Bärbels Großmutter also, schnell ein gefährliches Blitzen werden konnte,

Ankündigung eines ihrer wilden, verrückten Ausbrüche, die ihn in eine Starre, dann Zittern und Bibbern machenden Schrecken versetzten, einen Terreur, der nach Ansicht seines Psychiaters Grund war für seine Trunksucht. Als ob seine Sauflust nicht einfache Mitgift wäre! Wie viele Jochums waren nicht damit geschlagen! Und die hatten gewiß nicht alle unter Müttern wie gerade der seinen gelitten.

»Ein Nönneken eben«, wiederholte Jochen und brach ab, schwieg. Etwas kam nämlich plötzlich in ihm hoch, entwichen durch die die Höhle voll altem Spuk verriegelnde Luke – so erklärte er sich das meistens. Es war die Szene, in der seine Mutter in sein Zimmer tobte, seine Gitarre, sein damals Liebstes, von der Wand riß, sie an den Türrahmen schlug, bis sie zersplitterte, ihn kreischend beschimpfte, »Satan« – dieses Wort fiel bei so was immer wieder –, und der Grund für ihren Wutanfall war nichts weiter gewesen als ein Spiegel, den er aus ihrem Zimmer genommen hatte und der ihm heruntergefallen war. Elf Jahre war er damals gewesen, und daß er gerade diese Szene erinnerte, mochte daran liegen, daß der Gitarrist der irischen Musiktruppe sein Instrument sorgfältigst in seinen Kasten packte. Anscheinend kam der Vater der Kindermusikanten heute nicht, um sie abzuholen, denn die drei machten sich von selbst auf.

»Also, eine junge Nonne ist sie, die Bärbel, oder sagen wir so: möchte sie noch werden«, sagte Jochen und dachte, sagte aber nicht: Die Sanftmut fehlt ihr allerdings. Die ist nur aufgesetzt.

Er habe mit ihr über die Spende an Tonton Päules Tierschutzverein reden wollen, sagte Anne-Catherine, »was gibt's denn da?«

»Erst mal«, sagte Jochen, »noch etwas ganz anderes. Nämlich zweihundertfünfzigtausend, die ich für dich abzweigen konnte, kurzfristig, wie du weißt, für höchstens eine Woche. Was Seriöses, dachte ich natürlich. Nun höre ich, du brauchst sie für Spekulationsgeschäfte, und zwar gerade jetzt …!«

Anne-Catherine ging davon aus, daß Jochen, dessen wilder Wunsch, »Gier« mußte man es schon nennen, Hawas Nachfolge in der Familienführung anzutreten, offensichtlich war, ihre, Anne-Catherines, Favoritenrolle kannte. Sie ging auch davon aus, daß Jochen ihr, wo immer es paßte, Stöcke zwischen die Beine schmeißen und einiges tun würde, um sie auf dem Weg zur Familienführung zu Fall zu bringen. Die Abzweigung der zweihundertfünfzigtausend Mark für sie aus dem von ihm verwalteten »Gesamttopf für besondere Zwecke« – so der Ausdruck – gehörte dazu. Selbstverständlich, vermutete sie zu Recht, hatte er gewußt, daß sie mit dem Geld auf die russische Karte spekulierte, und er hoffte, sie würde verlieren, um anschließend zu verbreiten, er habe eindringlichst vor solchen Geschäften gewarnt und ihr nur unter der Bedingung die Summe zur Verfügung gestellt, daß sie jetzt nicht spekuliere.

Anne-Catherine lehnte sich zurück, zog ihre Augenlider zu Katzenaugenschlitzen zusammen. »Du, ihr kriegt sie ja zurück, die Viertelmillion, und mehr dazu. Zehn Prozent, ich hab's ja gesagt. Bin ich dir nicht gut?«

Während sie ihren Kaffee trank, einen neuen bestellte, herumschaute, zelebrierte Jochen das Anzünden und Ansaugen einer seiner kubanischen Zigarren, die er über den Stewart einer US-amerikanischen Airline bezog, nuckelte an ihr, nahm sie in die Hand, drehte sie zwischen den Fingern, steckte sie in den Mund, zog, hielt pausbäckig den Rauch, bevor er ihn, ohne Kringel zu formen – das konnte er gut –, abließ.

»Erzähl mal«, sagte er, und Anne-Catherine erzählte, wie und für wieviel und was sie gekauft hatte, »wirklich für 'n Appel und 'n Ei das meiste, mehr als günstig, vor allem in Chicago über die Meinhold-Verbindung; normale Futures, Termingeschäftsoptionen auf Weizen und Soja, Frachtschiffsaktien …«

Jochen hörte sich das an, die Kubazigarre in seiner typischen Art schmauchend: das Stück kaum vom Mund, den Rauch ums Gesicht floren lassend, bevor er zu einer seiner gefürchteten »Generalanalysen in oeconomicis« ansetzte; diesmal über die »verderbliche Casino-Zockerei, Derivaten-Wett-Geschäfte, das Laufen hinter den schneller und schneller um den Erdball rasenden Finanzströmen, das Setzen auf Währungs-Futures und Optionskontrakte, lumpensammlerhaftes

Hausieren mit von Börsen täglich mehrfach umgeschlagenen Finanzpapieren, die sich ständig höher anhäufenden Geldvermögen, sich nötigen Investitionen entziehend, dadurch das abschmelzende Produktionsvermögen weiter reduzierend, ja zerstörend, über das immer rapider rotierende, schließlich auf nichts mehr als Erwartungen von Schocks und Schulden, Massenverarmung und Luftschlössern hin vagabundierende Kapital, unvermeidlich auf den globalen Crash-GAU größten Ausmaßes zutreibend ...«

> Ay, ay, ay, ay. Canta y no llores
> Porque cantando se alegran
> Cielito Lindo los corazones,

klang es klagend in Jochens Vortrag. Anstelle der irischen Kinder hatte sich eine Gruppe schwarzschnauzbärtiger Männer vor das Häpken-August-Denkmal gestellt: fünf Mexikaner, die diese Ranchero-Tracht trugen, schwarzes Knappjäckchen über weißem Hemd, weit ausgestellte Hose, Schärpe in den mexikanischen Farben: drei Gitarristen, ein Geiger, ein Trompeter. Im typischen Mariacchi-Sound spielten und sangen sie. Das Guitarrón brummte, Fiddel und Trompete in leicht schrägen Terzen dazu, und das harte Klimpern der Guitarras klang unter den gutturalen, ebenfalls im Terzabstand tönenden Stimmen:

> El amor es un bicho
> Cielito Lindo, que cuando pica
> No se encuentra remedio
> Cielito Lindo, en la botica.
> Ay, ay, ay, ay. Canta y no llores
> Porque cantando se alegran
> Cielito Lindo los corazones.

»Das machen wir nicht«, sagte Jochen, »diese Spekuliererei. Wir wetten nicht! Wir legen ein bißchen an in soften Beteiligungen und ansonsten in weitgehend hauseigenen Liegenschaften, wie eh und je. Das ist kontrollierbar. Und wir können ja auch gar nicht mehr anders, selbst wenn wir wollten.«

176

»Jaja«, sagte Anne-Catherine, »die Steuern würden uns auffressen, sag's ruhig noch mal.«

»Ich sag's noch mal.«

Hans-Joachim zur Linden ist der Steuerfachmann der zur-Lindens, und zwar ein mehr als glänzender. Was der fürs Gesamte und für jeden einzelnen der jetzigen und späteren Quoteneigner des Zur-Linden-Vermögensimperiums an steuersenkenden bis -ausschließenden Kosten und Ausgaben, Abnutzungen und Verlusten, Zinsen und Abgaben herausfindet und – in der Regel, ohne daß man da nachsetzen muß – bei den Finanzbehörden durchsetzt, ist phänomenal. »Chapeau, chapeau«, sagte sogar der Alte vor dieser Beherrschung des nur durch ihn, Jochen, höchstens noch durch Hawa und neuerdings durch Anne-Catherine durchschauten Konglomerats von durch Umbau-, Neubau-, Renovierungs- und Modernisierungskosten entstandenen Vermögensminderungen, von Abschreibungsbeteiligungen, Sonderabschreibungen, Verlagerungen der Einkunftsquellen, um die Gewinne mit Verlusten aus anderen Zweigen des Kombinats und den Privateinkommen der Familienmitglieder zu verrechnen, von angewandten Möglichkeiten der Profitausgleichung zwischen den Anwalts-, Architekten-, Bau-, Steuerberatungs- und Grundstücks- und Vermögensverwaltungsbüros, der Arztpraxis, den beiden Landwirtschaftsbetrieben sowie von den abschreibbaren Gegenleistungen für vorweggenommene Erbfolge durch Schenkungen! Und das alles bis zur absoluten Glaubwürdigkeitsgrenze, wobei er so zu jonglieren versteht, daß doch niemals dermaßen Auffälliges vor- oder herauskommt, das dann von keiner Seite mehr – selbst bei stärkstem Druck – vertretbar wäre.

Eigentlich müßte also, sollte man meinen, gerade Jochen Hawas Nachfolger werden. Gut, er ist nur fünf Jahre jünger. Doch als Zwischenpapst, wie so einer genannt wird – die Familie kennt einige solcher Fälle –, bis ein jüngerer Nachfolger eine Zeitlang als Assistent an seiner Seite eingearbeitet worden ist – warum nicht? Gegen diese Lösung spricht aber einiges und gar nicht mal so sehr Jochens Alkoholkrankheit und das, was er »mein geheimes Laster« nennt. Mein Gott – in diesem Clan gab's und gibt's nun wirklich Süchte und Laster dieser und anderer Art genug. Sie wurden und werden toleriert, jedenfalls solange sie dem Gesamtwohl der Familie nicht schaden, was dann passiert, wenn solche Eigenarten einer Person ihre anderen Qualitäten unterdrücken. So was ist aber selten vorgekommen. Nein – es ist etwas anderes, was Hans-Joachim zur Linden als Nachfolger seines Bruders Hans-Walter ungeeignet macht: Jochen würde immer und überall genau das Gegenteil von dem tun, was Hawa angeordnet, entschieden, versucht, geplant, getan hat – eine Folge seiner obsessiven Bezogenheit auf den älteren Bruder. Eine Art verdrehter Nachahmungsdrang ist das. Um das zu erkennen, hätte es übrigens nicht dieses berühmten Psychologen bedurft. Jochens verquere Eigenart fiel schon früh auf. Zum Beispiel: Hawa spielte Fußball – Jochen trat einem Handballclub bei, und zwar dem von SC 06, dem einzigen Konkurrenzverein von TuS 95, den noch Karl-Josef zur Linden, der Vater des Alten, gegründet hatte. Später verließ Jochen sogar den SC 06 und ging in den Tennisclub Rotweiß, damit die plebejische Tradition der zur-Lindens auf dem Gebiet des Sports vollends verlassend. Das war keine Kleinigkeit der Art »Naja, was soll's«. So wie man früher den Arbeiterbildungsvereinen und dann den Kolpingsvereinen, und zwar im Vorstandsbereich, angehörte, so nahm man auch, wo's eben ging, Einfluß auf Art und Entwicklung proletarischer Sportvereine, ob nun konfessionell bestimmt oder nicht. »Weil's da volksnäher zugeht und aus sozialer Verantwortung«, lautete dazu der überlieferte Spruch des Karl-Josef zur Linden, nach Jochen der »Stammvater aller Herzjesu-Sozialisten«. Karl-Josefs Vater übrigens, Eduard zur Linden, war schon Vorstand eines Boxvereins in Berlin gewesen, weil »dat de Jungs sich nich de Schädel einschlaren, dat se nach Rejeln kämpfen un dat se vonne Straße kommen«, und der Alte selbst, Karl-Walter, war führender Aktivist im katholischen Radfahrclub der Region vor und nach dem Ersten Weltkrieg. Dabei ging es neben allem Spaß an der Sache den zur-Lindens immer auch darum, meint jedenfalls Benno Kröttmann, zu horchen, was die so treiben, wie's da unten zugeht, und sie zu beobachten, zu beeinflussen, zu kultivieren, »damit die nicht« – Originalton Benno Kröttmann – »eines Tages dann doch trotz aller miesen Erfahrungen in diesem Deutschland und aller Kultivierung auf die Kacke hauen, sich bewaffnen und losziehen, zum Beispiel auf die Lindenburg« – einer der Sprüche, die dem Alten gefielen. »Dafür haben wir dich doch hier, um uns zu beschützen, Lebensretter«, sagte er.

Ein weiteres Beispiel für Jochens verquere Bruderbeziehung aus der Jugendzeit: Während Hawa, zum Bündischen neigend, Jungenschaftler in der Tradition der dj 1.11 wurde, trat Jochen, obwohl er doch klampfte, wenn auch in der Form des Jazzens, einem Düsseldorfer Amateurtanzclub bei und machte damit das aus sich, was Hawa und seine Gruppe verächtlich einen »Stenz« nannten. Er studierte dann zwar gleich Hawa in Freiburg, aber eben nicht Jura wie alle anderen zur-Lindens, sondern – wieder aus brüderlichem Konkurrenztrotz – Nationalökonomie, wurde nicht wie Großvater und Vater Mitglied im schlichten Unitasverband, sondern in einem großkotzigen Kartellverband, und man mußte schon froh sein, daß er nicht einer schlagenden Verbindung beitrat, was er vorhatte und wovon er nur durch Drohung mit Unterhaltsentzug abgehalten werden konnte. Später dann, nachdem Hawa den Jochum-Hof saniert hatte, versuchte Jochen, das Gut mit allen Mitteln wieder abzustoßen oder, entgegen Hawas Politik, während der DDR-Existenz die Zur-Linden-Grundstücke dort loszuschlagen und … und … und … eine Menge weiterer ärgerlicher Beispiele könnte man noch anführen. Das ging lächerlicherweise bis ins Äußere, ins Habituelle, in Eß- und Trinkvorlieben, bis hin zu Klamotten, Büchern, Bildern, Musik. »Tut Hawa dies, macht Jochen das, trägt Hawa sein Haar lang, rasiert sich Jochen eine Glatze«, sagte man in der Familie. Also: Hans-Joachim zur Linden würde todsicher vieles, wo nicht alles, jedenfalls Wichtiges, das Hawa ein- und weitergeführt hatte, abstellen oder sogar umdrehen. Und so was täte den Geschäften der Familie, denen er andererseits als Steuerfachmann bestens dient, nicht gut, ganz und gar nicht.

De la Sierra Morena
Cielito Lindo, viehen bajando
Un par de ojitos negros
Cielito Lindo, los contrabando,

sangen die Mariacchi-Sänger.

Meine er nicht, fragte Anne-Catherine ihren Onkel mit er-
hobener Stimme, denn die Mariacchos musizierten zumindest lauter als vorher die Folkies aus Irland, meine er nicht,
daß man neben allen guten Grundstücksgeschäften allmählich ein zweites, ein drittes, wo nicht ein viertes Feld bestellen müsse, richtige, reine Geldgeschäfte eben, ohne irgendwelchen Ballast. Ohne Ballast, das nämlich sei der Vorteil,
und Steueroasen gäb's schließlich genug, Offshore, also out
of area sozusagen.

»Ein bestimmter Zeitwind weht, und der kann zum Sturm
werden und gerade uns einmal umblasen, Onkel Jochen, der
du nicht nur Ökonomie studiert hast, sondern auch praktisch betreibst, was immer schon politisch ist.«

Que bonitos ojos tienes
Debajo de esas dos cejas
Debajo de esas dos cejas
Que bonitos ojos tienes,

sangen die mexikanischen Sänger jetzt. Jochen lehnte sich
zurück, saugte an seiner Havanna, trank förmlich den Rauch.

Man müsse kalkulieren, sagte Anne-Catherine, daß Steuern und Abgaben auf Liegenschaften mehr und mehr erhöht
würden, wo der verschuldete Staat überall nach Einnahme-
quellen suchte, und was läge da wohl näher als das Grund-
und Bodenvermögen, an das er ja leicht herankäme, »nicht
wahr, Onkel Jochen, und das kann uns dann schnell ans Eingemachte gehen, und da helfen alle deine Tricks nicht weiter«.

»Das kann er sich nicht leisten«, sagte Jochen, »der Staat.«

Wie naiv er doch ist, trotz aller Cleverneß, dachte Anne-
Catherine, Gott helf uns, wenn der wirklich Chef wird.

Ellos me quieren mirar
Pero si tú no los dejas

> Pero si tú no los dejas
> Ni siquïera parpedar,

sangen die mexikanischen Sänger, und Jochen sagte und stieß
dabei Rauch aus, im Augenblick, ja im Augenblick, da gäb's
hier und da und anderswo allemal höhere Rendite als im
Grundstückswesen – diesen Ausdruck gebrauchte er gern –,
aber letztlich zähle Sicherheit, Sicherheit! Das sei Maxime
Nummer eins für jeden, der den Zur-Linden-Laden lenke
oder später lenken möchte. »Die Sicherheit von Grund und
Boden, liebe Nichte, durch all die Jahrzehnte hindurch,
durch Inflation und andere Geldentwertungen und alle Formen staatlicher Herrschaft, und davon hat's ja genügend gegeben, die zählt, Anne-Catherine. Ist uns was weggekommen
in all den Jahren unterm Strich? Nein. Uns hat's immer was
gebracht. Peu à peu und stetig, und nix ist weggekommen.
Nicht mal in vierzig Jahren DDR. So ist das.«

»Und du wolltest das immer loswerden, drüben«, sagte
Anne-Catherine.

»So?«

> Malagueña salerosa
> Besar tus labios quisiera
> Besar tus labios quisiera,

sang der Leadsänger der Mariacchitruppe solo, und er schaffte diesen schluchzenden Überschlag in die Kopfstimme
tatsächlich wie Louis Parana von den Paraguayos seinerzeit.

»So?« Jochen lächelte weiter, obwohl er diesen bestimmten Ausdruck in Anne-Catherines Gesicht bemerkte, diesen
bösen Katzenblick: die glimmenden Augen, den verzogenen
Mund, das plötzlich Angespannte an und in ihr, und er
konnte sich vorstellen, was sie jetzt über ihn, Jochen, dachte,
nämlich das, was ihr mal bei ihrer eigenartigen Offenheit ent-
fahren war, als sie über Hawa sprachen: »Old Boy! Vieles
kriegt der einfach nicht mehr mit. Seine Zeit ist vorbei.«

Das dachte Anne-Catherine möglicherweise, aber sie
dachte auch, als sie ihn lächeln sah, träumend, weit weg, den
Havannarauch aus halboffenem Mund herausquellen lassend,

den Mariacchatönen nachlauschend: Jetzt träumt er sich wieder nach Mexiko, nach Acapulco, der Heimlichtuer und Suffkopp.

Und das tat er wirklich, ihr Onkel Jochen, wenn auch nicht gerade nach Acapulco. Da gab's andere Plätze, Mexiko-City selbst zum Beispiel, wo er ein paarmal gewesen ist, für einige Tage bloß, von San Francisco aus, das er beinahe so liebe, erzählte er, wie Paris. Die Namen der jungen Männer und Knaben – er war verrückt nach dem Indio-Typ mit dem dicken schwarzen Haarschopf, den Mandelaugen, dem unbehaarten, braunen Leib, dem »Bronze-body« – konnte er im Schlaf aufsagen. Von seinem »heimlichen Laster« – so nennt er es selbst für sich, nicht unironisch – wisse niemand, meint er, oder er macht es sich vor. Das weiß man bei ihm ja nie, dem Verdrängungskünstler. Weil er wirklich gläubiger Katholik ist, empfindet er es vermutlich sogar als Sünde. Aber auf den Gedanken, das zu tun, was man heute »Coming-out« nennt, ist er nie gekommen, schon deshalb nicht, weil er sich vormacht, seine Neigungen brächen nur anfallsweise und nur hier und da hervor. »An sich bin ich ein sehr treuer Ehemann, ein richtiger Spießer«, flunkert er gern.

Zum erstenmal ist es zu einem solchen Anfall übrigens in seinem dritten oder vierten Semester gekommen. Es handelte sich um eine ziemlich miese Affäre mit dem jüngeren Bruder seines Leibfuchs', einem finnigen, frechen Bürschchen, das ihn erklecklich ausnahm, und es war nicht gerade einfach, die Erpressung ein für allemal zu unterbinden. Wegen eines ähnlichen »Anfalls« hat man dann nur noch einmal eingreifen müssen – aber daran möchte niemand gern erinnert werden! Heute wäre so was ja alles nicht mehr nötig, und schon überhaupt nicht intern, denn nach einem Spruch des Alten, der einmal seinem entsetzten Neffen, dem Erzbischof, gegenüber geäußert hatte, Jesus sei »doch offensichtlich zweispurig gefahren«, galten »Abartigkeiten in sexualibus unter vernünftigen Katholiken wie vor unserem Heiland zwar immer noch zu Recht als Sünden, doch als läßliche, als Kavaliersdelikte also, vorausgesetzt, man strunzt nicht damit herum und man tut's diskret«. Jochen ist tatsächlich »immer äußerst diskret«, zum Unverständnis, ja zur Verachtung Anne-Catherines. Sie weiß selbstverständlich vom Zweitleben ihres Onkels, hält sein Verschweigen für kläglich, feige und dumm. Aber so seien sie ja, die old Boys, wohingegen Liliane, ihre Schwester, einer Generation zugehörig, in der Sex in allen Spielarten das allernormalste ist, bloß dazu lacht und meint, das sei eben der Kick, den Jochen brauche, dieses Heimliche, das Verbotene. Und am glücklichsten sei er vermutlich, wenn's richtig verbrecherisch zuginge – »pseudomäßig natürlich. Why not?« Naja, Liliane! Und dann erzählt sie gern das Döneken von jenem älteren, vornehmen Herrn, der in seiner Privatkapelle in Gewändern aus dem achtzehnten Jahrhundert, darunter ganz nackt und zwischen seinen Beinen ein ebenfalls nackter, krabbelnder Ministrantenknabe, die Messe liest – eine Geschichte, die sie natürlich nicht in Anwesenheit des Alten bringen darf, der sich aber halb krank darüber lachte, als er sie dennoch hörte, weil er – irrigerweise allerdings – glaubte, er kenne diesen vornehmen älteren Herrn, eben kein Kleriker, sondern ein pensionierter Senatsdirektor des Hammer OLG.

Am liebsten würde er sich jetzt dazustellen, zu den Mexikanern, von dem Kleinen dort die Gitarre nehmen, spielen und mitsingen, sagte Jochen, und Anne-Catherine fürchtete einen Augenblick, er würde es tatsächlich tun, doch dann bestellte er sich noch einen weiteren »Fernet mit Schuß«. Ein eisleckender junger Kerl, mundverschmiert, das T-Shirt bekleckert, kam an ihren Tisch. Ob er eine Mark kriege, er müsse dringendst im Krankenhaus anrufen. Beide schüttelten den Kopf.

»Laß dir was Intelligenteres einfallen«, sagte Jochen.

»Ach, leck mich doch«, sagte der Jungmann und ging an den nächsten Tisch, wo man ihm ein paar Münzen gab.

Dem Harlekin-Jongleur, der in chinesischer Manier Teller auf einer Gerte wirbelte, hatte sich eine clownsgeschminkte Frau zugesellt, die mit vier oder fünf Apfelsinen jonglierte, und auch sie kamen an die Tische vom Café Conti, wo man ihnen williger gab als dem eislutschenden Schnorrer – albernerweise, fand Jochen, aber so seien sie, die Leute hier, »wer

was kriegen will, muß auch was leisten, typische Selbstverar-
schung«.

> Si por pobre me desprecias
> Yo te concedo razón
> Yo no te ofrezo riquezas
> Te ofrezo mi corazón,

sangen die Musiker, Jochen stimmte ein, halblaut noch, aber
es konnte schlimmer werden, und so fragte Anne-Catherine
halblaut, kühl, im Geschäftston sozusagen: »Also, du hast
Probleme wegen des Spendenbetrags an Tonton Päules Tierschutzverein. Warum?«

Die Havanna war wohl ausgegangen, zog nicht mehr oder
ähnliches, jedenfalls strich Jochen ein Streichholz an, hielt es
ans Endstück der zu Dreiviertel abgebrannten Zigarre, die er
dabei drehte, bevor er sie wieder in den Mund nahm, saugte,
schmökte.

Er verkneife es sich jetzt, im einzelnen aufzuzählen, sagte
Jochen – der Rauch umflorte sein Gesicht, und er nippte am
Fernet –, wie was wo bereits an Spenden für was alles und
wohin abgeflossen, abgebucht worden sei in dieser Periode;
so viel jedenfalls, daß dieses Maß selbst beim besten Willen
aller Beteiligten voll, ja übervoll sei. Anne-Catherine wisse,
was er meine. Dennoch, bei echter Not am Mann, und das
meine er nicht in Beziehung auf die Spendenempfänger, sondern aufs Haus – Jochen spricht gern vom »Haus«, wenn er
die Familienfirmen meint –, bei echter Not also, ging's unter
Umständen, dann allerdings keinesfalls über ihre, Anne-
Catherines, Anwaltspraxis. »Da ist nun nichts mehr drin.«
Nun sei ihm aber zu Ohren gekommen, wohlgemerkt zu
Ohren gekommen, Genaues habe ihm ja niemand gesagt, daß
es sich um eine echte, reale Spende handele zugunsten unseres Spinners Tonton Päule.

»So, liebe Nichte, geht das nicht, aber ganz und gar und
überhaupt nicht. Das ist nämlich ...«

Sicher, sagte Anne-Catherine, er habe ja recht. Im Grunde
sei es ein Skandal, und sie erzählte, während die Mexikaner
spielten und schluchzend sangen, die Schausteller zwischen
den Tischen ihre Stückskes vorführten, die Kellnerin, deren

Mini noch höher gerutscht war, herumstakste, Kinder auf ihren Skatern zwischen Einkaufstüten schleppenden, schwitzenden Leuten kurvten, von Tonton Päules Entdeckungen, die er, in einer Familienchronik zusammengefaßt, veröffentlichen und dem Alten – Anne-Catherine sagte »unserem lieben Großvater« – zum Fünfundneunzigsten sowie der Presse zu überreichen gedächte. »Und davon abgehalten werden kann er eben nur mit einer Spende in Höhe von fünfzigtausend Mark für seinen Tierschutzverein. So ist das.«

Jochen lehnte sich noch mehr zurück und lachte, lachte so laut, daß man von den Nebentischen herüberschaute und einige – so was Eigenartiges passiert zuweilen – mitlachten, ohne den Grund zu kennen. »So – und man meint, solche Räubergeschichten schadeten dem Haus«, sagte er zwischen Lachanfällen, »und deshalb?«

»Und deshalb«, sagte Anne-Catherine.

Schwachsinn sei das doch, so Jochen. Solche Herkunft mit Hautgoût würde niemanden mehr interessieren; höchstens in anderem, nämlich dem Sinn: Donnerwetter, die zur-Lindens! Räubergeschlecht! Das ist doch was!

»Das war vielleicht mal«, sagte Anne-Catherine.

»Und wenn schon! Die meisten großen, einflußreichen, ja herrschenden Familien entstammen Räuberbanden, so wie die legitimen Zustände eingelagerte Revolutionen sind, nach Bismarck, der's als Capo dei capi der Hohenzollern-Mafiabande wissen mußte.« Was hätten denn die Staufer, Habsburger, Brandenburger, Württemberger und wie sie alle hießen anderes unternommen als die Mafiosi heute noch, Raubzüge nämlich zur Vergrößerung ihrer Gebiete, in denen sie Abgaben und Schutzgelder abkassierten, und »so war das, so ist das, liebe Nichte, und soll ich dir mal erzählen wie …« und so weiter und so weiter, und Hans-Joachim zur Linden war mal wieder bei einem anderen seiner Lieblingsthemen: »Verbrechersyndikate der Geschichte«, zu denen er sämtliche europäischen Königs- und Fürstenhäuser, Ritter- und Grafenfamilien und was noch an Aristokraten-Clans rechnete und über deren Verzweigungen er stundenlang plaudern konnte, wobei ihm aber niemand, neuerdings nicht mal mehr seine Schwester Annette Vendrini-zur Linden, zuhören mochte.

»Räubereien der Art, wie Hampel-August, unser Stammvater scheint's ...«

»Abraham, genannt Hampel Holmich«, sagte Anne-Catherine.

»Egal, Räubereien dieser Art sind doch das Herrlichste von der Welt. Leichen, Leichen, Berge von Leichen hat es bei den wirklichen Räuberbanden, den Wittelsbachern, den Hohenzollern, Habsburgern, ja den von-Hülshoffs gegeben, aber doch bei uns niemals auch nur eine ...«

Ob er wirklich so naiv sei, der Onkel Jochen, oder ..., überlegte Anne-Catherine noch, trank ihren letzten Schluck Cappuccino, unterbrach Jochens Redefluß und sagte: »Also, Onkel Jochen. Fakt ist, Tonton Päule kriegt seine Fünfzigtausend. Und zwar heute noch. Punktum.«

Das verstand Jochen sofort. Er erschrak sogar, meinte Anne-Catherine. Jedenfalls verstummte er, und sie stand auf, gab ihm einen Kuß auf die Stirn und ging.

> Oye compadre Pancho
> Oye compadre Pancho
> Como que sí
> Como que no
> Oye compadre Pancho,

stimmten die Mexikaner ein neues Lied an, sangen es hinter ihr her.

Gespräche über Liebe
und anderes in der Fußgängerzone
und zu Musik

Das Rendezvous mit ihrem Onkel Jochen in der Fußgängerzone brachte Anne-Catherine auf die Idee, das Gespräch mit
Lisa Saremba über das »Wagenbürgerproblem« – so hieß diese
Angelegenheit inzwischen in der Familie – ebenfalls dort statt-
finden zu lassen. Der Grund dafür, daß Hawa gerade sie mit
der Kontaktaufnahme beauftragt hatte, lag an ihrer langjährigen Beziehung zu der heute als sogenannte Streetworkerin
tätigen Sozialarbeiterin, einer Freundschaft, die zeitweilig
mehr gewesen ist, dann zwar nicht abgebrochen worden, aber
– sozusagen – zur Ruhe gekommen ist. Hin und wieder trafen
sie sich noch. Anne-Catherine kannte die Nummer von Lisas
Mobiltelefon auswendig, rief sie an und lud sie ins Restaurant
Conti neben dem Café gleichen Namens ein: »Einfach so, um
mal wieder zu quatschen«; doch auch über was Spezielles, sie,
Lisa, könne sich sicher denken, worüber. Und eine Überraschung, eine nette, werde sie dort erwarten. »Morgen mittag
um halb eins?« Sie werde da sein, sagte Lisa Saremba.

An jenem einundzwanzigsten August ist es hier womöglich noch heißer gewesen als am Vortag, und noch mehr
Leute flanierten in der Innenstadt, lässiger, langsamer, müder
und noch lockerer gekleidet. Der gleiche Geruch aus
Schweiß, Gegrilltem, Duftspray, Pisse, Zuckerwerk und
mehr lag in der Luft, die hin und wieder von einem kurz auf-
blähenden Wind bewegt wurde.

»Was für ein Tag«, sagte Lisa Saremba, als sie Anne-Catherine, die schon am reservierten Tisch draußen vor dem Restaurant saß, begrüßte.

»Ja«, sagte Anne-Catherine, »wetter- und lagemäßig« –
eine Floskel aus ihrer gemeinsamen Zeit, eine Art Be-
grüßungsformel, über die sie beide gleich lachten.

»Diesmal stimmt's sogar«, sagte Lisa Saremba.

Es war der Tag, an dem mit dem Sieg Jelzins über das Notstandskomitee das Ende der Sowjetunion seinen Anfang nahm, ein Tag, »an dem der Tod des Kommunismus endgültig Wirklichkeit wurde«, wie etwa die italienische Zeitung »La Stampa« später jubilieren sollte. Dies meinten die beiden allerdings weniger, und sie wußten auch noch nicht, was der Tag bringen würde: die Flucht nämlich des Notstandskomitees aus Moskau, wo es anders als hier in Strömen regnete, Verbrüderungen zwischen Demonstranten und Soldaten, den Abzug der Streitkräfte, deren Kommando Jelzin übernommen hatte, aus der Stadt, die Ankündigung von Gorbatschows Rückkehr und beinahe eine Verdreifachung von Anne-Catherines Spekulationseinsatz infolge einer Kursexplosion an den Börsen. Sie hatte bloß in den Frühstücksmeldungen Szenen aus der Nacht in Moskau gesehen: von Molotow-Cocktails in Brand gesetzte Panzer, die eine Unterführung durchfahren, Menschen überrollen, »drei oder vier, weniger als die wöchentliche Verkehrstotenrate dieser Gegend«, sagte Lisa, »maßvoll für eine Revolution, wenn's denn eine ist«. Und junge Zivilisten hatten sie gesehen, die junge Panzerfahrer aus den Panzerluken reißen, Menschenmassen im strömenden Regen zum Manegeplatz marschierend, Demonstranten, die mit Rotarmisten reden und lachen – »immer Anzeichen für Aufweichungen« nach Lisa Saremba, die, rief sie Anne-Catherine in Erinnerung, anders als die meisten Sarembas, nie eine Sympathisantin der Sowjetunion gewesen sei, dennoch einen Zusammenbruch dieser – so ihre Worte – »im wesentlichen antiimperialistischen Gegenmacht« ungern sehe; das Notstandskomitee allerdings, eine stalinistische Verschwörung, gehöre an die Wand gestellt.

»Klar«, sagte Anne-Catherine, »Tagesorder«, worüber beide wieder lachten in Erinnerung an ihre gemeinsame Zeit, damals in Köln, wo in ihrer WG solche und ähnliche Töne angeschlagen worden waren.

Aus einer anderen Wohngemeinschaft, in der eine besonders militante K-Gruppe den Ton angab, ausgezogen, »geflohen« nach ihren Worten, war Lisa Saremba eines Tages bei Anne-Catherine mit der Bitte erschienen, ihr in einem der

Kölner Zur-Linden-Häuser eine Bude zu besorgen; sie halte es bei jenen Spinnern nicht länger aus. Die beiden kannten sich von früher, doch eher flüchtig. In verschiedenen Stadtteilen und unterschiedlichen Milieus aufgewachsen, waren sie sich ein paarmal beim Ostermarsch und ähnlichen Veranstaltungen begegnet und vorher einmal – unauslöschlicher Eindruck für Anne-Catherine – in Sarembas Küche, wo sie mit ihrem Bruder Andy aufgetaucht war, um etwas von Benno Kröttmann zu bestellen. Lisa hatte am Tisch gesessen, eine blaue Schürze angehabt, Kartoffeln geschält und herumgedruckst, kein verständliches Wort von sich gegeben, nur so mit ihren schwarzen Augen gefunkelt. Dann aber, nur ein Jahr darauf, anläßlich der Geburtstagsfeier Gerda Kröttmanns draußen im Garten am Leutehaus unter den Pflaumenbäumen, wo sie, Lisa, diese gelbe Hose anhatte, so Anne-Catherine später, habe sie sich in sie, »die gelbe Lisa«, verliebt, »unsterblich, wie man früher sagte«; unwahrscheinlich, denn beide zählten damals gerade mal zwölf Jahre. Aber warum eigentlich nicht? Wie auch immer: An jenem Abend jedenfalls, als Lisa Saremba, eine Reisetasche in der einen Hand, in der anderen ihre Querflöte im Futteral, in der Tür von Anne-Catherines Wohngemeinschaftswohnung stand, ist es passiert. »Ich war sofort verknallt«, hatte sie Lisa paar Tage später geflüstert, nachdem sie gemeinsam in eine andere Zur-Linden-Wohnung in der Altstadt gezogen waren, wo sie dann vier Semester lang wiederum mit anderen WG-Genossen zusammenlebten. Das war damals ja unter Studenten üblich, Mode, wenn man so will, und von beiden gewünscht, »schon aus Schutzgründen für unsereinen«, so Anne-Catherine, denn seinerzeit konnte die gleichgeschlechtliche Liebe noch lange nicht so offen gelebt werden wie heutzutage, nicht einmal so ohne weiteres in den eigenen vier Wänden und im eigenen Haus, aber eben doch oder besser, das heißt um einiges leichter, unterm Schirm zusammenlebender linker Leute.

Diese »linken Leute« waren schon eine Sorte für sich; typisch allerdings für viele Studenten jener Jahre, die wahrhaftig glaubten, wo nicht in revolutionärer, so doch in vorrevolutionärer Zeit zu leben. Ob es sich nun bei denen, die in ihren ständigen politischen Diskussionen – und was war für sie nicht politisch! – ein Vokabular benutzten, das zuletzt unter kommunistischen Kadern der zwanziger Jahre – einige kleideten sich sogar nach deren Mode – gesprochen wurde, um eine verspätete und ins Romantische verstiegene Adoleszenzkrise handelte, so etwas wie eine ewige Jugendbewegung also, wie der Alte erklärte, oder einfach nur um Chaoten und Provokateure, wie Benno Kröttmann meinte, war Hawa egal. Er hielt die Truppe, anfangs jedenfalls, für einen unzumutbaren Umgang. Sie nervten nicht nur. Ihren Spleen zum Beispiel, sich dem, was sie unter Proletariat verstanden, anzuvettern – einige gaben ja sogar das Studium auf, arbeiteten in Fabriken –, fand er nicht komisch, und daß sie dort agitierten, hielt er für äußerst unangebracht. Einfach als Karnevallerei konnte man das Ganze nicht abtun, denn das Milieu lag voll im Fadenkreuz des Verfassungsschutzes. »Herrgottnochmal«, hat Benno Kröttmann damals Lisa Saremba ins Gewissen zu reden versucht, damit sie Anne-Catherine davon wegbrachte, »was hast denn du nun gerade mit solchen Peiässen zu tun, die als Schuld empfinden, in der falschen Klasse geboren zu sein, und das abarbeiten wollen, indem sie sich als Arbeiter verkleiden?« Erst später und nicht ohne Erklärungshilfe Lisas und Anne-Catherines hat Hawa die – nun sagen wir – »Bedrängnis« jener jungen Intellektuellen aus der WG verstanden, deren Eltern, vormals entweder schlimme oder dumme oder auch nur mitmachende Nazis – das hatte er eruiert –, nach 45 ins Bodenlose gefallen waren und nun nur noch anschafften, taten, als ob nichts gewesen wäre, ihr kleinbürgerliches Leben weiterlebten und alles zu vergessen trachteten. Mit einem dieser WG-Leute, einem Medizinstudenten – heute ein berühmter Herzchirurg –, den sie »Stalin« nannten, weil er dem Georgier tatsächlich bis aufs Haar glich und noch bis heute gleicht, freundete Hawa sich sogar an, und ihm, der dann später im Vorstand der Ärzte gegen den Atomkrieg tätig war, verdankt Hawa auch – aber so weit soll nicht vorgegriffen werden.

Die Wohngemeinschaft übrigens löste sich nach zwei Jahren auf. Wie viele der vormaligen Linksradikalen landeten die meisten Mitglieder in ordentlich salarierten Berufen, leben

190

heute in, wie die Leute so sagen, »gutbürgerlichen Verhältnissen«, anders als Lisa Saremba, die zeitweise in einer mili-
tant-radikalen, illegalen Frauengruppe weitermachte, weshalb ihr die Einreise in die USA verwehrt worden war, eine
Sperre, die sie dadurch beseitigen konnte, daß sie – mit Hilfe
des Alten, nebenbei – zwei Jahre in einem israelischen Kib-
buz arbeitete. Aus den Staaten zurückgekehrt, wo sie innerhalb eines bundesstaatlichen Hilfsprogramms unter hier und
da wahrhaft lebensgefährlichen Umständen Leute betreut
hatte, gegen die unsere Underdogs liebe Penner und nette
Clochards sind, ist sie heute zwar eine nach BAT 4 B bezahlte
städtische Angestellte, sie lebt aber weiter, wenn man so will,
»unbürgerlich«, nämlich, wo nicht zeitweise in Wagenburgen
oder direkt auf Platte, in einer alten Fabrik am Ostrand der
Stadt zusammen mit Leuten ihrer Art – gerade mal wieder
mit einem alternativen Architekten, einer vormals beamte-
ten, wegen Tierbefreiung entlassenen Veterinärin und zwei
vereinigungsgeschädigten Kunstpädagoginnen sowie einem
abgefallenen Neonazi, einem, man muß schon sagen »kräfti-
gen, jungen Burschen«, der seine Truppe verlassen hat.

Die Sonne am noch wolkenlosen Himmel blendete und
stach, und man konnte meinen, die ganze Fußläufigkeit
dampfe vor Hitze.

»Guck dir die Leute an«, sagte Anne-Catherine. Eine Rei-
segruppe schien's, Rentner, die einen pfälzischen Dialekt
sprachen, kam ans Restaurant, studierte die Speisekarte und
verschwand wieder. Einige trugen Jogginganzüge. Ein Wind-
stoß bauschte Anne-Catherines Haar. Sie sehe gut aus, sagte
Lisa, und Anne-Catherine gab das Kompliment zurück. »Wir
zwei Schönen«, sagte sie. Dabei gleichen die beiden sich
überhaupt nicht. Man kann sich kaum einen größeren Gegensatz vorstellen als diese schmale, schwarzhaarige, braun-
häutige Lisa Saremba, deren Gesicht nur aus diesem dunklen
Augenpaar unter Sichelbrauen zu bestehen scheint, und die
kompakte, rothaarige Anne-Catherine zur Linden mit ihrem
breiten Gesicht voller Sommersprossen und den grünen
Augen unter diesen schrägen, keltischen Brauen, die sie noch
kosmetisch betont.

Die Speisekarte lesend, die von demselben langbeinigen Girl gebracht wurde, das am Tag zuvor nebenan im Café im kürzesten Mini bedient hatte, jetzt aber eine schwarze lange Hose und ein weißes Männerhemd trug, sagte Anne-Catherine, sie wisse, was Lisa zur Vorspeise bestelle, und das wolle sie gleichfalls nehmen.

»Na?«

»Die Bratkartoffeln des Süditalieners: Spaghetti Napoli«, rief Anne-Catherine halblaut und im Sington, und das schien das Zeichen zu sein für die gleich danach einsetzende Musik: das mit breitem Tutti der Streicher loslegende Flötenkonzert in D-Moll von Carl Philipp Emanuel Bach. Der Orchesterteil kam über zwei Lautsprecher, aufgestellt neben dem bronzenen Häpken-August, vor dem ein weißblonder junger Mann in einem Weißer-als-weiß-Anzug stand und, die Querflöte bereits ansetzend, mit dem letzten Ton des markanten Kopfsatzes das signalhafte Thema – dieses D, gefolgt von fünf Achteln in F zum E hin – aufnahm, um es dann mit dem übrigen thematischen Material solo und im Zusammenspiel mit dem Orchester in feiner Girlandenhaftigkeit zu variieren.

»Aha, die nette Überraschung«, sagte Lisa.

Erinnere sie sich, wann und wo sie es gespielt habe; war's im Gürzenich in jenem Sommer?

»Nein, in der Aula der Musikhochschule.«

Ob sie's genau wisse?

»Nein.«

»Aber ich, Amalie.«

Amalie ist Anne-Catherines Kosename für Lisa gewesen, und für Amalie, die eine weniger schlechte Flötistin als ihr Bruder, Friedrich II. von Preußen, gewesen sein soll, hatte der als Kammermusiker am Preußenhof angestellte Bach-Sohn dieses Concierto a flauta traverso, violino primo, violino secundo, viola et basso di sigu ja komponiert.

»In jedem Fall mal wieder fein eingefädelt von dir«, sagte Lisa Saremba, guckte durchaus nicht freundlich drein, hörte aber, zum Flötisten hinblickend, dessen Part natürlich in dem vom Band eingespielten Konzertstück fehlte, der Kopf schon mal im Takt mitnickend, zu.

Wie am Tag zuvor flitzten Skater, tippelten, flogen Tauben herum, flanierten Käufer und Gucker, Kinder und Erwachsene zwischendurch, blieben vor dem Flötenspieler und den beiden Boxen stehen, weniger allerdings als gestern vor den irischen Kindermusikanten oder Mariacchi spielenden Mexikanern. Tatsächlich hatte es bei dem Arrangement für diese Art von Musik in der City – und das für zwei Stunden und zur besten Mittagessenszeit – Schwierigkeiten gegeben, die aber durch Zahlung einer geringen Summe an die eigentlich vorgesehenen beiden Folkgruppen behoben werden konnten. Der Solo-Flötist – »emigrierter Traversflötenspieler des Leningrader Sinfonieorchesters«, sagte Anne-Catherine – spielte seinen Part wirklich gut, brachte die nicht gerade läufigen Variationen des ersten Satzes lebhaft, aber nicht »sans sentiment«, wie eine, vermutlich vom Werkverzeichner Wotquenne später eingefügte Bemerkung zur Vortragsart lautet. Den Oberkörper im Rhythmus seines Atems leicht vor- und zurückbiegend, das traversal geblasene, mit dem Mundstück unter der Lippe angesetzte Instrument in dieser eigenartig gezierten Arm- und Handhaltung beinahe kontrapunktartig dazu mitführend, hatte das Musizieren des leptosom gebauten, beinahe albinohaften Manns für Laien etwas Akrobatisches an sich, weshalb ihm auch auf einmal zwei Mädchen zuklatschten, was der mit einer überflüssigen, von Lisa als »slawobeflissen« bezeichneten Verbeugung zu den Claqueurinnen hin quittierte.

Beim nächsten, nach beider Auffassung zu getragen gespielten Mittelsatz mit seinem liedhaften Thema und dessen feinfigurierten Auszierungen aßen die beiden ihre Spaghetti, zu denen Anne-Catherine einen Barolo – »von eurer guten Sorte« hatte sie bestellt –, Lisa aber Mineralwasser trank.

Sie frage sich heute noch, warum Lisa das Flötenspiel aufgegeben habe. Sie sei so gut gewesen; sie hätte weitermachen müssen; sie, Anne-Catherine, hätt es immer gesagt.

»Du hast nie was begriffen und schon überhaupt nicht mein Flötenspiel«, sagte Lisa, die die Spaghetti, bevor sie sie zu Munde führte, im Löffel drehte.

Sie solle aufhören; warum wieder anfangen damit. Ihr

ginge es sowieso nicht besonders nach der Trennung von ...
und Anne-Catherine erzählte Lisa Saremba von Biggi.

Sie habe sie zusammen gesehen, ein- oder zweimal, sagte
Lisa, »streng oder besser kernig, diese Biggi, und sicher eine
gute Loverin«.

»Was soll das!«

»Dein Typ – neuerdings?«

Auf diesem Niveau wolle sie nicht darüber reden. »Nur soviel: Die Biggi hat mich weitgehend ausgenutzt, finanziell
und emotional, und deshalb haben wir Schluß gemacht. Du
kannst also ruhig netter zu mir sein.«

»Ich sehe dich nicht ungern niedergeschlagen.«

»Leck mich doch.«

»Nein.«

Darüber mußten sie dann doch lachen, und Lisa fragte:
»Auf welche Art organisierst du denn dein Sexleben jetzt?«

»Jedenfalls nicht über Blind-Dates.«

»Das ist doch schon mal was.«

»Und du? Lebst mit einem Kerl zusammen, woll?«

»Wie du woll weißt.«

»Immer?«

»Nein, aber immer öfter.«

»Wie witzisch!«

Anne-Catherine rollte die Spaghetti ohne Zuhilfenahme
eines Löffels auf die Gabel, beugte sich über den Teller, schob
das tomatensaucegetränkte Nudelknäuel in den Mund,
schluckte, trank in einem Schluck das Glas fast leer, goß sich
aus der Flasche nach, wischte sich den Mund mit der Servi-
ette und sagte: »Wenn du's wissen willst, ich bin einsam, verdammt einsam – zur Zeit.«

»Du weißt doch überhaupt nicht, was das ist«, sagte Lisa,
»einsam. Vielleicht bist du allein – zur Zeit.«

»Klugscheißerin.«

Die Tauben, die überall herumtippelten und -pickten, flogen mit einem Mal nach irgendeinem kurzen, knalligen
Geräusch von irgendwoher in einem wild flatternden
Schwarm hoch, kamen kurz darauf wieder im Schwarm
zurück, ließen sich nieder, zerstreuten sich. Mit kurzem, ge-

194

tragenem Tutti nach der Kadenz des Solisten endete der zweite Satz, mit dem Beginn des Schlußsatzes – in D-Moll zwar, doch jubilierend und allegro di molto, vom Flötenpart brillant gespielt – brachte das kellnernde Girl – es verschlang, kann man wohl sagen, Lisa Saremba mit ihren Augen – noch mal die Speisekarte, aus der Anne-Catherine Saltimboca alla romana, Lisa aber nichts bestellte, »später«, sagte sie, »vielleicht einen Nachtisch«.

»Oh, ja, die Figur. Machst aber nicht Body-Culture in diesen Studios?«

»No, Darling.«

»Bloß Jogging, wie früher?«

»Exakt.«

Zwei Polizisten, fast zivil in ihrem Outfit: kurzärmelige Hemden, kaum sichtbare kleine Schußwaffen an ihren Gürteln – einer trug sogar Sandalen –, kamen herangeschlendert, gingen einmal um das Denkmal von Häpken-August herum, blieben zwischen den paar anderen vor dem Flötenspieler und den beiden Boxen stehen, hörten zu. Der Sandalenträger wippte sogar mit dem Fuß; nicht gerade erstaunlich – aber immerhin. Vor gar nicht langer Zeit noch hätten die Streifenpolizisten nämlich Musikanten in der Fußgängerzone nach Überprüfung ihrer Papiere des Platzes verwiesen. Die Einzelhändler hier hatten jedoch – nicht ohne Einflußnahme der Familie, vor allem von Hans-Joachim zur Linden – eingesehen, daß Spektakel gewisser Art, und gerade das Musizieren im »Kaufentscheidungsvorraum«, nicht nur nicht stören, sondern sogar kaufanimierend wirken, jedenfalls der Studie zweier namhafter, der Familie verpflichteter Soziologen der hiesigen Universität zufolge, und das überzeugte schließlich die entscheidenden Herren des Ordnungsamts. Diese Herren, vormals radikale junge Sozialisten, heute mit entsprechend schlechtem Gewissen sich herumschlagend – ihre Nachfolger sind da schon abgebrühter, dafür auf andere Art bestechlich –, vertraten darüber hinaus die Auffassung, daß ebenfalls die mehr und mehr in den Fußgängerzonen herumhockenden Bettler und Obdachlosen mit und ohne Hund in Ruhe zu lassen seien, was die Einzelhändler allerdings nicht zulassen wollten. Die gingen sogar so weit, mit Giorgio Franzaroli zwecks »Säuberung des Kaufentscheidungsvorraums von asozialen Elementen« in Verbindung zu treten, naiverweise, denn Franzaroli ließ die Familie natürlich darüber nicht im unklaren, folgte deren Wunsch, sich mit seinen Leuten da rauszuhalten, was er wiederum den Kofmichs deutlich machte, die mißmutig akzeptierten, bis auf den Direktor vom Kaufhof, einen nicht mal Dreißigjährigen. Einen Schnösel hätte man so einen früher genannt, ein Auswärtiger, der die Angelegenheit völlig falsch einschätzte und sich als so unbelehrbar erwies, daß ihn die Kaufhofzentrale abberief und durch einen richtig netten Kerl ersetzte, einen, der einem förmlich aus der Hand frißt, wenn man ihm eine Sache schmackhaft zu machen versteht, und der – nur zum Beispiel – heute »Platte & Deckel«, der gemeinsamen Straßenzeitung der Obdachlosen der Region, monatlich eine vierstellige Summe zukommen läßt.

Nach dem Ausklang des letzten Satzes mit diesem Unisono di tutti klatschten die paar Leute, und der Solist bedankte sich, sich verbeugend und mit einer anschließenden kaum merkbaren und von einem schnellen schrägen Blick begleiteten Drehung zu den beiden Frauen am äußeren Tisch des Restaurants Conti hin, wozu Lisa bemerkte: »Na, schau da. Darf er doch nicht, zu uns herüberlinsen. Aber so gut abgerichtet ist er wohl noch nicht. Ziehste ihm was ab dafür?«

Anne-Catherine lachte, sagte: »Nun laß ihn doch.«

Sie saßen an dem am nächsten zum Denkmal von Häpken-August aufgestellten Tisch in dem durch eine umlaufende Kordel markierten Outdoor-Areal des Restaurants Conti. Die beiden Nebentische hatte Anne-Catherine ebenfalls reservieren lassen, aber die übrigen Tische wurden nach und nach besetzt, und darüber mokierte sich Lisa genauso: »Warum habt ihr nicht das ganze Restaurant für heute gemietet oder gleich alles gekauft für immer? Es floriert doch hier!«

»Ihr?«

»Na klar. Ihr, wer denn sonst.«

»Nicht wenigstens ich allein?«

»Dich allein hat's doch noch nie gegeben.«

»So siehst du das also.«

Die Kellnerin brachte für Anne-Catherine einen Teller mit Salat und einen mit dem Fleisch, schenkte ihr aus der Flasche mit Barolo nach. Ob sie keinen Wein wolle, fragte sie Lisa, und die schüttelte den Kopf, worauf die Kellnerin albernd einen Knicks machte.

»Ist die auch gemietet?«

»Gefällt sie dir?«

»Ach, leck mich.«

»Ich darf ja nicht.«

Beide prusteten los, und gleichzeitig brach das zweite Musikstück an: vom selben Komponisten das Concerto in G-Dur für Flöte, Cembalo, Streicher, Basso continuo mit dem allegro di molto gespielten Kopfsatz, zu dessen sehr rhythmisiertem Anfangsthema mit dem Soloeinsatz der Flöte ein zweites kommt, das in Wettstreit mit den oft unisono geführten und das alte Thema variierenden Tutti tritt und weitaus schwierigere Passagen für den Solisten hat als die des D-Moll-Konzerts. »Bravourös« – so jedenfalls Anne-Catherine – meisterte der Leningrader seinen Part.

Ein neues Laufpublikum hatte sich eingefunden, und ein Skater, ein segelohriger, höchstens elfjähriger Bengel, die Stoppelhaare zu einer, wie man früher sagte: »Sprungschanze« geschnitten, stellte sich zwischen die Lautsprecherboxen seitlich vor den Flötenspieler und begann, sich ulkig verrenkend, parodistisch, comicähnlich beinahe, zu dirigieren, was die Leute ringsum zum Lachen brachte. Der Flötist ließ sich nicht stören, zwinkerte sogar dem Jungen zu, der nun auch auf seinen Inline-Skatern kleine Kreise, ja Pirouetten fuhr. Der Flötist machte während seines Spiels knappe Verbeugungen in Richtung des Knaben, und als die Leute um so mehr lachten, blickte einer der beiden Polizisten, der mit den Sandalen an den Füßen, zu Anne-Catherine hin, deutete mit Kopfnicken und sozusagen fragend auf den dirigierenden Clownsburschen. Anne-Catherine schüttelte, kaum bemerkbar für andere, den Kopf. Der Polizist stieß seinen Kollegen an, und dann schlenderten beide weiter.

»Na, das klappt ja hervorragend«, sagte Lisa Saremba, »was kriegt so einer?«

»Was meinst du?«

»'n Hunni und eine Gans zu Weihnachten vom Jochum-Hof.«

»Meinst du, das genügt?«

Der Skaterknabe, angespornt vom Lachen und Beifall, imitierte jetzt den die Variationen glänzend blasenden Traversisten, und zwar so genau und beinahe im selben Rhythmus, daß es die Leute schließlich mehr verblüffte, als zum Lachen reizte. Jemand rief: »Bravo!«

»Jedenfalls klappt eure Zusammenarbeit mit den Bullen nach wie vor«, sagte Lisa.

»Ähnlich wie die der Streetworker mit den Bullen von der Drogen- und der Politischen Abteilung.«

»Das Ergebnis eurer Erkundigungen?«

»Da braucht man keine Erkundigungen. Das erzählen eure Betreuten freiwillig. Ich vertrete ja hin und wieder welche vor den Gerichten.«

Lisa Saremba hatte sich eine Zigarette angezündet, blies den Rauch über den Tisch und Anne-Catherines Teller, die aufhörte zu essen und einen großen Schluck Wein trank und sagte: »Also …!«

Ein Martinshorn jaulte ganz in der Nähe, zwei weitere kamen hinzu, und die Kakophonie wurde durch das Knattern eines niedrig heranfliegenden Helikopters gerade in dem Augenblick verstärkt, als irgendwo am Himmel vermutlich ein Tornado die Schallmauer durchbrach. Das Concerto in G-Dur für Flöte, Cembalo, Streicher und Basso continuo hörte man nur noch zerlärmt, doch während der Solist weiterspielte, machte der Skaterbengel Schluß, fuhr auf seinen Rollschuhen nach einer schnittigen Kurve mit doppelter Drehung davon, verschwand zwischen den anderen Skatern, und als wieder Ruhe eintrat, lief schon der in E-Moll stehende, largo gespielte zweite Satz, von Kennern der Hofmusik jener Zeit wegen seiner harmonischen Delikatesse, ja Kühnheiten, zu denen die geschmeidige Kantilene der Flötenstimme schönstens kontrastiert, sehr geschätzt.

198

Lisa rauchte, hörte zu, sah zum Flötenspieler hin. »Er ist wirklich gut, der Solist«, sagte sie, »woher hast du ihn?«

Anne-Catherine erzählte, daß sie ihn vor kurzem auf der »Hohen Straße« in Köln gehört und ihn hierher geholt habe; »ein bißchen unter die Arme gegriffen. Er gibt jetzt Unterricht, privat und bald am Konservatorium.«

»Sozialismus der Tat oder katholische Barmherzigkeit?«

»Such's dir aus.«

»Vermutlich beides, die gewöhnliche Zur-Linden-Mischung zuzüglich kalkuliertem Eigeninteresse und Herstellen von Abhängigkeiten.«

»Aha. Auch ich?«

»Gerade du.«

»Du bist ja richtig verbittert.«

Nie, sagte Lisa, habe sie verstanden, oder besser gesagt, sie habe sich immer gewundert, wie man das alles unter einen Hut kriege: Katholizismus und Vielweiberei, Seminarmarxismus und kapitalistische Praxis, plebejische Vorlieben und großbürgerliche Lebensweise, Engagement für Depravierte, Asylanten, Antifas, geschlagene Frauen und Kinder und für Vermieterhaie, Bänker, Kofmichs, White-collar-Verbrecher der schlimmsten Sorte …

»Immer noch diese argumenta ad hominem? Theorie und Praxis als Einheit und so weiter?«

»Ist das so falsch?«

»Stell dir vor, ich bin Anwältin.«

»Ach so.«

»Sogar eine gute, und da wir gerade dabei sind: deine beiden Betreuten aus Zaire, Siba und N'guma, werden wohl nicht abgeschoben.«

»Das glaub ich nicht.«

»Kannst du aber. Das Urteil wird aufgehoben. Todsicher.«

»Wenn du das *so* sagst!«

Es hatte sich leicht bezogen, doch die Sonne hinter gelblich-schmuddeligen Schleierstreifen schien stärker zu stechen als vorher vom wolkenlosen Himmel.

Ob sie, Anne-Catherine, die Fälle Siba und N'guma selbst bearbeite, fragte Lisa.

Nein, das täte Schapiro.

Sei das dieser gewaltige Kerl?

Sie solle nicht so tun, als ob sie ihn nicht kennen würde. Habe sie nicht mit dem …?

Sie solle nicht so tun, als ob sie das nicht wissen würde.

Wie sie das an damals erinnere, sagte Anne-Catherine, »oje!«.

Jetzt könne sie eigentlich doch ein Glas Wein vertragen, mit Wasser gemischt, sagte Lisa, und Anne-Catherine gab ihr vom Barolo.

Das folkloristische, nur aus sechzehn Takten bestehende Doppelthema des letzten, presto gespielten Satzes erklang, in der Einleitung sofort weitergeführt und durch neue, verwandte Motive ergänzt, bis dann die Flöte eingriff, die Themen aufnehmend, stark rhythmisch und äußerst – als »galant« müßte man's bezeichnen, nicht »presto«.

Anne-Catherine, die meistens noch schneller als alle anderen Familienmitglieder ißt, hatte für ihre Begriffe äußerst drömmelig gespeist. Sie schob die Teller beiseite und sagte, sie möge jetzt Eis, Gelati, das sei ausgezeichnet hier, und sie bestelle eins für Lisa mit, »Vanille und Schokolade, wie du's immer mochtest«, sagte das der herbeigewinkten Kellnerin, die daraufhin »Wouw« sagte und sich anzüglich mit herausgeschobener Zunge langsam die Lippen leckte, wobei sie mit gesenktem Kopf von unten herauf zwischen den beiden hin- und herblickte, und als sie fortschritt, sagte Lisa: »Das geile Miststück spielt sie kabarettreif.«

Anne-Catherine sagte: »Und zwar ohne Gage«, und als die beiden Eisbecher herangebracht wurden, das Flötenkonzert in G mit den letzten, unisono di tutti gespielten Takten ausklang, sagte Lisa zu der Frau, die das Eis vor sie hinstellte: »Wie lieb«, worauf die säuselte: »Ach, das sagen Sie ja bloß«, und darüber lachten dann alle drei laut heraus.

Nach den ersten Leck-Lutschereien von den langstieligen Löffeln sagte Anne-Catherine, noch einmal eine Sprachfloskel aus ihrer Wohngemeinschaftszeit anwendend: »Nun also, vom Allgemeinen zum Konkreten …«

»… oder Tacheles geredet, wie der Genosse Stalin zu sagen

pflegte«, ergänzte Lisa. »Was läuft da in Sachen Wagenburg an den Blauen Bergen?« wolle sie, Anne-Catherine, doch fragen.

»Genau«, antwortete die, und sie wolle wissen, ob es stimme, daß man Anzeige wegen Brandstiftung der Röding-hoffschen Kartonagefabrik erstatten wolle ...

»Nur unter Umständen«, unterbrach Lisa, »nicht, wenn die Lindenhof GmbH das Wohnrecht der Ausgebrannten in der Wagenburg an den Blauen Bergen garantiert ...«

»Anzeige gegen Unbekannt«, vermute sie, fuhr Anne-Catherine fort, denn gegen eine Gesellschaft ginge das überhaupt nicht.

Es gebe in der in Frage kommenden Gesellschaft doch wohl Personen, leitende etwa, so Lisa, die jene anweisen, deren Auftragsausführung augenzeugenlich bestätigt werden könne, immer nur unter den Umständen, die sie angedeutet habe, verstehe sich.

»So biestig-dämlich bist du doch gar nicht«, sagte Anne-Catherine, »und dummen Andersgläubigen wirst du doch die Aussichtslosigkeit eines solchen Vorhabens allemal verklikkern können, Streetworkerin!«

»Vielleicht will ich das gar nicht«, sagte Lisa und fuhr fort: »Nein, das war nun aber wirklich nicht nötig«, womit sie, mit dem langen Eislöffel auf die Lautsprecherboxen und den Querflötisten zeigend, die aufkommende Musik meinte: das Mozartsche dreisätzige Flötenkonzert Nummer eins.

Anne-Catherine beugte sich über den Tisch, ergriff Lisas Hand, die den Löffel hielt, faßte sie fest und sagte: »Nun hör mal gut zu.« Sie, Anne-Catherine, halte die Geschichte für eine mehr als miese Erpressung, die eigentlich eine gehörige Antwort erfordere, aber – Anne-Catherine ließ Lisas Hand los, die Flöte setzte mit ihren Triolensprüngen ein, Lisa dirigierte leicht mit dem Löffel dazu – »wir können das alles schnell vergessen, Lisa, wenn du ...«

»... wieder zu dir ins Bett kriechst?«

Anne-Catherine ist jähzornig. Jeder in der Familie weiß es und kann dazu eine Episode erzählen, vom Zerschlagen der Vitrine beim Juwelier Wunnecke oder vom Zertrümmern des

Sprunggelenks der hindernisunwilligen Stute »Keltenbraut«. Sie hat ihre Rage allerdings nach und nach, begleitet durch psychotherapeutische Beratung, in den Griff gekriegt, größtenteils jedenfalls, und ihre Ausbrüche können hier und da – naja – als gebändigt bezeichnet werden. Dieses plötzliche Glühen und Brennen hinter der Stirn, der die Kehle zuschnürende Druck, das Flattern des Gedärms und die Kälte auf den Schultern vergehen natürlich nie, ist ein Anlaß gegeben, und die äußerst schnellen in Doppeloktaven und Tredezimen-Sprüngen und im Sechzehntel-Takt staccato und dann wieder verklungen perlenden Flötentöne – lockende Hirtensignale – mochten noch anstachelnd wirken, jedenfalls: Anne-Catherine zur Linden gab Lisa Saremba, halb aufspringend dabei, über den Tisch hinweg eine – tatsächlich – »schallende« Ohrfeige, eine »gepfefferte«, wie sie später berichtete.

Viel ist dann nicht mehr passiert. Die Kellnerin beruhigte die aufgestörten Gäste an den Nebentischen, indem sie ihnen vorflunkerte, die beiden Damen seien Schauspielerinnen, die für die Szene einer neuen Serie des WDR, »Gute Dinge, böse Dinge« oder so ähnlich, probten, der Echtheitsprüfung wegen eben vor Publikum. Und während Lisa Saremba, als wäre nichts geschehen, leicht mit dem Löffel weiterdirigierte – ihre schwarzen Augen funkelten dabei wie damals in Sarembas Küche –, dozierte sie affig-professoral, das Fehlen der mehrtaktigen Haltetöne im Flötenpart weise auf die bekannte Flötenaversion des Komponisten hin; der hätte das Konzert viel lieber für Oboe geschrieben, doch gerade dadurch seine Genialität gezeigt, daß er, wenn er auch dieses Stück widerwillig und auftragsgemäß für den holländischen Pfeffersack De Jean komponierte, sein künstlerisches Niveau niemals verlassen habe …

Anne-Catherine zahlte. Beim schon fast zu langsam gespielten und dadurch seinen durchgehenden Stimmungsgehalt beinahe verlierenden Mittelsatz – Lisa hatte aufgehört zu dirigieren, sich eine zweite Zigarette angesteckt – sagte Anne-Catherine – gepreßt in der Stimme und nicht weit vom Heulen weg –, daß man im übrigen irre, wenn man glaube, das Gelände an den Blauen Bergen werde geräumt, um dort zu bauen, was Lisa, laut lachend, konterte: Eine weitere Lüge sei das, denn man habe sich aus dem Zur-Linden-Architektenbüro die Blaupausen jenes Tagungszentrums »Ranch bei den Blauen Bergen« besorgt. Danach ist Lisa aufgestanden und ohne ein weiteres Wort gegangen, gerade als der letzte, serenadenhafte Satz mit diesem typisch Mozartschen Thema in Spieluhrenmanier begann, und trotz ihres Verschwindens hat der Flötist, auf das Kopfnicken Anne-Catherines hin, weitergespielt.

Warum, verdammtnochmal, ihr niemand von den fertigen Bauplänen dieses idiotischen Tagungszentrums mit dem noch idiotischeren Namen »Ranch bei den Blauen Bergen« erzählt habe, hat Anne-Catherine hinterher getobt. Das ist tatsächlich eine Nachlässigkeit gewesen, keine beabsichtigte, wie man behauptete, und sie hat gekeift, so ein Schwachsinn dürfe und werde, jedenfalls solange sie noch dazwischenfahren könne, und das täte sie – »verlaßt euch darauf« –, nicht realisiert werden!

Auf Hawas Frage hat sie geantwortet, nein, da sei nichts Gefährliches zu erwarten, von der Seite, von Lisa Saremba, jedenfalls nicht, »die ist trotz allem das Küchenmädchen geblieben, das sich nicht zur Herrschaft nach oben traut«. Nachts Steine ins Schlafzimmerfenster schmeißen – das vielleicht, aber mehr traue die sich nicht, trotz all ihres Trainings im Regelverstoßen. »Das ist ihre Crux. Ich kenne sie.«

»Wenn du dich da mal nicht täuschst.«

»Ich täusche mich nicht – was die angeht.«

Aber das war in einem Ton gesagt, der mehr verletzte Liebe verriet als sonstwas.

Die Morddrohung

Sie kam mit der Post. Der Adressat, »Rechtsanwalt Dr. Karl-Walter zur Linden«, erfuhr aber erst knapp vor Mittag davon. Normalerweise wurde dem Alten die Post noch vor dem Frühstück gebracht, und er las sie dann nach der Ziegenmilch und vor seiner Zeitungslektüre. Warum sie an jenem Tag später kam, konnte nicht mehr exakt festgestellt werden. Man einigte sich auf eine zufällige Nachlässigkeit. »Deinen Geburtstag wirst du nicht überleben, Drecksack«, lautete der Text, mit ausgeschnittenen Druckbuchstaben auf einen braunen Packpapier-Fetzen geklebt, der in einem braunen DIN-A4-Couvert steckte.

Karl-Walter zur Linden stand, nachdem er es dreimal gelesen hatte, auf, schaute aus dem Fenster seines Ruheraums neben dem Schlafzimmer über den Hof und in den Wald. Das Fenster stand halb offen, und der Geruch der Fichten, der Duft von Holz in der Sonnenwärme, wehte ins Zimmer. Sein Herz sei nicht gestolpert, gleichmäßig habe es weitergeschlagen, behauptete er später. Schließlich sei dies ja nun nicht die erste an ihn gerichtete Tötungsandrohung gewesen. Das stimmt. Sie war eine von vielen, die er in seinem langen Leben gekriegt hatte. Wirklich ernst genommen hatte er aber nur wenige, und wenn diese ernst genommen werden sollte – und man einigte sich darauf, es zu tun –, dann war es wohl die letzte an ihn gerichtete Ankündigung seines Todes.

Die allererste, er verwahrte sie in seinen Privatakten, bekam er mit achtzehn Jahren, gerichtet an das »Söhnchen Karl-Walter zur Linden, stadtbekannter Feigling und Drückeberger«. Auf normalem Briefpapier in ungelenk verstellter Steilschrift hieß es: »Die Blüte der Jugend verblutet auf den Schlachtfeldern, kämpfend in heiligster Pflicht für die Ehre des Vaterlandes, während ihr daran verdient und weiterpraßt.

Ihr gehört ausgerottet, und du, Ehrloser, bist als erster an der Reihe.« Seine Hand hatte beim Lesen gezittert an jenem frostigen Spätnovembertag 1914, als schon Schnee in der Luft lag, die letzten Laubfeuer brannten und immer wieder Wildgänse, Reihe auf Reihe und schreiend, über die Lindenburg und über den Wald südwärts zogen. Die Zeitungen hatten erstmals von Rückwärtsbewegungen in Frankreich berichtet und davon, daß die sich nach der Langemark-Schlacht, »diesem Präludium zu einer großartigen Fuge«, in Flandern anbahnenden Erfolge »junger deutscher Truppen aus der Blüte der Nation« in den Polderüberschwemmungen versackten. Er war damals wegen der Morddrohung nicht nur in Panik geraten, sondern schwerst getroffen, ja verletzt. Die ganze Angelegenheit hatte nämlich zu tun mit einer von ihm als niederschmetterndes Unglück empfundenen Enttäuschung. Wie alle seine Klassenkameraden der Oberprima – zwölf waren sie gewesen – hatte er sich sofort nach Ausbruch des Krieges im August 1914 als Freiwilliger gemeldet und war als einziger wegen Verwendungsunfähigkeit, völliger Militäruntauglichkeit abgewiesen worden, eine mehr als blamable Schande damals unter seinesgleichen. Und obgleich er es später als glückliche, schutzengelgeleitete Fügung begriff – fünf der Primanerkameraden fielen, zwei wurden invalid geschossen –, sah er sich noch oft, ja bis in die letzte Zeit, in seinen Alpträumen beschämt, zerknirscht vor dem bekneiferten, wie aus einer Simplicissimus-Karikatur gekletterten Stabsarzt stehen, nackt, auf nackter Brust mit schwarzem Fleischbeschauerstift sein Gewicht, 55 Kilogramm, und seine Körperlänge, 159 Zentimeter, notiert – er ist übrigens nicht wesentlich schwerer und größer geworden später. Auf 162 Zentimeter hat er es gebracht, bei höchstens mal 60 Kilogramm in seinen fettesten Zeiten. Nicht nur zu schmächtig sei er im ganzen geraten, zu schwache Gelenke, zu dünne Knochen, beinahe schon Zwergwuchs, auch die Lunge zum Beispiel sei nicht in Ordnung, er habe doch selber das Rasseln vernommen, so schnarrend der Musterungsarzt. Eigentlich gehöre so einer erschossen, hatte Karl-Walter zur Linden damals gezetert zum – wie stets bei so was – milden, er nannte es Aloysius-Lächeln seines Vaters. Der war übrigens gleich auf den Autor der Drohung, die dann ja zweimal, wenn auch erfolglos, wahrgemacht wurde, gekommen: »dieser Buchbindersohn, Jupp Vehof, dein Jugendfreund«.

Jupp Vehof, zwei Klassen über ihm, hatte ihm eine Zeitlang Nachhilfeunterricht in den naturwissenschaftlichen Fächern gegeben, ein Schwarzäugiger, Strubbelhaariger, der die damals avantgardistische Jugendmode, die »Kluft«, trug: Wanderschnürschuhe, Bundhosen, Schillerkragenhemd. Ursprünglich freier Anarchist, wie er es nannte, war er später Mitglied des Wandervogel geworden und dann in den völkisch orientierten Jungdeutschlandbund gewechselt, »von Bakunin über Eichendorff und Fichte zu Nietzsche«, sagte er. »Jener deutsche Bildungsweg«, der, sagte der Alte später, »in die Sümpfe und ins Grauen geführt hat.« Jupp Vehof konnte herrlich schwärmen, sang zur Gitarre Volks- und Revolutionslieder, philosophierte kunterbunt durch alle Systeme, war der beste Turner der Schule, drehte, sooft man wollte, den großen Riesen am Reck und hatte diese Jugendführer-Ausstrahlung, die keinen einigermaßen phantasiebegabten Jüngling unbeeinflußt ließ – eben auch nicht Karl-Walter zur Linden. Wenn Jupp Vehof von Fernweh »Über die Flure weit« sang, von Märschen durch Heide und Moor erzählte, »Pennen« in Scheunen, Lagern an Bächen und Feuern, dann kribbelte es auch in ihm, wollte er genauso raus aus grauer Städte Mauern, Schlote, Fabriken, die Fördertürme und Amtsstuben, die Schule vor allem natürlich, die ganze »vergiftende Großstadtzivilisation« hinter sich lassen, um »innere Wahrhaftigkeit, Reinheit, Einfachheit, unverstelltes Leben in der Natur und die brüderliche Freundschaft der Kameraden« zu finden. Ein paarmal war Karl-Walter mitgezogen, ohne daß ihn allerdings eine ähnliche Begeisterung wie Jupp Vehof und dessen Vagantenkameraden überkam. Eigentlich waren es allesamt ganz friedliche Burschen gewesen. Doch schon bevor diese emphatische Kriegsbegeisterung ausbrach, schwärmten diese Naturburschen, allen voran Jupp Vehof, oder besser angeleitet von ihm, schon von einem außerordentlichen, einem »kämpferisch-unbedingten«, ja todesverachtenden Leben.

Während seiner stundenlangen Suaden über Gott und die Welt hatten sich in Jupp Vehofs Wandervogelromantik immer schon rhetorische Überbleibsel aus seiner freianarchistischen Periode gemischt. So sollte der nur im Erwandern in und mit der Natur zu vollbringende Reinigungsprozeß gleichzeitig mit dem Zerbrechen der Schale der Zivilisation, dem Durchstoßen der alles geistige Leben tötenden bürgerlichen Konvention und durch eine wirklich zerschmetternde Tabula rasa erreicht werden. Bereits ein Jahr vor dem August 1914 kamen dann zunehmend die Sinndeutungen des Jungdeutschlandbundes dazu, wonach Tabula rasa konkret als Krieg verstanden wurde, »die einzige dem Kulturmenschen noch gebliebene Katharsis«, wie Jupp Vehof, glühend vor Erregung, schwärmte; der Krieg, und zwar der Krieg »gegen den Erbfeind Frankreich und das perfide, alles Infame inszenierende und uns demütigende England, Krieg, in dem auf den Schlachtfeldern die brüderliche Gemeinschaft des Volkes über die Klassengesellschaft triumphiert und in der Feuersglut der Schlacht die Schlacken« ...

Normalerweise hätte den auch in seinen Jünglingsjahren eigentlich nüchternen Karl-Walter zur Linden so ein bombastischer Quatsch, der bald allerdings – und eine Generation später noch einmal und viel rabiater – in die Tat umgesetzt werden sollte, unberührt gelassen. Aber Jupp Vehof hatte dieses charismatisch Eindringliche eines Zeitgeistmediums, eines *Führers* – der Begriff kam damals auf –, und schließlich wurde seine und seinesgleichen *Weltanschauung* – dies ebenfalls ein sich damals verbreitender Ausdruck – auch Mainstream, wie man heute sagen würde. Daß selbst Karl-Walters Vater kurzfristig – bis zu den Stellungskriegen genau – in diesem Mainstream schwamm, vaterländische Begeisterung zeigte, plötzlich überzeugt von dem berechtigten Anspruch Deutschlands auf einen Platz an der Sonne, sogar auf die Vorherrschaft in Europa, das Deutsche Reich in Not wähnte gegen alle Welt, insonderheit die Briten, wollte er – nichts Besonderes, wenn man so will, in diesem Land ständiger Wechsel und Wenden – später nicht mehr wahrhaben, ebensowenig übrigens wie die sozialdemokratischen Brüder von Elisabeth

Körner, seiner Frau, Karl-Walters Mutter, die wahrhaftig stolz darauf gewesen sind, daß ihre Söhne freiwillig in den Krieg gegen den »Blutzaren«, gegen »das kapitalistische England und verführte Frankreich zogen, und zwar in einem Volksheer«. Es stimmt allerdings auch, worauf er später gern triumphierend hinwies, daß Karl-Josef zur Linden vor solchen gefährlichen Gedanken, wie sie Jupp Vehof äußerte, schon früh gewarnt hatte. In Gesprächen, Diskussionen mit seinem Jüngsten und dessen Jugendfreund hatte er seine kriegsgegnerische Gesinnung erklärt, den Hurra-Patriotismus verurteilt und geschildert, wie im Krieg 70/71 – er hatte ihn als Artillerist mitgemacht – auf den Spicherer Höhen beispielsweise »nichts da mit Heroismus« gewesen sei, die einfachen Muschkoten aber mit vorgehaltener Waffe von den Offizieren in das Feuer der Mitrailleusen getrieben worden waren – »alles Lüge und Defätismus« für Jupp Vehof. Karl-Josef zur Linden hatte den beiden Jünglingen sogar empfohlen, sich im Kriegsfalle zu drücken, sich bei den Musterungen verwendungsunfähig zu stellen, und er hatte Rezepte dazu gegeben: vor den ärztlichen Untersuchungen Zigarren und Kaffeebohnen kauen, Bittersalz schlucken, besser noch von befreundeten Ärzten sich entsprechende Atteste besorgen über unerträgliche Bandscheibenschmerzen, ewige Migräne, nervöses Herzleiden, am besten aber Bluterkrankheiten oder ähnliches – ergebnislos gebliebene Ratschläge, die aber in dem Prozeß wegen zweimaligen versuchten Mordes gegen Jupp Vehof eine wichtige Rolle spielen, nämlich den Angeklagten vor einer längeren Zuchthausstrafe bewahren sollten. Die eigentlich für solche heimtückischen Tötungsversuche vorgesehene Höchststrafe war deshalb nicht in Betracht gekommen, weil dem freiwilligen Infanteristen Jupp Vehof sein Verletzungstrauma zugute gehalten wurde. Ihm hatte nämlich gleich in den ersten Kriegstagen vor Lüttich ein Schrapnell das linke Bein und die Zeugungsfähigkeit, wie man die Verletzung seines Genitals umschrieb, genommen.

Karl-Josef zur Linden, der gegen anfängliches Sträuben Jupp Vehofs dessen Verteidigung übernommen hatte, konnte das Gericht überzeugen, daß der Angeklagte, seine, des

Rechtsanwalts zur Linden Berichte über üble Praktiken von Wehrkraftzersetzung nachträglich, infolge seines Verletzungstraumas, als Aufforderungen zur Kriegspflichtverweigerung mißverstanden habe. Jupp Vehof nämlich hatte nach seiner Festnahme, die gleich nach dem zweiten Versuch erfolgte – einmal hatte er vom Waldrain aus, ein zweites Mal aus dem Gebüsch neben dem Pferdestall mit einer belgischen Armeepistole auf Karl-Walter geschossen, ohne ihn zu treffen –, erklärt, er habe lediglich Feigheit vor dem Feinde ahnden wollen, mit dem Tode selbstverständlich, der üblichen Strafe im Krieg. Sein ehemaliger Freund habe nämlich, dem Rat seines Vaters folgend, bei der Musterung nicht vorhandene Krankheiten vorgetäuscht, um sich dem Fronteinsatz zu entziehen. Unnötig, extra zu erwähnen, daß die Verteidigung Jupp Vehofs den Ruf und Ruhm des damals vierundsechzigjährigen Karl-Josef zur Linden als unerschrockenen, selbstlosen Anwalt noch einmal mehrte.

Um bei diesen Zerstörungskräften zu bleiben: In jene Zeit, während sie sich verselbständigten und alles beherrschten, unter den Nazis nämlich, fallen zwei andere Morddrohungen. Beide wurden dem Alten mündlich mitgeteilt. Die eine im Zusammenhang mit dem Pogrom, das der Volksmund noch heute »Reichskristallnacht« nennt. Karl-Walter zur Linden hatte am Tage nach dem Synagogenbrand, der Zerstörung zweier Kaufhäuser und der Demütigung einiger Geschäftsleute durch eine SA-Rotte während eines Plädoyers in forenso von »unglaublicher Barbarei gegen einige unserer Mitbürger und der kaum faßbaren Schändung eines Gotteshauses« geredet. Während seiner daraufhin erfolgten Vernehmung bei der örtlichen Kriminalpolizei war ein Herr anwesend gewesen, der schwieg und schon mal lächelte, ihn anschließend zur Praxis begleitet hatte. Wenn er wieder in dieser Art ausfällig werde, sich also als ein Gesinnungsgenosse August-Berthold zur Lindens, seines Cousins, ausweise, der nach Holland geflohen sei, um dort ungestraft Blutschande treiben zu können, hatte der ruhig und lächelnd gesagt, dann werde eine seinerzeit nur angekündigte Drohung, ihn dem Feme-Gericht zu überstellen, wahrgemacht – eine Anspielung auf einen ihm tatsächlich zugegangenen »Feme«-Spruch einer dieser freikorpsähnlichen Banden, eines Ordens, der sich »Fälische Freiheit« nannte. 1922 war das, und der Femespruch war die Antwort auf seinen Artikel, der sowohl im Blatt des Verbandes der wissenschaftlichen katholischen Studentenvereine »Unitas« – seiner Verbindung – als auch in der »Westfälischen Zeitung« und in »Christliche Welt« stand und der die Ermordung Matthias Erzbergers als bestialisch, antipatriotisch, von verkommenen Subjekten durchgeführt verurteilte, die Bestrafung der Täter durch ehrloses Erhängen forderte. »Ihre zur Schau getragene streng nationale Gesinnung«, hatte der während der Vernehmung schweigende und schon mal lächelnde Herr, ein Glasaugenträger übrigens, noch bemerkt, »die glauben wir Ihnen ohnedies nicht, zur Linden«.

Ihn zu erschlagen, die zweite ernstzunehmende Drohung damals, war ihm zugebrüllt worden im Gestapo-Keller in der Immanuel-Kant-Straße, zugleich mit einem Hieb an den Kopf und einigen Stockschlägen in die Nieren, für den Fall, daß er nicht mit der ganzen Wahrheit herausrücke und Namen und Anschrift derjenigen nenne, die hinter den Angeklagten stünden, die er im Prozeß wegen Unbrauchbarmachung von Artillerie- und Gewehrmunition zu verteidigen gedenke. Es ist nicht dazu gekommen, aber während dieser Schläger der Geheimen Staatspolizei, ihm konnten mehrere Morde nachgewiesen werden, nach 45 nicht mehr lange lebte, konnte die Identität des Glasaugenträgers nie ermittelt werden.

Die meisten späteren Mord- und Erpressungs- und/oder Entführungsandrohungen lohnen keine Erwähnung, selbst nicht diese eigenartige, hinter der ein Staatssekretär der Landesregierung stand, ein strenger Katholik, Bundesbruder sogar, aber ein völlig unberechenbarer Trunkenbold und Glücksspieler, der Baugeschäfte, voran seine eigenen, mißverständlich interpretiert hatte und die Erlösung von seiner maßlosen Verschuldung durch die zur-Lindens erwartete. Herrje – was für ein gräßlicher Kerl war das! Zwei aber galten zu Recht als wirklich bedrohlich, und diese Morddrohungen

210

hatten wieder mit baugeschäftlichen Unternehmungen der Familie zu tun.

Bestimmt erinnert sich der eine oder die andere daran, wie man seinerzeit über den Auf- und Neubau der im Krieg zerstörten Städte stritt, wobei, wenn man grob einteilt, zwei Richtungen eingeschlagen, zwei Auffassungen vertreten wurden. Karl-Walter zur Linden, einer der Köpfe der einen Schule, um es so zu benennen , meinte, es sei Glück im Unglück: Die alten deutschen Städte, die Brutstätten des Innerlichen und Innigen, dürften nicht wieder entstehen, vielmehr müsse man die Zerstörung als Chance für einen radikalen Neu- und Umbau von Stadt und Umland begreifen. Seine Gegner, unter ihnen vor allem ein Dr. Achim von Renningshofen, ein Architekt, die den zur-Lindens den Erwerb von Grundstücken ehemals stadt- oder land- oder systemnaher Eigner, nun in Trümmern liegender Straßenzüge und Komplexe für 'n Appel und 'n Ei wegen ominöser Wiedergutmachungs- und Entschädigungsansprüche vorwarfen, beschuldigten ihn, Karl-Walter zur Linden, dagegen »bloßer Heuchelei zur Verschleierung nackter Profitgier«. Nachdem es gelungen war, sowohl den Doktortitel als auch das Adelsprädikat Renningshofens als Betrug und Urkundenfälschung zu entlarven, schien dieser wirklich entschlossen, seinen Rivalen, wie er den Alten später zu dessen Belustigung nannte, zu liquidieren. Der Mann, ein energischer ehemaliger Unteroffizier einer Scharfschützenkompanie, mußte ernst genommen werden, und man nahm ihn in die Mangel. Das dann alle hinterher überraschende Ergebnis: Der Alte stellte Renningshofen im Zur-Linden-Architektenbüro ein, wo er, ziemlich hoch bezahlt allerdings, bis zu seiner Verrentung vor einigen Jahren hervorragende Arbeit tat, in Vasallentreue sozusagen, und »treu wie unser Achim«, ging sogar in den Familiensprachschatz ein.

Die andere Sache, die übrigens auch ein Familien-Bonmot hergab, ging weniger geschlichtet zu Ende und passierte in der Zeit der sogenannten suburbanen Expansion, als die neuen Mittelschichten der Traum vom Haus im Grünen, an dessen Realisierung natürlich auch die zur-Lindens teilnahmen, nicht mehr losließ. Daran verdienen wollten viele, Landwirte zum Beispiel, die ihre ohnehin kaum noch was einbringenden Äcker und Felder in Ballungsgebietsnähe zum Verkauf anboten, unter ihnen Bramkamps, ein altes, nein, uralt eingesessenes westfälisches Bauern-»Geschlecht«, muß man wohl sagen. Daß die Bramkampsche Veräußerungsofferte an die Lindenhof GmbH preislich wegen der Stadtnähe ortsüblich gewesen sei, stimmt schon nicht. Sie war weit überzogen. Und daß die zur-Lindens dann durch Einflußnahme auf die beiden Banken einfach eine Kreditsperre gegen die Bramkamps durchgesetzt hätten, wodurch der Hof unter den Hammer gekommen, die Familie in den Ruin getrieben worden sei, um sich mehr als billig die Bramkampschen Liegenschaften am Nordrand der Stadt anzueignen, ist zumindest eine einseitige Auslegung der Angelegenheit. Franz Josef Bramkamp jedenfalls, der Erbsohn, verlor sämtliche Prozesse gegen die Lindenhof GmbH. Er galt, was es ja en réalité gar nicht gibt, als ur-westfälischer Bauer: blond, groß, strotzend vor Biedersinn und Ehrlichkeit. Er wurde von der Journaille, heute würde man sagen »gehyped«, besser: aufgehetzt und verschwand kurzzeitig. Während dieser Zeit trafen einige anonyme Morddrohungen ein, deren Text, vermutlich von Journalisten mitformuliert, in einer Mischung aus Theodor-Storm- und Ganghofer-Prosa, auf eben diesen Erbsohn Franz Josef hinwiesen. Er ist ein fanatischer, durch nichts zu beruhigender, von nichts abzubringender Dick-Kopp gewesen, das muß man wörtlich nehmen, und man atmete wirklich auf, als bekannt wurde, Franz Josef Bramkamp habe einen tödlichen Unfall erlitten, sei nächtens und in betrunkenem Zustand von einer Brücke, den sogenannten Dreizehn Bogen im Märkischen Schwelm, gestürzt.

Über jene mehr als merkwürdige, nun auch schon wieder zwölf Jahre zurückliegende Liquidierungsankündigung schließlich: »gefesselt in einer Jauchegrube wirst du ersticken, versprochen, Scheinheiliger«, die am Tag nach dem Tod seiner Frau auf seinem Tisch lag und die den Alten wohl von allen Morddrohungen am meisten beunruhigt hat, soll hier und für immer geschwiegen werden.

So, und wer nun wollte ihn diesmal töten? Auf Anhieb kam ihm kein Verdacht. Er hatte wohl ein paar Vorstellungen. Er setzte sich in seinen Liegesessel, und als Kläre Weidemann ihn zum Essen rief, rief er zurück: »Später.«

Daß man ihm, dem auf dem Packpapier-Wisch mit »Drecksack« Angesprochenen, einfach bloß den Tod an den Hals *wünsche*, schloß er aus. Nicht so Benno Kröttmann, der an einem Mordplan zweifelte, anfangs jedenfalls.

Benno Kröttmann hatte in der Nacht kaum geschlafen, nach einem der sich neuerdings öfter wiederholenden Träume, in dem scheppernde Metallvögel über ihm kreisten und nach ihm zu schnappen suchten, wachgelegen, am frühen Morgen nur ein kurzes Taubentraining absolviert und sich dann noch mal hingelegt. Den Grund seiner seit längerem zwischen Lethargie und Erregtheit wechselnden Stimmung, die zu Müdigkeit führte, kannte er, und den brauchte ihm seine Frau nicht vorzuhalten: »Zu viele Joints«, so Gerda, die ihn aufrief, »du mußt das bremsen. Und du sollst raufkommen zum Alten.« Er löste eine Aspirin in Wasser, trank das, bevor er den Kopf unter die kalte Dusche hielt. »Beeil dich«, sagte Gerda Kröttmann, »das hat sich dringend angehört.« Sie warf ihm ein Frotteehandtuch zu. »Und hau mal aufn Busch. Du weißt schon.«

Benno Kröttmann ging nur noch selten zum Alten hoch in den lübischen Flügel. Sie trafen sich mehr oder weniger zufällig irgendwo im Haus oder auf dem Hof, und ihre Unterhaltung beschränkte sich dann, das war so was wie ein Ritual, auf die stereotypen Begrüßformeln der Gegend:

»Wie iset?«

»Geht so.«

»Gesund?«

»Muß ja.«

»Hauptsache.«

»Und sonst?«

»Nix weiter.«

»Na dann.«

Diesmal, Kläre Weidemann hatte auf Bennos Frage »Wo isser?« auf die Tür zum Ruheraum gezeigt, Kröttmann war nach dem Klopfen gleich eingetreten, reichte ihm der Alte, der in diesem diwanähnlichen Liegesessel halb saß, halb lag, den Packpapier-Wisch. »Was sagt man dazu?« fragte er. Benno las.

Es war inzwischen voller Mittag. Die Sonne stand, nur selten von Wolken verdeckt, im Zenit, hoch über dem sich an die Gärten anschließenden Wald. Es wehte weiter ein lauer Wind, und es roch plötzlich nach Milch und Mist. Man hörte ein Pferd wiehern, einen tuckernden Trecker, und dann bellte einer der Hofhunde am Stall bei den Kühen, von denen zwei, die gerade gekalbt hatten, nicht auf die Weide getrieben worden waren und nun ebenfalls unruhig wurden und brüllten. Eine Ziege meckerte.

»Ziemliche Hitze hier«, sagte Benno Kröttmann, setzte sich auf den Stuhl am Fenster, hielt den Packpapier-Fetzen mit den aufgeklebten Buchstaben von hinten und von vorne gegen das Licht, las noch einmal. »Also, was sagt man dazu?« wiederholte der Alte.

Beide vermieden die direkte Anrede. Wenn es sich nicht umgehen ließ, hieß es schon mal »Ihr«, manchmal auch »Du«, aber nur selten. Als ihn Benno Kröttmann erstmals duzte, das ist nun schon sehr lange her, hatte der Alte das mit der Frage quittiert: »Wird mir hier das vertrauliche Du der deutschen Arbeiterbewegung angeboten, obwohl ich unorganisiert bin?«, und Kröttmann hatte geantwortet: »Bloß das Lebensretter-Du.«

Dieses Lebensretter-Du, das natürlich Familienslogan wurde, konnte sich auf zwei Begebenheiten berufen. Die erste war 1944 die Rettung Karl-Walter zur Lindens nachts aus dem Keller der Anwaltspraxis in der Stadt. Nach stundenlanger Bombardierung war das Haus bis auf das Parterre weg. In den Luftschutzkeller schoß das Wasser der zerfetzten Rohre aus den untereinander verbundenen Kellern der in Schutt und Asche gelegten Nachbarhäuser, überschwemmte den kleinen Raum, ertränkte ein altes Ehepaar und dessen Enkelin, während Karl-Walter zur Linden um Hilfe schreiend herumschwamm, aber dann doch, als das Wasser schon bis auf paar Zentimeter die Decke erreichte, befreit wurde, und zwar

214

eben durch den damals zwölfjährigen Benno Kröttmann, der sich durch ein von der Rettungsmannschaft in die Decke gehauenes Loch zwängte, den schlappen, gerad noch Lebenden abstützte, ihn Luft am Loch schnappen ließ und, nachdem das Loch weit genug gebrochen worden war, ihn von unten haltend, während von oben gezogen wurde, hindurchschob und -drückte.

Beim zweitenmal, Kröttmann arbeitete da gerade erst einen Monat für die zur-Lindens, wurden beide verletzt: Dem Alten brachen beide Hände, und Benno, der ihn hechtend von der Straße riß und an eine Hauswand knallte, erlitt einen Schädelbruch. Der Borgward, urplötzlich aus der Kurve an der Baustelle in der Hattinger Straße hervorschießend, hätte den Alten voll erfaßt und erledigt, ein Mordversuch, glaubt man heute noch, ein nicht angekündigter zwar, aber Hawa ist sich beinahe gewiß, wer die Fahrerin gewesen ist.

Es gab aber noch mehr als dieses Band zwischen Retter und Gerettetem, das ihr Grundverhältnis, das zwischen Chef und Angestelltem, mitbestimmte, nämlich das, was der Alte etwas pompös »unser in der Illegalität und gemeinsamer Kampfzeit geschmiedetes Bündnis« nannte. Dieses sogenannte Bündnis, das die Zerschlagung des Nazistaates und vieles andere noch überdauerte, war allerdings in jenen Augusttagen bereits beendet, bevor es dann bald, sozusagen formal, aufgekündigt wurde. Zustande gekommen ist es, wenn man so will, schon mit Bennos Vater, Heinrich Kröttmann, der wegen illegaler Gewerkschaftsarbeit und Volksverhetzung angeklagt war und mit Rechtshilfe Karl-Walter zur Lindens zwar vor einer zweiten Lagerhaft, nicht aber vor dem Zuchthaus bewahrt werden konnte. Aus dem Zuchthaus in die berüchtigte Strafdivision 999 entlassen, lief er in Griechenland zu den Partisanen über und fiel dort im Kampf gegen die deutschen Besatzer. Die Fortsetzung mit Benno, seinem Sohn, fand das »Bündnis« über dessen Knabenfreundschaft mit Hawa, und diese Verbindung, in die man sogar auf Leben und Tod eingebunden war, geht nun auch zu Ende. Sie ist ein Kapitel für sich, und was daraus wurde, wird zu gegebenem Anlaß erzählt; zum Beispiel, wie sie begann, nämlich damit, daß Benno

Kröttmann, elfjährig damals, sich als Zeuge zur Verfügung stellte in einem Strafverfahren gegen Paul Eckhoff senior, den Karl-Walter zur Linden verteidigte.

Paul Eckhoffs Sohn Päule war nach dem Frankreich- und vor dem Rußlandfeldzug desertiert und in die Erlenhöhle verbracht worden, eine ganz bittere Angelegenheit, denn Päule drehte dort nach und nach durch, mußte gefesselt und gefüttert und manchmal sogar geknebelt werden und ist dennoch nicht lebend davongekommen. Da man ihn nicht fand, griff man auf seinen Vater zurück, obwohl der im Ersten Weltkrieg einen Arm und einen Lungenflügel verloren hatte, warf ihm Verunglimpfung des Dritten Reiches und seiner Führung vor, seinerzeit eine Art Hochverratsdelikt. Benno Kröttmann, verkleidet als Jungvolk-Pimpf und als ein hundertfünfzigprozentiger vor Gericht auftretend, bezeugte dagegen Paul Eckhoffs absolute Überzeugungstreue und Hingabe ans nationalsozialistische System, an Partei und Führung, indem er einiges zusammenlog, so, der Angeklagte habe einem Witze erzählenden Defätisten mit seiner Krücke das Nasenbein zerschlagen, ein andermal beim Bäcker einer lästernden Frau das Mutterkreuz vom Halse gerissen; das Ganze eine Scharade, die bös ins Auge hätte gehen können, wären nicht sowohl der Ankläger, Oberstaatsanwalt Berghofer, den sie nach dem 20. Juli 1944 hängten, als auch der Richter, Dr. Aufgelder, ein bis zuletzt praktizierender Katholik, beide kannten den Hintergrund der Kröttmanns und der Eckhoffs, gutwillige Mitspieler gewesen.

Für Elisabeth zur Linden, geborene Jochum, war das allerdings der erste Fall, den sie für ihren Vorwurf heranzog, der Alte, ihr Gatte, und seine »Kumpane« spielten unverantwortlich mit dem Leben von Kindern, sogar mit dem des eigenen Sohnes. Den grundsätzlichen, zerstörenden Zwist der beiden, der solche den anderen verletzen sollende Vorhaltungen immer wieder hervorbrachte, beiseite gelassen, genauso wie die für alle Zeiten geltende richtige Seite, der wir uns zugehörig fühlten, schließlich die Freiwilligkeit, die man uns ebenso wie den Erwachsenen zugestehen muß: der Anwurf von Hawas Mutter war nicht ganz und gar abwegig, vor

allem, wenn man an spätere und andere und weitaus gefähr-
lichere Fälle, von denen Elisabeth zur Linden nie etwas erfahren hat, denkt. Den Alten hat das wohl lange noch ge-
quält, wie er Benno Kröttmann anvertraute, als der wegen
Spionageverdachts – man hatte ihn nach einer Reise in die
DDR, um Annette Vendrini-zur Linden mit Devisen zu versorgen, aufgebracht – in Untersuchungshaft saß, aus der er
ihn dann herausholte.

Es war stickig geworden im kleinen Ruheraum neben dem
Schlafzimmer, und auf Bitten des Alten zog Benno die Gar-
dine zurück, öffnete des Fenster vollends, schob zwei auf der
Fensterbank liegende Bücher davor, damit es offenblieb.

»Kaffee, Bier?« fragte der Alte.

Kröttmann schüttelte den Kopf, hielt den Packpapier-
Wisch noch einmal gegen das Licht.

»Die Druckbuchstaben sind gotisierende Fraktur«, sagte
der Alte, »ausgeschnitten aus der Frankfurter Allgemeinen
Zeitung. Die druckt so was noch in einigen Überschriften.«
Das sage nichts, so Benno Kröttmann, der Verfasser könnte
gerad so gut ein Penner sein, irgendein Trebegänger oder so;
paar Buchstaben seien ja verknickt, einige sogar verschmiert;
überhaupt die Flecken auf dem Fetzen.

»Oder Camouflage, Täuschung gerade dadurch.«

»Egal wie«, sagte Kröttmann, mehr als Bangemachen sei
das nicht, leere Drohung; Versuch, Verwirrung zu stiften; er
solle sich nicht wundern, wenn noch eine Bombendrohung
käme: »Im Haus versteckt eine Sprengladung. Wenn nicht innerhalb zehn Minuten ...«, auf diese Tour, wie damals, obwohl da nichts gefunden worden sei; Terrormachen, damit
die Feier gestört würde oder erst gar nicht stattfände.

»Wär schon schlimm genug, aber ich seh das anders«, sagte
der Alte, »ich nehme das ernst. Zwei Quellen kommen in Betracht. Erst mal dieser Ludwig Dienels ...«

»Warum gerade der? Der hat doch allen Grund, dankbar zu
sein. Nur so 'n Gefühl?«

»Mehr.«

»Aha.«

»Und zweitens die Cowboys von den Blauen Bergen.«

Benno Kröttmann setzte sich wieder, hörte mit halb geschlossenen Augen an, was der Alte über die Forderungen und die Vorhaben der Wagenburgbewohner bereits wußte. »Und die sollen dahinterstecken? Gibt das Sinn?« fragte er.

»Aber ja. Tu nicht so.«

Der Alte hatte die Beinstütze seines Liegestuhls zurückgeklappt, sich aufrecht in den Sessel gesetzt, die Fernbedienung des TV-Geräts genommen und den Apparat angeknipst. »Mal sehen, wie's drüben weitergeht.«

Die Mittagsmeldungen hatten gerade angefangen, und man sah zu Kommentaren aus dem Off die Rückkehr Gorbatschows und seiner Entourage von der Krim auf den Moskauer Flughafen in der Nacht: den Präsidenten, offensichtlich übermüdet, in Freizeitklamotten die Gangway herunterkommend, dahinter seine in was Weißes gekleidete, noch kaputter aussehende Frau Raissa, die ein in eine Decke gehülltes Kind, ihre Enkelin, an der Hand führte, gefolgt von ein paar Leibgardisten. Ein Begrüßungskomitee erwartete sie. Küsse gab es nicht, auch das wohl eine Perestroika-Erneuerung, meinte der Alte, der den Kurzbericht Gorbatschows in die Kamera, wonach er und seine Leute in seinem Haus auf der Krim eingesperrt, sozusagen gefangengesetzt worden seien, mit »Na so was!« kommentierte und, nachdem der Korrespondent begeistert die Gefangennahme des Notstandskomitees geschildert und zu Bildern von jubelnden Massen auf dem Parlamentsvorplatz und die Stadt verlassenden, blumengeschmückten Panzerwagen »Ende des Putsches und weltweit große Erleichterung über den Sieg der Demokratie« jubiliert hatte, den Ton mit den Worten wegschaltete: »Das war's denn wohl.« Benno Kröttmann stand auf. Man wolle mal sehen, sagte er, vielleicht stecke ja tatsächlich mehr dahinter. Er nahm den Wisch mit.

»Tu das mal«, sagte der Alte, »paß auf, du mußt mich vermutlich zum drittenmal retten«, rief er hinter ihm her.

Die Zusammenfassung der Tagesereignisse in Moskau, Leningrad und auf dem Baltikum sahen sie sich am Abend an: Die jubelnden Menschenmengen, denen der Moskauer Bürgermeister Popow zurief, man müsse jetzt Jelzin zum

Helden der Sowjetunion ernennen, den sich bescheiden gebenden Volkshelden selbst, das Ende des Putsches verkündend und vor der »Rossia, Rossia, Rossia …« rufenden Menge unter blau-weiß-roten statt roten Fahnen, die Bilder der Nacht von den Panzern, unter denen junge Männer zerquetscht wurden, einen verwirrt wirkenden Gorbatschow, der auf einer Pressekonferenz wirre Geschichten über seinen Hausarrest auf der Krim erzählte, und immer wieder den »Helden der die Welt erschütternden Tage«, wie der Korrespondent nahezu singend verkündete, den »Garanten der neuen Demokratie: Jelzin«.

Gerda Kröttmann, die das Scheitern des auch von ihr so genannten Putsches klatschend begrüßte, sich als Anhängerin Gorbatschows zu erkennen gab, »outete«, wie Hawa anmerkte, sagte: »Jetzt ist der Weg frei für einen wirklichen Sozialismus.«

»Der mit dem menschlichen Antlitz?« fragte Hawa.

»Arschloch«, sagte Benno Kröttmann, »als ob es darum ginge.«

So, und worum es denn ginge, wollte Hawa wissen.

»Es geht … ach was, es ging …«

Jedenfalls ging es noch eine Zeitlang so weiter in Kröttmanns verqualmter und nach Wirsing und Würstchen, Kaffee, Bier und Marihuana riechenden Küche, in der man beisammensaß, um darüber zu beraten, wie man vorgehen sollte, um diese »Morddrohung gegen unser Geburtstagskind«, so Gerda Kröttmann, ins Leere laufen zu lassen.

Verdächtigungen

Daß eine Spur in die Wagenburg an den Blauen Bergen führen sollte, zu den Cowboys, wie der Alte sich ausdrückte, schien zunächst wenig wahrscheinlich. Möglich war dagegen eine Protestaktion dieser und anderer Leute gegen die vermutete Räumung des alten TuS-Platzes, möglich sogar eine rabiate Aktion und womöglich hier oben während des Festgeschehens. Aber an einen Anschlag auf den Jubilar aus dieser Ecke, wie der Alte argwöhnte, wollte niemand glauben. Auszureden war es ihm allerdings nicht. Im Gegenteil, spätabends ließ er noch wissen: »Es kommt aller Wahrscheinlichkeit nach von da, wie ich sagte, und wißt ihr, wer noch dahintersteckt? Haltet euch fest: Kalli Roggenkamp, der Manipelträger.« Das klang verrückt – und war es wirklich auf eine Art. Ins Spiel gebracht hatte den pensionierten rausgeschmissenen Hauspriester mit dem nach Liliane »verklärten Lächeln aller Bestußten« Milenka Rothe.

Milenka Rothe ist Pastoralreferentin der Gemeinde Sankt Marien, direkt dem Bischof, Heinrich-Johannes zur Linden also, unterstellt. Daß der Alte dann mit ihr und nur noch mit ihr Gemeindeangelegenheiten besprach, galt als beinahe sensationell. Unter den nachkonziliären Neuerungen, denen des Zweiten Vatikanums, lehnte er nämlich wie vieles andere die institutionelle Einbindung von Frauen in kirchlichen Angelegenheiten, vornehmlich auf seelsorgerischem Gebiet, ab, teilte, versicherte er gern, die paulinische Auffassung, wonach das Weib in der Kirche zu schweigen habe. Daß Frauen zum Beispiel die Kommunion austeilen durften »mit ihren Fud-Fingern«, fand er höchst unappetitlich. Versicherungen seines Neffen, des Bischofs, es handele sich doch bloß um pastorale Experimente, daran etwa, daß solche Personen einmal Sakramente spenden dürften, sei überhaupt nicht zu denken, hatten ihn nicht beruhigt. Offiziell sozusagen. Eigentlich nämlich befürchtete er überhaupt nicht »die Auflösung unserer Ecclesia Una Sancta durch all solche schädlichen bis überflüssigen Neuerungen«, wie er mitunter jammerte. Er tat bloß so, aus Daffke, meinte Hawa, und ein bißchen vielleicht aus so was wie kokettem Altersstarrsinn. Und was »das Vordringen des weiblichen Elements in allen Dingen heutzutage, sogar in den Corpus Christi mysticum« anging, vielleicht auch wegen einer gewissen Furcht vor Frauen. Nun ja, für den, der seine diesbezüglichen Verletzungen kannte, nichts Absonderliches. Sie hatten ihn zum Beispiel den Aristoteles-Satz: »Wir müssen das Wesen der Frau als etwas betrachten, was an natürlicher Unvollkommenheit leidet« – eine Originalhandschrift Schopenhauers übrigens – eingerahmt in seinem Ruheraum auf-, allerdings gleich nach dem Tod seiner Frau wieder abhängen lassen. Wie auch immer: Im Grunde hielt Karl-Walter zur Linden in dieser Hinsicht wie in anderen sowieso die alte Grundregel, die Tancredi in Lampedusas »Il Gattopardo« so treffend benennt, für wahr: »Se vogliamo che tutto rimanga come è, bisogna che tutto cambi.« In der Person Milenka Rothes war ihm diese Erkenntnis, den Frauendienst im ekklesialen Bereich betreffend, besonders leichtgefallen. Er hatte sie gleich gemocht, ja einen Narren an ihr gefressen, sagte man in der Familie: eine junge Frau, eine Sorbin aus der Gegend um Bautzen, und sorbisch, wie man sich das so vorstellt, sah sie aus, mit ihrem breitknochigen, nach Liliane »rätselhaften, aber lieben Ostgesicht«. Sie war bis zuletzt in der DDR geblieben, obwohl sie manchmal hätte »rübermachen« können, aber so was sei nicht ihre Sache gewesen, erzählte sie, als wirkliche Katholikin liefe man nicht davon und schon gar nicht, wenn's um die Verteidigung des Glaubens ginge. Der Kommunismus sei übrigens gar nicht mal das schlimmste Übel gewesen. Der sei »wie unser Glaube, nur mit umgekehrten, negativen Vorzeichen, der Feind eben« – eine Formulierung, die dem Alten gefiel. Er war sowieso der Ansicht, die Gegensätze zwischen Katholiken und Kommunisten seien gar nicht so fundamental, wie manche Dogmatiker meinten. Universalisten seien nämlich beide, die richtigen jedenfalls, sowohl Katholiken wie Kommunisten; beide verachteten den Staat und dessen Institutionen, die sie aber instrumentalisierten, wenn's denn ginge, für ihre höheren und ein bißchen natürlich für ihre eigenen, niederen Zwecke und Ziele; wie ja auch beide, die intelligenten wenigstens, nämlich um vom Dogma nicht erstickt zu werden, zum Zynismus neigende Sarkasten wären, und deshalb könne man sich eben auf beide, auf die richtigen natürlich nur, in Notzeiten unbedingt verlassen. Und als Milenka Rothe dann sagte, die Schlimmen in der DDR seien die Lauen und ebenso die Evangelischen gewesen, weil die den anderen in den Arsch gekrochen seien, hatte sie, so der Alte zu Hawa, »mein Herz gewonnen«.

Sie war am späten Nachmittag noch zu ihm hochgekommen. »In dringenden Gemeindeangelegenheiten«, hatte sie Kläre Weidemann verklickert, die sie nicht mochte, glaubte sie doch, »die Sorbische« wolle mit dem Alten »poussieren«. Karl-Walter zur Linden freute sich wie gewöhnlich, sie zu sehen, man sprach über dies und das aus Sankt Marien, nichts Dringliches darunter. Sie tratschten über die und den, so den neuen Vikar Fick, der am Sonntag statt Roggenkamps die Messe in der Hauskapelle zelebriert hatte. Von ihm wußte Milenka Rothe, daß er zur Organisation Opus Dei gehöre, und auf das »Aha!« des Alten und sein »Wieso?« sagte sie: »Bei dem Namen!« – wozu beide, ihr Lachen verbeißend, ernsthaft nickten. Wie der Alte dann fragte, ob Fick etwa ein Stachelband am Leibe trage, sie darauf antwortete: »Das kriege ich noch raus«, das hat Kläre Weidemann, Ohr an der Tür, mitangehört und später herumverteilt.

Weshalb sie wirklich gekommen sei, sagte Milenka Rothe dann …, ein bißchen heikel wär das schon, und ein bißchen käme sie sich als Denunziantin vor, gleich einer Stasi-Zuträgerin, aber es ginge, so sähe sie's, um das Ansehen der Kirche …

»Das ging's der Stasi auch, sie nannte ihre Kirche nur anders«, unterbrach der Alte, »aber nur zu.«

Und dann kam's raus: Milenka Rothe, die unter anderem Gefangenenseelsorge und Obdachlosenbetreuung betreibt und sich in diesem Zusammenhang manchmal, neuerdings häufiger in der Wagenburg bei den Blauen Bergen aufhielt, berichtete, daß der Pastor außer Amt, Karl Roggenkamp, dort aufgetaucht sei, um sich zu erkundigen und seine Teilnahme an den geplanten Protestaktionen gegen eine Räumung des Platzes anzumelden, die auch sie, Milenka Rothe, das müsse sie in aller Entschiedenheit erklären, ablehne. So weit so gut und verständlich; doch nicht gütlich, lieb, so wie man ihn kenne, habe Roggenkamp gesprochen, besonders später nicht mit einem namens Jeanot. Drohungen habe Roggenkamp ausgestoßen, unverständlich, wer ihn doch kenne; »gegen Sie, Herr zur Linden, Sie nämlich steckten hinter allem. Sie wollten die Wagenburg plattmachen; denn Sie wollten dieses Kommunikationszentrum an den Blauen Bergen, das Ihren Namen tragen sollte, errichten, und alles, was sich dem entgegenstellte, würden Sie niederwalzen lassen. Er, Roggenkamp, kenne Sie nur allzugut; und das einzige, was Sie, Herr Doktor zur Linden, überhaupt davon abhalten könne, sei, daß man Ihnen Angst, richtiggehend Angst um Ihr Leben, Todesangst einjagen müsse. Stellen Sie sich das vor! Der liebe alte Pastor! Ich glaube, er ist krank. Und heute morgen tauchte er wieder an den Blauen Bergen auf. Der arme Mensch. Ich meine, man sollte Professor Neugebühr benachrichtigen, was halten Sie davon?« Neugebühr ist Chefarzt der Psychiatrie und, warum weiß Gott, mehr als ein übereifrig praktizierender Katholik, der zum Beispiel jedesmal, wenn er die Kommunion empfängt, wirklich weint. »Ach, lassen Sie nur, der beruhigt sich gewiß wieder«, hatte der Alte nach einem Päuschen gesagt, »aber ich danke Ihnen für Ihre Auskunft«, und das Gespräch dann auf anderes gebracht und bald Milenka Rothe verabschiedet.

»Jedenfalls liest Roggenkamp die FAZ, also bekümmert euch erst mal um den und die Wagenburgleute«, ließ er die Kröttmanns und Hawa wissen.

»Dumm Tüg«, meinte Benno Kröttmann, »den können wir übergehen, den Schiß-Kerl.« Hawa dagegen gab zu bedenken, man dürfe nicht vergessen, daß Greise gern durchdrehten, wenn so kurz vor dem Tod die Wundmale ihres schlimmsten Lebenstraumas wieder aufbrächen. Und das sei wohl passiert, als die beiden Alten in der Sakristei wegen der Schuld an der Ermordung von André, dem Zigeunerjungen, übereinander hergefallen waren, in einem Augenblick überdies, da die Wunde endgültig geheilt schien, Roggenkamp entrückt über den See Genezareth gewandelt sei, ruhmselig sozusagen nach Lüftung des sogenannten Geheimnisses des violetten Manipels, medienweit.

»Witzig«, sagte Benno Kröttmann, »aber dumm Tüg.« Er hielt Roggenkamp für zu klapprig und weichkeksig, um – unter welchen seelischen Bedingungen auch immer – Morddrohungen zu fabrizieren, geschweige denn, das Angedrohte auszuführen. Gleichwohl, ihn sollte, fand man, Anne-Catherine, von deren Frömmigkeit Roggenkamp beeindruckt war, aufsuchen und ihm den »Kopf zurechtrücken, notfalls wirklich und mit beiden Händen«, so Kröttmann, der die Wagenburg zu inspizieren gedachte. Das behielt sich indes Hawa vor, und der wollte keine Begleitung dorthin, was ihm ausgeredet werden konnte. Zwei Sicherheitsleute wurden ihm mitgegeben, weniger aus Schutzgründen, sondern um sich dort die Leute genau anzusehen. Wer weiß, vielleicht würde der eine oder die andere von denen mit einem Blumenstrauß zum Beispiel oder mit einem Geburtstagskorb für den Alten hier oben erscheinen, als Bote oder als Kellner maskiert, während der Feier auftauchen oder irgend so was, jedenfalls um den Anschlag auszuführen.

Die Sicherheitsleute, sechs Männer und eine Frau, von der »Security-GmbH« in Düsseldorf für die Zeit der Vorbereitungen und des Geburtstagsfestes gemietet, waren am Tag zuvor eingetroffen: drei Belgier, eine Schwedin, jene Britta, die aussah wie eine Japanerin, und zwei Deutsche, ehemalige GSG-9-Spezialisten, gepflegte Typen mit sich jeder Lage und jedem Milieu anpassenden Umgangsformen, und diese beiden Männer begleiteten Hawa.

Er ging nicht direkt zur Wagenburg, sondern hinten herum durch die Blauen Berge. Dieses Gebiet der mit Buschwerk bewachsenen Halden und Hügel aus Abraum, Schlacke, Trümmerschutt war früher nie das Revier von Hawa, Benno, Gerda und den anderen gewesen. Die Metzer-Straße-Bande und die Viehkuhlen-Gang, die damals um jeden Meter dort gegeneinander kämpften, beherrschten es, bis es die HJ für ihre Zwecke: Exerzieren, Kriegsspiele, Gelände-Motorrad-rennen und dergleichen, übernahm und es bis zum Ende, als Bombenteppiche längst alles zerpflügt hatten, behielt. Als die Hitlerjungen zuletzt noch zum Volkssturm eingezogen wurden, übten sie ein bißchen mit Panzerfäusten, die sie nachts in einem der dort in den harten Dreck getriebenen Unterstände aus Beton aufbewahrten. Fünf davon konnten Benno, Hawa und Gerda während eines nächtlichen Bombenhagels in der Stadt erbeuten, und daran erinnerte sich Hawa, wie er durch eine Talsohle zwischen zwei strauchbewachsenen Kuppelhügeln schritt und auf geklafterte Betonbrocken stieß. Auf einen der Brocken setzte er sich, schnupperte in dieser affenmenschähnlichen Art: Kopf auf die hochgezogene linke Schulter gelegt und stoßartig schnüffelnd.

Es war gegen Mittag. Die Sonne stand im Zenit, und nur über die Horizonträner schoben sich die Sommerwolkengebirge. Bis in die Frühe hatte es geregnet. In der brütenden Hitze dünstete das wie aufgebrochene Gemenge der Halden und Senken, roch nach Erde und Kokerei, feuchtem Gestrüpp und trockener Asche, alles vermischt mit dem fauligen Hauch schwitzenden Ginsters ringsum und dem süßlichen Duft der Tauben Tresbe, die da überall wuchert zwischen den Brombeer- und Himbeersträuchern, unter den halbhohen Erlen und Krüppelbirken und dem Akaziengesträuch. Früher manchmal, wenn man zur Halbzeit am Spielfeldrand des TuS-Platzes lag und der laue Wind von Osten wehte, war es dieser Odem gewesen, den man einatmete »bis in die Zehenspitzen«, hatte Hansi Leckebusch gesagt, dessen Mama ihm zur Halbzeit oft ein Kochgeschirr voll Kartoffelsalat brachte. Bei dem, was da aus den Blauen Bergen rüberkäme mit dem Wind, da könne er sich stundenlang einen abwichsen.

Die beiden Security-Männer, man nennt sie siezend beim Vornamen, Willfried und Niels, die in einiger Entfernung von Hawa stehengeblieben waren, schauten schweigend dem Geschnuppere zu, bis Hawa aufstand und sagte: »Es ist nichts Besonderes. Und weiter geht's!«

Die drei kletterten auf den letzten Hügel vor dem Platz, und von da aus blickten sie auf das bunte Gewirr von Bau- und Kirmeswagen, Caravans, Zirkus- und Zigeunergefährte, von einigen abgewrackten Lkws und Treckern, ein paar Hütten aus Holz und Blech. Aus einer der Hütten stieg Rauch kerzengerade hoch in dieser Windstille. Ungefähr in der Mitte des Platzes stand eine Art Rundbau, über den Zeltbahnen gespannt waren und der so einer mongolischen Jurte glich. Männer und Frauen und Kinder saßen oder lagen in der Sonne, Hunde liefen herum. »Eine Idylle«, sagte Security-Mann Niels.

»Ja«, sagte Hawa, »aber im Herbst und Winter, wenn's gießt oder schneit, sieht das schon ganz anders aus.«

»Nix da mit lustigem Zigeunerleben, wie?« sagte Niels.

»Überhaupt nicht. Und die da unten sind keine Feinde, merkt euch das.«

Die beiden lachten.

Nein, Feinde waren sie wirklich nicht, wenn er daran dachte, was er alles schon für die getan hatte in den beinahe zehn Jahren. Solange gab es die Wagen auf dem alten TuS-Platz, der von den zur-Lindens der Stadt abgekauft, nachdem dem Verein TuS 95 ein anderer, besserer, wie sie meinten, ein Rasenplatz, aber am anderen Ende der Stadt, verpachtet worden war. Die Sozialverwaltung der Stadt wollte, als die ersten Wagen kamen und blieben, nicht mitspielen, berief sich auf ein Wohnwagengesetz, wonach die Nutzung von Wohnwagen als ständige Wohnung untersagt war. Der Leiter dieses Amtes, er konnte bald entfernt werden, ließ gleich Polizei einsetzen, »um der Gefahr einer Ausbreitung von Seuchen zuvorzukommen«, wie er schwadronierte. Dann kamen noch mehr Wagen und blieben, und der Nachfolger des Entlassenen, ein ehemaliger Jungsozialist, stellte sich zwar nicht so an wie sein Vorgänger, jedoch dessen Assistent, welcher ihn nach Auskunft des Polizeipräsidenten, eines Katholiken und Freund der Familie, aus irgendeinem Grund in der Hand hatte. Der entpuppte sich als bösartig und äußerst trickreich im Erfinden von Schikanen, Auflagen, Hygienebedingungen, Situationen, die Razzien erforderten, und dergleichen. Ihn wegzukriegen war etwas schwieriger gewesen. Noch heute übrigens, er lebt irgendwo im Schwäbischen und ist dort Kreistagsabgeordneter, soll er sich gegen »Herumtreiber in Wagenburgen, den Brutstätten von Seuchen und Verbrechen«, austoben. Drei Toiletten hatten die zur-Lindens, um ein paar Auflagen des Sozialamts zu erfüllen, bauen lassen und die Stadt zwingen können, Wasserrohre und Stromleitungen bis an den Platz zu legen, was die zur-Lindens allerdings bezahlten, ebenso wie die beiden Pumpen auf dem Gelände – neben den laufenden Kosten schon eine erhebliche Summe. Und als der erste Drogentote in seinem Wagen entdeckt worden war, zwei Fälle von Tuberkulose und einer von Aids bekanntgeworden waren, hatte die Räumung – eine Truppe mit Bulldozern und Baggern war bereits angerückt– erst im letzten Augenblick aufgehalten werden können, fragt nicht, mit welchen Mitteln!

Daran und an einiges mehr erinnerte Hawa die »Wagenbürge – so nannten sie sich gern –, als er mit einigen von ihnen, darunter den Platzhirschen – so nannte Hawa sie –, draußen vor dem Rundhaus saß und deren Spezialität, Wildkaninchen in Rübenkraut zu Polenta, aß und Dosenbier dazu trank. Hawa war angekündigt worden, und sie hatten ihn erwartet. Lisa Saremba und Milenka Rothe saßen ebenfalls dabei, und während die Security-Männer Niels und Willfried »Augenschein nehmend« – so hieß das in ihrem Jargon – herumgeschlendert waren, hatte Hawa am Tisch deutlich gemacht, daß man an eine Räumung des Platzes überhaupt nicht denke, es sei denn, es passiere etwas; ein Angriff zum Beispiel auf einen zur-Linden oder eine militante Störung des Geburtstagsfestes. »Dann allerdings, und zwar dann ganz und gar!« Auf die Frage Juppis, eines der Platzhirsche der »Viererbande« – so der Ausdruck auf dem Platz für sie –, wie er, Hawa, zu solchen absurden Verdächtigungen komme, hatte Hawa geantwortet: »Nur mal so und für den Fall, daß ihr den Laden hier nicht mehr richtig überschaut.«

Hawa und Juppi schätzten sich in einer Mischung aus Respekt und Mißtrauen. Juppi war ein ehemaliger Priester, Jesuit, promoviert in Theologie und Philosophie, immer noch asketisch und einem Kuriendiplomaten, wenn auch einem in Lumpen, ähnelnd. Auf ihn konnte man sich eigentlich verlassen – nun ja, in Grenzen jedenfalls. Aber die Lage war die: Im wesentlichen gab es vier Gruppen auf dem Platz: die anspruchsvollen, doch verarmten Zivilisationsaussteiger, kriminalisierte Outdoor-Fans, Ökologiefixierte; dann die Freaks und Unangepaßte aller Couleur; dann die klassischen Trebegänger – neuerdings viele Obdachlose ohne Arbeit darunter – und schließlich wirkliche Outlaws. Die beiden letzteren Gruppen waren nach dem Brand der Kartonagefabrik stark angewachsen durch Neue, die kaum einer kannte, so daß die Einhaltung der Platzregel Nummer eins: »Hier kann jeder wohnen, der keine Kacke baut«, was meinte: keine Profi-Kriminellen, Junkies und Dealer von harten Drogen, schwer zu kontrollieren war. Das jedenfalls wußte man von Milenka Rothe.

»Schwachsinn, euer Verdacht«, hatte Juppi wiederholt, und Hawa hatte wiederholt: »Ich sag's noch einmal, und wir sind nicht ohne Information. Hier wird aufgeräumt, wenn was passiert«, war aufgestanden und hatte nach einem Kerl namens Jeanot gefragt. Die Bruni, ein weiteres Mitglied der Viererbande, Alt-Hippie und Regisseurin längst vergessener Dokumentarfilme, hatte ihn zu diesem Kerl, der in seinem Wagen, einem versifften Caravan, hockte, gebracht, und …

»Wahrhaftig er zitterte schon, bevor ich ihn überhaupt ansprach«, erzählte Hawa. Und ob man sich vorstellen könne, wer sich hinter diesem Jeanot verberge? Na?

»Na?«

»Hansi Kalthoff!« Aber von dem gehe nichts mehr aus, der sei mehr als kaputt, wenn er auch mit Roggenkamp herumschwadroniert habe. »Hansi Kalthoff ist ein Alkoholwrack. Man kann ihn vergessen als ernstzunehmenden Mordandroher. Wirklich.«

Hans-Herbert Kalthoff hatte vor Jahren die Tochter einer Frau, mit der Hawa eine Zeitlang liiert war, auf den Strich gezwungen, sie drogenabhängig gemacht. Da ihm dazu weitere schwere Straftaten nachgewiesen werden konnten,

Hawa hatte sich seinerzeit in dieser Angelegenheit sehr engagiert, war er zu acht Jahren Haft verurteilt und vor zwei Jahren erst entlassen worden, aber in dieser Gegend nicht mehr aufgetaucht bis eben dann in der Wagenburg. Hawa hatte ihn sofort aufgesucht, ihm die Brille abgenommen, sie zerbrochen und ihm geflüstert: »Ich schlage dir den Kopf ab, Ratte, und warte nur auf den Augenblick dafür.« Er war auf die Knie gefallen, herumgerutscht, hatte geschluchzt und gewimmert, und Hawa hatte sich anschließend ziemlich geschämt.

Gewiß – es gab einige Verrückte und Schlimmere in der Gegend, die genauso oder eher noch zu Anschlägen der angedrohten Art fähig waren, irgendwo auch Leute, die sich, zu Recht oder nicht, als Zur-Linden-Geschädigte fühlten. Mit solchen mußte man immer rechnen. Da hieß es einfach: achtgeben, aufpassen, und gemeinsam mit den Security-Männern konnte genügend Vorsorge getroffen werden. Absoluten Schutz vor fanatisch Entschlossenen, Fremden gibt's ohnehin nicht.

Und wie war es mit Verwandten, von denen die auswärtigen nach und nach eintrudelten? Durfte man sich da so sicher sein? Paulus zur Linden zum Beispiel, diesem Tonton Päule, war immer einiges zuzutrauen gewesen in seiner Gier, ans Vermögen zu kommen, sich auszahlen oder sogar die Zur-Linden-Gesellschaft auflösen zu lassen. Seit Jahren, ja Jahrzehnten trieb ihn das an, unablässig, und ein übers andere Mal hatte man ihn schon ernstlich gewarnt. Das wirkte eine Zeitlang. Schreckhaft war er ja. Dann aber ging's wieder los, als ob ihn was zwänge. Die Erpressung mittels der blödsinnigen Abstammungsgeschichte hatte erst mal überhaupt keine Spende für diesen Tierschutzverein zum Zweck gehabt, sondern tatsächlich wieder einmal das Herausbrechen zumindest seines Anteils aus dem Zur-Linden-Vermögen, was neben allen anderen Ärgerlichkeiten vermutlich zu einem wirklichen Bruch vom Berg und damit zu einer einiges zermalmenden Lawine geführt hätte. Der Alte hatte das allerdings kühl und eisig, und jeder zur-Linden wußte, was solche Eisigkeit bedeutete, abgelehnt. Sein Neffe Tonton Päule wußte das selbstredend auch, und gerade das hätte seinen Jähzorn entfachen können, diesen Jähzorn, der ihn noch unberechenbarer machte. Er hatte in einem seiner Anfälle zum Beispiel seine erste Frau zum Krüppel geschlagen, die seitdem aus einem speziellen Zur-Linden-Fonds eine Rente bezieht. Solche Rage zusammen mit jener Obsession, das Zur-Linden-Kombinat aufzulösen, hätte Tonton Päule sehr wohl zu dieser Morddrohung getrieben haben können, und einem Bestußten seiner Art war auch die Ausführung, nun ja, wenigstens der Versuch dazu zuzutrauen.

Für Benno und Gisela Kröttmann stand, was die Verwandten anbetraf, erst mal ein anderes Familienmitglied obenan: Nikolaus zur Linden, genannt Pinkus, ein Spitzname, den er seinen Sitzungen in der Wirtschaft von Pinkus Müller während seines nie abgeschlossenen Studiums in Münster verdankte. Pinkus ist ein Sohn von Hermann zur Linden, dem Bruder von Bischof Heijo, Tonton Päule und Ursula, genannt Uschu, mithin Neffe Hawas, der ihn mitleidig mochte und ihm erlaubt hatte, in einem der oberen Räume im Zunftgebäude-Flügel Quartier zu nehmen für die Zeit, die er sich hier aufhielt, um an der Geburtstagsfeier teilzunehmen. Am Tag der Morddrohung war er eingezogen. Pinkus hatte auch ein ziemlich langes Strafregister, darin sogar eine Strafe für Erpressung, allerdings für die gegen den Ehemann einer seiner Geliebten, und eine Erpressung ist der knapp gefaßten Morddrohung auf Packpapier nie gefolgt. Hawa hielt Pinkus für unverdächtig, kannte ihn einigermaßen, weil er ein bißchen von ihm geschützt worden war während seiner Studienzeit. Er war einer dieser vielen, die hier »lebensuntauglich« genannt werden, kein Krimineller aus Not oder Berufung. Die Kröttmanns mochten ihn nicht. Sie hielten ihn zu Recht, das sei gesagt, für einen zeitweiligen Konfidenten des Verfassungsschutzes und hatten ihn, zu Unrecht, in Verdacht, sie wegen ihrer heimlichen Reisen in die DDR angezeigt zu haben. Jedenfalls ging Benno zu ihm hoch. Der Raum, in dem sich Pinkus einquartiert hatte, liegt im hinteren Bereich des zweiten Stocks des Zunftgebäude-Flügels, versteckt neben dem westlichen Eckturm. Man gelangt durch den oberen Flur hinein. Eine zweite Geheimtür in der Hinterwand eines massiven Eichenschranks führt direkt in den Eckturm. Sie war während der Verfolgungszeit, vermutlich schon 1934, installiert worden, hatte einige Male benutzt werden müssen in jener Zeit. »Daß einer wie du hier überhaupt rein darf«, so Benno zu Pinkus, »ist schon … naja …«

In dem Raum, in dem damals Illegale versteckt, Konferenzen abgehalten worden waren, schien nichts geändert: immer noch die nackten Mauerwände, der alte Strohteppich, zwei Feldbetten in der Ecke, der Volksempfänger auf einem sogenannten Rauchtisch und Generalstabskarten der Gegend an der Wand. Pinkus hätte ein bißchen geheult, erzählte Benno anschließend, »trotzdem, ich trau dem nicht«, aber man merkte, daß er ihn eigentlich aus seinem Verdacht entlassen hatte. Ebenso allerdings und unverständlicherweise den Ludwig Dienels, den Onkel Bluthund. »Warum der?« fragte er. Reich sei der heute und hätte keinen ersichtlichen Rachegrund.

Andy hatte Dienels seiner Tante Annette trefflich beschrieben. Er sah wirklich aus wie einer dieser Middleclass-Amis in Hollywoodfilmen aus den vierziger, fünfziger Jahren, ein bißchen wie Truman, ein alt gewordener. Dienels war neunundsiebzig Jahre alt, aber erstaunlich rüstig. Wer genauer hinsah, entdeckte das Kostümhafte an ihm, auch wie er so herumschwadronierte auf deutsch mit dem knautschigen Ami-Akzent des Mittelwestens. Vorm Tresen im »Rheinischen Hof«, auf einem dieser hochbeinigen Hocker sitzend, palaverte er bei Obstsaft und Mineralwasser über phantastische Geldanlagemöglichkeiten in Florida, über Schwarzbrenner in den Everglades, Aligatoren- und Schlangenjagden, den Einfluß der Exilkubaner, der schon nicht mehr Einfluß, sondern Herrschaft sei, bis er auf Nachfragen zweier ebenfalls am Tresen hockender Gäste ausbrach ins Lobreden auf das neue Deutschland, das er als »fabelhaft demokratisch« bezeichnete, die »endlich errungene Einheit, den Sieg über das unmenschliche System jenseits der Elbe, die kommunistische Tyrannei …«

»Die Sie ja damals schon bekämpft haben, in der Uniform

eines Sturmbannführers. Schlagt den Bluthund Dienels tot, haben sie nicht so gebrüllt, die Comis?« hat ihn der Rechtsanwalt Erich Schapiro, Anne-Catherines Mitarbeiter, von ihr und Hawa damit beauftragt, Dienels »auf den Zahn zu fühlen«, gefragt.

Sein erstaunlich faltenfreies Harry-Truman-Gesicht zeigte einen Schmiß auf der linken Wange von unterhalb des Auges bis bald an die Nasenspitze. Er fuhr sich mit der Hand darüber, schien nicht überrascht, fragte nur: »Kenne ich Sie?« – und am Tisch in einer Ecke der Bar, an dem er nach Aufforderung Platz genommen hatte, war er ebensowenig beeindruckt von der ihm vorgehaltenen Tatsache, daß Kriegsverbrechen hier nicht verjährt seien, man über diesbezügliches Material ihn betreffend verfüge.

»Wissen Sie, daß ich eine, wenn auch minimale Kriegsversehrtenrente vom Arbeits- und Sozialministerium in Bonn beziehe, und glauben Sie, die würde man einem Kriegsverbrecher zahlen? Außerdem bin ich Amerikaner«, sagte er, weiterhin in diesem Middlewest-Sound, »glauben Sie wirklich …?«

»Ob man einem Drogendealer Ihres Formats den Schutz angedeihen läßt, den Sie erhoffen?«

Auch das schien ihn nicht zu berühren, und er erwiderte auf die Darlegung, man setze alles daran, daß die alten Zeiten, in denen Burschen seiner Art herumtoben konnten, hier nicht wieder eingeführt würden: »In diesem Bestreben finden Sie mich absolut auf Ihrer Seite«, ohne die Spur eines Ami-Akzents diesmal. Nun ja, Dienels wurde dann, nach einem gemeinsamen Trunk eines Export, noch einmal ernsthaft bedeutet, er könne sicher mit einigem rechnen, sollte irgendeine Störung vor, während oder nach dem Geburtstagsfest von seiner Seite erfolgen … »der kleinste Pup … irgendein Spielchen … dann …!« Da habe sich in seinem Auge über dem eigenartigen Schmiß doch noch so etwas wie ein Sturmbannführer-Glimmen gezeigt, erzählte Erich Schapiro.

Aus dem Verdacht zu entlassen war Dienels jedenfalls nicht, denn wer weiß schon, was in so einem Verdränger aufbricht und was dem einfällt, wenn das Vergangene sich meldet, den Kopf ausfüllt. Seine beiden Kinder aus zweiter Ehe gleichen übrigens tatsächlich, wie es Andy beschrieben hatte, solchen Elite-Uni-Youngstern, die man aus US-Filmen und -Serien kennt. Hätte man sie dennoch oder gerade deswegen im Auge behalten sollen, so wie zum Beispiel Jürgen zur Linden, dem nach Liliane »herrlich mißratenen Sohn« von Hawas Bruder Hans-Joachim?

Diesen am Vortage eingetroffenen, zur sogenannten Unterhaltungs-Elite in diesem Land zählenden Fernseh-Witzbold – seine Einschaltquoten galten damals als die besten aller Fernseh-Witzbolde – hatte Gerda Kröttmann richtig auf dem Kieker. Er war ihr einmal zwischen die Schenkel gefahren. Tatsächlich war er berüchtigt für so was. Ob er wirklich obsessiver Erotomane ist, wie er von sich behauptet, oder ob er es »aus Renommage tut, wegen seines Image«, so Liliane, der er ebenfalls einmal zu nahe gekommen war, egal. Jedenfalls hatte er sich damals nach einer ruppigen Mißhandlung allerdings durch Gerda Kröttmann bei dieser zunächst einmal mit seiner ihm zur zweiten Natur gewordenen zwanghaften Spaß- und Anmacherei, von der er sich auch im Alltag nicht mehr lösen könne, entschuldigt, und am Tag darauf, und das machte ihn für Gerda Kröttmann eben besonders verdächtig, mit in einem Nelkenstrauß steckenden Billet d'amour aus braunem Packpapier, auf dem in aus »BILD« ausgeschnittenen Buchstaben stand: »Entschuldigt, Hohe Frau, meinen Trieb und Spaß an der Freud. Aber Sie haben es mir angetan.« Daß dieser Clown, er bekam übrigens damals zwölf Millionen Mark im Jahr für seine Shows, ernsthaft einen Mordanschlag auf Karl-Walter zur Linden plante, glaubte natürlich auch Gerda Kröttmann nicht. Aber einen Jux, wie der so was nenne, wolle er sich vielleicht schon machen, zum Beispiel einen Platzpatronen-Schuß auf den Jubilar abgeben, einen Knaller loslassen, etwas in einer Torte oder wer weiß wo noch explodieren lassen, einen dieser Späße, mit denen er auch im Fernsehen zuweilen kaspere, und das könne den Alten, der werde immerhin fünfundneunzig, aus reinem Schreck töten. Oder?

»Gerda!« sagte Hawa. »Ein Peiaß ist er fraglos, aber er liebt den Alten. Ich weiß es.«

Gerda Kröttmann ist trotzdem in Begleitung der geisha-gesichtigen Schwedin Britta aus der Security-Mannschaft zum »Westfälischen Hof« gefahren, wo Andy ihn samt seiner aus einem Psychologen, einem Masseur, einem Gag-Schreiber, zwei Bodyguards und zwei Models bestehenden Entourage untergebracht hatte. Bekleidet mit einem seiner berühmten Hawaii-Hemden über Pluderhosen und begleitet von beiden Leibwächtern, war er in der Lobby erschienen, hatte Gerda umarmt, und nach deren Erklärung, weshalb sie ihn aufsuche, ein bißchen den Empörten gespielt, aber – Gerda hatte ihm abschließend gesagt: »Also, Männeken, du weißt, was dir blüht« – hinter ihr hergerufen, vielleicht doch halb im Ernst : »Unverschämtes Pack, dieses Personal.«

Sie lachte darüber, als sie es erzählte, sagte dann allerdings: »Personal waren und sind wir ja, Benno und ich«, und das verwunderte nicht nur Hawa, der sie anherrschte: »Was soll das!« Er erschrak aber richtig, als Benno zurückschrie: »Was denn sonst, Kürbacke!«

Zu Gerda sagte Benno später: »Kann man denn so mir nix dir nix den hier lebenden Teil der Mischpoke ausnehmen?«

»Wie bitte?!« fragte die nach.

Benno zählte auf, gab Motive an, ließ von allen, sogar von den Kindern bis runter zu Liliane, nur Annette Vendrini-zur-Linden aus, für die halte er die Hand ins Feuer und mehr.

»Aha!«

Hawas angeblich »erfreutes Augenleuchten« beim ersten Hören von der Morddrohung erwähnte er, und man wisse doch, wem der den Tod seiner Mutter zurechne.

»Die er haßte!«

»So?!«

»Oder sein Bruder Jochen, die Nulpe. Seine Wut, daß nicht er, sondern Anne-Catherine zukünftiger Chef sein soll.«

»Und Marie-Anne womöglich auch?«

»Warum nicht. Wie die den Alten verhöhnt, wenn man richtig hinhört!«

»Das ist doch …«

Und was man von einer Eigeninszenierung halte?

»Also jetzt ist aber ...«

Die von Bennos Rundumschlagverdächtigungen ausgenommene Annette Vendrini-zur Linden hat Gerda Kröttmann übrigens am Abend noch in ihrem Zimmer aufgesucht, auf Bitten Andys: »Ich habe Angst, die dreht durch. Du kennst sie ja und ihre Wackeligkeit und Schockanfälligkeit. Sie hockt wie festgeklebt vor dem Fernseher. Und sie wird immer schweigsamer.«

Annette Vendrini-zur Linden und Gerda Kröttmann verband ein besonderes Verhältnis. Innig, was man sich so darunter vorstellt, würde man es nicht gerade nennen. Doch daß Gerda Kröttmann den Arm um die unbewegt auf dem Sofa vor dem laufenden TV-Gerät Sitzende legte, Annette ihren Kopf in Gerdas Armbeuge lehnte, hieß schon etwas. Denn an wen sonst hätte sie sich so geschmiegt, die ständig starrer und unnahbarer – nach Hawa »holziger« Gewordene. Die beiden kannten sich fast so lange wie sich Hawa und die Kröttmanns kennen, seit ihren Kindertagen also. Nicht daß sie gemeinsam im Sandkasten gespielt hätten. Dafür lebte man nicht nur geographisch zu weit auseinander, und bei ihren ganz anderen und gefährlichen Spielen hat Hawa Annette nie mitspielen lassen, schon deshalb nicht, weil sie zu jung dafür war, fünf Jahre jünger nämlich als Gerda Kröttmann. Sie sind Schulkameradinnen gewesen, denn nach Zerbombung ihrer Schule kam Gerda in die Oberstadt-Volksschule, und beide haben im Schulkeller, an- und ineinandergekrallt, die grauenhafte fünfstündige Bombardierung, bei der viele ihrer Schulfreundinnen zerfetzt wurden, überlebt, und danach hat Gerda für drei Wochen Annette auf dem Jochum-Hof besucht, allerdings mit den Phantastereien ihrer jüngeren Freundin, deren Imitationen der Alice aus dem Wunderland, nichts anfangen können. »Wunderlandspinnereien« wurde dann auch das Wort, das Gerda später immer wieder für Annettes romantisches und häufig ganz und gar das Wirkliche negierendes Engagement benutzt hat, gleich ob es sich etwa um radikalpazifistische oder später um ihre ganz und gar nicht friedlichen Ideen und Aktionen handelte.

Es wurde sogar das Codewort, die Parole, zwischen ihnen, wenn es um Botschaften und Treffs ging, denn Gerda hat ihre Freundin auch während deren Aktivitäten im Guerilla-Milieu und später in der DDR getroffen – ja, ihren Übertritt in den, von ihr damals noch spöttisch so genannt, »Arbeiter- und Bauernstaat« vorbereitet.

Es roch muffig im Zimmer, nach abgestandenem, verschüttetem Wein. Die Vorhänge waren zugezogen. Nur eine Tischlampe brannte.

»Da!« sagte Annette.

Sie hatte die mitgeschnittenen Aktualitäten aus Moskau per Fernbedienung zurücklaufen lassen, an einer Stelle gestoppt. Auf dem Schirm sah man einen halbnackten Knaben um den Hals des eisernen Felix Dzierzynski einen Strick legen, dann den vom Sockel gerissenen, an mehreren Drahtseilen baumelnden Tscheka-Gründer zu Boden gehen, sah und hörte die von Scheinwerfern angestrahlte beifallklatschende, johlende Menge vor dem KGB-Gebäude, der Lubjanka, dreimal hintereinander, einmal dabei von einem anderen Standort aus gefilmt. Annette hielt dann ein Bild an, tippte zurück und ließ die Großaufnahme eines der beiden Kräne, die das Denkmal gekippt hatten, stehen. Man las an der Kranführer-Kabinentür deutlich den Firmennamen: KRUPP.

»Na?« sagte Annette.

Gerda nahm ihr die Fernbedienung ab, schaltete den Apparat aus. »Hör auf«, sagte sie, »das bringt doch nichts.«

»Aha«, sagte Annette.

Gerda stand auf, zog die Vorhänge zur Seite, öffnete eines der Fenster. Das Zimmer lag nach Westen raus, und man sah weit hinten an den Stadträndern zwischen den getürmten Lego-Blocks noch den Rand der untergehenden, von Dunst und Smog rostig gefärbten Sonne, und man hörte im abgedämpften Verkehrslärm von ganz weit Glockengeläut.

Annette hatte den Apparat wieder eingeschaltet: Der Auftritt Gorbatschows vor dem russischen Parlament lief, und wie er von Jelzin, der ihm ein Protokoll-Papier vor die Nase hält, schuljungengleich abgebügelt wird.

»Da!« sagte Annette.

Gerda, die hinter sie getreten war, ihre Hände auf Annettes Schultern gelegt, sagte: »Mach aus. Komm mit. Wir reden mit den anderen unter uns.«

Annette hätte ihre Hände abgeschüttelt und nur noch gesagt: »Hau ab.« Irgend etwas passiere mit der, sie mache sich größte Sorge.

Man hatte sich noch auf der Empore über der Halle getroffen, Anne-Catherine, die dem Roggenkamp – so erwähnte sie – »den Kopf zurechtgerückt« hatte, war auch dabei. Sie beobachteten, wie unten in der für die Feier und den Festschmaus hergerichteten Halle zu den Anweisungen von Andy, unter Assistenz von Nelly – die war tatsächlich zurückgekehrt – oder umgekehrt von Nelly unter Assistenz Andys, die Servierer und Serviererinnen, fünfundzwanzig von den Security-Männern und Benno ausgesuchten Kellnerinnen und Kellner aus der Gegend, imaginäre Gerichte auftrugen, den imaginären Gästen vorlegten, imaginäre Getränke in imaginäre Gläser gossen, auf Kommando dies und das vollführten. Tante Änne aus Kamen stand stumm dabei, und die Security-Männer gingen, alles noch einmal »in Augenschein nehmend«, herum.

»Fabelhaft«, sagte Hawa, »und zum Kreischen komisch.« Er solle lieber mal zu seiner Schwester gehen, wies ihn Gerda zurecht.

Hawa ist aber nicht noch rauf zu seiner Schwester gegangen, sondern mit runter zu Kröttmanns, »den beiden auf den Zahn fühlen, dahinterkommen, was los ist mit denen und was sie vorhaben«, erklärte er später Marie-Anne. Sie haben sich die am Nachmittag aufgenommene Sitzung des russischen Parlaments angeschaut: Die Demontage Gorbatschows, der, von Jelzin zurechtgestuckt, versucht, seine Rolle in dem Putsch- und Machtspiel, bei dem wenigstens Mitwisser gewesen zu sein, er beschuldigt wurde, zu erklären, und der trachtete, das immer lauter geforderte Verbot der Kommunistischen Partei durch Exkulpations-Schwadroniererei aufzuhalten, wobei das Drängeln der Delegierten an die Mikrophone vom am Vorstandstisch thronenden, den Moderator spielenden Jelzin bestens vorbereitet schien. Und während

Gerda Sprüche wie »Reiß das Ruder rum, verdammtnochmal« abgelassen, Hawa vom »dantonischen Mißlingen« ge-
quatscht und grinsend die Frage gestellt hat, wie naiv eigentlich »der neuer Held der Sowjetunion sein muß, um sich als
Generalsekretär der KPdSU und Unionspräsident vor das
russische Parlament zitieren zu lassen«, hat Benno Kröttmann, einen Joint nach dem anderen qualmend, ein Bier nach
dem anderen schluckend, nur hier und da in seiner Art ge-
ächzt.

Fünfundneunzig
wird nicht jeder

Das denkwürdige Fest, der fünfundneunzigste Geburtstag Karl-Walter zur Lindens, begann, wie sollte es anders gewesen sein!, mit einer Heiligen Messe in der Hauskapelle morgens um sechs.

Der Raum, ohne die von einem Teil des nordöstlichen Eckturms gebildete Apsis hinter dem Altar, faßt höchstens fünfzig Personen, und beinahe so viele waren da, Verwandte allesamt, groß und klein, zusammengedrängt in den Betbänken. Es herrschte die dämmerige, von altem Weihrauch durchzogene Frühmettenstimmung. Der von der Decke an vier gußeisernen Ketten hängende Radleuchter aus dem vierzehnten Jahrhundert warf sein diffuses Licht, und ein Rot in der Art der Ewigen Lampe füllte die Kapelle aus, gab ihr tatsächlich etwas »Blutrünstiges«, wie Liliane es übertreibend ausdrückt. Frommer gesagt: Alles schien durchtränkt vom Mysterium Sanguinis Christi Novi Et Aeterni Testamenti. Das machte einmal der rubinrote Samt, mit dem Bänke, Boden, Altartisch bedeckt sind, sowie die in den Grundtönen Rot und Violett gehaltenen Martyrien darstellenden Glasmalereien der vier Rundbogenfenster, von denen das mit dem pfeilgespickten Sankt Sebastian vom funkelnden Licht der aufgehenden Sonne erleuchtet wurde. Rot leuchteten außerdem Kelchvelum, Stola, Manipel, und eitrig, brandwundartig wirkte das rosarote, mit Goldfäden durchwirkte Meßgewand des Zelebrierenden, Heinrich-Johannes zur Linden, Erzbischof der Diözese, dem noch dazu die hellviolette Kalotte auf dem Kopf saß. Heijo ministrierten – und das nannte man dann nachher das I-Tüpfelchen – Gisberth und Vincenz, das rothaarige zwölfjährige Zwillingspaar, Enkel von Uschu.

Man war auf das apostolische Rot, die liturgische Lieblingsfarbe des Alten, nicht einfach mal so verfallen. Es war vielmehr die Farbe des Tages. Der Geburtstag Karl-Walter zur Lindens fiel nämlich auf das Fest des Apostels Bartholomäus, den der Heiland, so hieß es offiziell, »wegen seiner Einfalt« ausgewählt hatte. Tatsächlich geht auf Bartholomäus, er hieß vordem Nathanael, der auf Jesus gemünzte Ausspruch: »Was kann aus Nazareth schon Gutes kommen« zurück. Nun braucht der Heilige, dessen Fest zufällig auf den Geburtstag eines gläubigen Katholiken fällt, diesem nichts zu bedeuten. Wichtiger ist der Namenspatron, und der war der von dem Alten höchstgeschätzte, feinsinnige Intellektuelle Karl Boromäus, dessen Fest am vierten November gefeiert wird. Dennoch mochte Karl-Walter zur Linden diesen Nathanael. Daß der Herr ihm die Frechheit nicht nur verziehen, sondern ihn vermutlich gerade deswegen, nämlich seiner skeptischen, undogmatischen Haltung wegen, zum Apostel bestimmt hat, ließe ihn für sich hoffen, bemerkte er gern.

Heinrich-Johannes hatte eine Missa votiva solemnis et privata, also eine wenn auch private, so doch feierliche Votivmesse zu Ehren des Fünfundneunzigjährigen angesetzt, und selbstredend wurde sie lateinisch gebetet und gesungen. Wegen der fisteligen Stimmlage Heijos klangen die Responsorien der Verwandtengemeinde allerdings ein bißchen arg gequetscht. Wer, außer Kindern, konnte in solchen Höhen schon unangestrengt singen, und Hermann zur Linden, der auf dem Harmonium begleitete, fiel es zudem schwer, die vom Zelebrierenden vorgegebene, aber ständig variierte Tonlage zu treffen. Er schaffte es meistens, wurde deswegen später gelobt, als man über die Messe redete, dies und jenes pries oder auch belächelte, die Fistelstimme Heijos zum Beispiel, wobei gerade der fröhlich mittat. Man rühmte ebenfalls Hermanns Vor-, Nach- und Zwischenspiele in der Manier seines Idols Marcel Dupré, insbesondere die Variationen zu des Alten Lieblingschoral: »Salve regina mater misericordiae …« zum Schluß der Messe.

Hermann zur Linden, er ist es gewesen, der im Musiksalon die ganze Nacht hindurch, bis fast um vier in der Früh, das »Wohltemperierte Klavier« nervtötend rauf- und runterklimperte, hat Kirchenmusik studiert, ist aber noch vor dem Abschluß »ins Geschäft eingestiegen«, wie man so sagt, das heißt: in das zur-Lindensche. Er und seine Frau haben einen Stall voll Kinder, vierzehn insgesamt!, und sie führen ein in der Familie sprichwörtlich bescheidenes, ja piefig-kleinbürgerliches Leben, was um so merkwürdiger scheint, als sie, Lena-Bettina von Üxbergen, aus baltischem Adel stammt. Eine Akte des KGB, sie ist dem Alten seinerzeit noch vom Staatssicherheitsdienst der DDR zugespielt worden, gibt indes Aufschluß, weshalb vermutlich. Daß Hermann zur Linden nach der Messe gemeinsam mit seinem Bruder Heijo, dessen Generalvikar und Intimus Tschup, dem Alten und seinem Cousin Hawa frühstückte, war aber keine Auszeichnung für das gekonnte Harmoniumspiel. Dafür gab es geschäftliche Gründe: Hermann zur Linden, Sohn des verstorbenen Alfred, Bruder des Alten, leitete die Lindenhof GmbH in Berlin seit eh und je, und zwar hervorragend. Während »DDR-Zeiten«, so hieß das jetzt, hatte er von Westberlin aus die Zur-Linden-Liegenschaften drüben, nun sagen wir: »betreut«, das heißt dafür gesorgt, daß sie, natürlich nicht ohne Mithilfe der in Ostberlin lebenden Annette Vendrini-zur Linden und anderer guter Verbindungen, den Enteignungen entgingen, weitgehend jedenfalls, indem er zum Beispiel die immer wieder anfallenden notwendigen oder auch unnötigen, jedenfalls geforderten Renovierungen prompt durch westliche Baubetriebe der zur-Lindens ausführen ließ. Miet- und Pachtzins für alle Gebäude und Grundstücke, weniger als wenig, dazu in Ostgeld, deckten so was in keiner Weise, doch gegen Hans-Joachims, des Finanzministers der zur-Lindens, wütenden Widerspruch hat Hermann die anderen, den Alten voran, immer wieder überzeugt, daß es sich lohne, »langfristig, denn ewig hält das drüben nicht«, und er hatte dann, meist lächelnd, hinzugefügt: »ewig und drei Tage sowieso nicht«.

Jetzt ging es um andere Betreuungen: Die von Heinrich-Johannes zur Linden geleitete Diözese erstreckt sich teilweise auf vormaliges DDR-Gebiet, und es hatte hier und da Konfiszierungen kirchlicher Grundstücke und Gebäude gegeben, deren Rückführungen jetzt anstanden. Es handelte sich dabei allerdings, im Vergleich zu den Beschlagnahmungen kircheneigener Liegenschaften anderer Diözesen und anderer konfessioneller Institutionen, um nur wenige Objekte, auch das ein Verdienst zur-Lindenscher Beziehungen. Hermann sollte sich drüben als Kenner der Verhältnisse damals und nun in den »Neuen Bundesländern« – vorgearbeitet hatte man insofern – in diese Rücküberführungsverhandlungen einschalten. Sie schrammten infolge von Einmischungen dieser, wie Heijo sagte, »zynisch so genannten Treuhand-Anstalt« ein bißchen. Diese wollte nämlich einigen der Diözese zustehenden Besitz dem von ihr verwalteten und zu versilbernden Vermögen zuschlagen; verständlich, wenn man wisse, so der Generalvikar, daß in der Führung der Treuhand ausgesprochene Katholikenfeinde säßen, »die man«, hatte der Alte gewitzelt, »schon früher hätte ausschalten sollen«.

Einem Außenstehenden übrigens wäre die Blutsverwandtschaft von vier der Männer beim Frühstück im Eßzimmer des Alten mit dem Jan-David-de-Heems-Stilleben über der Anrichte nicht entgangen. Weniger die Körper- und Gesichtsmerkmale deuteten darauf hin, obwohl alle fast gleich groß-, das heißt: kleingewachsen waren und ihre Nasen eine ähnliche, in der Familie römisch genannte Form aufwiesen. Es waren eher, wie ja meist in Fällen naher Verwandtschaft, der Ausdruck, die Haltung, diese Gesten, so wie sie aßen, die Brötchen bestrichen zum Beispiel, die Tassen zum Munde führten, alle mit gespreiztem Mittelfinger kurioserweise, und dieses sich mit der Handinnenseite über die Stirne Fahren und das Augenzusammenziehen beim Lächeln. Dabei sah Heijo, er trug die lange, zwar schwarze, doch mit hellvioletter Schärpe gegürtete Soutane und das Brustkreuz darüber sowie die ebenfalls hellviolette Kalotte auf seinem beinahe kahlen Schädel, noch nicht so alt aus wie sein sechs Jahre jüngerer Cousin Hawa, der andererseits jünger wirkte als Heijos Bruder Hermann mit seinen achtundfünfzig Jahren. Daß man dem Alten seine fünfundneunzig Jahre nicht ansehe, mußte der sich an dem Tag noch oft anhören. Er trug wieder den weißen Leinenanzug, diesmal eine rote Nelke im Knopfloch, »damit dat dä Äxelänz sich ärgern deut«, hatte er zu Kläre Weidemann gesagt und die zu ihm nur: »Wie köt wi us eenen maaken, wie köt wi us eenen maaken!!!« Der die vier mindestens um Kopfeslänge, stehend um sicher zwei Kopfeslängen überragende Generalvikar war überhaupt nicht einem zur-Linden ähnlich. Im römischen Kleriker-Zivil, den schmalen, langen Kopf immer ein bißchen zur Seite geneigt, glich er Ignatius von Loyola, ein Eindruck, den der Tschup, so der ihm von seiner und Heijos Horte einst gegebene und ihm seitdem anhängende Fahrtenname, vorsätzlich vermitteln wollte. Er aß, was einem zur-Linden niemals einfallen würde, sogar Stullen mit Messer und Gabel, und er führte die Tasse, aus der er trank, auf dem Unterteller bis zum Mund und spreizte keinen Finger dabei.

Tschup und Heijo sind das, was man »unzertrennlich« nennt. Eine eigenartige symbiotische Beziehung verbindet sie. Sie hat immer Anlaß zu Redereien gegeben, wird doch ein erotisch begründetes Verhältnis zwischen den beiden vermutet, zu Unrecht, davon ist Hawa überzeugt. Zum Beispiel hatte ihr Verhältnis von Anfang an etwas Asketisches – in dieser Hinsicht. Auf gemeinsamen Fahrten der Horten von ihnen und von Hawa haben sie zum Beispiel ganz selten zusammen in einem Zelt geschlafen, und wenn doch, dann nicht nebeneinander, und Hawa und die anderen und jüngeren, die, wild pubertierend, alles mit sich anstellten, gegenseitig masturbierten und auch schon mal ihre Schwänze in den Hintern und ins Maul anderer steckten, dabei allerdings meistens an Mädchen dachten, hatten einen Instinkt für so was. Heijos und Tschups spezielles Miteinander bestand überdies – beide sind gleichaltrig – seit ihren Kindertagen und wurde nie eigentlich unterbrochen. Ihre zeitweiligen Trennungen während des Krieges an der Front und in Gefangenschaft sowie im späteren Verlauf ihrer Karrieren zählten nicht. Daß entgegen gewöhnlicher Kaderpolitik der Kurie beide auch dann zusammengelassen wurden, als Heijos Aufstieg in die Spitze der Diözese beschlossene Sache war, Tschup schließlich sogar, als es soweit kam, sein Vicarius in spiritualibus generalis werden konnte, das hatte einen besonderen Grund, und der lag in der »antifaschistischen Widerstandsbiographie« beider. So jedenfalls eine halboffizielle Verlautbarung Roms, die man Hawa auf dessen Anfrage als eine Art Gegengefälligkeit wegen eines heiklen Geschäfts einmal zukommen ließ. »Aha«, hatte Benno Kröttmann das kommentiert, »Schlaumeier sind sie ja, die Oberpfaffen. Allzu viele Antinazis hatten sie ja nicht in ihren Reihen.«

Das Frühstück im Eßzimmer des Alten dauerte über eine Stunde und endete mit einem von Heijo gesprochenen Gebet.

In anderen Frühstücksrunden zu dieser Morgenstunde im und am Hause wurden neben gewöhnlichem Tratsch laufende Neuigkeiten außerhalb und vor allem natürlich innerhalb der Familie, darunter Vermögens- und Renditefragen und damit Zusammenhängendes beredet, nicht ohne Reibereien, wie oft bei solchen Anlässen.

Im kleinen Garten vor der großen Küche im Souterrain des Zunftgebäude-Flügels zum Beispiel käbbelte sich wieder mal Tante Sophia-Juliane mit Jochen, dem »Finanzminister« der Familie, lauter als sonst, hieß es später. Sophia-Juliane gleicht ihrem Vater, dem dullen Jülle, wie er genannt wurde. Immer noch verzeihen sie und ihre Schwester Elsa nicht, daß man den Erbteil ihres Vaters, der siebenundachtzigjährig in seiner Bude am Bahndamm starb, vor seiner Entmündigung vollständig an die Erbengemeinschaft zur-Linden hatte übertragen lassen, wodurch sie »über die Maßen« benachteiligt worden seien, was tatsächlich in etwa stimmt. Dennoch wird den beiden Schwestern ja einiges gelöhnt und nicht zu knapp, anders als ihrem Neffen Hans-Georg, der einmal sogar handgreiflich wurde und weggeschickt werden mußte. Es war einer jener sonnendurchfluteten Hochsommermorgen, die hier oben besonders hell sind und die sich, meinte Liliane, »samtmäßig anfühlen« oder, nach Tante Änne aus Kamen, »zum Geburtstag vom Herrgott selbst gemacht« waren. Der gedeckte Tisch stand unter den Apfelbäumen, die vollhingen mit diesen gelbroten Augustäpfeln. Hans-Georg, unehelicher Sohn des sagenhaften Onkels Albrecht, des zuletzt noch während der Ardennenoffensive 45 gefallenen Artilleristen,

dem Hawa dieses affenmenschähnliche Luftschnuppern ab-
geguckt hat, war betrunken. Er hatte die ganze Nacht durch-
gesoffen, was schon bei der Messe, während der er überlaut
und falsch sang, bemerkt worden war. An einen Baum gelehnt, das Hemd bis zum Nabel offen, hin und wieder in einen vom Baum gepflückten Apfel beißend, beschimpfte er
alle zur-Lindens, nun ja, nicht »unflätigst«, wie Tante Änne
aus Kamen behauptete, aber doch laut und dämlich genug,
zum Beispiel: Alle zur-Lindens, der Jubilar voran, seien national bekannte Halsabschneider.

Über Streitereien ähnlicher Art berichtete ebenfalls Anne-
Catherine. Sie hatte in ihrer Wohnung über der Grundstücksverwaltung mit anderen Verwandten gefrühstückt, unter ih-
nen Karl-Eberhard zur Linden, Sohn von Berthold junior zur
Linden, der aus erster Ehe August-Berthold zur Lindens
stammt, des Alten Cousin, welcher in zweiter Ehe mit der in
Konzentrationslagern zu Tode geschundenen Karola Fischler
verheiratet gewesen war. Karl-Eberhard zur Linden stritt seit
Jahren um Erbanteile mit einer jüdischen Gemeinde in New
York, dem Hauptsitz jener extrem orthodoxen Glaubensge-
meinschaft, der August-Berthold, sein Großvater, mit achtzig
Jahren noch beigetreten war und die er testamentarisch be-
dacht hatte, unzulässigerweise nach Ansicht der Familie, die
gleichwohl »aus Kulanz und aus politischen Gründen« zahlte,
was ihr Karl-Eberhard eben vorwirft. Karl-Eberhard war, wie
er da braungebrannt und schmal in seiner Jeansmontur und
mit dieser wuchtigen Haartolle stand – Liliane nannte ihn
deswegen »Doctor Standish« nach einer Hauptfigur einer
australischen TV-Serie –, ganz und gar nicht betrunken. Er
war nämlich Vegetarier, Antialkoholiker, Ökologie-Freak
und was noch alles, »jedenfalls«, so Marie-Anne, »diese ganz
unnachahmliche deutsche Mischung eines romantischen Fa-
natikers«. Er sagte Sachen, die man in diesem Haus nicht
sagt, zum Beispiel: unglaublich sei es, daß man denen immer
noch das rüberschiebe, was eigentlich ihm und seiner Familie
zustünde – drei Kinder haben er und seine Frau, ein ehemali-
ges Model, dem Hawa eine Zeitlang nachgestellt hat. »... in
den Rachen stecken ... diesen geldgeilen Hebräern ... drüben

im jüdischen Weltzentrum ... Raffern, Spekulanten ... so, wie sie nun mal sind ...«

Anne-Catherine blieb bei dieser Suada kühl, »total cool«, meinte Liliane, die dabeisaß, und nur, wer A-C kennt, dieses Zusammenziehen ihrer Katzenaugen deuten kann, wußte, was in ihr vorging. Später dann, nach Übernahme der Familienführung, ließ sie es die Karl-Eberhard-Mischpoke ja spüren, ließ diese nämlich finanziell nahezu austrocknen. Aber das ist eine andere Geschichte.

Ansonsten ging es in den Frühstücksrunden mehr oder weniger verwandtschaftlich-freundlich zu, und nach dem Frühstück versammelten sich alle zum Familienfoto auf dem Hof vor der vom Portikus zum Teil überdachten, doch gerade im Sonnenlicht liegenden Haupttreppe. Ob nun »das Wetter mitspielte«, wie's irgend jemand trockenfurzig ausdrückte, oder ob's, so die Ansicht Tante Ännes aus Kamen, der Herrgott selbst arrangiert hatte – man konnte an jenem denkwürdigen Geburtstag ohne Übertreibung von einem glänzenden Sommertag sprechen. Das Licht im August hat hier oben besonders vor Mittag und bei Windstille, wolkenlosem blauen Himmel und einer strahlenden Monstranz-Sonne diese Wirkung, daß alles ringsum beinahe spiegelnd widerscheint, ja leuchtet. Benno Kröttmanns Taubenschwarm kreiste über Wald, Lichtung, Hof, Nebengebäude und Haus und flimmerte nur so in der lauen Luft, die Glocke im Kapellentürmchen bimmelte durch die Samstagsmorgenstille ringsum, ein Pferd wieherte, ein Hahn gockelte, und der Sommerwaldduft mischte sich mit den Stallgerüchen. Das alles erzeugte jene Stimmung, die an verschwundene und – wie man sich das ja gern vormacht – »glücklichere Zeiten« erinnert. Wie auch immer – diese sonnendurchgloste, nostalgische Geburtstagsmorgenfeststimmung läßt tatsächlich auch das Familienfoto ahnen, das dann in den Zeitungen erschien und heute in den meisten Zur-Linden-Büros hängt: Eine diskrete Feierlichkeit strahlt das lichtumflutete Personenensemble darauf aus. Alle haben in Haltung und Gesichtsausdruck etwas Entspannt-Besinnliches, sogar die vorn sitzenden, knienden, hockenden Enkel- und Urenkelkinder. Hinter ihnen stehen in Reihen neben- und hintereinander die Erwachsenen, die Alten und die Jungen, und in der Mitte zwischen ihnen sitzt in einem erhöhten Sessel der Jubilar, Karl-Walter zur Linden, der als einziger außer dem Bischof mit seinem hellila Scheitelmützchen eine Kopfbedeckung trägt: jene uralte, immer noch weißer als weiße Schirmmütze, die er beim ersten Rendezvous mit seiner Frau und dann bei deren Beerdigung getragen hat.

Es ist übrigens ein Foto von Ralfi, den sich Liliane dann zum Lover nahm, Ralfi, der mit jener leichten japanischen Kamera auf seiner Schulter auch Transport und Einpflanzung der Linde filmte. Es wurde ein Streifen, den man sich nachher noch oft angeschaut hat und nicht bloß wegen der Komik dieser »gemeinschaftlichen Beförderung und Implantierung eines Hochstamm-Solitärs« – so der Titel des Films vom Cineasten und Gartenbaumeister Ralfi. Es war schon »zum Sich-krank-Lachen und Bepissen« – Martin sagte das –, wie die »Bande der Zur-Linden-Kerle« die Tilia euchlora, dem Geburtstagswunsch des Alten folgend, zum Erdloch ungefähr in der Mitte des gepflasterten Hofes schaffte, den Baum haltend und ihn dennoch nicht tragend, dabei mühsames Schleppen mimend. Initiator, wenn man so will, dieses Schauspiels war ebenfalls Ralfi. Er war am Vortag angereist, gerufen von Benno Kröttmann, der zu Recht davon ausging, daß die beinahe zwölf Meter hohe und tonnenschwere Linde von ihrem Standort am Leutehaus nicht bis auf den Hof getragen werde konnte, jedenfalls nicht von noch so vielen Zur-Linden-Männern, die durch die Bank keine Athleten sind, und nicht mit noch so vielen Zur-Linden-Frauen, falls die überhaupt dazu hätten gebracht werden können. So war der Lindenbaum ausgepflanzt, per Lader an den Rand des Hofplatzes neben dem Pferdestall gebracht und dort auf ein von Ralfi entworfenes und von zwei Verwandten Makewkas – geschickten polnischen Mehrfachhandwerkern – gezimmertes schulterhohes Gestell gelegt worden, das auf mehreren kleinen, vollballonbereiften Rollen leicht bewegt werden konnte. Man lachte später bei der Vorführung wie zur Zeit der Entstehung des Films, zeigte auf den mühsam würdevoll bleiben wollenden und doch kichernden Heijo, der von dem hinter ihm schreitenden Hawa manchmal in die Rippen gestoßen wurde, über den verrückten Pinkus, der Tangotippelschritte aufführte, den miesepetrigen Tonton Päule, der seine Augen rollen und seine Finger kreisen ließ, als wolle er wieder einmal eine Verschwörung hinter diesem juxigen Einfall andeuten, Andy und Martin, die wie unter einer schmerzenden Last grimassierten, Hermann, der einen Hinkenden spielte, und so hatte jeder einiges zu dieser Komödie dazugetan, vierundzwanzig Männer im ganzen, die man alle erkennen konnte, bis eben auf den einen, dessen Gesicht man nie sah, auch nicht in den Einstellungen, die das Einlassen des Baumes an seinem gewaltigen Wurzelballen in die Erde zeigten. Dieser Akt war ebenfalls eine »Verbindung von Mechanik und Handkomponenten« – so der von Ralfi eingeführte und belachte Fachausdruck –, indem nämlich die Stellfläche, auf der der Stamm ruhte, mittels einer Winde in die Schräge gebracht wurde, so daß der Baum in die aufgeworfene Pflanzgrube glitt und dann von achtundvierzig Armen und Händen und zwei Seilen im Gleichgewicht gehalten wurde, bis man die Erde ein- und aufgefüllt und dann – alle stampften den Boden um den Baumstamm – angefestigt hatte.

Anne-Catherine machte als erste darauf aufmerksam. Schon während des Zuschauens – alle bis auf die Lindenpflanzer hatten vor und auf der Haupttreppe gestanden, gesessen, gehockt, der Schau applaudiert – habe sie sich gefragt, wer denn der da wäre, dieser schulterbreite Kerl hinter dem dickbäuchig schaukelnden Blödel-King Eike. Sie habe ihn nicht erkannt. Tatsächlich – sooft man den Film vor- und rückwärtslaufen ließ, Schnell- und Slowmotion, nie sah man wirklich das Gesicht dieser Person, deren Aufmachung – Hose und Hemd – sich nicht von der der anderen unterschied, und man ist lange nicht dahintergekommen, um wen es sich da handelte. Jedesmal, wenn die Kamera in seine Richtung filmte, ihn und die neben und die bei ihm Gehenden oder Stehenden oder Stampfenden erfaßte, verstand er es, durch irgendein Camouflieren, Wegdrehen, Abseitstreten oder dergleichen sein Gesicht zu verbergen, das er einmal sogar in seiner Armbeuge versteckte.

248

»Einer aus der Crew der Sicherheitsleute von der Düsseldorfer Security-GmbH«, vermutete jemand, ein anderer »dieser Dominikaner-Bruder Matthäus«, der stämmige Leibgardist Heijos. Doch keiner von beiden war es, und die anderen Mitspieler beim Lindenpflanzen konnten sich, eindringlichst befragt, entweder an den Kerl nicht erinnern, oder sie hatten gemeint, es handele sich um irgendeinen Verwandten. Wer kenne denn schon jeden aus dieser verzweigten Mischpoke. Ziß Schüssler sei es gewesen, meinte Hawa später, und dafür spricht tatsächlich einiges.

Daß die Linde sein einziges Geburtstagsgeschenk sein sollte, hatte der Alte zwar geäußert, aber wehe, wenn's das denn gewesen wäre. Karl-Walter zur Linden war immer wild auf Geschenke. Es konnten nie genug sein. Gab's zuwenig, zeigte er sich eingeschnappt. Wer erinnert sich nicht, wie er sich an seinem neunzigsten Geburtstag gekränkt in seinem Studio eingeschlossen hatte, den ganzen Tag nicht mehr erschienen war, weil er – und zwar auf Wunsch – nichts weiter gekriegt hatte als den nun weiß Gott unter happigsten Umständen aus Ost-Berlin hergeschafften späten Schmidt-Rottluff. Diesmal aber konnte er zufrieden sein, und er war's auch. Bei der eigentlichen Geburtstags-Cour in der Halle, im Anschluß an die Lindenpflanzung, gab's Geschenke noch und noch. Alle Gratulanten, die Kinder voneweg, legten, stellten ihre Gaben auf einen überlangen, dickholzigen Tisch, nachdem sie dem Geburtstagskind – so nannte er sich – Glück wünschend die Hand gedrückt hatten. Wirklich reich beschenkt hätten sie ihn, sagte er, und für jedes Präsent bedankte er sich extra: mit einem Kuß bei Marie-Anne, die Rodolphe Bresdins lange als verschollen gegoltene Radierung »La Maison enchantée« in Rotterdam ersteigert hatte; mit einem Klaps bei Hawa für zwei Kupferstiche des Venezianers Domenico Tiebolo; lachend und ihn an der Schulter schüttelnd bei Andy, der tatsächlich einen blauweißen, silberbestickten Wimpel von Schalke 04 aus dem Gründungsjahr des Vereins aufgetrieben hatte; gerührt lächelnd bei Martin, der einen von polynesischen Eingeborenen geschnitzten Katamaran mit der Inschrift »1896«, dem Geburtsjahr des Alten, in einer Bottle aus demselben Jahr mitgebracht hatte; bei Jochen mit einer Umarmung für die Erstausgabe von Puchtas »Pandekten« von 1838 mit Autograph und Glossen; bei Annette mit einem Schluchzer und ebenfalls einer Umarmung für das chinesische Teeservice aus Lio-Tschao-Tsches Hinterlassenschaft; erschüttert und mit angedeuteter Confrater-Umarmung bei seinem Neffen Heijo für das Brevier des im KZ Kemna ermordeten gemeinsamen Freundes Pater Friedrich Bäuscher, dessen Eintragung auf der vorletzten Seite des abgegriffenen Büchleins lautete: »Unser Widerstand ist ohne Volk. Aber warum ohne Kirche?« Jeder und jede bekam sein besonderes Dankeschön – sogar Sturmbannführer a. D. Dienels, dem er ein knappes »Merci« sagte für die Kurzausgabe des »Liber subtilitatum diversarum naturarum creaturarum«, kurz: »Kräuterbüchlein« genannt, der Hildegard von Bingen aus dem Besitz der Familie Droste-Hülshoff mit Randbemerkungen der Dichterin Annette. Richtig bewegt zeigte er sich über Anne-Catherines Geschenk: die bemalte Lindenholzplastik eines unbekannten Holzschnitzers vom Niederrhein aus dem fünfzehnten Jahrhundert – das in jener Zeit und Gegend ganz seltene Motiv einer Mondsichelmadonna im Sternenkranz, eine schlanke, gotisch gewandete Mutter Maria ohne Kind, als Himmelskönigin auf der Mondsichel stehend, umgeben von Sternenranken, mit erhobenen Armen und beglückendem Lächeln. Genauso hatte Karl-Walter zur Linden oft die Mutter Gottes beschrieben, die ihm als Elfjährigem in der Erlenhöhle erschienen sein soll. Diese spezielle Gabe, nebenbei gesagt, war es wohl auch, die den Ausschlag gab für des Alten Entscheidung zugunsten Anne-Catherines als Nachfolgerin Hawas in der Familienführung. Hawa geht davon aus. Er hatte es ja eingefädelt und die Statue besorgt. Ganz laut übrigens lachte der Alte und bedankte sich lachend für das Geschenk des rothaarigen Ministrantenpaars Gisberth und Vincenz: jenes Jackett Paul McCartneys, das der nach dem Auftritt der Beatles in München liegengelassen hatte.

An Hawa war es natürlich, den Geburtstagsgruß zu sprechen. Er geriet ihm zu einer Festrede, ohne daß er das vor-

250

gehabt hätte. Er kam einfach so in Fluß. Das geschah ihm manchmal zu solchen Anlässen, Folge langjähriger Praxis im forensischen Plädieren, das gern – ein Gerichtsreporter nimmt's vom anderen – als »mäandernd, aber immer glänzend« beschrieben wird. Wenn's drauf ankommt, zieht er dabei »alle Gefühlsregister, über die der Maître meisterhaft verfügt« – so einmal die WAZ und seitdem geflügeltes Wort im Familienkreis. Das gehört dazu und ein bißchen natürlich auch zu diesem Geburtstagsgruß, den er mit dem Satz »Fünfundneunzig wird nicht jeder« begann. Aber daß er zum Schluß beinahe weinte – Liliane sagte: »tränennassen Auges verhielt« –, verblüffte doch viele. Wer ihn sehr lange kennt, weiß aber, »wie nahe er am Wasser gebaut hat«. Während der Messe hatte er schon ein paarmal, besonders beim Salve Regina zum Schluß und der Zeile »O pia, o dulcis, o virgo Maria«, nasse Augen gekriegt.

Hawa war an diesem Morgen schon mit einem verstörenden Gefühl wegen irgendeines Verlustes erwacht, nach einem Traum, in dem er auf der Suche nach irgend etwas oder irgendwem durch möbellose, hohe Räume gegangen, gelaufen, schließlich gekrochen war, und seine mehr als üblich dicken Schwellungen unter den Augen hatten ihn vermuten lassen, daß er wohl im Schlaf geweint habe. So was passierte ihm in letzter Zeit häufiger, und es erinnerte ihn an jene Kindheits- und Jugendtage, in denen ihn die nächtlichen Wet-dreams aller Art nicht losgelassen hatten – mit ein Grund für die von seiner Mutter so genannte »Weinerlichkeit«. So erklärte er sich das jedenfalls, denn immer noch schämte er sich ein bißchen dieser Rührungsanfälligkeit, dieser Weinerlichkeit. Er sprach sie in dem länger geratenen Geburtstagsgruß tatsächlich auch an, und gerad dabei sind ihm die Tränen gekommen, als er von einigen Geburtstagen des Jubilars, »die mir unauslöschlich im Gedächtnis geblieben sind«, den zweiundvierzigsten erwähnte. »Ich zählte drei Jahre, kam heulend aus der Schule, als du mich, der ich in nichts einem flinken Windhund, lederzähen und stahlharten Burschen entsprach, in den Arm nahmst und tröstetest: Eines Tages, verlaß dich darauf, werden die braunen Barbaren besiegt sein – und wir können offen so leben, wie wir sind, lachen über alles, wenn uns danach ist, oder weinen. ›Pläddern‹ übrigens, hast du gesagt«, und damit brachte Hawa sie zum Lachen, die Geburtstagsgesellschaft, die nach dieser Geburtstags-Cour auseinanderging, sich zerstreute, wie es vorgesehen war, um erst zum gemeinsamen Abendessen wieder zusammenzukommen.

Einige fuhren in die Stadt, einige blieben. Hawa hatte eine erweiterte Familienratssitzung angesetzt, das heißt: eine Versammlung, an der alle anwesenden erwachsenen Familienmitglieder teilnehmen konnten, eine Art Generalversammlung wie bei einer Aktiengesellschaft, und wie bei einer solchen – ohne verbindliche Abstimmungen, versteht sich – wurde da auch verfahren. Sie fand im großen Beratungsraum der Kanzlei im Parterre des Tudorflügels statt, und gerade hatte Hawa mit dem Geschäftsbericht begonnen, als Benno Kröttmann in der Tür stand und ihn herauswinkte. Hawa übergab an Anne-Catherine, die damit zum erstenmal und sozusagen offiziell in die Funktion ihres Vaters trat, hervorragend übrigens, wie selbst Jochen zugestand, der ihr anschließend noch gratulierte: »Wie du die kläffende Meute und ihre Happigkeit zurechtgestuckt hast! Chapeau!«

Hawa nahm an, es handele sich um eine aktuelle Sicherheitsangelegenheit, den angedrohten Anschlag auf den Alten, denn für diesen Fall wollte man sich sofort treffen, was immer sonst anstehen mochte. Es war aber etwas ganz anderes. Benno sagte heiser: »Annette, schnell, die geht übern Jordan.«

Andy hatte sie vorgefunden, in der Badewanne liegend, »so wie Uwe Barschel, aber Pulsadern aufgeschnitten«, berichtete Benno, während sie die Treppe hinauf in die Kapellengemächer liefen. Ein schlimmer Gestank nach Blut, Urin, Scheiße und irgend etwas Chemischem hing im Zimmer. Annette Vendrini-zur Linden lag auf dem Sofa, den Kopf zur Seite, von Andy gehalten, der versuchte, sie mit Schlägen und Rütteln wach zu machen. Er hatte eine Pizza gebracht und seine Tante in der Badewanne in nun wirklich blutrotem Wasser gefunden, sofort ihre Arme mit von ihm abgerissenen Vorhangkordeln abgebunden, noch bevor er über Handy Benno Kröttmann herrief, und beide haben sie die Klatsch-

nasse, Schlaffe und fast schon Leblose aus der Badewanne gezogen und auf das Sofa getragen. Der Fernseher lief ohne
Ton, zeigte Bilder aus Moskau, die Demontage von Denk-
mälern und eine jubelnde Menschenmenge.

»Ihr Herz schlägt noch«, sagte Andy, »sie atmet etwas,
glaube ich.«

Hawa spürte, wie er vibrierte. Vor allem seine Beine zitterten.

»Wann passiert?« fragte er. Seine Totstellreaktion wollte
sich einstellen. Er schüttelte sich ein paarmal.

»Vor höchstens einer Dreiviertelstunde«, sagte Andy, »lauf
runter zur Praxis. Der Magen muß ausgepumpt werden.« Er
habe dort angerufen, aber niemand habe geantwortet.

»Ja, aber Marie-Anne ist in der Praxis. Ich weiß es«, sagte
Hawa.

»Die Praxis ist geschlossen«, sagte Andy.

»Sie muß runter«, sagte Benno, »los, lauf, daß sie alles fer-
tigmachen. Wir bringen sie.«

Hawa ging zur Tür. »Daß euch keiner sieht«, sagte er,
»paßt auf.«

»Wie denn?« schrie Andy.

Als Hawa über die Galerie ging, rasch, doch nicht rannte,
weil sich in der Halle ein paar Leute aufhielten, kriegte er
einen Schwächeanfall und gleichzeitig diesen brutal kneifen-
den, klemmenden Schmerz in der Brust. Wenn er angehalten,
sich gesetzt hätte, wäre er wahrscheinlich umgekippt und
Schlimmeres, erklärte ihm Marie-Anne später, die sich tatsächlich in der Praxis aufhielt, und zwar mit ihrem Assistenz-
kollegen Grabowski in ihrem Ruheraum hinter den Behand-
lungszimmern, wo Hawa laut nach ihr rufend und atemlos ankam. »In flagranti«, wie so was früher mal hieß, ertappte er die
beiden nicht gerade, aber das Hemd steckte nur teilweise in
Grabowskis Hose, und Marie-Annes Kittel war kaum und
dazu falsch geknöpft und ihr Haar ziemlich verwuschelt, und
beide atmeten genauso schnell und stoßend wie er, Hawa.

Beharrlich übrigens stritt Marie-Anne später Vögeleien
mit Grabowski ab, gab auch keine anderen Intimitäten mit
dem dreiundzwanzig Jahre jüngeren – nach Benno »dünn-

pimmeligen« – Mann zu, und wie oft fragte Hawa sie danach! »Es hat mich wirklich fertiggemacht«, gestand er später Gerda Kröttmann. Daß er seine Frau trotz seiner notorischen Untreue, seiner Hurereien, wirklich liebte, wurde bereits erwähnt, und er stand übrigens auch wirklich fix und fertig, weniger wegen der Tat seiner Schwester als vielmehr wegen des Verdachts gegen seine Frau, wackelig ans Fenster gelehnt da während der ganzen Prozedur: Heranschleppen Annettes, deren Kopf wie lose am Rumpf baumelte, Hieven der schmalen, kleinen Person auf die Behandlungspritsche, Herunterreißen von Bluse und Hose, Verbinden der Pulsaderschnitte, Reindrücken des Schlauchs durch den von Grabowski aufgesperrt gehaltenen Mund in den Schlund, gurgelndes, schlurfendes Absaugen, Abfluß von stinkendem Gekotze, Spritzen in die Venen von Gegengiftigem – Andy und Marie-Anne wußten, welches Zeugs an Schlaf-, Betäubungs- und anderen Mitteln in einer Mixtur von Vin de Pap und sechzigprozentigem Wodka sie geschluckt hatte – erstes, zweites, drittes Röcheln der Ins-Leben-Zurückstolpernden, deren verbundene Arme festgehalten werden mußten, bis sie, am Tropf angeschlossen, wieder ruhig dalag.

»Ja nichts zu Papa sagen«, brachte Hawa noch heiser heraus, bevor er den Raum verließ, und während die anderen das Weitere arrangierten, ging er in seine Bude, sein »Refugium«, fiel aufs Bett und in diese ihm eigene Absence, die ihn schon vor manchem zerrüttenden Schock bewahrt hatte. Es ist ein tierhaftes Sich-Totstellen bei Gefahr, anders als bei seiner Schwester Annette, die dann in hysterische Panikzustände gerät – früher jedenfalls, bevor sie »den Weg in die Unerschrockenheit« fand, wie sie das nennt. Es war ihm erstmalig als Kleinkind passiert, nicht etwa als der Dachziegel direkt neben ihm aufs Pflaster geknallt und zersplittert war, sondern erst, als seine Mutter davon erfuhr und sich wie verrückt darüber gebärdete und mit dem Kindermädchen herumschrie. Andys berüchtigten Fieberkrampf hielt Elisabeth Jochum übrigens für über den Vater, also Hawa, ererbt, »eine Jochum-Mitgift, diese Wegtreterei, wenn's allzu dicke kommt«. Sofort war Hawa weg, und das Traumdurcheinander, das jedesmal seine Absencen durchflimmerte, bestand diesmal aus schnellaufenden Pornobildern und Lazarett- szenen: Marie-Anne lutschte Schwänze von Männern, die in Reih und Glied vor einer Glaswand standen, ließ sich von ihm, Hawa, und Grabowski von hinten besteigen, wobei sie wie eine Stute wieherte und lostraben wollte, eine Zentaur- frau mit einer melonengroßen Vagina, dazwischen immer Krüppel und Verwundete, die ächzten und blut- und eiterge- tränkte Verbände abrissen, Georg Straeten darunter, der noch einmal auf dem braunen, wurmstichigen Ledersofa zwischen Ausguß, Abwaschbecken und Schapp in Kröttmanns Küche lag, nackt, voll offener und verkrusteter Wunden und Blut- ergüsse, den Gestapo-Folterern entwischt während eines Bombardements, das den Gefangenentransportwagen von der Straße geschleudert und aufgerissen hatte. Höchstens eine Minute dauerten solche Abwesenheiten, in denen seine Augäpfel verschwanden bei geöffneten Lidern. Danach sackte er meistens und sofern es sich ergab in einen traum- losen Tiefschlaf, so auch diesmal, und als er dann aufstand, wirkte er frisch und aufgeräumt, wie eben gebadet.

Annette Vendrini-zur Linden war statt in die Klinik, wie Grabowski geraten hatte, runter zu Kröttmanns geschafft worden. Da lag sie in Elkes altem Zimmer unter den Poster- porträts von Jimi Hendrix und Che Guevara, die von Schwe- ster Jakoba, die dann bald kommen sollte, als Heilige, nach neumodischer Art dargestellte Apostel umgedeutet wurden. »Scheinheilig«, meinte Gerda Kröttmann, denn diese alte Krankenpflegernonne wisse sehr viel mehr von dieser Welt, als sie vorgebe zu wissen. Annette schlief weiter am Tropf, der an einem Galgen über ihr hing, und Hawa setzte sich auf einen Stuhl neben dem Bett. Gerda Kröttmann sagte: »Sie ist übern Berg.« Hawa schluchzte, und Gerda legte ihren Arm um ihn, und er drückte seinen Kopf zwischen ihre Brüste. Dann fragte er, ob Annette beim Essen am Abend dabeisein könne, wenn auch nur …

»Ausgeschlossen.«

»Niemand von den Gästen darf was erfahren. Der Alte am wenigsten. Heute noch nicht.«

»Wenn er's nicht schon weiß.«

»Hör auf. Ich muß gehen. Schwester Jakoba kommt bald. Auch das top-secret.«

»Oje.«

In der Küche lief der Fernseher ohne Ton, zeigte aus Moskau die Beerdigungen der drei unter Panzer geratenen Demonstranten: Trauerzüge, Menschenmassen, bärtige Priester im Goldornat, weinende Weiber, sich bekreuzigende Gläubige, Kosaken ... Bilder wie aus der Zarenzeit.

»Schmeiß das Ding raus«, sagte Hawa.

In der kleinen Küche im Haupthaus saßen Geburtstagsgäste, aßen Gulaschsuppe, die in einem großen Topf auf dem Herd köchelte. Hawa füllte sich einen Teller, hörte sich Tante Sophia-Julianes Geschwätz über ihren – allerdings tatsächlich weltweit berühmten – Rosengarten an, hörte einem seiner Neffen zu, einem der vierzehn Kinder Hermanns und seiner baltischen Baronesse, Fritz, der sich vermutlich aus Protest gegen die Kleine-Leute-Spielerei seiner Eltern Friederikus nennt und der sarkastisch von einer Konzerttournee durch Indien erzählte, an der er als Bratschist teilgenommen hatte, ja, Hawa lachte, ohne sich zu zwingen, über Großtante Gabrieles im Otakringer Tonfall dargebrachte Story über einen aus dem Wiener Bezirk Otakring stammenden, enorm reich gewordenen Popstar und dessen Vorlieben, sprach etwas Amerikanisch mit Dienels' Sohn Randolph und ging dann, nachdem er sich noch kurz von Anne-Catherine – die wußte, was mit Annette passiert war – den Verlauf der Familienratssitzung hatte berichten lassen, in die Wohnung seines Vaters zur Verabredung mit Heijos Intimus, dem Generalvikar. »Wir sollten ein bißchen reden«, hatte der ihm morgens gesteckt, »so zwischen drei und vier heute nachmittag. Ja?«

Ob man nicht spazierengehen wolle, fragte der jetzt Hawa, man habe beinahe zuviel von dem gegessen, was die gute Kläre Weidemann vorgesetzt hat, die nun über die Ruhe des Geburtstagskindes, das schlafe, und Heijos, der etwas arbeite, wache.

»Gehen wir«, sagte Hawa.

Sie gingen an den Ställen vorbei, nahmen den Weg, der erst leicht, dann steiler bergan und gleich in den Wald führte, kamen unter Fichten und Tannen und auf trockenem Moder aus Nadeln in die Schonung, wo sie diesen Duft von sonnenerhitzten Harzperlen und jungen Kiefernspitzen einsogen, und erst da – beide waren stramm und schweigend gegangen – ließ Tschup von sich hören. Er pfiff das Lied, das Erkennungsmelodie ihrer beiden Horten gewesen war, und nachdem sie beide etwas außer Atem vor der Lichtung hielten, sang Tschup, und Hawa fiel halb widerwillig, halb amüsiert und doch auch ein bißchen nostalgisch ein: »Wir sind deine Jungen, uns ruft der Wald, die Sonne am Morgen, das ferne, seltsame Klingen ...«

Tschups und Heijos Horte »Sturmvogel« war Vorbild für Hawas Jungenschaftsgruppe, die in jenem heißen Gewittersommer 1947 auf dem Burghof der Ruine Lichtenstein im Spessart gegründet wurde, wo sie mit jenen aus dem Krieg übriggebliebenen Jungs vom »Sturmvogel« gemeinsam zelteten. Obwohl im katholischen Jugendverband »Neudeutschland«, war das Vorbild des »Sturmvogels« die d.j.1.11. unter ihrem legendären Führer Tusk, dessen »Heldenfibel«, ihr Kultbuch, jeder auswendig konnte. Die »Kluft« dieser bündischen Avantgarde und deren Wahrzeichen, dem Feuerzelt, der Kote, hatte sie auch verraten, als sie auf jener wilden Fahrt – so hießen im Nazijargon die verbotenen Wanderungen der HJ-Flüchter –, in Wahrheit zu einem Treffen zur Vorbereitung gemeinsamer Sabotage-Aktionen mit Jungenschaftlern aus Schwaben, von der Gestapo gefaßt worden waren. Trotz Folter – die Verhörer hatten Heijo den Unterkiefer gebrochen, dem Tschup die Hoden gequetscht, Bruno war noch in der Haft gestorben – konnten sie nichts herauskriegen, und so blieb es bloß bei einem Verfahren wegen »Bündischer Umtriebe«, in dem Karl-Walter zur Linden beide verteidigte. Relegation der beiden vom Gymnasium folgte und kurz darauf deren vorzeitiges Einziehen und Verbringen an die Front, zur regulären Infanterie allerdings und nicht zu einem Strafbataillon, auf Fürsprache Dienels' hatte man damals geglaubt, aber Dienels hatte nichts damit zu tun gehabt, wohl aber Heijos Vorgänger im Amt, weiß man heute; »als kleine Absicherung für die Zeit danach«, kommentierte das der Alte, der diesen Vorgänger im Amt verachtete.

Hawa und Tschup kamen aus der Schonung auf die Lichtung, schauten die Schneise hinunter auf das da im Nachmittagslicht dieses strahlenden Augusttages hoch und klotzig und irgendwie leuchtend hinter den Gärten und Ställen und über der Stadt sich erhebende Haus der zur-Lindens.

»Wirklich, die Lindenburg«, sagte Tschup.

»Eine feste Burg, eine glaubensfeste«, sagte Hawa grinsend.

Tschup lachte. »Wenn's so was noch gäbe«, sagte er, und während er – auf Ernst umschaltend, das »durch eine emphatische Anpassung an die Welt entstandene Glaubensvakuum gerade auch bei gebildeten Katholiken, die sich immer weniger dem Einfluß des zerstörerischen Neo-Liberalismus entziehen«, beklagend, die »Erneuerung einer geradlinigen Einfachheit unseres Bekenntnisses« fordernd, »nun gerade in der neuen Unübersichtlichkeit« – eine seiner in der Familie berüchtigten »Lektionen in Glaubensfragen« abhielt, die allerdings auch immer Einleitungen zu ganz konkreten Forderungen bedeuteten, blickte Hawa, die Augen demonstrativ verdrehend, nach oben.

»Da!« sagte er schließlich, faßte Tschups Schulter, »über uns ein Bussardpaar.«

Tschup schaute in die Höhe. Zwei Greifvögel kreisten hoch im Azur.

»Nein«, sagte Tschup, »Milane, und zwar die roten. Du erkennst den Milan am tiefgegabelten Schwanz. Er ist größer als der Mäusebussard und hat diese angewinkelten Schwingen im Flug.«

Tschup stieß ein paarmal ein fistelstimmiges »hiäh« aus, und, wahrhaftig, die Raubvögel reagierten, flatterten, flogen tiefer, antworteten mit gleichem Ruf, um dann abzudrehen, wieder zu steigen und über den Tannen im Blau zu verschwinden.

»Bravo«, sagte Hawa.

Hinter der Lichtung begann der aus breitkronigen Eichen und hohen, langschäftigen Buchen bestehende Mischwald. Sie schritten mitten hindurch über einen Teppich aus Moos, Gras und Blättern bis zu der Schutzhütte der Waldarbeiter und setzten sich auf die Bank. Die Waldesstille war wirklich vollkommen. Nicht einmal Vogellaute hörte man während dieser Stunde des Fauns, kein Knacken von Ästen im Unterholz, keinen Flieger in der Luft, und der sonst überall, wenn auch aus der Ferne, mitlaufende Generalbaß des ewigen Verkehrs drang nicht zu ihnen.

»Beinahe unerträglich für die meisten heute, diese wirkliche Stille im Wald«, sagte Tschup, »aber wir kennen sie noch.«

»Ich bin ja nun nicht so ein Waldfreak gewesen wie ihr«, sagte Hawa.

Tschup lachte sein »großes, zahnbleckendes Affenlachen« – nach Liliane.

»Um beim Wald zu bleiben, vielmehr bei seinen Früchten«, sagte Tschup, so habe man gehört, daß im letzten Jahr die ausgeforsteten Stämme, aber vor allem die über zweihundert Jahre alten Eichen einen saftigen Erlös erbracht hätten, knapp über eine Million, erstaunlich, aber bei den Preisen heute für einen guten Stamm deutsche Eiche! Nie war sie so wertvoll wie heute mal wieder, wie?!

»Na, na«, unterbrach Hawa, »übertreib mal nicht. Und das alles erst mal vor Steuern.«

»Was beim Geschick von Hans-Joachim nichts bedeutet«, sagte Tschup.

»Worauf willst du hinaus?«

»Auf einen Anteil«, sagte Tschup, »für Misereor und das Bonifatius-Werk.«

Der Erlös aus Wald und Feld werde ausschließlich für die Erhaltung und Verwaltung der Lindenburg verwendet, das liege fest, vertraglich und unabänderbar, sagte Hawa.

Aber immer sei ein bestimmter Anteil davon der Diözese gespendet worden, sagte Tschup, beim vorletzten Mal, 1942 – er, Hawa, werde sich kaum daran erinnern –, sei's ein wirklicher Batzen gewesen.

»Jaja«, sagte Hawa, »Tonton Päule hat das schon erwähnt und behauptet, man habe seinerzeit besonders hohen Gewinn erzielt durch den Verkauf von Eiche an Nazibonzen für deren teure altdeutsche Einrichtung und vor allem von Holz jeglicher Art für Millionen von Särgen. Er verfüge über Unterlagen darüber.«

Tschup lachte.

»Der Paulus«, sagte er, »gebt ihm irgendeine wirkliche Aufgabe im Familienrat, dann hört das auf. Wir wissen doch: Pißt einer ins Zelt, hol ihn rein. Dann pißt er raus, und das ist besser.«

»Der strüllt drinnen weiter«, sagte Hawa.

Sie lachten beide.

»Also?« fragte Tschup, »dein Vater hat nichts dagegen.«

»Ich will mal sehen«, sagte Hawa, »und das mit Anne-Catherine besprechen. Die ist sowieso bald zuständig für so was.«

Das sei bereits geschehen, sagte Tschup, Anne-Catherine sei einverstanden.

»Aha«, sagte Hawa, »hast du sie also schon am Haken?«

Tschup lachte, ohne die Zähne zu zeigen, sein »finniges Ignatius-Lächeln«, wie Liliane es nennt.

»Wir freuen uns gerade über diese Nachfolge-Lösung«, sagte Tschup, »wir sähen sie sogar gerne im Diözesan-Rat.«

»Aha.«

»Gewiß, die Vorlieben deiner Tochter … in die Öffentlichkeit gezerrt … nun ja. Sie könnte sich insofern tatsächlich etwas mehr Zurückhaltung auferlegen. Dennoch, sie ist eine wirkliche Katholikin, vielleicht die wirklichste von uns allen.«

»Auch wenn sie falsch vögelt?«

»Jetzt wirst du geschmacklos.«

»War's das, euer Misereor-Bonifatius-Deal?« fragte Hawa und sagte, er müsse jetzt zurück. Er stand auf.

»Ja«, sagte Tschup, erhob sich, »und da ist noch etwas anderes, Vordringlicheres sogar. Die Wagenburgangelegenheit nämlich. Die liegt uns am Herzen oder vielmehr im Magen.«

»Aha«, sagte Hawa.

»Also, ihr solltet da von eurem Hausrecht Gebrauch machen.«

»Aha«, sagte Hawa.

»Sieh mal«, begann Tschup, »es gibt da einige Probleme ...«

Während er diese Probleme schilderte und Lösungen dafür vorschlug, stiegen die beiden durch den Mischwald hinunter, zur Lindenburg zurück.

Beatles
und andere Überraschungen
beim Abendmahl

Inzwischen liefen die Vorbereitungen für die Abendfestlich-keiten, das Essen also und das Drumherum und Nachher, wozu wieder nur Verwandte geladen waren.

In der nach der morgendlichen Geburtstags-Cour leer-geräumten Empfangshalle stellten Kellnerinnen und Kellner unter Nellys Aufsicht vom Kolpinghaus geliehene Versamm-lungstische in Hufeisenform zusammen, deckten mit weißen Leinentüchern, legten die Gedecke für siebenundachtzig Per-sonen auf. Josef Makewka und Gehilfen zimmerten ein Po-dium für das Streichquartett, das Beatles-Songs, die vom Al-ten gewünschte Tafelmusik, spielen sollte. Die vier Musiker, Tschechen – sie zogen durch Europa, um auf Galas Streicher-Pop zu strippen –, waren bereits eingetroffen, saßen herum und tranken Bier, bis Nelly ihnen die Flaschen abnehmen ließ, sie die Instrumente auspackten und zu stimmen began-nen. Es war ein ziemlicher Trubel und Lärm. Dazu lief über eine unter der Galerie angebrachte drei mal zwei Meter große Leinwand das Fernsehprogramm. Am Abend sollte zwischen den Desserts der von Andy zusammengestellte Film »Statio-nen: Aus dem Leben des Jubilars« auf eben dieser Leinwand gezeigt werden, über die nun seit den Morgenstunden unun-terbrochen die Bilder von und die Kommentare zu den Ereig-nissen aus Moskau und anderen Gegenden der noch beste-henden Sowjetunion kamen. Man sah zum x-ten Mal den tags zuvor zur Rede gestellten, schwitzenden Gorbatschow im russischen Parlament, die das Verbot der Prawda und das an-gekündigte Verbot der KPdSU rhythmisch beklatschenden Abgeordneten, immer wieder und in vielen Posen und Posi-tionen den von einem britischen Korrespondenten zum neuen Zaren ernannten Jelzin, einen französischen Histori-ker, den Tag zum Achtzehnten Brumaire des Boris Jelzin erklärend, die Trauerzüge hinter den Särgen der drei toten Demonstranten, dazwischengeschnitten das Schleifen der Denkmäler für Swerdlow, Kalinin, Dserschinski und andere alte Bolschewiki-Führer und einen deutschen Journalisten, den alsbaldigen Sturz aller Lenin-Monumente im ganzen Land verkündend, und während die Kellnerinnen und Kellner nach dem von Hawa aufgestellten Plan unter Nellys Anleitung die Tischkarten verteilten, die böhmischen Musikanten »Yesterday« intonierten, hasteten von lynchbereiten Menschenmengen beschimpfte und bespuckte Funktionäre der Kommunistischen Partei aus den von der Miliz geschlossenen Moskauer und Litauer Parteizentralen, wurden vor den offenen Gräbern der drei toten Demonstranten die Weihrauchfässer geschwenkt, sangen im öligen Baß die Popen dazu, schritten mit Beerdigungsmienen die beiden Kontrahenten, der alte Generalsekretär und der neue Zar, heran, um ihre Grabreden zu halten, und als Andy hereinkam, um nachzusehen, wie's in der Halle stand, gingen der ehemalige Generalsekretär der SED und Staatsratsvorsitzende der DDR Erich Honecker und seine Frau irgendwo an der Schwarzmeerküste spazieren, und ein Bonner Politiker, rechts oben ins Bild geschnitten, forderte die alsbaldige Auslieferung der beiden an Deutschland.

»Ausmachen!« schrie Andy, und der Security-Mann Willfried schaltete das Fernsehgerät auf der Empore ab, von dem aus die Bilder auf die Leinwand geleitet wurden. Beim Aufstellen zum Familienfoto hatten seine Tante Annette und seine Mutter Marie-Anne darüber geredet, warum die Honeckers nach Moskau geschafft worden waren – aus Sicherheitsgründen nämlich, weil man sie in Berlin vermutlich erschlagen hätte beziehungsweise »zu Tode geschleift«, wie's ein paar Ostdeutsche vor der Fernsehkamera verlangten, wozu Marie-Anne bemerkt hatte: »Nach deutscher Tradition: die Schlächter bejubeln, die Befreier ermorden, Hitler und Thälmann, Hindenburg und Rathenau zum Beispiel«, worauf er, Andy, nun wieder eingeworfen hatte: »Na hör mal! Befreier?!«

»Annette Vendrini-zur Lindens Unfall« – auf diese Umschreibung hatte man sich geeinigt, und natürlich wußte die Familie schon bald davon – nahm Andy ziemlich mit. Aber nicht allein der Suizidversuch seiner geliebten Tante war ihm, wie man so sagt, in die Glieder gefahren, so daß ihm, setzte er sich zwischendurch hin, um auszuspannen, die Hände und der rechte Fuß zitterten. Martin wäre nämlich ebenfalls bald – um mit Liliane zu sprechen – »abgenibbelt«, nach Kröttmann »übern Jordan gegangen«. Sein Bruder hatte sich eine Überdosis vermutlich zu reinen Heroins gespritzt. Serafina – Andy hatte sie überhaupt noch nicht gefragt, weshalb überhaupt – war halb nackt aus Martins Zimmer gestürzt, und Andy hatte über Handy Benno Kröttmann und den Doktor Grabowski gerufen, der dem halb nackt und bewegungslos im Bett Liegenden eine Ladung Naloxon gespritzt hatte, wodurch der Betäubte beinahe sofort erwachte, sich aber nicht etwa dankbar zeigte, sondern Grabowski und ihn, Andy, anschrie, was ihnen einfalle, ihn »herunterzuholen«, sei er nicht ein freier Mann mit freiem Willen, den »Druck« müßten sie ihm jedenfalls bezahlen, das wolle man doch mal sehen … und in dieser Tonart weitertobte. »Irgendwie verschwunden« war er dann, »aufhalten kannze ne nich«, so Benno Kröttmann, »aber der macht's nicht noch mal, heute wenigstens nicht«.

Obwohl verantwortlich für Organisation und Ablauf der Fete, hätte Andy am liebsten alles hingeschmissen, tat's aber nicht, dem Rat seiner Mutter folgend: »Non, mon cher. Wenn du dich auszahlen lassen willst für deinen verrückten Plan, Schreiner zu werden in Kalifornien.« Er hatte sich von Marie-Anne Beruhigendes und Kreislaufstützendes gegen seine zittrige, pulsjagende Erregung spritzen lassen und weitergemacht, inspiziert, angepackt, telefoniert, angeschrien, gelobt, getadelt, weiterorganisiert. Zwischendurch war er ein paarmal bei Kröttmanns gewesen, am Bett von Annette Vendrini-zur Linden, die an die Decke starrend dalag, ihn einmal plötzlich anlächelte und so etwas flüsterte wie »Abhauen«, was er als Aufforderung an sie beide verstand wegzufahren, wie verabredet, auf den Jochum-Hof oder sogar nach Los Angeles. Auf Gerda Kröttmanns fragenden Blick zu diesem

geflüsterten »Abhauen« hatte er nur mit den Schultern gezuckt, und auf Gerdas Spruch: »Mit dir ist im Augenblick
wohl auch nichts los«, hatte er lachen müssen. Der Spruch
lautete nämlich ähnlich wie der von Laure, die ihm ins Keller-
gewölbe zum Weindepot gefolgt war, wo er nach den Behäl-
tern mit Faßbrause sehen mußte, einem Getränk – auch so
ein Stußeinfall des Alten –, das am Abend zur ohnehin grausigen Mahlzeit kredenzt werden sollte, weil es als Bierersatz
getrunken worden sei in jenen Not- und Hungerjahren, an
die man sich ja erinnern wolle. Es war nicht einfach gewesen,
dieses Gesöff zu besorgen. Aber eine Brauerei in der Stadt
hatte endlich noch ein Rezept dafür gefunden und auf Andys
Wunsch – die zur-Lindens sind an dieser Brauerei beteiligt –
zwei Fünfzig-Liter-Fässer voll davon hergestellt. Laure hatte
Andy an diesen beiden Fässern mit Faßbrause unbedingt
dazu bringen wollen, stehenden Fußes oder liegend oder
kniend oder auf den Fässern hockend oder wie auch immer,
jedenfalls auf der Stelle loszulegen, hatte versucht, ihm die
Hose herunterzuziehen, seine Abwehr erst nicht ernstgenommen, dann aber lachend akzeptiert mit den Worten: »Du
bist jetzt also nicht zu gebrauchen«, und das auf französisch
wiederholt: »Alors, tu n'es bon à rien, maintenant.«

Während das Streichquartett, jetzt auf dem fertiggezim-
merten Podium thronend, »Ticket to ride« spielte, wies Andy
zwei der die Tische dekorierenden Kellner an, die beiden Fäs-
ser mit Faßbrause heraufzuholen und auf von Makewka be-
reitgestellte Böcke zu legen; er bat Nelly, ihnen den Weg ins
Weindepot zu zeigen. Der Cellist sang plötzlich los, im gutturalen Slawo-Sound:

> I think I'm gonna be sad,
> I think it's today, yeah,
> the girl that's driving me mad
> is going away.

Andy ging zum Podium, sagte: »Stop, nicht singen, nur
spielen.«

»Klar«, sagte der Cellist, Bandleader wohl, am Abend würden sie nur geigen und nicht singen. »Aber jetzt?«

»Meinetwegen«, sagte Andy, und der Cellist sang weiter.
»She's got a ticket to ri-ide, she's got a ticket to ri-i-ide«
hörte Andy noch im Durchgang zum Zunftgebäude-Flügel,
wo er Großtante Gabriele in merkwürdiger Zweisamkeit mit
dem vierzehnjährigen David, einem Enkelsohn von Hans-Joachim zur Linden, auf der in der Familie so genannten
»Knutschbank«, einem Biedermeiermöbel, sitzend antraf –
ein Tête-à-tête, das er nicht weiter beachtete. Er sollte sich
dann aber später daran erinnern, als die Kinder berichteten,
sie hätten beim Versteckspiel im Felsenkeller, in einem der alten Luftschutzräume dort, die beiden beobachtet, wie sie das
trieben, was der vierjährige Boris, ein Enkelsohn Hermann
zur Lindens, »Ficki-Facki«, Geraldine, die zehnjährige En-
keltochter Uschu zur Lindens, »Unzucht«, ihre elfjährige
Cousine Astrid »rasante Vögelei« nannten. Astrid übrigens
wußte auch, David – ein eigentlich unscheinbarer Knabe –
habe einen »Teufelsschwengel«, ein Ausdruck, der natürlich
gleich in den Familiensprachschatz einging und seitdem benutzt wird, um jemanden zu kennzeichnen, der über etwas
nicht Vermutetes verfügt.

In der großen Küche im Souterrain des Zunftgebäude-Flügels, wo Tante Änne aus Kamen mit einigen Hilfskräften aus
Restaurants der Stadt das Abendessen, die »deutsche Kotzkacke« nach Nelly, bereitete, brodelte es nur so. Die Buchweizenmehl-Klöße würden nicht geraten, zeterte Tante
Änne, »schweißgebadet« sei sie und »nahe dem Zusammenbruch«, und er, Andy, solle einmal die Steckrübensuppe probieren. Das tat er, wobei ihm eine schöne, sich model-like be-
wegende Küchenhilfe aus einem der Restaurants von Giorgio Franzaroli erklärte, daß ihrer Meinung nach Agumehl
fehle und eine weitere Prise Natron. Andy tat so, als
schmecke es ihm richtig gut, und er gab Tante Änne einen
Kuß, sagte, sie schaffe das alles, wenn nicht sie, wer dann?,
und als er in die Küche von Anne-Catherines Wohnung kam,
wo ebenfalls gekocht wurde – Anne-Catherine beteiligte sich
tatsächlich und trug weiß Gott eine Schürze –, mußte er von
der Grießspeise mit Rhabarber kosten.

Zur Halle zurückkehrend, traf er draußen seinen Vater und

den Generalvikar, und als Hawa ihn so im Vorbeigehen fragte: »Na, klappt's?«, da stieg schon die Wut in ihm hoch, und er fuhr Hawa an, daß er sich verdammtnochmal ruhig mit um die Vorbereitungen kümmern könne, statt herumzuspazieren. Und dann, in der Halle, brach es dann wirklich aus ihm heraus. Liliane zufolge, die es miterlebte, wurde Andy feuerrot im Gesicht, »gekocht« habe er beim Anblick von Tonton Päule, der einen eigenen Text zur Melodie von »Yellow Submarine« verfaßt hatte, den er am Abend zwischen Vorspeise und Hauptgericht vortragen wollte, und nun die Musiker anwies, den Titel zu spielen. Die taten's, und Tonton Päule sang dazu – »gar nicht mal schlecht und sogar mit einem gewissen Groove«, nach Liliane:

> Fünfundneunzig wird er heut
> ich erzähl euch, wer er war
> wer er ist un wat hä deut
> woher er kam, der Jubilar …

»Weiter kam er nicht, Andy zerrte ihn vom Podium, packte ihn am Kragen, und mit Stößen und Hieben schleppte und schmiß er ihn aus der Halle. Einfach herrlich, und Tonton Päule ward nimmer gesichtet.«

Bei den neapolitanischen Feuerwerkern im Garten hinter den Ställen sah man Paulus zur Linden dann aber noch, Bier aus der Flasche trinkend und Italienisch parlierend, bis er verschwand – man ist nicht dahintergekommen, wohin. Bei der letzten Sitzung der Sicherheitsmannschaft vor den Abendfestlichkeiten kam das aber nicht zur Sprache, ebensowenig – oder besser: nur ungenügend – das plötzliche Erscheinen Lisa Sarembas, die unbedingt Anne-Catherine zu sprechen wünschte, aber von Nelly abgewiesen und, als sie nicht gehen wollte, vom Security-Mann Niels herausgebracht worden war. Andy fehlte übrigens bei dieser Besprechung, worüber vor allem Hawa sich erregte, der ihn am Tisch, zumindest bis zur Filmvorführung, dem Alten direkt gegenüber positionieren wollte, während Britta, die japanisch aussehende Schwedin von der Security-GmbH – »Irmchen, Schweizer Nichte von Tante Änne aus Kamen«, so ihre Tarnidentität –, als

267

Tischdame des Alten fungieren mußte, zu dessen Rechten der Erzbischof seinen Platz hatte, neben Bruder Matthäus.

Mit Beginn des Festessens dann, Punkt acht am Abend – in Moskau war gerade der Noch-Präsident Gorbatschow nach Auflösung des Zentralkomitees als Generalsekretär der KPdSU zurückgetreten, mit der Unabhängigkeit der Ukraine und Weißrußlands war das Ende der Sowjetunion angebrochen, also »die weltweite Alleinherrschaft des Imperialismus auf unabsehbare Zeit«, um mit den Kröttmanns und Annette Vendrini-zur Linden zu reden –, da saßen alle an der hufeisenförmig angeordneten Tafel. Nicht alle. Es fehlten neben Annette Vendrini-zur Linden, Martin und Tonton Päule zum Beispiel die Vinzentinernovizin, Cousinchen Bärbel, und ihre Mutter, die erst nach der Steckrübensuppe erscheinen sollten – und zwar mit Schmackes, wie man hier in dieser Gegend so sagt.

Das Tischgebet, vorgebetet natürlich von Heinrich-Johannes zur Linden: »Aller Augen warten auf dich, o Herr, du gibst ihnen ihre Speise zur rechten Zeit, du tust deine milde Hand auf und erfüllest alles, was da lebt, mit Segen, amen«, sprach man im Chor mit, und danach, zum Auftakt des Festmahls sozusagen, erklang »Birthday«, ein verhältnismäßig unbekannter Song der Beatles, aber nicht für den Jubilar Karl-Walter zur Linden, der, das Streichquartett begrüßend, klatschte – ihm schlossen sich alle an – und die ersten Worte leise mitsang: »You say it's your birthday, it's my birthday too – yeah«. Die vier Musiker auf dem mit schwarzem Tuch abgedeckten Podium trugen Schwarz und spielten, als würden sie ein Haydn-Quartett vor einem Konzertpublikum zum besten geben. Lieber hätten sie ausgelassener und in hippiesker Verkleidung, ähnlich den Figuren auf dem Cover von »Sgt. Pepper's Lonely Hearts Club Band« musiziert, ein von Andy allerdings abgelehnter Vorschlag der Gruppe, die mehrere Kostüme zur Auswahl dabeihatte. Schwarz trugen von den Tafelnden nur wenige, ein paar entfernte Verwandte, deren Frauen teilweise sogar äußerst modisch auftraten, so wie es einer wirklichen zur-Linden nie einfallen würde. Könnte man sich etwa Anne-Catherine oder gar ihre Mutter Marie-

Anne vorstellen mit einer Art Zirkuspferd-Zaumzeug, Ketten an Hals und Ohren, Samtgehänge, allfingerberingt in Mini, glitzerndem Ballkleid, wallendem Feengewand? Oder – so eine verschwägerte Silke aus Kopenhagen – in Piratenkostümähnlichem? Selbstredend sah man darüber hinweg, ebenso wie über das seiner Marotte entsprechende Schottenkostüm Maximilian zur Lindens und natürlich den enormen Aufzug – irgend etwas in Lila und Rot – Großtante Gabrieles, von der man in dieser Hinsicht sowieso einiges erwartete, und man wäre eher enttäuscht gewesen, hätte sie an diesem Abend nicht auch wieder mal »den Vogel abgeschossen«, um den Jubilar zu zitieren.

Der schwärmte nach dem ersten Löffel von der wie ranzige Erde schmeckenden Steckrübensuppe, die aus Terrinen von den im Gänsemarsch hereinmarschierten Kellnerinnen und Kellnern serviert wurde, fragte seine Tischdame, eben die als Irmchen, Schweizer Nichte Tante Ännes, ausgegebene Britta, ob sie wisse, was man da zu sich nehme und was so phantastisch schmecke. Das Rollenspiel genießend, tat er das in Schweizerdeutsch, und Britta antwortete in perfektem Zürichdeutsch:

»Sicher scho, mer ässed si öppe und händ si gèèrn, die Rüeblisuppe, aber waisch, mer tüend nachli Chnobli drii. Du hebsch si psunders gèèrn, säit me; tänksch draa, wie d schmaal häsch duremüese?«

Der Alte, der sich zu Recht für einen guten Stimmen- und Dialektimitator hielt – was lachte man, wenn er im Familienkreis Hamburger Reeder, Frankfurter Lokalpolitiker, Revier-Türken, schwäbische Industrielle, sächsische Volkspolizisten, den Bundeskanzler und dergleichen nachmachte, ganz zu schweigen von seinen plattdeutschen Dönekens –, war sichtlich beeindruckt, sowohl von der polyglotten Fähigkeit seiner Leibgardistin als auch von deren Schauspiellust. Das war ihm schon aufgefallen, als sie, während der Morgenmesse hinter ihm kniend, die lateinischen Responsorien ministrantenhaft gekonnt heruntergeleiert, beim Fototermin, hinter ihm stehend, mit der Novizin Bärbel Flämisch, später mit Michel Roland Französisch, und zwar im Brüsseler Tonfall, parliert hatte, und er wollte nun wissen, woher sie diese Gabe habe, worauf sie wiederum in Zürichdeutsch antwortete: »Das wiir i vo diir haa.« Daß Karl-Walter zur Linden diese Britta, die ihn ja dann wirklich und im Wortsinn beschützen sollte, in sein Herz schließen würde – um es mal so auszudrücken –, hätte man da vielleicht schon merken können.

Die Faßbrause kam in großen Krügen auf den Tisch, es wurde eingeschenkt, man prostete sich zu, verzog das Gesicht, andere blickten erstaunt bis angewidert, einige nickten überrascht. Andy hatte die Brauer angehalten, das eigentlich alkoholfreie Gesöff wenigstens niedrigprozentig, wie Schwachbier, zu brauen. Das Zeugs schmeckte nach gegorenem Gerstensaft, Pferdepisse und etwas Likörhaftem, und tatsächlich kriegten die meisten auch Kopfschmerzen davon, außer merkwürdigerweise die Kinder, die, wie bei den Zur-Linden-Feiern üblich, zwischen den Erwachsenen saßen und mit ihnen aßen und tranken.

Die Steckrübenterrinen waren abgetragen, das Fischgericht wurde hereingebracht: Badischer Schellfisch in Sauermilch (!) gebraten und mit – nach Tante Änne aus Kamen, »goldbrauner«, tatsächlich kackfarbiger – Kruste aus Altbrotbröseln und Käseresten angerichtet, dazu – wie es hieß – »diesmal gelungene«, nämlich weder feste noch weiche, in Salzwasser mit Kümmel (!!) gesottene, nach aufgeweichter Pappe schmeckende Buchweizenmehl-Klöße – da kam es zu dieser spektakulären, in den Erzählungen später so genannten »Erscheinung«, bei der eigentlich Orgelgebraus hätte erklingen müssen anstelle des Songs »Hey Jude … don't make it bad …« Das Stück brach sofort ab, als Betty Buchinger, geborene zur Linden, Mutter der Vinzentinernovizin Bärbel, von der Umlaufgalerie herab rief oder vielmehr schrie: »Seht Bärbel! Seht Bärbel!« und alle, ihre Köpfe drehend oder wendend oder bloß erhebend – Kinder lachten hell auf, eine Schellfischplatte fiel scheppernd zu Boden, rutschte übers Parkett, ein oder zwei Gläser splitterten – hochblickten. Tante Änne aus Kamen und Nelly wollten später, vor allem als die »wundersame Heilung« Tante Josephines noch anhielt, eine Gedenktafel anbringen an jener Stelle der Galerie,

270

wo Bärbel mit ausgestreckten Armen und mit nackten Füßen, von ihrer Mutter gestützt, stand, nämlich oben direkt gegenüber dem Quer-Tisch, an dem in der Mitte der Jubilar neben dem Erzbischof und Britta alias Irmchen saßen, ließen sich dann aber mit dem Argument davon abbringen, daß ja danach an derselben Stelle jene andere, »unglückliche Erscheinung« des besoffenen und koksvollen Fernsehkomikers Eike zur Linden stattgefunden hatte.

Also – was alle heraufschauend erblickten, war eben die von ihrer Mutter gestützte Bärbel, in einem blauen Faltenkleid mit weißem, um den Kopf geschlagenem Tuch – »Türkenmama, Türkenmama«, rief ein Kind –, deren Handinnenflächen und Fußrücken nasse, dunkelrote – »Blut, Blut«, rief Betty darauf weisend – Flecken zeigten, und tatsächlich tropfte es auch, ein bißchen jedenfalls, von den allen heilandsmäßig entgegengestreckten Händen Bärbels, die mit eigenartig heller, hallender, nach Tante Änne aus Kamen »Cherubim-Stimme« rief oder besser sang: »Ich trage die Wundmale des Herrn!«

Gewiß – alle waren, so muß man es wohl mit Benno Kröttmann nennen, »vonne Socken«. Denn wer rechnet schon mit so was! Leider eben auch nicht Benno Kröttmann, der hinter den beiden stand und ziemlich hilflos wirkte, bis er von Hawa – man war mit Mikrofönchen am Revers, Hörknöpfchen im Ohr miteinander verbunden – angewiesen wurde, die »Verrückte« schnellstens wegzuschaffen. Das geschah auch, aber gar nicht mal abrupt, sondern eher sanft, wie man's Benno Kröttmann kaum zutraut, jedenfalls wenn man ihn nicht kennt. Daß übrigens kurz nach Bettys Schrei und Bärbels Armeausbreiten das Quartett wieder loslegte, und zwar mit dem Stück »I want to hold your hand ... oh, yeah, I tell you something, I think you'll understand, then I'll say that something, I wanna hold your hand, I wanna hold your hand ...!«, wird purer Zufall gewesen sein. Vom Musikerpodium unter der Umlaufgalerie konnte man nämlich von der Szene nichts mitkriegen, und Lilianes Deutung, wonach das Ganze als eine Art Generalprobe gelaufen sei, abgesprochen zwischen dem »scheinheiligen Biest Bärbel, ihrer nicht minder durchtriebenen Mutter und diesem schrägen Prager Cellisten«, mit dem sie die performancemäßige Seite der lukrativen Show durchzuziehen gedächten, ist natürlich nicht ernst zu nehmen. Ob indes eine wirkliche Stigmatisierung Barbara Buchingers, des Bärbelchens, vorlag, ob sie gleich Therese von Konnersreuth oder der seligen Katharina von Emmerich, der »Leidensblume von Coesfeld«, die Schmerzen des gemarterten Heilands wortwörtlich körperlich durchlitt – nun ja! Die Wundmale – übrigens fehlte der klaffende Bruststich – traten später nur noch zweimal auf, und sie sind nach Ablegung des Gelübdes im Geyzegenschen Mutterhaus bis heute ganz ausgeblieben, wenn man den Nonnen dort glauben soll. Aber warum sollte man nicht.

Zu solchen Erscheinungen gibt es ja tausend und mehr Deutungen. Sind sie schlichter Betrug, wie manche es Therese Neumann und dem Konnersreuther Pfarrer Josef Naber unterstellen? Oder unbewußtes und verleugnetes Selbstgemetzel, Abspaltung vom anderen Ich? Oder doch durchlebte und eben körperlich demonstrierte, jesusähnliche Martern? Gar solche einer »Vereinigung mit dem Leidensbräutigam«, in den Worten der Mystiker? Eine besondere Form schwerster Hysterie sado-masochistischen Hintergrunds, erklärte Hawa, sei das, »bei kindlicher Überschätzung des männlichen Genitals und Entwertung des eigenen Genitals als etwas Blutendem, Stinkendem, Ausscheidendem, eben im Stigma Präsentiertes, erfahren in religiöser Verzückung bei gleichzeitiger Wut darüber, daß die Männer, die Priester in diesem Fall, den Leib des Herrn in der Hostie mit ihren Händen drücken dürfen und die Frauen nicht«. Da den Frauen aber heute das Anfassen der Hostie – »mit ihren Fudfingern«, er zitiere da bloß den Jubilar – gleich den Männern erlaubt sei, seien solche Stigmata, wie sie das Bärbelchen zu haben meine oder wirklich aufweise, eigentlich überflüssig, selbst für gläubigste Nönnekens. Bulimie und Anorexie wären die nicht theologisch kodierten und zeitgemäßen Erscheinungsformen des gleichen Syndroms.

Das hat Hawa nicht ohne Süffisanz über den Tisch hinweg seinem Gegenüber, dem Tschup, gesagt. Anders als Marie-

Anne, die sofort nach dem Spektakel hochgeeilt war, um nach den Verwundungen Bärbels zu sehen, sie zu behandeln, ist der Generalvikar am Tisch sitzen geblieben, selbst noch, als sich Tante Josephine an ihren Krücken und gestützt von ihrer Tochter Gladys und ihrem Sohn Maximilian die Treppe hinauf hievte, bis dann aber gleich darauf der Erzbischof seinen Lachstickanfall kriegte – in der Familie als »Heijos Kicherasthma« bekannt. Seit Kindheitstagen damit geschlagen, kommt es ihm unversehens, dann natürlich zu den unpassendsten Gelegenheiten – was für Geschichten gibt es dazu! –, dieses durch gurgelndes, keuchendes Atemschnappen unterbrochene Gekicher im höchsten Falsett, nach Meinung des Alten der wahre Grund dafür, daß Heijo niemals Purpur – Zeichen der Kardinalswürde – tragen werde.

Der Jubilar ist übrigens bei dem ganzen Gedöns grienend sitzen geblieben. »Ja, ja«, hatte er ein paarmal gesagt, »ja, ja, ja – das alles macht dieses Geburtstagsfest zu einem wirklich denkwürdigen Fest«, weshalb später das Gerücht ging, der Jubilar habe alles in Absprache mit den Buchingers inszeniert. Der Generalvikar Tschup hat Heijo gemeinsam mit Bruder Matthäus in die Wohnung des Jubilars geführt, wo sie logierten, anschließend Bärbel und ihre Mutter im Zimmer der Buchingers, irgendwo auf der Nordseite des Mittelbaus, aufgesucht und sich mit Marie-Anne verständigt. Nichts merkte man Tschup an, gleichbleibend kühl – »cool« heißt das bei Liliane – und unerregt saß er am Tisch und sagte zu Hawa auf dessen Deutung des »kuriosen und wie vom Ordinariat bestellten Wunders von der Lindenburg«, wie es dann später auf der großen Tafel des Trinkhallenbesitzers Ziß Schüssler heißen sollte, »aha, ein freudianischer Schlaumeier«.

»Nein«, sagte Hawa, »ein freudomarxistischer Katholik ...«

»Daß es auch so was gibt ...«

»... der dem Vicarius in spiritualibus generalis darlegen möchte, daß die Stigmatisierten aller Länder und Zeiten unsere katholische Religion karikieren.«

Damit könne er sich einverstanden erklären, sagte Tschup, und zu seiner Tischdame Anne-Catherine sagte er auf deren

Einwand – A-C hat tatsächlich, wie Liliane meint, »eine Ader fürs Esoterische« –, Therese von Konnersreuth, das einfache Landmädchen, habe aber unstreitig Aramäisch, also in der Sprache Jesu gesprochen ...

»Ja, ja, ja, und das hat ihr der unselige Franz Xaver Wutz – nomen est omen –, ein Kleriker leider und Professor unter anderem fürs Aramäische, beigebracht.« Im übrigen, sagte der Tschup, kämen Stigmata, das sei hinlänglich bekannt, hier und da vor, bei Novizinnen vor ihren Weihen und endgültigen Gelübden, dann nämlich seien sie verstärkt durch langes Fasten und Meditieren in einer zittrig-erregten Erwartung, befangen in traumhaften, oft eben mit den Leiden Jesu in Zusammenhang stehenden Vorstellungen, die dann so etwas sozusagen leibhaftig zur Darstellung brächten. »Zufrieden?«

»Nein«, sagte Anne-Catherine.

Stigmatisationen im allgemeinen, Bärbel und die ihren im besonderen, blieben weiterhin während des Fischgerichts Gesprächsthema, nicht nur zwischen Tschup und Anne-Catherine. Zur folgenden Speise des Menüs, »Hasenpfeffer auf kriegsgemäße Art« – so wahrhaftig die nach Davidis-Holle korrekte Bezeichnung des Fraßes –, redeten die beiden dann aber schon wieder Tacheles, wobei Tschup – er wußte längst Bescheid – Anne-Catherines Spekulationsgewinn beim von ihm so genannten »Russenpoker« ansprach, den er auf »gewiß an die Million« – tatsächlich sollte er sich auf einemillioneinhundertachtzigtausendfünfhundertzwanzig Deutschmark belaufen – schätzte. Solche »verrückten Spiele« tadelnd, enthielt er sich diesmal allerdings einer seiner berüchtigten »Lektionen in Glaubensangelegenheiten«, redete nur kurz vom »sozialdarwinistischen, ganz und gar habgierorientierten, heidnischen Neo-Liberalismus«, den er neuerdings sogar, wie man hört, gar nicht mal so falsch »die formal-demokratische Variante des Faschismus« nennt, und fragte Anne-Catherine, ob solches bedenkenlose Mitspielen verantwortbar, mit anderen Worten und ohne Umschweif: nicht doch auch Sünde sei, eine schwere sogar, wenn man's wirklich bedenke, nämlich unter Umständen eine wider den Heiligen Geist, worauf Anne-Catherine zugab, derartiges öfter zu bedenken, aber dennoch auch die Tatsache nicht außer acht zu lassen, daß wir alle, sie betone *alle*, nun mal in einer diesseitigen, mit anderen Worten und ohne Umschweif: sündigen Welt zu wirken hätten, und sie, Anne-Catherine, zudem sich der Pflicht der Familie sowie den Mitarbeitern des zur-Lindenschen Gesamtbetriebes gegenübersähe, in Zukunft womöglich noch mehr als früher, denn ... und so weiter, worauf Tschup wieder Entsprechendes entgegnete – ein Hin und Her, wobei man sich schließlich auf eine Spende aus dem Gewinn des »Russenpokers« für Misereor und das Bonifatius-Werk einigte, als »Ablaß?« von Anne-Catherine ironisch erfragt, worauf der Generalvikar, sein Affenlachen lachend, nickte und auf Anne-Catherines offensichtlich endgültigen Vorschlag »nach guter alter Art der Zehnte vom fälligen Steuerbetrag also, und Punktum«, erst achselzuckte, dann aber antwortete: »Warum eigentlich nicht?«, ein von Hawa Wort für Wort verfolgtes Gespräch, das der Beginn einer Geschäftsverbindung zwischen Anne-Catherine und der Bischöflichen Kurie, dem Ordinariat, wurde, die »noch manche Früchte tragen sollte« – um beim Salbadern zu bleiben.

Das Streichquartett hatte »I want to hold your hand« in »Yesterday« übergeleitet und diesen Evergreen in vielen Variationen und Wiederholungen erklingen lassen, bevor es nun, zum Hasenpfeffer, »Hey Jude«, bei dem der Jubilar greisenstimmig ein bißchen mitsang, spielte. Zu diesem scheußlichen Hasenpfeffer auf kriegsgemäße Art – Stücke vom Stallhasen mit Apfelschalen in Essigwasser (!!!) weich gekocht – gab es das widerwärtige, in salziger Magermilch gebrühte und mit Kartoffelmehlschwitze gebundene Bleichzichoriengemüse sowie »Rheinische Mölle«, eine nur noch in Altersheimen verwendete Kartoffelsorte. Man konnte das Ganze nur so schnell wie möglich mit Faßbrause runterspülen. Gemocht hat's niemand, obwohl man so tat, als sei's was Exquisites – allen voran Alfred, der Mann von Uschu, Schwester von Heijo, Hermann und Tonton Päule. Jochen, der ihn am wenigsten ausstehen konnte und deswegen von Andy, abweichend von Hawas Plan, ihm gegenüber plaziert worden war, nahm dieses gespielte Auf-der-Zunge-zergehen-Lassen,

Kopfwiegen, wohlige Stöhnen und diese »Mmmmms« und »Alsos« denn auch zum Anlaß, ihn anzugehen. Er, Alfred, er brauche nicht so zu tun, als schmecke es ihm dermaßen, sagte er, niemand möge das Zeugs, und dem Geburtstagskind tue man im Gegenteil einen Gefallen, wenn man sich dabei übergebe, »also streng dich an und kotz mal 'n bißchen«.

Alfred Schlippkötter, nommé en famille »der herzensgute Freddy«, ist nach Karl-Walter zur Linden »das seltene Exemplar eines ganz und gar gutartigen Karrierebeamten« – eine Rolle, die ihn so unauffällig wie möglich vom einfachen Landgerichtsrat über die Ministerialbeamten-Leiter in Düsseldorf und Bonner Ministerien bis in die obere EU-Kommissionsverwaltung nach Brüssel gebracht hat. Sein »Aloysius-Lächeln« aufsetzend, sagte Alfred: »Was hast du nur, Hans-Joachim, wollen wir nicht froh und friedlich feiern?«

»Ja ja ja ja«, sagte Jochen, wandte sich seiner Nachbarin zu, dieser Silke aus Kopenhagen im Piratenkostüm, der zweiten Frau seines Sohnes Alex. Er sah diese Schwiegertochter heute zum erstenmal. Sie sprach Deutsch in jenem drolligen Dänen-Singsang und mit dem stimmlosen »S«, ein eigenartiger Gegensatz zu ihrem – Liliane würde sagen: »scharfen Outfit«. Alfred Schlippkötter, einmal auf die Spur gesetzt, ließ nicht locker, sagte, wie traurig es sei, daß Annette, »deine liebe Schwester«, nicht mitfeiern könne, gerade sie liebe doch ihren Vater ganz besonders, über die Maßen könne man es ruhig nennen. »Warum hat sie das nur getan!«

Jochen wandte sich wieder seinem Gegenüber zu. »Ja, warum wohl, was meinst du?«

Hans-Joachim zur Lindens, soll man sagen »Haß«? auf den herzensguten Freddy hatte einen Grund, nämlich dessen »unverfrorene, gutmenschliche Einmischungssucht«. Er wußte, wovon er sprach. Alfred Schlippkötter – der übrigens nicht nur in familiären Angelegenheiten bestens informiert ist, und Hawa hat da auch einen Verdacht, woher und weshalb – hatte ihn früher einige Male angesprochen auf »deine pädophilen Neigungen, denen du nachgehst, diskreterweise in Übersee, aber immerhin«. Ob er darüber nicht mal reden möchte? Mit ihm, Alfred, oder vielleicht mit einem ihm bekannten, in diesen Dingen einst selber befangenen Psychologen? Mit ähnlichem Ansinnen ist Alfred an Anne-Catherine herangetreten, und sogar an Hawa, »mit deinen obsessiven Ehebrüchen«. Nun, darüber soll geschwiegen werden. Nur dies noch: Von seinem zwölfjährigen Enkelsohn Vincenz, und der kennt noch andere Kinder, denen es ähnlich erging, weiß man, daß Schlippkötter durch eindringliches, anstarrendes Augenblinzeln und dergleichen, durch beschwörendes, mahnendes Einreden die Betroffenen bis zum Weinen bringt, wobei ihm dann, so jedenfalls Vincenz, »einer abgeht«. Jochen wußte, scheint's, ebenfalls davon, denn als Schlippkötter ihn nun fragte, wo sich Annette zur Zeit aufhalte, im Hause doch irgendwo, er würde sehr gerne einmal mit ihr reden, entgegnete er: »Ins Gewissen? Eindringlich? Deiner abartigen Lust frönen?« Schlippkötter ließ sich nicht irritieren. Es gehörte zu seiner Ausstattung, Tritte in den Arsch lächelnd hinzunehmen, einfach durch eine zweite Tür wieder reinzukommen, war er durch die erste rausgeschmissen worden. Ob karrieretaktisches Demutsverhalten von Kompromißkandidaten, wie Hawa, oder beabsichtigtes, lusterzeugendes Peinlichkeitsertragen, wie A-C meint, oder beides oder was auch immer, Alfred Schlippkötter blieb am Ball: Nun, nach absehbar endgültigem, unrühmlichem Ende des Kommunismus, dem sich zu allen anderen Eskapaden die unglückliche Annette Vendrini-zur Linden schließlich zugesellt habe, müsse man ihr doch zureden, die Kehre, die wirkliche Abkehr vorbereiten helfen, daß sie nicht ein weiteres Mal ... und so weiter.

Hans-Joachim zur Linden hätte besser, wie er es ankündigte, dann aber doch unterließ, dem Alfred Faßbrause ins Gesicht geschüttet, ihm den Hasenpfefferfraß übern Kopf gestülpt, statt sich zu ereifern. Vielleicht hätte das sein Infarkt-Desaster dann später verhindert. Aber er hat mit allem Ernst und in steigender Erregung, vermutlich weil's ihm wirklich »am Herzen lag«, wie man so sagt, auf sein Gegenüber eingeredet: Nicht nur Nichtumkehr von Annette Vendrini-zur Linden, sondern umgekehrt Bestärkung im eigensinnigen, unter Umständen todernsten Insistieren auf dem grundsätzlichen Gegensatz der bestehenden Verhältnisse sei Gebot der Stunde, warum, das würde er ihm, Alfred Schlippkötter, gern in einem polit-ökonomischen Kolleg erklären, nämlich »daß und warum eine Gesellschaft ohne Geld und Ware, beruhend auf einer Gebrauchswert- und Bedürfnisökonomie, als Voraussetzung für das Ende von Ausbeutung und Beginn einer realen Demokratie die einzige Überlebenschance der Gattung ... und so weiter und so weiter ... Dabei wurde Jochen immer hitziger, redete, bald blaurot im Gesicht, lauter und lauter, ließ sich von Silke, seiner Schwiegertochter im Piratenkostüm, die seine Schulter kraulte, nicht beruhigen. Aber wie dann Schlippkötter – Hawa behauptete, es habe sich so etwas wie ein triumphierendes Lächeln um seinen Winzmund gezeigt –, Jochen unterbrechend, sagte: »Daß ausgerechnet du das sagst, der Finanzminister der Familie, der das auf Geld und Ware beruhende polit-ökonomische System bestens kennt und zu unser aller Nutzen bestens bedient, ist erstaunlich, doch vielleicht auch bezeichnend, und genau darüber möchte ich einmal mit dir reden ...«, ist er vom Tisch aufgesprungen und – wie gesagt, ohne Schlippkötter mit Faßbrause zu begießen und mit Hasenpfeffer zu beschmeißen – fortgerannt. »Zum Klo bestimmt«, hat Tante Sophia-Juliane einem der Kinder erklärt, das fragte, wohin Onkel Jochen denn renne.

Tante Josephines Auftritt fand statt, als das erste Dessert bereits abgetragen war – Grießspeise mit Rhabarber, ein Labberbrei, Kompott darüber aus jenen Sauerstengeln, die man nur diesseits des Limes für eßbar hält. Und daß zu ihrem Auftritt die böhmischen Streicher »With a little help from my friends« gestrippt hätten, gekonnt übrigens – »es sind halt böhmische Musikanten«, um Mozarts Lob beim Anhören seiner Streichquartette und -quintette in Prag zu zitieren –, stimmt auch nicht, selbst wenn es die Familiengeschichte heute so will. Vielmehr war es so, daß zu diesem Stück der kleine Jean-Jacques Roland zu den Musikern aufs Podium sprang, den Text mitsang und dabei die spastischen Körper- und Armbewegungen Joe Cockers imitierte, worüber alles lachte, und daß der Alte anschließend mit seiner Tischdame, der japanisch aussehenden, die Züricher Nichte Irmchen mimenden Security-Frau Britta, über »Sgt. Pepper's Lonely Hearts Club Band« stritt, worauf der Song erstmals veröffentlicht wurde. Sie waren sich beide zwar einig darüber, daß diese Langspielplatte eine absolute Novität und eine wirkliche Revolution der populären Musik all over the world bedeute, divergierten aber in der Frage, wem dieses Verdienst zukomme: John Lennon, so der Alte, obwohl der ja bloß drei Titel beigetragen hatte, neben »Mr. Kyte« und »Lucy« nur noch »Good Morning«, oder Paul McCartney, was der Alte noch zugestehen wollte – oder vielleicht doch dem Producer George Martin, was Britta überzeugend vertrat, indem sie zum Beispiel darlegte, wie und warum dieser entgegen Lennons Auffassung für die Kirmesatmosphäre »Being for the benefit of Mr. Kyte« nicht eine Dampforgel eins zu eins einsetzte, sondern eben gerade jene irisierende Stimmung erzeugenden Tonbandschnipsel unter anderem mit Dampforgelmelodien zu einer Sound-Tapete collagierte, oder auch darauf bestanden hatte, bei »Lucy in the sky with diamonds« den das LSD zu direkt und plump assoziierenden sphärischen Überhall herauszunehmen. Nein, Tante Josephine kam ohne ihre Krücken und nur von ihrem Sohn Maximilian zur Linden, dem schottenkostümierten, weltweit begehrten Contratenor – »Kastraten-Maxe« natürlich in der Familie genannt –, gestützt, die Treppe herab, eben als »Obladi Oblada« erklang, wozu ein paar der Kinder mit übertriebenen Standardtanzschritten und Gesten und eng aneinandergeschmiegt tanzten, besser: schwoften, so das für sie Altmodische dieser Art von Musik demonstrierend.

Musik und Tanz brachen gleich ab, als Tante Josephine, immer noch herabschreitend, rief, eigentlich kreischte: »Oh, Wunder, oh, Wunder, ich bin geheilt!« Falsch ist ebenfalls, daß Heijo, der Erzbischof, hinter ihr herschritt, sie und alle an der Tafel segnend. Er kam erst später, als Tante Josephine an den Tischen vorbei, nun sagen wir, sich tastend, schlich und dabei öfter einknickte, immer von Maximilian gestützt und gehalten. Alle schauten, drehten sich zu ihnen hin, einige standen sogar auf, und alle – Großtante Gabriele hatte damit begonnen – klatschten schließlich. Heijo kam eher unbemerkt die Treppe von der Umlaufgalerie herunter, in einer eigenartigen Heiterkeit, Munterkeit, wenn man so will, die man seit einiger Zeit häufiger an ihm bemerkte, Folge der Einnahme eines gegen dieses Kicherasthma wirkenden Präparats. Hie und da und hinter der Hand heißt es, dieses Präparat sei nichts anderes als Kokain, ein Gerücht, nichts weiter. Nach Tante Änne aus Kamen kommt dieses Gerücht »aus Eugens Ecke«, ein Gaudi in der Familie, weil Änne Gretler sich nämlich vorwirft, daran mitgewirkt zu haben, »diesen armen Bergarbeiterssohn aus Bergkamen auf irrige Wege zu bringen«, weil sie ihm immer wieder aus der Bibliothek ihres Mannes Bücher geliehen hat, »die ihn wohl völlig verwirrten«.

Also Heijo hat sich, ohne jemanden zu segnen, wieder auf seinen Platz links neben dem Jubilar gesetzt und lächelnd geschwiegen zu Tante Josephines und allen anderen Wunderheilungs-Geschichten, die an der Tafel erzählt wurden, nachdem Tante Josephine die ihre gebracht hatte. Sie hatte sich der auf einer Couch unter einem weißen Laken und mit um die Hände gewickelten Mullbinden liegenden Bärbel Buchinger genähert, Bärbel habe sich, erzählte Tante Josephine, aufgerichtet und sie angestrahlt, worauf sie, Tante Josephine, noch gestützt von Maximilian und Gladys, näher an Bärbel herangetreten sei, um, die Krücken loslassend, die ihr entgegengestreckten Hände der Stigmatisierten zu fassen und mit dieser Berührung und, »pardauz« – sie sagte wahrhaftig »pardauz« –, dem Fallen der Krücken habe sie aufrecht stehen und dann ohne Stütze durchs Zimmer gehen können. »Nun endlich. Und was habe ich nicht schon alles vorher versucht.«

Das stimmt. X-mal ist sie in Lourdes gewesen, in Fatima und Neviges, und zu welchen Orten war sie nicht allein in Italien und Irland gepilgert, ob auf Krücken humpelnd oder im Rollstuhl geschoben. »Nichts. Aber nun!«

Tante Josephine zur Linden, geborene Budzinsky, gilt als vermögender als alle zur-Lindens zusammen. Das ist Unsinn. Gut – sie hat, wie man hier in der Gegend so sagt, »allerhand anne Füße«, doch beileibe nicht soviel wie der gesamte Zur-Linden-Clan. Richtig reich geworden ist sie übrigens erst nach dem Tod ihres Mannes Jan-Daniel zur Linden, dem Sohn aus der 1936 nach dem Erlaß der Nürnberger Rassegesetze in Holland geschlossenen Ehe zwischen August-Berthold zur Linden und Carola Fischler, die nach dem Einmarsch der deutschen Armee in die Hände der Nazis fiel und von ihnen zu Tode geschunden wurde. In London hatten die beiden, Jan-Daniel und Josephine, gemeinsam mit den Verwandten der ermordeten Carola Fischler Schneidereien, dann Textilunternehmen betrieben, und nach dem allzu frühen Tod Jan-Daniels war Josephine unter Nutzung bestehender Geschäftsverbindungen beider Familien ins Grundstücksmaklergewerbe umgestiegen, in dem sie – die Thatcher-Ära boomte – bestens reüssierte. Heute bewohnt sie mit ihren beiden Kindern Maximilian, dem weltberühmten Contratenor, und Gladys, einer Aktivistin vom Trotzkistischen Flügel der Labourpartei, ein schloßartiges Landhaus nahe Edinburgh. Wenn sie den Glauben an Wunderheilungen durch hingebendes Vertrauen an heilend-heilige Kräfte heiliger oder heiligmäßiger Personen – in diesem Falle von Bärbel Buchinger – bei einigen bestärkt oder erweckt haben sollte – nun, lange hielt Tante Josephines Heilung nicht an. Schon beim Abschied, zwei Tage darauf, mußte sie im Rollstuhl ins Flugzeug geschafft werden, und heute geht es ihr eher schlechter als vor ihrer in der Familie so genannten »Pardauz-Heilung«.

Im Laufe der Gespräche über Wunderheilungen und Erscheinungen übernatürlicher Art kam die Rede auch auf jene Mutter-Gottes-Epiphanie, die der Jubilar vor vierundachtzig Jahren in der Erlenhöhle erlebt haben wollte. Der Alte selbst fing davon an. Vermutlich noch immer berührt durch Anne-Catherines Geburtstagsgeschenk, die Mondsichel-Madonna, schilderte er, wie er als Junge von elf Jahren, klein, kränklich, ängstlich, sich »aber vielleicht gerade deshalb« in die Erlenhöhle wagte, in die ja nur Ältere und Tollkühne sich zwängten, krochen, kletterten, bis dahin, wo man aufrecht stehen konnte, in der Grotte der millionenjährigen Stalagmiten und Stalaktiten, wie er dann eine Fackel anzündete und da, nach seinem dritten bibbernd gesprochenen Ave Maria, habe sie plötzlich gestanden, auf einem sichelförmigen Tropfsteinsockel, die Himmelskönigin, lauter Gefunkel um sie herum. Nein, kein Wort habe sie gesprochen, bloß ihn gesegnet und auf seine stotternde Frage, ob er wiederkommen solle, dürfe, müsse, den Kopf geschüttelt. Nie wieder habe er daraufhin die Erlenhöhle betreten, »selbst nicht, oder vielleicht gerade deshalb nicht, in jener Zeit, als die Höhle Zuflucht war für von uns geschützte und dorthin geschickte Verfolgte«. Habe sie denn nichts bewirkt, die Madonna, keine Wunder oder so was? Auf diese vorwitzige Frage der Frau eines entfernten Vetters in einem beinahe busenfreien, von bindfadenfeinen Trägern gehaltenen Silberkleid sagte er lächelnd: »Oh, ja – ich lebe ja noch«, worauf alle begeistert klatschten, am begeistertsten die von Liliane so genannte »Titten-Tussi« im Silberkleidchen.

Wie von der Madonna gesegnet, nämlich mit einem verklärten, hier sagt man dazu »bekloppten« Ausdruck im Gesicht, konnte man ihn übrigens hinterher in dem Film »Stationen: aus dem Leben des Jubilars« beäugen, diesen elfjährigen in einem Kinder-Cut steckenden, in der einen Hand eine Kerze, in der anderen Hand ein Gebetbuch haltenden und von zwei Engelchen flankierten, den von den faßbrausevollen Kids unter Freudengejaule begrüßten Erstkommunionknaben im Jahre 1907, Karl-Walter zur Linden.

Bis zum Beginn des Films aber mußte noch das zweite Dessert genommen werden: Buttermilchgraupen. Kein Wort über diese Zumutung, zu der das Quartett weiter Beatlesstücke spielte. Mit »Eleanor Rigby«, die den Reis in der Kirche sammelt und in der Kirche stirbt und der niemand zum Grab folgt außer Pfarrer McKenzie – »ah, look at all the lonely people ...« –, wurde schließlich der Kaffee gereicht. Ursprünglich sollte es Muckefuck sein, dieser aus gebrannter Gerste und ähnlichem Getreideschrot gemachte Trunk armer Leute aus Deutschlands Notzeiten. Daß es den dann doch nicht gab, ist Nellys Verdienst. Sie hatte ihre von allen begrüßte Rückkehr zum Fest von einigen Bedingungen abhängig gemacht und so gegen den Alten durchgesetzt, daß statt dieses Ersatzkaffees wenigstens ein Kaffee nach Art walonischer Kumpel auf den Tisch kam – ein aus stark gebrannten Kongo-Bohnen und bißchen Zichorie bestehendes tiefschwarzes Gebräu, das zwar bitter schmeckt, doch jede Müdigkeit verscheucht und die Herzen schneller schlagen läßt. Einmal in der Bresche, gab's dazu Brüsseler Hartgebäck und einen hochprozentigen Wacholderklaren aus den Ardennen, und während dieses letzten Gangs des Festessens begann dann der von Andy – Profi Ralfi hatte zuletzt noch Hand angelegt – aus alten und neuen Fotos, 8-Millimeter-Schmalfilm-Amateurstreifen, Wochenschauausschnitten und Lokalberichten zusammengeschnipselte und -komponierte Film.

... durch bis morgen früh ...

Das Licht ging aus, Trompetenstoß, Hawa sagte aus dem Off den Titel an, der gleichzeitig auf der Leinwand erschien: »Stationen – aus dem Leben des Jubilars«. »Hundert Jahre soll er leben, hundert Jahre und noch mehr«, sang ein Chor, ein Chor aus Familienmitgliedern auf dem Platz vor der Lindenburg, der Ausschnitt eines Homemade-Streifens zum fünfundvierzigsten Geburtstag des Jubilars, der oben auf der Terrasse über dem Portikus stand und winkte, neben seiner Frau, die ihn an- oder auslachte, was man ja nie genau wußte. Das war 1941, und in der Totalaufnahme des Hauses sah man, wehend auf dem nordöstlichen Eckturm, eine Hakenkreuzfahne, die Ludwig Dienels, er saß zwischen Tante Sophia-Juliane und seinem Sohn Randolph, mit »Aha, sieh da« kommentierte, »welch geschickte Tarnung«, wofür man ihm eine hätte runterhauen sollen; obwohl sarkastisch gemeint, hatte er gar nicht mal unrecht: Just damals wurde das Haus mehr noch als vordem Anlaufstelle sowohl einzelner Verfolgter und Illegaler als auch ausländischer Resistance-Leute, eines britischen Offiziers zum Beispiel, Tony McEligot, der mit dem Fallschirm heruntergekommen war und sich einige Tage versteckt hielt in jenem Fluchtzimmer im zweiten Stock am westlichen Eckturm. Dort spürte ihn der damals schon meschugge, später sogar mehr als seltsam gewordene Karl-Josef zur Linden, der Vater des Alten, bei seinen nächtlichen Wanderungen durchs endlos weite und verwinkelte Haus auf. Er hielt den Briten für den Teufel in persona und wollte ihn, »Apage! Apage! Satanas!« schreiend durchs Haus rasend, mit Hilfe aller Bewohner einfangen und den Behörden überstellen, wovon er nur abgehalten werden konnte durch Beruhigungsspritzen und tagelange Isolation, bis er das Ganze, wie so vieles um ihn herum, vergaß – einer von vielen

Zwischenfällen. Nicht zuletzt wegen eben jener Flaggen-Camouflage, aber auch wegen der Einrichtung des Luftschutzamts in Räumen des Zunftgebäudes blieben sie verdächtig und hatten keine bösen Folgen.

Zu den unchronologisch, manchmal schnell aufeinanderfolgenden oder dann länger auf der Leinwand auftauchenden Fotos tönten zeitentsprechende Musikfetzen: »Puppchen, du bist mein Augenstern« etwa zur »ersten Porträt-Studie des Jubilars« – Karl-Walter zur Linden auf einem sogenannten Thrönchen, einem Pißpott, sitzend –, »Blaue Jungs« zum Achtjährigen im Matrosenanzug vor einer Strandkulisse, »Leichte Kavallerie« zum Reiterbub auf einem hochbeinigen Falben, »Gaudeamus Igitur« und, so Andys Kommentar: »Aktiver Bundesbruder bei der nichtschlagenden Studentenverbindung für arme Leute und anspruchsvolle Katholiken Unitas«.

Das Jugendfoto übrigens, das Karl-Walter zur Linden in Wandervogelkluft neben Jupp Vehoff, seinem späteren Attentäter, zeigt, wurde von Andy kommentiert: »Das ist er, wie er leibt und lebt – damals schon.« Und das traf's tatsächlich. So was gibt es nämlich: Jugendfotos, die Züge, Haltungen, an denen der Betreffende sein Leben lang erkannt wird, bereits mehr als nur andeuten. Es liegt vermutlich daran, daß der Fotografierte gerade jene Lebensphase, die Pubertät nämlich, durchmacht, in der Rollen ausprobiert werden, die man künftig spielen will, und Ausdruck, Geste, Körperhaltung lassen die gewünschte Hauptrolle eben schon erkennen – hier die des Protagonisten, der das Ängstliche durch Entschlossenheit, das Weiche durch Härte, den Mißmut durch Lebensfreude, das Zögernde durch Vorwärtsdrängendes überwindet, und die widerwillige Ahnung dazu, daß einem so was immer wieder mißlingen wird.

Auf Ablichtungen – Fotos und kurzen Filmstreifen – mit, so Andys Kommentar, »allerlei Prominenz aus Politik, Wirtschaft, Kultur und ähnlichen Herrenbeschäftigungen« sah man Karl-Walter zur Linden dann neben dem maskenhaft lächelnden, dickbrilligen Nuntius Eugenio Pacelli, dem späteren Pius XII., »jener nazinahen Heiligkeit«, in der Nähe des Brandenburger Tors; mit dem, so Andy, »absolut anders orientierten, doch dem Jubilar in seiner Figur ähnlichen Carl von Ossietzky« – beide wirkten neben einem unbekannten Dritten zwergenhaft –, ebenfalls in der Nähe des Brandenburger Tors; neben einem düster lächelnden Romano Guardini, beide in Bergsteigerkluft, »nach dem gemeinsamen Jodeln am Großglockner«; bißchen derangiert und in schräger Umarmung mit dem »saftigen Deutschdichter Stefan Andres nach einer saftigen Sauftour« im italienischen Positano; neben irgendeiner pompös in einer Parteiuniform sich reckenden Nazigröße, »auch so was soll's gegeben haben«, so Andy zum zustimmenden Meckern Ludwig Dienels'; mit Robert Schumann, einmal auf seiner Flucht aus Deutschland 1942 und zehn Jahre später als französischer Außenminister – beide Male hier am Leutehaus; neben dem belgischen Resistancekämpfer und Großindustriellen Pierre Roland, dem Großvater Marie-Annes – beide *unter* der noch stehenden Linde; vor der *gefällten* Linde mit dem US-amerikanischen Besatzungskommissar Woitbecker, grinsend der »sympathische Deutschenfresser-General«, mehr als grimmig blickend der »damals noch äußerst patriotische Jubilar«; zwischen Konrad Adenauer und dem kommunistischen Gewerkschaftsführer Victor Agatz hier auf der Treppe unter dem Portikus, herzlich lachend alle drei, »gewiß über jene berüchtigte Entgegnung des Agatz: ›Nein, wir werden Sie zu Tode kitzeln, Herr Bundeskanzler, statt Sie aufzuknüpfen nach der Revolution, wie Sie vermuten‹; vor dem Kölner Dom, lachend zwischen dem lachenden Kardinal Frings und dessen lachendem Kumpan, Bänker Pferdmenges – »Alaaf, das Dreigestirn, fehlen bloß die Jeckenkappen«; im Gehrock neben dem befrackten, Hans Moser ähnelnden, »stets das jeweilige Herrschende der Herrschenden in ihren jeweiligen Herrschaftsformen kreditierenden Bankier Hermann Josef Abs«; mit dem zahnlückenhaft-betreten lächelnden Carl Schmitt in dessen Plettenberger Vorgarten, »in dem nur noch ein paar Gartenzwerge fehlen«; neben Willy Brandt, in der Ferne das vermauerte Brandenburger Tor, beide grinsend, »vielleicht, weil noch so schön getrennt ist, was nicht zusammengehört?«; auf einem Mäuerchen über Jerusalem sitzend mit dem Bürgermeister Teddy Kollek, »vermutlich entfernt verwandt die beiden, nach unserem Stammvater Hampel Holmich«, so Andy zum Unverständnis der meisten an der Tafel; mit Heinrich Böll auf Eifel-Wanderungen – »Pat und Patachon bei Entfernung von der Truppe«; dem kaum größeren letzten Staatsratsvorsitzenden der DDR Erich Honecker mit einer Verbeugung die Hand reichend – Andys Kommentar dazu: »So ist's recht, Diener machen«.

In einem anschließenden Kurzfilm, gedreht gleich nach Ende des Zweiten Weltkriegs, sah man die zertrümmerte Stadt: Leute in Kellerlöchern und Bretterbuden hausend, »in die Dritte Welt zurückgebombt«, sagte Andy, und gleich darauf, in einer hineinmontierten Sequenz, fünfundzwanzig Jahre später, sah man strahlende Leute – Verkäufer hinter klingelnden Ladenkassen, Käufer, bepackt mit Einkaufstüten, in den neuen Geschäftsvierteln der Stadt, »an deren Wiederaufbau und überhaupt an deren Rückführung in die Erste Welt er seinen Anteil hatte, der Jubilar. Hier hat er den Paul auf dem Kopf«, die Melone, »uns zuwinkend; überhaupt: die Kopfbedeckungen des Jubilars, ein Kapitel für sich«. Über die Leinwand liefen Filmchen und Fotos und Zeichnungen, in und auf denen Karl-Walter zur Linden dies und jenes aufhatte: als Wanderbursch den Räuberfilz, Tönnchen als aktiver Bundesbruder, Kalabreser in einer Räteversammlung 1919, Schirmmütze mit Kinnriemen als »Mitglied des Herz-Jesu-Sturms katholischer Kradfahrer«, diese schwarze Skimütze mit Edelweiß-Sticker beim Telemark-Schwung im sauerländischen Winterberg, Kreissäge beim Familienausflug am Drachenfels, im offenen Daimler die lederne Fahrerhaube, Baskenmütze »in seiner absurdesten Rolle als Städtischer Leiter der Deutschen Hilfspolizei 1946«, Bauernkappe im Garten, Schutzhelm auf Baustellen, Stetson vor den Niagarafällen, Tropenhelm bei den Gizeh-Pyramiden, die Kipa in Yad Vashem, hier und da einen Zylinder, zum Beispiel als Baldachin-Begleitperson in der Fronleichnamsprozession oder bei der Beerdigung seines Cousins August-Berthold zwischen bärtigen peiestragenden Orthodoxen. Auf dem Hochzeitsbild 1929 hält er den

Chapeauclaque nebst Handschuhen in der Faust, die er in die Hüfte stemmt, während seine andere Faust auf der Lehne des Stuhls liegt, auf der eine die Unschuldig-Glückliche mimende, das Panische aber kaum verbergen könnende Braut sitzt, die, viele Jahre später und eigentlich noch genauso aussehend wie auf dem Hochzeitsbild, neben ihm steht in Rom, seiner geliebten Stadt, auf der Terrasse der Zur-Linden-Wohnung mit Blick auf die Engelsburg, jener Wohnung, die sie dann, durch Nachlässigkeit hieß es, angesteckt hat. In diesem 8-Millimeter-Schmalfilm-Streifen trägt Karl-Walter zur Linden jene weißer als weiße Mütze, die er am Morgen dieses seines fünfundneunzigsten Geburtstags trug und später beim Feuerwerk tragen sollte. Es ist die Mütze, die er trug, als er Elisabeth Jochum kennenlernte, und die er dann auch bei ihrer Beerdigung trug, und auch diese Beerdigung sah man in Andys Film.

In knappsten Cuts, zu denen diese neue Popmusik, die man Techno nennt, dröhnte, sah man schließlich noch den Gefeierten in diversen Kostümen: Anwaltstalar, Faschingstoga, Radrenndreß, gestreiftem Badeanzug, feierlichem Frack, Stresemann-Aufzug, bis dann, nach einigen kürzeren Szenen, die »das Geburtstagskind im Kreis der Heiligen Familie« zeigten, in einer Schlußsequenz Karl-Walter zur Linden zur leinwandausfüllenden Größe wuchs und wuchs, zum Familienjubelchor aus dem Off: »Hundert Jahre soll er leben und noch mehr«. Schließlich erschien nur noch sein in der Familie so genannter Römerkopf, wiederum bedeckt mit dieser weißer als weißen Mütze, wozu sich dann alle zum Toast mit Champagner, den die Kellner inzwischen hereingebracht und eingeschenkt hatten, erhoben. Die Streicher spielten anschließend »Strawberry fields forever«, das die Kinder, die Kids, Ringelreihen tanzend in der Art der Schlümpfe, mitsangen.

> »Let me take you down, 'cause I'm going to Strawberry
>   fields
> Nothing is real and nothing to get hung about
> Strawberry fields forever.
> Living is easy with eyes closed ...
> misunderstanding all you see ...«

Beim Ausklang des Songs klatschte Hawa in die Hände. Alle nahmen Platz – Heijo sprach das Tischgebet: »Wir danken dir, o Herr, für alle deine Gaben und Wohltaten, die du uns in deiner Güte bescheret hast – jetzt und für alle Zeiten und in Ewigkeit, amen«, und als der Jubilar anschloß: »Unter deinen Schutz und Schirm fliehen wir, heilige Gottesgebärerin, verschmähe nicht unsere Gebete in unseren Nöten, sondern erlöse uns jederzeit von allen Gefahren, du glorwürdige und gebenedeite Jungfrau, unsere Frau, unsere Mittlerin, unsere Fürsprecherin, versöhne uns mit deinem Sohne, empfiehl uns deinem Sohne, stelle uns vor deinem Sohne, bitte für uns, heilige Gottesgebärerin, auf daß wir würdig werden der Verheißungen Christi ...«, war man einigermaßen verblüfft. Gewiß – Karl-Walter zur Linden war ein sogenanntes Marienkind, das heißt: Mitglied, wenn auch ein ziemlich laues, des weltlichen Ordens vom heiligen Herzen Maria, das, neben dem Tragen eines braunen Skapuliers und anderen Verpflichtungen, bestimmte Gebete am Tage zu verrichten hatte. Normalerweise tat der Alte das allerdings nicht coram publico. Später hieß es, er habe etwas geahnt und deshalb das Schutzgebet laut und öffentlich gesprochen.

Wie auch immer – es bedeutete das Ende des Abendmahls. Einige erhoben sich, verließen den Saal, so der Jubilar in Begleitung der Bodyguards Niels und Britta, der Erzbischof samt Gefolge, Ältere und andere, die noch ruhen wollten, bevor man sich dann bald noch einmal zum Feuerwerk treffen würde. Doch es blieben auch welche, die Jüngeren, beinahe alle tranken Champagner statt Faßbrause, belgisches Bier und Schabau, wofür Nelly sorgte. Über dies und das schwatzte man. Walther Schlippkötter – wirklich Walther mit einem »h«, in der Familie Waldheini genannt –, ein Sohn Uschus und Alfreds und Vater von Vincenz und Gisberth und Politiker bei den Grünen, der die ganze Zeit über ein Knöpfchen im Ohr trug, Radio hörte, um »über die Ereignisse drüben auf dem laufenden zu bleiben«, teilte mit, Raissa Gorbatschowa habe einen Schlaganfall erlitten, nachdem der nunmehr zentralgewaltige Jelzin ihren Mann für mitschuldig am Putsch erklärt hatte; außerdem sei nun auch Weißrußland autonom ... »was sagt man dazu ... Schlag auf Schlag ... was!« Das Tschechenquartett spielte weiter Beatles-Songs, »With a little help from my friends« wurde nachverlangt, und die Musiker spielten es tanzgerecht wie die folgenden Songs auch, und tatsächlich tanzten einige, wahrhaftig sogar Großtante Gabriele mit dem, nach Liliane, »geilen Lustknaben« David, dem Enkelsohn Jochens. Der war noch nicht wieder aufgetaucht, was niemanden beunruhigte, schon überhaupt nicht Elisabeth, seine Frau, die ebenfalls tanzte, und zwar mit dem schottenkostümierten Maximilian, für den sie fanhaft schwärmte und den sie – wie sich später herausstellte – »bediente«, ein Ausdruck aus der Sado-Maso-Szene, wußte Liliane. Sie tanzten Tango, und zwar gekonnt, für Tante Änne aus Kamen allerdings »äußerst vulgär, bähpfui und unfaßlich für die Großmutter einer dem Schmerzensheiland so nahen Novizin. Aber die Strafe folgte ja auf dem Fuß.«

Was die Drittordensfrau damit ansprach, ist dies: Die Musiker spielten den klassischen Tango Argentino »Luna Rossa«, und gerade als die beiden sich aus der Folge von Slow-quick-quick-Steps in die Rück-, dann in die Vorderlage brachten, dabei abwechselnd die Köpfe ruckartig nach links und nach rechts drehend – Elisabeths beigefarbener Hosenanzug kontrastierte »irgendwie gelungen« mit dem karierten Wams und Rock Maximilians, meinte jedenfalls Großtante Gabriele –, gellte, so muß man's wohl nennen, von der Empore herunter Geschrei, Geschrei von drei oder vier Kindern, und was man verstand, war: »Onkel Jochen, Onkel Jochen stirbt, schnell, Onkel Jochen geht tot ...« Starr und wie abgeknipste Roboter hätte es da plötzlich gestanden, das Tangopaar, erzählte man später. In Wirklichkeit aber – ob es nun was gehört hat oder nicht – tanzte es weiter wie die anderen, denn auch die Musik brach erst ab, als Benno Kröttmann dazwischenfuhr. Und wenn es nachher hieß – in einer Nachrichtensendung vom WDR in die Welt gesetzt und danach überall kolportiert –, Hans-Joachim zur Linden, »der Finanzfachmann der zur-Lindens«, habe den Herzinfarkt »im Laufstall seines alten Kinderzimmers erlitten«, so ist das genauso falsch. Die alten Kinderzimmer, bis auf das der spätgeborenen Liliane, stehen entweder leer oder sind anderen Zwecken zugeführt. Der Raum, in dem man Jochen tatsächlich in einem Laufstall, besser: Ställchen, eingeklemmt, die Beine über, die Arme zwischen den Stäben hängend, fand, dient als Speicher für Kindersachen, Spielzeug, Kram und Krempel der Zur-Linden-Kinder mehrerer Generationen: in Kisten und Kästen Bücher, Hefte, Comics, Bauklötze und Legosteine, mechanische und elektrische Eisen- und Autobahnen, Truhen voll mit Kinderklamotten und Kostümen, und überall auf dem Boden Spielzeug der Jahre und Jahrzehnte: Schaukelpferd und Bollerkiste, Dreirad, Roller, Puppenwagen, Reifenpeitsche, Pickelhaube, Trommeltröte, Teddybär, Kaufladen und Puppenstube, Wiege, Bettchen, Pferdewagen, Bauernhof und Ritterburg, Hampelmann und Kasperle, Kreisel, Drachen, Rodelschlitten, Puppen, Puppen aller Größen, Stofftiere und Häkelkissen, Segelschiff und Motorboot, Auto, Trecker, Flugmaschinen, Hula-Hoop und Zauberwürfel, Slime und Klickerklacker, Flitzebogen, Bumerang, Badminton- und Pingpong-Schläger, Frisbee-Scheibe, Schlittschuh, Rollschuh, Taucherschnorchel, Schwimmflossen und noch viel mehr; an den Wänden Bilderbogen, sogar noch eine Schautafel mit Kriegsschiffen aus dem Ersten Weltkrieg, eine andere mit britischen Hunderassen aus der Vorkriegszeit, Theater-, Film- und Juxplakate, Poster von Stars und Pferden, Flipper, Fury, Pipi Langstrumpf, zwischen Winnetou mit der Silberbüchse und der Star-Trek-Mannschaft unter Captain Kirk, und, vermutlich von Andy oder von Annette angepinnt, ein Plakat des Aldo Moro unterm Fünfzackstern und der Schrift BRIGATE ROSSE.

Es ist ein großes Zimmer, einer dieser balkenverspannten, speicherartigen Räume im Obergeschoß des Ostteils vom Tudortrakt zwischen den Ecktürmen. Dahin kommt selten jemand. Überhaupt – wer kennt schon alle Zimmer hier im Haus; verrückt eigentlich diese Raumverschwendung, und gerade Jochen hat oft, ebenso wie Anne-Catherine, darüber geschimpft. Aber man mag's so, und der Alte zitierte, kam die Sprache darauf, gern Don Fabrizio, den Leoparden: »Che un

291

palazzo del quale si conoscessero tutte le stanze non era degno di essere abitato.« Warum nun Jochen ausgerechnet diese Kinderkrempelabstellkammer aufgesucht, eins der Laufställchen unter Kisten hervorgezogen und zwischen Schaukelpferd, Rodelschlitten und Kasperletheater aufgestellt hatte und, einen abgegriffenen Teddybären – ob's nun seiner aus Kindertagen war, blieb strittig – unterm Arm, hineingeklettert war, wer will und vor allem soll so etwas erklären oder überhaupt nur wissen! Nach Hawas Meinung ist eine der heutigen Unzuträglichkeiten genau »jene fanatische Aufklärungssucht einer populistischen Moderne, die weder Scham noch private Geheimnisse gelten läßt«. Und was Wunder denn auch – obwohl man ziemliche Mühe aufwandte, um es zu verhindern –, die Berichte und Spekulationen in den Medien darüber konnten kaum abgestellt werden, von »pikanten Umständen« zum Beispiel wurde geschrieben, bei offener Hose und heraushängendem Geschlechtsteil habe es ihn getroffen, schrieb jemand, dessen Maul allerdings gestopft wurde.

Daß die ganze Angelegenheit, anders als der Suizidversuch Annette Vendrini-zur Lindens, so in die Öffentlichkeit geriet, hatte aber mit anderen Umständen zu tun: Rettungswagen waren mit Blaulicht und Martinshorn aus der Stadt zur Lindenburg hochgerast, wo, wie alle Welt wußte, die Familie Karl-Walter zur Lindens Fünfundneunzigsten feierte und sich deshalb Journalisten und Fotografen in der Gegend und sogar – wie man dann erfahren mußte – auf dem Gelände selbst aufhielten. Schließlich landete dann ja auch noch der Hubschrauber, säbelte beinahe die frisch gepflanzte Linde an, und den Transport des Bewußtlosen aus dem Haus und das Einheben der Bahre in den Helikopter konnte man bereits am nächsten Tag in den Lokalnachrichten sehen.

Während der Rettungsaktion – vom Auffinden des armen Jochen bis zum Landen des Hubschraubers verstrich höchstens eine Dreiviertelstunde – wurde übrigens besonders auf Hawas und Benno Kröttmanns Drängen hin in der Halle weitergemacht, und, um ehrlich zu sein, besonderen Drängens hatte es nicht einmal bedurft; jedenfalls brauchte man es ihnen nicht zweimal zu sagen: Eike zur Linden, dem Fernsehpeiaß, ein paar aus seiner Entourage, die er hereingeschmuggelt hatte, und anderen, unter denen sich Onkel Albrechts unehelicher Sohn, der saufende Krakeeler Hans-Georg, und der haßkranke Karl-Eberhard zur Linden mit der Doctor-Standish-Haartolle besonders hervortaten. Sie tranken und quatschten weiter, ja sangen und schwoften weißgott und wahrhaftig schließlich in einer Polonaise durchs Haus. Als die Schlange der Hintereinanderhertrappenden, »wir machen durch bis morgen früh und singen bumsfallera …« singend, auf die Empore zurücktanzte, kam es zu jener berüchtigten Vorstellung des Hauptakteurs und Vorsängers Eike zur Linden, zu jener »widerwärtigen Schweinerei und entsetzlichen Schandtat«, über die Tante Änne aus Kamen sich ihr Leben lang nicht mehr beruhigen konnte, vor allem auch, weil sie gerade an jener Stelle passierte, an der kurz zuvor die Vinzentinernovizin Bärbel Buchinger das Wunder ihrer Wunden zur Erscheinung gebracht hatte. Also – wer die Schwanzparade von dem – so Benno Kröttmann – »alten Sausack« mitkriegte, war natürlich mehr oder weniger konsterniert. Sein »blaugeädertes Ding«, so später der Ausdruck dafür in den Familienstories, unter hochgezogenem Hawaii-Hemd und über heruntergeschobener Pluderhose sei übrigens tatsächlich von »beachtlicher Größe und Steifheit« gewesen, heißt es. Aber ob Lilianes Behauptung die Wahrheit trifft, bei dem Ding handele es sich um ein Kunst-Stück, eine eingebaute Prothese nämlich mache es so mächtig und ständig standhaft – nun ja! Gebüßt für seine Vorstellung hat der Saukopp jedenfalls. Es tue ihm »unsagbar leid«, sagte er, aber er sei ja nun hackevoll gewesen. Man wird's ihm abnehmen können, und daß dieser Vorfall nicht nach draußen gedrungen ist – eine Bedingung für Eikes weitere Verschonung –, wird man ihm sogar gutrechnen müssen.

So endete denn jedenfalls das »gemütliche Beisammensein«, wie das Feiern in der Eingangshalle nach dem Abendmahl in den Anekdoten dann heißen sollte, mit einem Eklat, über den der Alte allerdings, als er davon erfuhr, sich »halb totgelacht hat« – makaber, wenn man so will, in seinem Zustand.

Und dann um Mitternacht, während in der noch bestehenden Sowjetunion »die Tage, die die Welt erschütterten«, zu Ende gingen, aber alles weiterhin nach Plan oder auch planlos »auf eine zweite Epoche der ursprünglichen kapitalistischen Akkumulation und damit auf das Ende der Zweipoligkeit unserer Welt« – so die von Hawa genannte »traditionslinke Fraktion im Hause« – hinlief, zündete auf der Lindenburg das »furiose Geburtstagsfeuerwerk«.

Hersteller und Veranstalter war eine italienische Firma aus Neapel, die Bruno Carbonaio e Fratelli. Giorgio Franzaroli hatte sie empfohlen und hergeholt, für ihre Zuverlässigkeit gutgesagt, gebürgt, wenn man so will, und warum hätte gerade Franzaroli der Familie, wie er sich ausdrückte, »ein Kuckucksei ins Nest legen« sollen. Aber Hawa und Bruno Kröttmann hatten trotzdem den Feuerwerker und Pyrotechniker Clemens Kleinschmidt gebeten, das Ganze zu überwachen. Er war damals schon fünfundsiebzig, wurde aber hier und da immer noch herangezogen, wenn es um schwierige Fälle, etwa die Entschärfung gefundener Blindgänger aus dem letzten Krieg ging. Er galt als Spezialist, der seinen Ruf mit der Unbrauchbarmachung zweier 1b-Luftminen in den Trümmern des Zur-Linden-Grundstücks am Bismarckplatz begründete und berühmt wurde als Bezwinger der elektronischen Kippzünder Nr. 845, doch vor allem der chemischen Langzeitzünder mit mehreren Ausbausperren M 37-47 und M 124, den sogenannten Tölpelfallen, den hinterhältigsten Explosionsauslösern der britischen RAF und der US-Air Force. Von den Nazis als Abhörer von Feindsendern und ähnlichem ins Zuchthaus gesperrt und von da ins Todeskommando zum Bombenräumen abgestellt, geflohen und bis Kriegsende in der Erlenhöhle abgetaucht, hatte Clemens Kleinschmidt sich zum Feuerwerker ausgebildet. Genosse Entschärfer, en famille so genannt, war lange Zeit Drittordens-Franziskaner, das heißt Tertianer des Ordens von der Buße des heiligen Franz von Assisi, und seinen »einsamen Kampf gegen den tausendfachen Tod« – wie seine Tätigkeit bis in die achtziger Jahre anläßlich der Verleihung des Großen Bundesverdienstkreuzes an ihn genannt wurde – verstand er als Auftrag und Dienst im Sinne dieser Ordensmitgliedschaft. Warum er dann, und zwar noch während der Illegalität, der Kommunistischen Partei beitrat, weiß nur Gott und womöglich Gerda Kröttmann. Nach seiner Pensionierung hatte er sich der friedlichen Pyrotechnik zugewandt, manch illustres Feuerwerk in Stadt und Umgebung hochgehen lassen, bis er auch diese Beschäftigung aufgab. Ein Geeigneterer als er war zur Beaufsichtigung also gar nicht aufzutreiben. Man durfte bloß nicht auf sein Fach anspielen. Er ist ein Besessener, nicht abzustellen, wenn er loslegt, schwadroniert, ja sogar schwärmt von den Raffinessen der Zündungsmechanismen bei Luft- und Landminen und Splitterbomben etwa, worunter die chinesischen die allerraffiniertesten sein sollen. Ebenso schwärmerisch offenbart Clemens Kleinschmidt sein Wissen Beton und Panzer brechende Explosionskörper damals und heute betreffend, von der 13-kg-Flammstoffbombe mit Benzinfüllung, über den steuerflugtauglichen Napalmcontainer oder das mit Treibladung gefüllte, nach dem Prinzip der Hohlladungsgranate konstruierte Rohr mit aufgesteckter Munition – die gute, alte Panzerfaust – bis zu der wie ein rückstoßfreies Geschütz funktionierenden Bazooka. Pyrotechnik und darunter die von ihm so genannte »Lust-Feuerwerkerei« sind für ihn eher Kinderkram, und als ging's um Spielzeug und Klamaukereien, spricht er auch über die einfachen und zusammengesetzten Pyro-Stücke, Mischungen, Sätze, Bomben, Stäbe, Kugeln, Reihen, die Still- und Stand-, Lichter- und Flammen-, Dreh- und Wurf-, Steig- und Lauf-, Knall-, Funken-, Fontänen- und Brandfeuer – an unüberbietbarem Raffinement wiederum aus mehr als tausendjähriger Tradition bei den Chinesen zu finden, die er übrigens den Neapolitanern, die allerdings auch nicht ohne seien, vorgezogen hätte. »Aber sei's drum«, hatte er gesagt, »wir werden sehen« – und man hat's dann ja auch gesehen.

Bis auf den Jubilar, den Erzbischof und einige andere standen alle auf dem Hof und schauten zu. Es begann mit einem Kanonendonnerschlag beim Aufsteigen mehrerer Raketen, die aus allen Richtungen wie schweifende Kometen in den Sternenhimmel flogen, am gleichen Punkt, doch ohne sich zu treffen, platzten, worauf rote, blaue, grüne, gelbe Sprühregenschleier bogenförmig so niedergingen, daß eine hohe, weite Kuppel entstand, in deren Zenit zum Applaus und zu den »Ahs« und »Ohs« der Aufblickenden eine rote Fünfundneunzig erschien.

Nach Clemens Kleinschmidt ist »bei allem Flick-Flack-Gedöns des Ganzen« das Kriterium dafür, ob es sich um ein bloßes, gewöhnliches Feuerwerk, »diese Knallbomberei plus bißchen Gesprühe, Gezische und bengalisches Leuchten«, handelt oder wirklich um ein pyrotechnisches Kunstwerk, nicht die Vielfalt und schon gar nicht die Dauer, sondern der Rhythmus. Demnach ist »berauschender Feuer- und Lichtartefakt«, so die WAZ, vielleicht gar nicht mal so danebengegriffen. Zu einer Art Feuerwerksmusik, jener bekannten Händelschen nicht unähnlich, doch rhythmisch eher noch einer Tarantella oder einem Walzer ähnelnd, zerplatzten, als sich die Fünfundneunzig am Himmel verwischte, Leuchtkugeln, flammten flamingogleiche Figuren und Reihen darüber auf, stiegen während eines lautlosen Intervalls zu – so die WAZ – »Seufzern des Entzückens« bunte Feuergarben und rotierende, funkenstäubende Sonnenräder hoch, nach deren Verglühen plötzliche Finsternis von mehreren im 6/8-Takt abgeschossenen Raketen zerrissen wurde und ein beinahe das Himmelsrund ausfüllender Pfauenschwanz aufleuchtete, fast eine halbe Minute stehenblieb, und ein bengalisches Feuer Stallungen und Wald bis zur Hügelkuppe in ein Flammenmeer verwandelte, in das hinein von oben herab walzertaktmäßig und spiralförmig Feuerbälle fielen und wie Flummis weiterhüpften.

Es war Vollmond. Er stand gegen Mitternacht überm Leutehaus, gelb und dick wie ein Honigknust, und es sah so aus, als sei er einbezogen in das folgende Lichtorgelspiel aus bunten Sprühgarben, Kometen, Kerzen, Girandolen, Girlanden und Lichtschlangen. Er schien zu tanzen, und als nach einigen synkopiert knallenden Kanonenschlägen silberne und goldene Tropfenschauer rauschend und in einer Art Schaukeltakt herabfielen, wiegte sich die Schar auf dem Hof dazu. Der Alte auf der Terrasse über dem Portikus, der sich mit übereinandergelegten Händen auf einen Stock mit einer gehämmerten, faustgroßen Silberkugel als Knauf stützte, wiegte sich gleichfalls ein bißchen, oder besser: er schaukelte eben in den Schultern. Er trug diese weiße Schirmmütze und im Knopfloch seiner weißen Jacke statt der Nelke diesmal eine rote Rose. Dieser Aufzug war ihm nicht auszureden gewesen. Er solle was Gedecktes anziehen, nicht dieses weiße Zeugs, dann noch mit Kappe und diesem roten Fleck an der Brust, hatte Benno Kröttmann gesagt, »die beste Zielscheibe. Als ob man's herausfordern wollte«. Er war von Hawa unterstützt worden: »Zieh dir wenigstens einen Mantel an, Papa. Erkältest dich sonst.« Und Kläre Weidemann hatte gesagt: »Es frisch druten em Düstern un do oawen wieso.«

»Awat« war das einzige, was er darauf geantwortet hatte. Sie habe ebenfalls versucht, es ihm beizubringen, behauptete Britta, die Security-Frau, später, sie hätt's ihm ein paarmal vorgeschlagen mit allem Ernst und ihn auf die Gefahr hingewiesen. Ob das stimmt? Auch in dieser Hinsicht ist vieles unklar geblieben. Es trifft allerdings zu: Damals hatte sich Karl-Walter zur Linden von Britta noch »nichts« – wie man so sagt – »sagen lassen«.

Das Finale begann mit Dutzenden Fontänen in flitternden Neon-Leuchtstoffarben zu knatternden Salven, jaulenden, sich kreuzenden und im Tarantella-Walzertakt platzenden, Sternenstöße ausströmenden Raketen, bevor nach einer kurzen – man wird hier sagen müssen: »atemlosen« – Stille ein berstender Kanonendonnerschlag den Himmel freifegte und Wald und Ställe in Flammen aufgehen ließ, den Wald bloß zum Schein, die Ställe wahr und wahrhaftig, was aber erst bemerkt wurde, als nach einem letzten Schlußakkord dreier zerstiebender Treibsätze, Dutzender explodierender Blumensträuße direkt überm Haus die Zahl Hundert und die allerdings schnell zerfließenden Worte »und noch mehr« und alles sonst ringsum mit einem Mal erlosch, nur eben nicht der Stall, aus dem prasselnd wirkliches Feuer schlug und in dem die Pferde trampelten und schrien.

Später wurde festgestellt, daß der Brand schon während des ersten orangefarbigen bengalischen Leuchtens entstanden war, und zwar in der hinter dem Pferdestall liegenden Remise, einer Art Scheune für Futter und Stroh, und einem davon abgetrennten Geviert für drei Ziegen, die allesamt verkohlten – der Geruch hing Hawa noch wochenlang in der Nase. Wie sonst auch hätte sich das Feuer so schnell, ohne bemerkt zu werden, auf den Pferdestall und schließlich auf die anderen Ställe und die größere Scheune ausbreiten können; ein erster Schuß sei ebenfalls schon früher gefallen, inmitten der knatternden Salven, zu Beginn des Finales nämlich. Es wurden jedoch nirgendwo Spuren davon gefunden. Daß das Geschoß, das dann das Glas der Terrassentür zersplitterte und neben dem Kirchner in der Wand hinter der Empore steckenblieb, *nach*, besser: direkt *mit* Ende des Feuerwerks abgefeuert worden war, gleich darauf jenes, das den rechten Oberarm Benno Kröttmanns, der sich, nachdem Britta sich über den Alten, ihn zu Boden werfend, gestürzt hatte, über beide beugte, streifte, besser: anriß, steht jedenfalls fest.

All das sollte sich – worauf noch zurückzukommen sein wird – nach und nach herausstellen, auch die Ursache für den Brand der Ställe und Scheunen: keine Panzerfaust, keine Bazooka, kein steuerflugtauglicher Napalmcontainer, sondern eine fehlgeleitete, zwei Kilogramm schwere Rundbombe, tatsächlich chinesischer Herkunft, wie Clemens Kleinschmidt herausfand, ein mehrfach in Reispappe gewickelter Dickballen voller Flammenfeuersätze aus Strontiumnitrat, Schwefel, Kohle, Kaliumchlorit, Bariumnitrit, Salpeter, Antimon und ähnlichem in einer speziellen, schnell explosiven Preßmischung – fehlgeleitet ganz eindeutig, nach Clemens, infolge eines winzigen technischen Fehlers trotz computergesteuerter Zündung des gesamten »farbenprächtigen Kunstwerks mit allerdings heiklem Ausklang«, wie die »Westfälische Rundschau« das Feuerwerk nannte. Der »heikle Ausklang« bezog sich dabei nicht auf die dem Alten geltenden Schüsse, die in den Medien zunächst nicht oder nur einmal, recht camoufliert und nur für Eingeweihte verständlich, erwähnt wurden. Der Grund dafür mag neben anderen handfesteren der sein, daß sie von den Journalisten, den Fotografen und anderen irgendwo im Gelände sich Aufhaltenden, den Schützen/die Schützin ausgenommen, niemand mitgekriegt hatte und die Verwandten den Mund hielten.

Karl-Walter zur Linden selbst hat von den Schüssen *direkt* nichts abgekriegt – »kaum glaublich, aber wirklich bester Laune«, wie's so heißt, schlief er, nachdem man ihn, und das auch nur infolge der Überredungskünste Marie-Annes und Heijos, in sein Bett gebracht hatte, bewacht von den Security-Leuten Britta und Niels, bald ein. »Tatütata Tatütata Tatütata Tatütata …« soll er – so die Familiengeschichten –, die zur Lindenburg hochjagenden und auf den Hof fahrenden Feuerwehrwagen imitierend, noch gejuxt haben.

Die Feuerwehr konnte das vollständige Wegflämmen der Stallungen übrigens nicht mehr aufhalten, wohl aber das durch Funkenflug gefährdete Taubenhaus schützen, in das Benno Kröttmann trotz seiner Verwundung am Arm – man hatte ihm wenigstens einen Notverband angelegt – gerannt war, um seine »Sterne« zu retten. Pferde und Vieh wurden bis auf die Stute Princess, die wegen Bruchs beider Hinterbeine getötet werden mußte – Anne-Catherine tat das allein –, von Leuten der Löschmannschaft und einigen zur-Lindens in Sicherheit gebracht.

Es ging schon auf drei Uhr zu, als die Letzten sich verkrümelten, die, die im Hause wohnten, gingen in ihre Zimmer, die anderen fuhren in ihre Hotels in Stadt und Umgebung. Eine Feuerwehrwache blieb, um den rauchenden Restbrand unter Kontrolle zu halten. Aber der Schluß des Fests war das noch nicht, jedenfalls nicht für diejenigen, die das Gelände absuchten und anschließend eine Konferenz abhielten, in der beschlossen wurde, die Polizei rauszuhalten. Ja – und danach hat schließlich Heijo noch zum Treff gebeten.

Heijo kennt keine Zeit, und das ist viel mehr als Workaholismus, diese Unfähigkeit aufzuhören, tage- und nächtelang nicht zur Ruhe zu kommen, um dann – doch auch nur für paar Stunden – in todähnlichen Schlaf zu fallen, dann gleich wieder weiterzumachen, und das beileibe nicht immer im bischöflichen Palais. Zu Unzeiten zum Beispiel tauchen er und Tschup, meist zusammen mit Bruder Matthäus, auf –

Harun al Rashid, Wesir Dscha'fa und Schwertträger Masur –, treffen sich mit ihren Untergebenen, ihren Mitarbeitern und anderen gerade zum Küchenkabinett Gehörenden oder Angeheuerten oder schnell Rekrutierten in deren Wohnungen, unerwartet in der Regel, oder an Plätzen, wohin sie bestellt wurden, Orten, an denen man den Oberhirten der Diözese kaum vermutet, schon mal auf Bänken in Parkanlagen oder auf Kinderspielplätzen, in alten Dorfkirchen, in abgelegenen Ausflugslokalen oder sogar mitten im »Menschengetriebe«, wie Heijo es nennt, auf einer Kirmes in Olpe einmal und ein andermal sogar im Freibad bei Schwelm, immer unauffällig gekleidet wie »ein ganz gewöhnlicher Gläubiger«, sagt er. Kirchenpolitik, Theologisches, Verwaltungsfragen, Geld, Karrieren und so was werden da verhandelt, Anordnungen getroffen, Durchführungen bestimmt, Projekte, Tendenzen, Einstellungen oder Beurteilungen vorgestellt und diskutiert, wie jene, die ewige Konkurrentin, die evangelische Kirche, betreffend, die dann peinlicherweise bekanntwurde, vermutlich abgehört mittels eines der auf mehrere Kilometer Entfernung noch haarfein aufnehmenden Mikrofone: absolut unsexy sei der Haufen, grâce à Dieu, bevölkert von Bibelwortfetischisten, unerträglich moralischen, politisch korrekten Tugendbolden, theologischen Idioten, die zunehmenden Annäherungsversuche an sie müßten energischer bekämpft werden, da sie die – gewiß auch infolge romantischer, in der Öffentlichkeit, vor allem der Jugend grassierender Gefühle – bestehende Vorherrschaft der Ecclesia Una Sancta im kommunikativen Diskurs gefährdeten ...; ein ziemlicher Eklat nicht nur in religiösen Kreisen.

Manchmal, früher öfter, heute seltener, trommelt er oder der Tschup die beiden alten Horten zusammen, zu einer Wochenendfahrt ins Sauerland etwa, wo sie dann auf einer Waldschneise an einem Bach oder an einer allen anderen verbotenen Talsperre die Kote, die Jurte, aufschlagen.

Ein Feuer nach Indianerart hatte Bruder Matthäus oberhalb der Lindenburg am Rand der Waldschneise entfacht; Dunkelheit ringsum, der Mond verblaßte allmählich, die Sonne zeigte am Horizont allererste, eigentlich nur zu er-

ahnende und schnell wieder verschwindende blasse Licht-
strahlen, die allerdings genausogut von aufblitzenden Scheinwerfern aus Richtung Autobahn herrühren konnten. Tschup
klimperte auf seiner alten Klampfe, doch ehe er richtig loslegte, gab Heijo wie üblich das Seine zum besten oder, wie's
in der Familie heißt, »Heijos episkopales Wort zum Nutzen
und Frommen«. Er schien unbeeindruckt zu sein von Brand
und Attentat. Er erwähnte das Geschehen nur am Rande und
sagte schließlich, Tag und Abend zusammenfassend: »Neben
allem Freundlichen und Unfreundlichen ist uns vor allem,
wo nicht die Gewißheit, so doch die mehr als berechtigte
Hoffnung vom endgültigen Ende des Kommunismus be-
schert worden, unseres wirklichen Erzfeindes, weil« – und
hier setzte sein bekanntes fistelstimmiges Kichern ein – »uns
in vielem so ähnlich, aber eben ohne Gott, weshalb er ja
schließlich vernichtet wird – auf ewig, so hoffen wir.«

Hawa fragte kichernd – er hatte schon einiges intus: »Auf
ewig und drei Tage?«

Tschup lachte sein großes zähnebleckendes Affenlachen.

»Im Paradies«, sagte er, »werden wir's erfahren.«

»Amen«, sang Hawa, und Heijo fiel fistelstimmig ein in
das von Tschup angestimmte Lied:

> Wir kauern wieder um die heiße Glut
> und erzählen vom Abenteuer,
> denn der wilde Balkan ist gerad noch gut,
> und wir schwören am Lagerfeuer:
> daß die Neider verdammt und die Spießer verflucht,
> die uns gehemmt viele tausend Male …

Irgendwann, der Mond war verschwunden und das Mor-
genrot breitete sich rosenfingrig aus, tauchte Benno Kröttmann aus dem Dunkel auf, den Arm in der im Feuerschein
weiß aufleuchtenden Binde. »Ihr habt sie wirklich nicht mehr
alle«, sagte er, heiser, zornig, »wirklich nicht, und man sollte
euch alle …«

Mehrere Todesfälle

Es gab in der Folge mehrere Todesfälle, die zu Gemunkel, Gerüchten, Spekulationen, Verdächtigungen führten, und wer anders als wieder mal Ziß Schüssler konnte so was in bewährter Tücke unter die Leute bringen. »Obacht! Nach dem Anschlag auf den Patriarchen der Lindenburg wird aufgeräumt«, »Die Herrschaft schlägt zurück«, »Wer ist als nächster an der Reihe? Wieder jemand aus eigenem Fleisch und Blut?«, »Gestorben wird, gestorben wird ... die Linde rauscht und raunt ...« und ähnliche Sprüche dieser Art las man in Kreide auf den schwarzen Tafeln vor seiner Bude, der »Trinkhalle«; Gewäsch, gewiß, aber unwirksam ist so was nie, selbst wenn es bloß in den Niederungen bleiben würde, bei Ziß Schüssler und seiner Kundschaft. Das tat's aber nicht, so daß Hawa sich Ziß Schüssler vornahm.

»Aha«, sagte Ziß, als Hawa an seine Bude kam und Fritten rot-weiß verlangte, »Kundschafter, wa?« Er warf einen Scheffel Kartoffelchips ins Grillsieb, senkte das Sieb ins siedende Öl, daß es zischte und brodelte. »Und wann kommen die Bagger? Räumen den alten TuS-Platz? Ist doch wohl auch bald fällig?«

Ziß drehte sich herum. Er hat kaum Haarausfall und läßt sich noch immer Stehhaare schneiden, »Igel« hieß die Frisur früher oder »Korea-Peitsche«; grauer sind sie, aber immer noch viel Schwarz darin. Seine kleinen, runden Augen, Biberaugen kann man ruhig sagen, hatten schon immer so einen starren, irgendwie funkelnden Blick, und damit sah er Hawa ins Gesicht, während er die krossen Fritten auf den Pappteller schüttete, das Grillsieb, ohne hinzuschauen, hinter sich an einen Haken hängte, Majo und Ketchup über die Fritten gab und Hawa den Teller hinschob, der eine Plastikgabel nahm, hineinstach, einige Fritten herausfischte, in den Mund steckte, kaute, schluckte und sagte: »Ich war neulich in Chicago. Da hab ich Fritten gekriegt, also – ganz feine Stifte sozusagen und so was von knusprig! Ich glaube, die nehmen da eine spezielle Kartoffel, eine harte und kleine, aber nur klitzekleine Spur süß. Also, ich weiß nicht, deine hier sind von zu mehligen Kartoffeln, merkt man, wenn man drauf beißt. Sind sogar bißchen bitter.«

»Bitter?«

»So isses.«

»Ich soll also die Tafel abwischen«, sagte Ziß.

»So isses.«

»Sonst ist gekündigt, Schluß hier?«

»So isses.«

»Und wenn ich trotzdem weiter Tafeln beschreibe, komm ich unter die Räder?«

»So isses.«

»Ihr meint, Ihr könnt Euch alles erlauben, wie?«

»So isses.« Hawa warf ein Fünfmarkstück hin. In zwei Stunden komme ich wieder vorbei. Dann will ich was Freundliches lesen.«

Zwei Stunden später waren auf den Tafeln die Angebote des Tages zu lesen, und auf der größeren, sogenannten »Tagesbefehl«-Tafel stand: »Jesus lebt. Lenin verschwindet zu seiner Mama ins Grab.«

»Fein«, sagte Hawa, »und denk dran, nimm mal eine andere Kartoffelsorte, eine harte. Gibt vielleicht bei Aldermanns diese amerikanische. Sieh mal zu.«

»Trotzdem«, sagte Hawa, als er den Kröttmanns und Anne-Catherine davon erzählte und sie lachten, »ein gewaltiger Haufen Scheiße ist das Ganze.«

»Ja«, sagte Anne-Catherine, »und zwar deshalb, weil hier alles unter der Decke gehalten und keine Öffentlichkeitsarbeit – jedenfalls keine professionelle – gemacht wurde.« Da hatte sie recht. Aber der Reihe nach:

Was den sogenannten Anschlag betrifft, die Schüsse – Hawa ist immer noch der Auffassung, es seien nur zwei gewesen –, sie sollten den Alten jedenfalls nicht treffen. Davon muß man ausgehen. Karl-Walter zur Linden in seiner weißen

Kluft vor der erleuchteten Terrassentür und im Feuerwerks-
licht – ob umringt von Bodyguards oder nicht – konnte auch
aus weiter Entfernung gut ins Visier gebracht und abgeknallt
werden; allemal mit der Tatwaffe, einer Winchester Magnum,
vermutlich mit aufmontiertem Zielfernrohr, ein Repetierer
mit langem Auszieher für Präzisionsschießen mit ziemlich
geringer Streuung noch auf tausend Meter bei Benutzung
von Wild-Cat-Patronen 30-388, von denen man eine in der
Wand neben dem Kirchner, eine im Mauerwerk neben der
Terrassentür gefunden hatte. Es muß liegend und aufgelegt
geschossen worden sein, denn man fand entsprechende Spuren am Hang vor einem Gebüsch zwischen Garten und
Kiefernschonung, unweit der Stelle sogar, wo man in der
Nacht noch am Lagerfeuer gesessen und gesungen hatte,
Entfernung von da zum Zielobjekt circa zweihundertfünfzig
Meter. Die Spuren waren gut erkennbar, beileibe nicht ver-
wischt. Sogar die Auflage-Stütze, eine geschälte Astgabel,
pulvergeschwärzt, blieb zurück, so als wolle der Schütze/die
Schützin sagen: Na – Jungs, was, wenn ich wirklich gewollt
hätte!

Ob die Schüsse dem Alten trotzdem den Tod bringen sollten, indirekt, infolge eines tödlichen Schocks oder so was, wie
einige in der Familie meinen – unwahrscheinlich, aber möglich. Immerhin, einem fünfundneunzigjährigen Greis kann
das passieren, sogar einem wie Karl-Walter zur Linden, der in
seinem Leben schon mehrere Tötungsversuche überstanden
hat und bei diesen und ähnlichen Gelegenheiten – eigentlich
bis zuletzt – gelassen blieb und der dann ja auch, jedenfalls
zunächst, den Anschlag – wie man so sagt – »lächelnd weg-
steckte«, möglicherweise bloß »nach außen hin«, wie Neugebühr, dieser überfromme Chefarzt der Psychiatrie, meint.
Was dem Alten dann aber später wirklich zustieß, hatte nun
wirklich einen anderen Grund als »den durch das Attentat
hervorgerufenen apperzeptiven, das Persönlichkeitsgefüge
und die geistig-emotionale Orientierungsfähigkeit erschütternden Schock«.

Aber wer hatte geschossen?

Verdacht fiel zunächst auf Ludwig Dienels, sicher erst mal

aus einem Instinkt heraus, einem Gefühlsreflex, den man sein Lebtag spürt, wenn sich ein SS-Sturmbannführer seiner Qualität in der Nähe aufhält, nicht zuletzt aber deshalb, weil der Alte ihn weiterhin wie von Anfang an für den Verfasser der Morddrohung hielt. Tatsächlich war Dienels zur Zeit der Schüsse nicht auf dem Hof, obwohl er sich dort bis zu Beginn des Feuerwerks unter den Gästen aufgehalten hatte. Mit Sicherheit jedoch war er's nicht. Er hockte in dem Augenblick nämlich auf dem Klo und kotzte, was Tante Änne aus Kamen – sie hatte ihn dort hingeführt – bezeugte. Dennoch, sein plötzlicher Tod ließ die ersten bösen Vermutungen aufkommen, eigentlich verständlich, wenn man »die Umstände seines gewaltsamen Hinscheidens« – so etwas unbeholfen der Polizeibericht aus Warendorf – kennt. Man fand Ludwig Dienels mit zerschmettertem Kopf – oder vielmehr mit blutigem, hirnmassevermatschtem Klumpen statt eines Kopfes –, und als Annette Vendrini-zur Linden zu Andy ins Zimmer kam und sagte: »Bluthund Dienels ist ausgeschaltet, liegt überm Grab ohne Kopf«, fuhr Andy, erzählte er später, »so was wie ein Eispickel ins Genick«.

Andy hatte, ohne auf den Rat Marie-Annes und Doktor Grabowskis zu hören, seine Tante Annette schon am Tag nach der Geburtstagsfeier von der Lindenburg weggebracht und war mit ihr nach einer Untersuchung in der Universitätsklinik, während der er nicht von ihrer Seite wich und die außer einem »geschwächten Allgemeinzustand und tiefer körperlicher Erschöpfung mit geringen Atembeschwerden« nichts Gravierendes ergab, zum Jochum-Hof gefahren. In Annettes Knusperhäuschen, dieser umwucherten, im ursprünglichen Stil restaurierten und mit modernem Komfort ausgestatteten ehemaligen Landarbeiterkate, hatten sich beide eingenistet. »Für ein paar Tage nur«, so Andy, »solange, bis du wieder gesund bist.«

»Versprochen?«

»Versprochen!«

Sie wanderten ein bißchen herum, sie an seinem Arm, die Blanke Becke entlang um den Kranichteich herum, in dem Elisabeth zur Linden, geborene Jochum, seine Großmutter, ihre Mutter, den Tod gefunden hatte. Annette zeigte Andy ihre Kaninchenhöhle und andere Orte aus ihrer frühen Alice-im-Wunderland- und ihrer später in der Familie so genannten »Partisanen-Schelmenstück«-Zeit, einmal schossen sie in Begleitung Engelbert Jochums, des Verwalters, der schon in der Feuerwerknacht zurückgefahren war, mit doppelläufigen Schrotflinten auf Tauben und Fasane. Dann kamen Benita, Engelberts Frau, mit den Kindern Ännchen und Lasse und Andys Tochter Helena, genannt Lenchen, und denen hatte sich Laure angeschlossen, was Andy überhaupt nicht recht war, allerdings in eine Erregung versetzte, die man kennt bei solchen verrückten Affären. Laure wohnte zwar im Haupthaus, kam aber oft zu Andy ins Zimmer, und da trieben sie es, nach Annette, »dermaßen penetrant und exaltiert«, daß es »so wirklich nicht weitergeht mit dir und deiner Nichte, deiner *Nichte*!«

Nun ist Annette Vendrini-zur Linden das, was man prüde nennt, und zwar wirklich, nicht bloß auf diese großbürgerlich-katholische Art nach außen hin. Daher bekniete Andy, dem an der Rekonvaleszenz seiner Tante alles lag, Laure abzuhauen, er besuche sie noch vor seiner Reise nach Los Angeles in Brüssel, und Laure brauste uneinverstanden auf Engelbert Jochums BMW-Maschine vom Hof Richtung Belgien, gerade als Ludwig Dienels mit seinen Kindern Randolph und Share eintraf. Das war am Donnerstag – also fünf Tage nach der Geburtstagsfeier. Zwei Tage später war der Bluthund Dienels tot.

Share und Randolph schliefen noch, als Annette Ludwig Dienels, quer überm Grab von Luzie Dienels, geborene Jochum, liegend und, wie gesagt, ohne das, was man einen Kopf nennen könnte, fand. Sie hatte einen frühen Gang zum Friedhof gemacht, ohne Andy, der nach einem Streit mit ihr am Vorabend überlegte, ob er nicht schnurstracks heimfahren sollte. Er hatte sie ertappt, wie sie – es war der Tag, an dem der Volksdeputierten-Kongreß in Moskau das Ende der bisherigen Sowjetunion beschloß –, entgegen dem ihr abgenommenen Versprechen, weder Zeitungen zu lesen, noch das TV-Gerät anzustellen, Vin-de-Papp trinkend vor dem Fernseher hockte, in dem pausenlos Specials liefen über »die Tage, die die Welt erschütterten« und – so hieß es jetzt – »diese veränderten«, wobei immer und als Krönung sozusagen gezeigt wurde, wie der Oberste Sowjet das Tätigkeitsverbot der KPdSU verfaßte. Als Andy dann ohne Annette atemlos auf dem Friedhof am Grab von Luzie Dienels ankam – sie lag, einer merkwürdiger Tradition folgend, gleich den meisten Jochums in einem Einzelgrab –, dachte er sofort: Das ist das Werk der durchgedrehten Nette. Doch als er Dienels' Körper umwälzte, zur Seite schob, noch nicht wissend, wie die ganze Angelegenheit vertuscht werden könnte, die Hand schon am Handy, um in der Lindenburg anzurufen, da entdeckte er die abgeschossene Doppelflinte, auf der der Tote gelegen hatte, und er setzte sich, erzählte er später, »mehr als erleichtert und mir den Schreck herauspfeifend« auf den Grabstein. Daß Dienels sich die Flinte in den Mund gesteckt und dann abgezogen hatte, wurde jedenfalls zweifelsfrei festgestellt und von Randolph und Share – man kam übrigens nie dahinter, wo die sich während des Feuerwerks aufgehalten hatten – sofort akzeptiert, obwohl sich nichts Schriftliches, seinen Tod betreffend, bei Dienels fand. Eigenartig – so gleichmütig konstatierten sie die Tat, daß man annehmen muß, sie hätten den Suizid ihres Vaters am Grab seiner Frau auf dem Jochum-Hof schon vorher gewußt oder zumindest geahnt. Sie erzählten dann, er sei voll von Krebs gewesen und habe höchstens noch einen oder zwei Monate zu leben gehabt. Wie auch immer: die Leiche wurde, nachdem die Familie sich eingeschaltet hatte, dann doch schnell in die USA überführt, wie es die beiden Kinder verlangten, vermutlich im Widerspruch zum Willen ihres Vaters, der gewiß beabsichtigte, im Grab neben seiner Frau zu liegen zu kommen. Warum sonst hätte er, der SS-Sturmbannführer Bluthund Dienels, seinen Tod in dieser Art inszenieren sollen.

So wie nicht rauskam, wo sich die beiden Dienelskinder während des Feuerwerks aufhielten, so unbekannt blieb Tonton Päules Aufenthalt zu jener Zeit. Er hat's nicht gesagt, bis zuletzt nicht. Und er hat zuletzt »unsägliche Qualen gelitten«, erzählt Heijo, sein Bruder. Tonton Päules Tod ist tatsächlich in seiner Absurdität einmalig. »Himmelschreiend blödsinnig«, heißt es in der Familie, und wie erfunden für Spekulationen und Gerüchte. Paulus zur Linden starb an der Wutkrankheit, der Lyssa, verursacht wahrscheinlich durch einen Marderhund, einen »deutschen« Marderhund, wenn man so will.

»Marderhunde gehörten bis vor kurzem nicht zur hiesigen Tierwelt, hatten sich aber – ob erst nach oder schon kurz vor Wegfall des Eisernen Vorhangs, weiß man nicht – von der Ukraine bis nach Deutschland vorgearbeitet« – so Paulus zur Linden in einem Artikel der Zeitschrift »Wild und Hund«. Man bekommt das Tier kaum zu Gesicht, weil es den Tag in Erdhöhlen verschläft und in der Regel nur nachts jagt. Es zählt nicht zu den Mardern, sondern zur Familie der Hunde, ist so groß wie ein Fuchs, und ebenso wie der wird der Marderhund von den Jägern gehaßt, die behaupten, er sei »mehrzählig Tollwutträger«, eben wie der Fuchs, den sie ja hierzulande mittels jener deutschen Spezialität Vergasung nahezu vollständig ausgerottet hatten, bevor man dann zu einer Schluckimpfung per aus Flugzeugen abgeworfenen Impfstoffkapseln in Fischmehlködern überging, einer von Paulus zur Linden immer wieder mit hohem finanziellen Einsatz geförderten Aktion, die aber bei Marderhunden wohl erfolglos blieb. Marderhunde nämlich nähmen diese Köder nicht an, »eine unverschämte Lüge« für Tonton Päule, »abgesehen davon«, schrieb er in der Zeitung »Mensch und Tier«, »daß die zu uns gewanderten possierlichen Verwandten des ältesten Begleiters des Menschen überhaupt nicht tollwutbefallen sind«. Seine Tierschutzfreunde hatten einen Marderhund gefangen, und Tonton Päule war – vor laufender Kamera – dem, in einer Art Hundekörbchen scheinbar schlafenden, durch Beruhigungstabletten ruhiggestellten Tier mit der Hand über den graubraunen Pelz gefahren. Der Marderhund hatte gezuckt, Tonton Päule hatte auf ihn eingeredet, bevor das Tier dann aufschreckte, ihm mit der kralligen Pfote den Handrücken ritzte, mit dem Maul dann – »wie liebevoll«, sagte Tonton Päule in die Kamera, »seht nur« –, irgendwie leckend, darüber fuhr. Und genau dadurch, mit dem Speichel des Marderhundes, gelangte der Lyssa-Erreger in Tonton Päules Blut, vermutlich jedenfalls. Den Marderhund, den man wieder freigelassen hatte, fand man nie wieder.

Tonton Päule ließ sich – das gehörte zum Beweis der Ungefährlichkeit des Marderhundes – nicht impfen, sondern flog gleich anschließend nach Borneo, wo er als Vorstandsmitglied des »Verbandes für das Deutsche Hundewesen e.V.« eine Zuchtverbindung zwischen den berühmten, auf Schlangen und Schweine angesetzten Jagdhunden der Punans mit hiesigen Münsterländern begutachtete. Die Punan leben im borneoschen Urwald, abseits der Zivilisation, und dort traten die ersten Anzeichen der Krankheit bei Paulus zur Linden auf: Krämpfe im Anschluß ans Wassertrinken. Immerhin möglich scheint übrigens eine Ansteckung durch den Biß eines Punan-Mischlingshundes. Die Zuchtverbindung Münsterländer/Punan-Jagdhund soll – heißt es – »mißraten« sein. Doch sei's, wie es sei, als Tonton Päule die ersten Tobsuchtsanfälle bekam – dabei hat er einem Punanjäger das Gesicht zerkratzt und am Genital gerissen –, war es längst zu spät, und als er mit einer Sondermaschine eingeflogen wurde, war jede Hilfe zwecklos geworden. Man konnte nur noch auf einen baldigen, gnädigen Tod hoffen, der eine Woche später eintrat – nicht gnädig allerdings, sondern »grauenhaft«, erzählte Tschup. Paulus zur Linden hatte, Schaum am Mund, der Bauch gebläht, blutunterlaufen die Augen, das Gesicht zerkratzt, Haarbüschel im Mund und zwischen den Fingern, seinen Bruder, den Erzbischof, aufs Unflätigste beschimpft, in einer geschrienen Beichte von Schwarzen Messen geschwärmt und lallend verlangt, Heijo solle ihm »den Schwanz abbeißen, in eine Stola wickeln und Satan schicken, der in deinem Tabernakel haust« – »grauenhaft, wirklich grauenhaft«, so Tschup. War da ein Anflug von Spaßhaftigkeit – nicht Spott! – in seinen Jesuitenaugen? – Hawa will es gesehen haben. Grotesk dieser Tod – ja –, aber »rätselhaft«, wie es hier und da maliziös hieß? Also …!

Dann schon eher das, was mit Grabowski geschah, obwohl auch dessen Tod eine einfache, einsichtige Erklärung fand. Doch für rätselhaft hielt man auch nicht so sehr den Unfall an sich, als vielmehr das Drumherum. Zum Beispiel die MP, eine Heckler und Koch, in seinem völlig zertrümmerten BMW und die, wie es in der Presse hieß, »Vertuschungsversuche von Polizei und anderen, nicht nur was das Gepäck, sondern was die ebenfalls zu Tode gekommene Beifahrerin anbetrifft«. Und was wurde nicht alles spekuliert, als dann die Höhe von Grabowskis Kontostand durchgesickert war. »Daß sich die Ärzte goldene Nasen verdienen, das weiß man. Doch derartige Unsummen!«, so ein Kommentar. Was sich wirklich herausstellte: Die Familie wußte so gut wie nichts über Doktor Grabowski, den Assistenten, besser Kollegen und Sozius Marie-Annes. Nicht mal seinen vollen, kuriosen Vornamen: Heinz-Gottlieb, den seine Mutter ihm ins Grab nachrief. Das sei verdammt mehr als bloß eine Unachtsamkeit, tobte Hawa, und Benno Kröttmanns Gegengebell: »Das ist doch wohl deine Sache gewesen, wer war denn die Ische von dem!«, ließ die beiden übereinanderherfallen, so daß man sie trennen mußte. Er habe es ja gesagt, so Hawa später zu Anne-Catherine, mit Benno ginge das nicht mehr, »der will sowieso weg«.

Marie-Anne tat übrigens so, als gehe sie das Ganze nichts an. Der Tod ihres Lovers, muß man ja wohl sagen, ließ sie dermaßen kühl, äußerlich zumindest, daß es einem unheimlich vorkam. Man müsse sich so schnell wie möglich um einen Nachfolger kümmern, allein schaffe sie die Praxis nicht. »Ein guter Arzt war er und ein netter Bursche, aber« – nun ist Deutsch nicht ihre Muttersprache – »was der auf dem Kerbholz trägt, c'est vraiment … alors …«

Also, was Heinz-Gottlieb Grabowski auf dem von Marie-Anne so genannten Kerbholz hatte, ist tatsächlich – um Liliane zu zitieren – »sagenhaft«. Einfach herausgesagt: Er war ein Großdealer für harte Drogen, und was der Kriminaldirektor Schlüter dazu berichtete und ebenfalls über die Beifahrerin, eine international gesuchte Beschafferin – und erst Giorgio Franzaroli, der Anne-Catherine fragte, warum man ihn vorher niemals um den Gefallen gebeten hätte, der Familie diesen Herrn »auf dem Tablett zu reichen« – er tat gern solche Mafiasprüche –, das ist wirklich … nun ja. Aber wie man's nimmt – daß ein solcher Bursche sich hat in die Familie einschleichen können! Gott sei Dank kriegte das der Alte nicht mehr voll mit.

Natürlich hatte niemand an Grabowskis Wagen herummanipuliert, die Bremsen beschädigt, die Lenkung verändert, den Airbag verklemmt oder was da so alles vermutet wurde. Die Bremsen hatten voll funktioniert. Das zeigten die Bremsspuren. Die Lenkung hatte nicht versagt – nein, das Autobahnstück zwischen Wuppertal-Ost und Wuppertal-Süd war regenglatt gewesen und vor allem verglitscht von Öl aus einem lecken Tankwagen, und auf dieser Spur war der BMW gerutscht. Ein Gegenlenkmanöver, das hatte Grabowski noch durchgeführt, brachte den Wagen nicht mehr in die Gerade, die Bremsung daraufhin war vielleicht falsch, aber wer will das schon beurteilen. Jedenfalls drückte der nachfolgende Bus, der nicht mehr stoppen konnte, ebenfalls auf der Ölspur rutschte, den BMW gegen einen vorausfahrenden Transporter voller Schlachtvieh, der stoppte gleichfalls, rutschte quer zur Fahrbahn, und das gleiche passierte mit dem Bus, und zwischen beiden dann wurde Grabowskis Wagen regelrecht zerquetscht. Ob es eine »ironische Pointe« ist, so Liliane, daß das Schlachtvieh, Schweine nichts als Schweine, aus dem Transporter fielen, kullerten, rannten, schrien und quiekten, den zertrümmerten BMW regelrecht überfielen – nun ja! Die »groteske Schweinerei«, schrieb die WAZ, in BILD hieß es »gewaltige Sauerei« – Autobahn und das Gelände ringsum voller Schweine, die sich nicht einfangen ließen –, konnte nur beendet werden, indem man die Jäger der Umgebung herholte, die die meisten Schweine, zumindest die Verletzten, abschossen. Die Schlächter und Metzger ringsum hatten sich geweigert, den Bolzengnadenschuß zu geben, weil es nämlich gesetzwidrig sei – »gibt's etwas Deutscheres!«, meinte Marie-Anne –, Schweine unter freiem Himmel zu schlachten. Beerdigt wurde Heinz-Gottlieb Grabowski in Hattingen, wo seine Mutter wohnte. Die stets frischen Blumen auf seinem Grab – bis heute! – sind nicht von ihr. Berta Grabowski, geborene Weißkötter, starb ein halbes Jahr nach ihrem Sohn.

Bloß einige Tage nach dem tödlichen Unfall Doktor Grabowskis kam Christa Meinhold um. Sie stürzte vom Dachgarten ihres Loft-Apartments auf den Parkplatz des Hochhauses – dreiundvierzig Meter –, und was von ihr übrigblieb, kann man sich vorstellen! Hawa lief herum »wie am Boden zerstört«, so die geschmacklose Formulierung Gerda Kröttmanns, die – und nicht nur sie – erst mal annahm, es handele sich weder um Unfall noch Selbstmord, obwohl sich doch 2,8 Promille Alkohol und mehr als deutliche Spuren von Barbituraten und Cannabis im Blut der Zerschmetterten befanden. »Na – ist doch 'ne Lösung, wie?« sagte sie böse zu ihm, aber als der nicht losblökte, sondern – wie's hier so heißt – »Rotz und Wasser heulte«, sagte sie, einen Arm um ihn legend, wär doch nicht so gemeint gewesen, herrje, und sie, Gerda, sei ja nun auch fix und fertig davon. Tatsächlich war Christa Meinhold eine Zeitlang eine Art Schützling von Gerda Kröttmann, nachdem Benno sie vor Jahren – da war Christa noch Studentin – nachts irgendwo hinterm Bahnhof betrunken und mißhandelt gefunden und mit heimgebracht hatte, wo sie von Gerda gepflegt und wieder aufgerichtet worden war. Hawa war wirklich mehr als daneben, und sein ständiges »Ich kann's nicht fassen, nicht fassen« ging einigen auf die Nerven. Er schlief nachts kaum, hörte sein Herz unregelmäßig schlagen, wenn er schweißgebadet dalag, spürte Preßdruck im linken Arm, und den Hals hoch zog ein Gurgelschmerz. Sein Blutdruck war sehr hoch, zum Herzspezialisten solle er sich aufmachen, aber so schnell wie möglich, sagte Marie-Anne, die ihn untersuchte. Daß ihn das derart mitnähme, verstünde sie, sie wisse, wovon sie rede. Allerdings, die Beschwerden habe er doch schon länger. Er schliche herum, sagte Benno Kröttmann, »wie ein Köter, dem man den Schwanz abgeknipst hat.«

Ein paarmal ging Hawa zum Hochhaus an der Nord-Süd-Tangente, wo um die Aufschlagstelle herum tagelang noch ein Absperrseil gespannt war. Man sah einen kaum weggewischten dunklen, menschenschattenähnlichen Fleck. Durchs Komponistenviertel lief er, den Schnellweg am Nordhang hoch, sich vorstellend, er eile nicht durch dieses

Ambiente aus Bürogebäuden, Handwerksbetrieben, Lagern, Einkaufszentren, Schrottgeländen, sondern vielmehr durch die alte Kiefernschonung, roch sogar diesen nasenkribbelnden Harzgeruch junger, sprießender Föhren und den milden Sonnenduft des Farns, fand in einem müllbeschmissenen Waldstück auf der anderen Seite des Nordhangs den Eingang zur Erlenhöhle, den eine von ihm und Benno Kröttmann angebrachte Stahltür verschloß. Er wollte hinein, hatte aber die Schlüssel vergessen, und als er bemerkte, daß man ein weißes Hakenkreuz aufgepinselt hatte, schlug er schreiend mit den Fäusten auf die Stahltür, schlug sich die Fäuste wund, und Benno und er überpinselten noch am gleichen Tag das nicht abwaschbare Nazifanal und ließen dort einen Wachmann postieren.

Dabei hatten die beiden, Hawa und Christa, »Schluß gemacht« in Paris, wohin sie statt nach Chicago gereist waren. »In mein Paris«, sagte Hawa, der in den fünfziger Jahren zwei Semester an der Sorbonne studiert hatte und seitdem ein- oder zweimal im Jahr mindestens für ein paar Tage dort weilte, »in der Hauptstadt des 19. Jahrhunderts«, nach Christa, »da kommst du ja auch her, und du bist da geblieben, weshalb ich dich ja mag, unter anderem jedenfalls«. Hawa besaß eine Wohnung in der Rue Joseph de Maistre mit Blick auf den Cimetière de Montmartre, in die Annette Vendrini-zur Linden seinerzeit einige ihrer deutschen Freunde aus der Stadtguerilla reingelassen hatte, so »Brüderchens Liebesnest einem vernünftigen Zweck zuführend« – mehr als ärgerlich, und Hawa mußte diesen Leuten damals sehr schnell und unmißverständlich klarmachen, daß sie Hals über Kopf – précipitamment – zu verschwinden hätten.

Dabei ist Liebesnest gar nicht mal daneben. Hawa hatte oft seine jeweilige Geliebte dahin mitgenommen, Marie-Anne übrigens nie, und eine wie Christa Meinhold bemerkte das natürlich sofort an Dingen, Nebensächlichkeiten gewiß, die ein Mann vermutlich nicht beachtet. »Hier wurde aber viel und mit vielen geliebt, Treuloser«, sagte sie, worauf Hawa in gespielter Entrüstung des homme à femme aus der Belle Époque erwiderte: »Iwo, ma chérie, für dich allein nur …«, in

313

dieser Art. Viel geliebt haben sie sich tatsächlich in dieser Woche, dermaßen, daß sie beide von ihrer »amour fou« sprachen, längst wissend: das ist zu Ende, Ausklang das Ganze, laßt es uns ruhig so zelebrieren, furios und à la romantique.

Sie gingen den Montmartre rauf und runter, spuckten – eine Tradition der Trotzkisten, wußte Christa – dreimal ans Weiß der Sacré-Cœur-Kathedrale, sangen im »Lapin agile«, dem Cabaret aus den Zeiten von Aristide Bruant, unter Anführung eines als Apache kostümierten Vorsängers lauthals und gemeinsam mit japanischen Geschäftsleuten Pariser Gassenhauer aus den Zwanzigern. Sie fuhren sogar den Eiffelturm hoch, wo sie oben soupierten, liefen durchs Quartier Latin, stiegen die Treppen in dem Haus in der Rue Brocat hinauf, klopften am Zimmer unterm Dach, wo Hawa in den Fünfzigern als Student gewohnt hatte und nun eine große, dicke und schöne Mulattin aus Guadeloupe lebte. Sie frühstückten im Flore, wo sie so taten, als säßen an zwei hinteren Tischen schreibend immer noch der kleine, schielende Sartre und seine jungenstrenge Copine Simone de Beauvoir, an einem anderen hinteren Tisch der Humphrey-Bogart-Lookalike Albert Camus, aus dessen »L'Etranger« Hawa die ersten Sätze auswendig hersagen konnte: »Aujourd'hui, maman est morte. Ou peut-être hier, je ne sais pas. J'ai reçu un télégramme de l'asile: ›Mère décédée. Enterrement demain. Sentiments distingués.‹ Cela ne veut rien dire ...«, worauf Christa – woher sollte sie eine Ahnung haben, was gerade diese Stelle für Hawa bedeutete, der einst ein ähnliches, den Tod seiner Mutter ihm mitteilendes Telegramm bekommen hatte – sang: »Ma Maman a raconté, le Zizi du petit facteur ... est comme ci est comme ça«. Dafür sang er ihr dann in der Closerie des Lilas Georges Brassens' »Quand je vais chez la floriste, je n'achet' que des lilas ...«, und er bekam Beifall von den Trinkern am Zinc dafür, sie eine Kunststoffrose vom Kellner. Auf dem Cimetière du Père-Lachaise an Jim Morrisons Grab sang sie, begleitet von einem knirpsigen Gitarristen, der dort herumhockte, »Brake on through to the other side«, wohingegen er an Heinrich Heines Grab auf dem Cimetière de Montmartre deklamierte: »Schlage die Trommel und fürchte dich nicht

und küsse die Marketenderin ...«, worauf sie sagte: »Du
kannst mich sogar hier ficken, stante pede und a tergo«, was
ein Pärchen – dem Slang nach aus dem Schwäbischen –, das
hinter ihnen stand, schockierte. Die blonde Braut zischelte:
»Des isch doch ... hanno ...!«, und der blonde Bursche ergänzte: »des Allerletschte«, Sprüche, die sie, den Dialekt imitierend, wiederholten, als sie am Fenster der Wohnung mit
Blick auf den Montmartre-Friedhof, Christa gebeugt, Arme
auf dem Fensterbrett, Hawa hinter ihr und halb über sie gebeugt, genau das taten, was sie ihm am Heinegrab vorgeschlagen hatte. Über die Straße hinweg blickte man – direkt
im ersten Geviert – auf das Grabmal einer Frau, die über-
lebensgroß in goldfarbenen Stein gehauen, die Marmor-
getüme der Nachbargruften noch überragte. Auf wen man da
eigentlich gucke, wollte Christa wissen, als sie ausruhten.

»Dalida«, sagte er.

»Am Tag, als der Regen kam?«

»Genau.«

Nach einer Pause, Hawa glaubte später nach einer Viertelstunde, fragte sie: »Ist das Leben eigentlich lebenswert?« Er
lachte darauf, sagte, das habe die nie gesungen, die Dalida.
Aber später erinnerte er sich manchmal daran, an den Ton
vor allem, der da mitgeschwungen war, wie er glaubte, eben
nicht ihr gewöhnlicher »Tucholsky-Sound«, wie sie ihr beider ironisch-frotzelndes Gerede untereinander einmal genannt hatte. Dieser Ton fehlte auch, als sie sagte: »Sterben
kann schön sein.« Da saßen sie – Clou ihrer Zeitreise in die
Belle Époque – zu zweit allein – eine ziemliche Summe hatte
das gekostet – in der Loge der Hauptmaitresse Alexandre
Dumas' des Jüngeren in der Opéra Garnier. Es gab »La
Bohème«, ein Gastspiel der Turiner Oper, das natürlich noch
in diese marmor-, gold- und glamourstrahlende Üppigkeit
gehörte und nicht in die neue Opéra Bastille mit ihrem
Charme eines gehobenen Einkaufszentrums. Es war bei der
letzten Szene im Vierten Akt, als beide nasse Augen kriegten, nachdem die Sopranistin Musetta – weißblond und
stimmlich ein bißchen zickig – die sterbende, sehr zarte und
dunkelhäutige, beinahe mezzosoprane Mimi in die Mansarde

gebracht hat und vorerst, zusammen mit dem strahlenden Baß Colline und den beiden Heldenbaritonen Marcello und Schaunard, abtritt und das Paar Mimi und Rodolfo, allein gelassen, sich an seine Liebesstunden erinnert, Mimi, andante calmo, ihr »Sono andati? Fingevo di dormire, perché volli con te sola restare. Ho tante cose che ti voglio dire« singt. Beide, Christa und Hawa, hatten ihre Operngläser in den Schoß gelegt. Und als Mimi dann zum absoluten Pianissimo des Orchesters Rodolfos damalige erste Liebesworte »Che gelida manina ...« hauchend singt, schluchzten sie sogar etwas, und mehr noch: Als Mimi den warmen Muff Musettas ans Gesicht drückt und zu langen, zarten auf- und wieder verklingenden Akkorden und zu den beiden Soloviolinen über einem dumpf geblasenen Baßklarinettenton sterbend entschlummert und das Orchester tutta forca, die Leitmelodie der letzten Szene repetierend, hochzieht, übertönt endlich vom Aufschrei: »Mimi, Mimi!« des sich über seine tote Geliebte stürzenden, Tenors Rodolfo, brachen Hawa und Christa in ein ironisch klingen sollendes – allerdings bei beiden mißlungenes – Kichern aus. Christas »Sterben kann schön sein« folgte zwar diesem Kichern, aber wie gesagt, Hawa glaubte etwas darin zu hören, was weit entfernt von jedem Kichern lag.

Es war ihr letzter Abend in Paris gewesen, sie hatten anschließend im Lucas-Corton soupiert, und im Taxi auf dem Weg zurück zum »Liebesnest« hatte sie gesagt, ihn auf die Wange küssend: »Merci, mon chéri. Das soll's dann nun auch gewesen sein. Adieu«, und er hatte sie an sich gedrückt und nichts gesagt oder bloß »naja« oder ähnliches. Er meinte, sich nicht mehr daran zu erinnern, und nicht bloß, weil er ziemlich betrunken gewesen war. Und es hatte zum drittenmal ein Signal gegeben – glaubte er –, das leichtfertig überhört zu haben, er sich noch lange vorwarf. Beim Rückflug in eine klare Nacht vor einem rotglühenden Horizont fragte Christa, aus dem Fenster herabblickend: »Einfach da runterspringen. Was meinst du – ab wann ist man bewußtlos?«

Eine Woche später geschah der »tragische Unfall«, wie dann Christa Meinholds Sturz aus dreiundvierzig Meter

Höhe aufs Parkplatz-Pflaster nach dem Untersuchungsbericht der Kripo genannt wurde.

Die Beerdigung fand in Frankfurt statt, wo Christas erster Mann wohnte. Daß der ihm auf dem Friedhof den Handschlag verweigerte, verwunderte Hawa. Er wußte nicht, daß Christa ihr altes Liebesverhältnis mit dem wiederverheirateten Vater eines Söhnchens, Werner Meinhold, neu aufgenommen hatte, und zwar ein halbes Jahr vor ihrem Tod. Was soll man dazu noch sagen? »Ja – wie die Liebe so spielt« etwa, wie Liliane?

Und dann segnete, wie man so sagt, Karl-Walter zur Linden, der Alte, das Zeitliche.

Ein weiterer Todesfall
und gewaltige Herzschmerzen

Vor dem ersten Schlaganfall – dreizehn Tage nach seinem fünfundneunzigsten Geburtstag – war der Alte regelrecht aufgekratzt, hibbelig direkt, in ständiger Erregung. Der Grund dafür lag nicht nur in der japanisch aussehenden Schwedin von der Düsseldorfer Security-GmbH Britta, die er als seine »Leibgardistin« – »dat Woart stemmt genau«, so Kläre Weidemann – bei sich behielt. Er war vor allem ganz scharf darauf rauszukriegen, wer auf ihn geschossen hatte. Eigenartige Veränderungen seines Vaters spüre er, sagte Hawa, das sei doch nicht seine Art, förmlich rachsüchtig benehme er sich. »Nichts mehr von seiner früheren Souveränität in solchen Dingen.«

»Er will's eben noch mal wissen«, sagte Anne-Catherine, und Benno Kröttmann sagte grinsend: »Rascha Rascha Blut« – ein Ruf vom Dullen Jülle, Julius, des Alten Bruder, wenn der in seinem schmuddeligen Frack seinen Bollerkarren durch die Stadt zog, verfolgt von einer grölenden Kindergruppe.

Auf die Nachricht vom Tod Ludwig Dienels', der am heftigsten unter Verdacht gestanden hatte, ging ein Lächeln über sein Gesicht. Er saß da, schon halbseitig gelähmt und sprachgestört, im Rollstuhl und murmelte so was wie: »Ach nee. Sieh da.« An Dienels' Kinder, die er ebenfalls auf dem Kieker hatte, kam er nach ihrer Rückkehr in die Vereinigten Staaten nicht mehr heran. Schon das hatte ihn gefuchst. Daß man unter den Wagenburg-Leuten nicht fündig geworden war, brachte ihn dann völlig auf und ließ ihn zu Ausdrücken hinreißen, die man früher von ihm nicht gehört hatte: »Arschlöcher, ihr. Da muß doch was zu finden sein.« Als Britta, die ihn, seinen Arm streichelnd, beruhigen wollte, sagte: »Wenn Sie möchten, kümmere ich mich darum«, brüllte er: »Quatsch. Hiergeblieben!«

»Unmöglich eigentlich«, sagte Hawa, der spürte, wie sein Vater mehr und mehr abrutschte, und natürlich hatte er recht. Man hätte da schon etwas unternehmen müssen, um ihn ruhigzustellen. Tatsächlich war nichts gefunden worden, was auf Täterschaft aus der Wagenburg-Szene wies. Jeanot, dieser eklige Hansi Kalthoff, den Hawa gern fertiggemacht hätte, hatte zur Tatzeit besoffen in seinem Caravan gelegen. Die Platzhirsche waren sämtlich auf dem Platz geblieben in jener Nacht – ebenso diejenigen, die wegen des Brandes der Kartonagefabrik sich hätten rächen wollen. So jedenfalls übereinstimmende Bekundungen der Konfidenten der zur-Lindens dort, Milenka Rothes und schließlich Lisa Sarembas, die ihr Auftauchen auf der Lindenburg noch am Abend vor dem Geburtstagsfest genügend erklärte. Sie hätte Anne-Catherine bloß vermelden wollen, daß die Wagenburg-Lagerleiter gemeinsam mit der Bürgerinitiative gegen die Errichtung eines Tagungszentrums durch die Lindenhof GmbH auf dem alten TuS-Platz – unter Leitung Ziß Schüsslers (!) übrigens – beschlossen hatten, »mit Rücksicht auf unser bisheriges positives Image in der Öffentlichkeit auf Aktionen jeglicher Art während der Geburtstagsfeierlichkeiten zu verzichten« – diesen Schmus. Verknusen konnte der Alte auch überhaupt nicht, daß der pensionierte Pastor der Sankt-Marien-Gemeinde, Karl Roggenkamp, sein langjähriger Hauspriester, nicht belangt wurde. Die anderen hatten ja dessen Androhungen nie ernstgenommen, ebensowenig wie des Alten Verdacht gegen diesen, nach Liliane »verdächtig jugendlich aussehenden Manipel-Fan«. Roggenkamp war am Geburtstag des Alten für zwei Tage zu seinen Verwandten nach Herne gefahren, gebracht von einem Wagen der Lindenhof GmbH, nachdem Anne-Catherine ihm »den Kopf zurechtgerückt« hatte.

Nein – da war niemand wirklich zu fassen und von irgendwelchen näheren oder weiteren Verwandten schon überhaupt nicht. Soweit die sich nicht nachweislich während der Schüsse unter den übrigen Feiernden aufhielten, so Pinkus, der im Leutehaus bei Makewka gelandet war, von wo er – einen Kaffee nach dem anderen trinkend – das Feuerwerk bestaunte, oder der Fernseh-Peiaß Eike, den das Küchenpersonal in Umarmung mit einem seiner Witzelieferanten auf der Bank vor der großen Küche gesichtet hatte, mußte man anderen Abwesenden ihre Unschuld einfach glauben; Martin etwa, der im Zimmer seiner Mutter geruht, Marie-Anne, die derweil in ihrer Praxis Medikamente geholt haben will. Tonton Päule? »Friede seiner Asche«, sagten alle, ob er's nun war oder nicht, »Schwamm drüber«. Und was den geheimnisvollen Lindenbaumträger betrifft, so blieb der ewig unerkannt. Benno glaubte zuletzt: Grabowski. Aber der weilt ja nun, ebenso wie Christa Meinhold, nicht mehr unter den Lebenden.

Ärgerlich konnte man es dann schon nicht mehr nennen, eher »nervig« – um mit Liliane zu sprechen – wurde das, wie sich der Alte aufführte, wenn man ihm berichtete. Es wurde immer schlimmer. Er tobte nachgerade, beschimpfte Hawa und Benno und die Security-Männer, die wiedergekommen waren, um bei den Nachforschungen zu helfen. Diese waren aber – wie gesagt – ganz nutzlos und blieben erfolglos. Ob das »durch den Attentatsschock hervorgerufene Außer-sich-Sein letztlich auch ursächlich für den Schlagfuß« war, so der Frömmling Neugebühr, Chefarzt der Psychiatrie – nun ja. Nach vorherrschender Familienmeinung war jedenfalls etwas anderes ebenso ursächlich: nämlich des Fünfundneunzigjährigen Verhältnis mit Britta. Vermutlich war Auslöser des ersten Schlaganfalls das, was Kläre Weidemann eine »Prumen-Schmuserigge« nennt. Sie hatte »geögelt«, heimlich beobachtet, »as ette opn Schriewtisch loag, Büxe runner, un dä Olle met dä Schnute unnen dran. Dat es jo wat vör em.« Daß das was für ihn war, will sie – so jene untergründige Anekdote »des dreifachen ›Wat soll dat‹« – seinerzeit erfahren haben, als er sie fragte, ob seine Frau, Elisabeth Jochum, sie, Kläre Weidemann, mal untenherum berührt habe, worauf ihr erstes »Wat soll dat!« folgte und auf sein »Un anne Prume gespeelt, ook met de Mule« ihr zweites »Wat soll dat!!« Und nach seiner Erklärung: »Ek darf dat nich bi Lisbeth, se ment dat es Saurigge« und seiner anschließenden Bitte, das wenigstens mal bei ihr, Kläre Weidemann, tun zu dürfen, ihr drittes »Wat soll dat!!!« – ein Ausdruck, der von denen in der Familie, die davon wissen, gerne benutzt wird, wenn andauernd etwas verlangt wird, was unter keinen Konditionen gewährt werden kann.

Marie-Anne, von Britta gerufen, fand den Alten in seinem Ohrensessel vor. Er stand zum Fernseher hin, auf dem Bilder, wie seit Tagen schon, aus dem in Jugoslawien tobenden Bürgerkrieg liefen, »auch eine der Folgen«, so der Alte noch am Morgen, »des Desasters im Osten«. Offensichtlich habe ihn das sehr erregt, sagte Britta, aber offensichtlich, so Marie-Anne später, sei Karl-Walter zur Linden in diese halb liegende, halb sitzende Position, les vêtements arrangés, zurechtgesetzt worden. Schon auf den ersten Blick wußte sie, was mit dem Alten los war: Apoplexia Cerebri – eine Diagnose, die sich nach kurzer Untersuchung bestätigte. Die Erste- und Zweite-Hilfe-trainierte Britta hatte ihm, unberührt von Kläre Weidemanns kopflosem Rumgerenne und -gejammer, einen kalten Umschlag um den Kopf gelegt, er, schiefmäulig, halb bei Bewußtsein, schlug die Augen auf und zu, bewegte ein bißchen den linken Arm. »Linksseitig«, sagte Britta, und nach einer von Marie-Anne verabreichten Cortisonspritze zur Stabilisierung seines Zustands wurde er von Security-Mann Niels und Benno Kröttmann sanftestens auf eine Sanitäterbahre gelegt, in sein Schlafzimmer getragen und ins Bett gehoben. Hawa – man hatte ihn aus dem Gerichtssaal geholt – kam erst später dazu, streichelte die Hand seines Vaters, sagte: »Wird schon werden, Papa«, worauf der den Mund bewegte, aus dem aber nichts herauskam. Dafür zeigte sich eine von Marie-Anne so genannte »Lueur chaleureuse« in seinen Augen, was indes wohl eher Britta galt, die in dem Augenblick eintrat.

Was die betrifft – ihren Familiennamen hatte sie übrigens mit dem Allerweltsnamen Engstrøm angegeben –, die blieb, obwohl sie entlassen werden sollte. Annette Vendrini-zur Linden und vor allem Anne-Catherine setzten sich energischst für sie ein und damit den noch erkennbaren Willen des Alten durch. Annette war nach Hawas Anruf im gecharterten Helikopter vom Jochum-Hof hierhergeflogen, aus dem auf dem Hof neben der Linde gelandeten, flügelsausenden und -flappenden und knatternden Fluggerät herausgesprungen, die Treppen hochgelaufen und hatte sich in der sie zuweilen ankommenden melodramatischen Art zwar nicht gerade wie ein Klageweib über ihren Vater geworfen, wie es später hieß, doch weinend am Bett auf die Knie fallen lassen. Sie und Britta und Kläre Weidemann haben den Alten dann rund um die Uhr gepflegt, gefüttert, gewaschen, ihm die Bettpfanne untergeschoben, vorgelesen, zu ihm geredet und so getan, als hätten sie seine gesabberten Worte verstanden, bis dann zehn Tage nach dem ersten ein zweiter Schlaganfall ihn beinahe total lähmte und vollends sprachlos machte, was Marie-Anne und die hinzugezogenen Ärzte befürchtet hatten, unter ihnen der Chefinternist der Uni-Klinik Professor Piepenbrink, der sich – er ist Mitglied des hiesigen Vereins für Plattdeutsch, wie früher der Alte – damit dicketat, mit Kläre Weidemann Platt zu sprechen. Daß allerdings, wie die Weidemann meint, »düese Küerigge dem Ollen den Rest gegaw hät«, ist natürlich Quatsch; genauso wie der Vorwurf Schwester Jakobas vom Marienhospital, die mit einer jüngeren Mitschwester, Maria-Antonia, Valencianerin von Hause aus, die Pflege übernommen hatte. In jener sauerländischen Mundart, worin das ›S‹ wie ›Sch‹, das ›Sch‹ wie ›Sk‹ und das ›g‹ wie das spanische Jota gesprochen werden, behauptete sie: »Diese drei Frauensleute«, vorneweg diese Britta, seien nicht ganz unschuldig. Der »gute und gottesfürchtige Mann« habe vor denen ja keine Ruhe finden können.

Nun – der Rest, um bei Kläre Weidemanns Diktion zu bleiben –, der dritte Schlaganfall folgte eine weitere Woche nach dem zweiten, und zwar einen Tag nach Empfang der Sterbesakramente von Heijo. Daß der Erzbischof bei Abnahme von Karl-Walter zur Lindens geflüsterter Beichte kreidebleich geworden und ebenfalls kurz vor einem Schlaganfall gewesen sei, ist natürlich wieder mal Quatsch und seine Quelle natürlich wieder mal Ziß Schüssler, der an einer Abreibung – auch aus anderen Gründen – nicht mehr vorbeigekommen ist. Das Flüstern des Alten blieb zur Gänze unverständlich, so daß Heijo gleich anschließend die für ihre sündentilgende Wirkung in solchen Fällen vorgesehene Unctio extrema, die

322

Letzte Ölung, vorgenommen hat, Augen, Ohren, Nase, Mund, innere Handflächen und Füße des Alten salbte, das heißt: mit dem Oleum sacrum kreuzweise betupfte und die dazugehörige Formel sprach: »Durch diese Heilige Salbung und kraft seiner mildreichen Barmherzigkeit vergebe dir Gott, was du durch das Gesicht, das Gehör, die Nase, den Mund, die Hände, die Füße gesündigt hast.«

Dabei – man war zur Beichte herausgegangen, zu dieser Zeremonie wieder ins Zimmer zurückgekommen – kriegte Hawa beinahe einen Erstickungsanfall, weil er einen in den Gedärmen entstandenen Krampf, der als Gewieher oder als Geheule aus ihm herausfahren wollte, unter Anspannung allen Willens und aller Muskeln wegdrückte. Das war nichts Neues. Wenn sich was in ihm gestaut hatte, kam es schon mal zu solchen in seiner Magengegend oder darunter beginnenden rumorenden, in Gefühlsturbulenzen übergehenden Erregungen, die entweder als Kreischgelächter oder als Trauergeheul, meistens als eine Mixtur davon, herauswollten. Die Wirrungen der letzten Wochen, besonders der Tod Christa Meinholds, hatten ihn, wie er sich Gerda Kröttmann gegenüber ausdrückte, »inwendig matschig gemacht, richtig matschig, wie 'n gequetschter Appel. Herrgott, ich könnt genauso runterspringen, oben vom Turm.« Das schaffe er nicht, hatte Gerda Kröttmann gesagt, und einen Ausweg habe er doch sowieso immer gefunden. »Vielleicht springsse einfach hier vom Mäuerken runter innen Garten.« Es ist übrigens die fünfte Letzte Ölung seines Vaters gewesen. Drei hatte Hawa bereits miterlebt. Bei der ersten war er noch nicht geboren – 1919, als Karl-Walter zur Linden – eine gern erzählte Episode der Familienmythologie – bewußtlos und mit kaum noch fühlbarem Puls im Straßengraben am Wirtshaus »Wildförster« lag, hackedickevoll, wie man hier so sagt, nach der Wiedersehensfeier mit seinen aus dem Krieg zurückgekehrten Primaner-Kameraden – man munkelte damals, die Primaner-Kameraden, von denen fünf gefallen, zwei invalid geschossen waren, hätten ihn totsaufen, das heißt durch Alkohol töten wollen –, und vom alten Pastor Bartholdus gesalbt wurde, selber ein Saufaus, dessen »auch unser Herr Jesus gönnte sich gern mal ein Gläschen« natürlich als geflügeltes Wort zum Familiensprachschatz gehört. Bei der zweiten, damals schon »Kranken Ölung«, doch im Gläubigervolk nach wie vor bis heute »Letzte Ölung« genannten Sakramentspendung war Hawa dann aber anwesend, hatte sogar als Ministrant mitgewirkt, 1944, als Karl-Walter zur Linden nach Folter im Gestapo-Keller mit Schädelwunde und fast zerquetschten Nieren in dem großen, doppeltürigen Schlafzimmer lag. Vor dem Kruzifix eines Tiroler Holzschnitzers aus der Napoleon-Zeit, auf dem venezianischen Nachttisch, brannten zwei Kerzen. Im anderen Teil des Schlafzimmers mit den hohen Bogenfenstern saß, ein Glas Wein in der Hand drehend, seine Mutter und beobachtete die Szene, wie der zur Firmung gerade am Ort weilende Weihbischof Pittermann beinahe scheute, den Verletzten überhaupt zu berühren, Hawa, neben ihm stehend, das silberne Fäßchen mit dem Heiligen Öl in beiden Händen haltend, ihn anspornte: »Nur zu.« Karl-Walter zur Linden, halb aufrecht im Bett liegend, den verbundenen Kopf etwas zur Seite geneigt, sprach die lateinische Version der Salbungsformel mit und sagte nach dem auf das »per omnia saecula saeculorum« folgende, von allen Anwesenden und am lautesten vom damals noch lebenden, doch längst in Himmelsregionen schwebenden Karl-Josef zur Linden gesprochene »Amen«: »So, Pittermann, und jetzt erzählen Sie Ihrem Chef, dem Erzbischof, Exzellenz Laurentius, wie man zugerichtet wird von den Leuten, mit denen er nach wie vor kollaboriert.«

1956 ist Hawa Student im siebten Semester gewesen, als er auf dem Rücksitz einer BMW 500 aus Freiburg direkt von Benno Kröttmann zum Marienhospital gebracht wurde, wo sein Vater, mit schwerer Gehirnhautentzündung eingeliefert, nach verrückten Schmerzen endlich ruhig, aber schon fast im Koma, auf einem weißen Krankenlager ruhte. Davor knieten zwei Vinzentinerinnen. Die Spitzen ihrer steifen, weißen Hauben berührten das weiße Laken. Und als Pfarrer Karl Roggenkamp die Körperteile Karl-Walter zur Lindens mit dem Heiligen Öl betupfte, sah es mit einemmal so aus, als ginge Roggenkamp einer ab, wie man hier gern die Ejakulation beschreibt, was Karl-Walter zur Linden bemerkt haben will, denn »genau diese peinliche Verzückung des Pfäffchens« habe ihn »ins Leben zurückgerufen«. Die vorletzte Letzte Ölung, zwei Jahre vor der jetzigen, wurde auf der nach Flieder, Brom und Kernseife riechenden Intensivstation der Uni-Klinik am vom Virus der sogenannten Hongkong-Grippe infizierten, »zwischen Leben und Tod schwebenden Patriarchen der Zur-Linden-Familie«, so die WAZ, durch Tschup vorgenommen, der den ebenfalls an Grippe erkrankten Heijo vertrat und ihm, Hawa, unmittelbar nach der Salbung mit nach Knoblauch und Kümmel riechendem Atem zuflüsterte: »Na – vielleicht wird dieses Euchelaion ihm wieder mal aufhelfen.« Und das tat's dann ja auch.

Diesmal aber sollte es die wirklich Letzte Ölung sein. Der dritte Schlaganfall machte Karl-Walter zur Linden gänzlich zum Apalliker: ein auf nichts mehr reagierendes Wesen ohne Bewußtsein, künstlich ernährt über eine Nasen-Sonde, ein Zustand, der, so die Expertenmeinung, sich sogar bei diesem fünfundneunzigjährigen Greis längere Zeit, ja vielleicht Monate lang, wo nicht über ein Jahr, bis zum endgültigen Exitus hinziehen konnte. Ja – es sah so aus, als ob er tatsächlich so bald nicht enden würde, dieser Humunkulus-Zustand, nicht durch heilige Messen »um die Gnade eines guten Todes«, die in der Hauskapelle von Vikar Fick und dem Franziskanerpater Egon Schlüter, einem Bruder des Kriminaldirektors und Freund der Familie, gelesen wurden; nicht – wie es in den Stoßgebeten »für einen Kranken, der dem Tode nahe ist«, welche die beiden Vinzentinerinnen immer wieder beteten, heißt – »mit Hilfe der vom allmächtigen und barmherzigen Gott uns geschenkten Arzneien des Heiles«, es sei denn, darunter verstünde man das gute alte, heilbringende Morphium oder das gleicherweise in solchen Fällen wirksame Dolantin. Im engeren Kreis und ohne Theologen, auf deren Zustimmung zu solchen Maßnahmen man ohnehin nicht hoffen durfte, beriet man sich und wählte Dolantin.

Man war zu viert, und jeder war in der Lage, die »Todesspritze«, sagte jemand, was Unsinn ist, denn mit zwei Milliliter Dolantin wird lediglich die Spontanatmung so weit gedämpft, daß sie innert vierundzwanzig Stunden ganz aufhört, anzusetzen. Der Vorschlag, das Los bestimmen zu lassen, wer die Spritze verabreichen sollte, zuerst heftigst abgelehnt, wurde dann doch angenommen, und man ging noch weiter: Die vom Los – einem Papierfetzchen mit gezeichnetem Kreuz – bestimmte Person blieb den anderen unbekannt. Die aufgezogene Spritze wurde in der zweitobersten Schublade der venezianischen Kommode aus dem 16. Jahrhundert – sie soll aus der Malerwerkstatt Tintorettos stammen –, in der des Alten Unterwäsche lag, deponiert, wohin sie nach Benutzung – der Todgeweihte, dafür wurde gesorgt, blieb stundenweise allein – wieder gelegt und von wo sie erst nach Feststellung des Todes entfernt werden sollte, was dann ja auch geschah, alles – nach Marie-Anne – »sous le couvert du silence« – für ewig und drei Tage, wenn man so will. Und dabei wollen wir es belassen.

Daß nicht so etwas wie ein Todeskampf stattgefunden hat, sah man ihm an, dem toten Karl-Walter zur Linden, in seinem gerade noch frisch bezogenen Bett. »Friedlich«, so sagt man wohl dazu, lag er da, und er glich tatsächlich mehr noch als im Leben einem römischen Senator der Cicero-Zeit. Zum Schiedungsläuten der Sterbeglocke vom Kapellenturm hatte man sich um ihn herum und bis zum Ruheraum nebenan versammelt und betete den Rosenkranz. Schwester Jakoba sprach in altbackener Formulierung, noch dazu in sauerländischer Mundart – später gern imitiert – die Geheimnisse vor, erst die des Schmerzhaften, »… der für uns am Ölberge hat Blut geschwitzt … der für uns gegeißelt ist worden …«, anschließend die des Glorreichen, »… der von den Toten ist auferstanden … der in den Himmel ist aufgefahren …«

Es hatte den Morgen hindurch geregnet, ab Mittag ein Sturm in der Höhe gefegt, der die Schwärme der sich vor dem Westflug sammelnden Stare auseinanderriß. Dann ging der Wind ums Haus, war wieder stärker geworden und schniefte ins Gemurmel der Ave Marias, fuhr schon mal unter was Blechernes auf dem Hof. Die meisten standen, nur ein paar knieten, Annette Vendrini-zur Linden gleich oben am Kopf beim Vater, dessen Liebling sie gewesen war. Sie betete tatsächlich mit, was Hawa später zu einigen hämischen Aperçus verleitete, wofür er von ihr einen »Tritt in die Eier«, sagte sie selbst dazu, einheimste.

Wenn es nachher allenthalben, die Todesanzeige zitierend, hieß, »in tiefe, schmerzliche Trauer« habe die Familie der Tod des Vaters, Großvaters, Urgroßvaters und so weiter versetzt, so ist das nichts weiter als Gefloskel. Bewegt war man schon, jedenfalls waren es die meisten. Hawa zum Beispiel fühlte nicht direkt Trauer, eher so was wie ferne Wehmut, eine erinnernde Empfindung auf lang Zurückliegendes, abgespeichert irgendwo im – früher nannte man es Gemüt. Gewöhnlich ausgedrückt: Er war schwermütig-gerührt, weinte sogar ein bißchen, was die neben ihm stehende Anne-Catherine veranlaßte, seine Hand zu nehmen. In solchen Momenten kommen einem natürlich Erinnerungen: sein Vater lachend auf einem Holzstoß und er, Hawa, davor, seine Arme ausstreckend, daß er ihn zu sich hochziehe; oder beide im offenen Wagen über die Autobahn jagend und dabei laut singend: »Jetzt kommen die lustigen Tage, Mädel ade« –, und er mußte sich zwingen, dieses dämliche Liedchen nicht gleich in die Ave Marias hineinschluchzend zu summen; und einmal waren sie beide während eines Bombenhagels, in ihrer Mitte der verwundete Brite McEligot, in einen Splitterbunker gesprungen, und da hatte sich Karl-Walter zur Linden in die Hose gemacht, was widerlich stank, und sie hatten beide zur Verwunderung von McEligot gelacht, gelacht, gelacht; und dann die sogenannten »geschäftlichen Besprechungen« im Kabinett der Kanzlei, oft nachts, wenn Karl-Walter zur Linden vor seiner Frau geflohen war, Hawas Mutter, die Hawa in einer vielen unverständlichen Mischung haßte und liebte, ähnlich seinem Vater, dem er bis heute vorwirft, den Tod von Elisabeth verschuldet, wo nicht verursacht zu haben. Daß ihn die Familie »verehrt« hätte, den »Patriarchen«, gerade auch der älteste Sohn, Hawa, ist, um Kläre Weidemann zu zitieren, »Küerigge«. Kein zur-Linden hatte je jemanden verehrt, nicht mal den Heiligen Vater in Rom oder andere höhere oder nicht Geweihte, geschweige denn diesseitige Führer oder »leitende Persönlichkeiten« – ein Spottbegriff en famille –

und eigene Verwandte schon überhaupt nicht. Aber wäre er gefragt worden, ob er seinen Vater geliebt habe, hätte Hawa zu dieser Stunde trotz allem gesagt: »Ja.«

Zum Requiem und zur Beerdigung drei Tage darauf kam wirklich nur – wie annonciert – der »engste Familienkreis«, aber davon kamen sogar die weit entfernt Lebenden, die Schotten zum Beispiel, zwar nicht die wieder gehunfähige Tante Josephine, aber ihre beiden Kinder, Gladys und Maximilian, der diesmal einen bauschigen Trauerflor am Kiltaufzug trug, einer der wenigen kostümierten unter den in schlichtes Schwarz gekleideten Trauernden, bis auf den TV-Blödler Eike zur Linden, der ein Überfallhemd mit polynesischen Todes-Symbolen anhatte, und die verschleierte, in einen aschgrauen Sari gewickelte Großtante Gabriele. Die Totenmesse wurde wieder frühmorgens gefeiert, und wieder zelebrierte Heijo, natürlich wieder in der Hauskapelle, wo zu dem, nach Liliane, »Blutrünstigen« etwas Dunkel-Mystisches, »Dracula-Gruftimäßiges« kam, hervorgerufen durch das liturgische Schwarz und den mit dem Bahrtuch verhüllten und von brennenden Lichtern umstellten Sarg. Wieder auch ministrierte das Zwillingspaar Gisbert und Vincenz. Sie sangen gemeinsam mit Maximilian die Sequenz, und der sich aus dem strahlenden Knabensopran der beiden Zwölfjährigen und dem artifiziellen Contratenor gemischte Klang brachte den in einem Rollstuhl sitzenden, völlig abgemagerten, beinahe auf Kindergröße geschrumpften Hans-Joachim zur Linden zu hysterischer Schluchzerei, berührte aber auch die anderen, trotz oder vielleicht gerade wegen des Gegensatzes, den der jauchzende Sound des Trios zum grabesdumpfen Text: »Dies irae, dies illa, Solvet saeclum in favilla ... Quantus tremor est futurus, Quando judex est venturus ... Rex tremendae majestatis ... Culpa rubet vultus meus ... Lacrimosa dies illa ...« bildete. Desgleichen beim Wechselgesang zur Einsegnung des Sarges, wobei allerdings der Fernseh-Peiaß in bassiger Stentor-Stimme die Tumba-Responsorien anführte und das dünne hohe Stimmchen Heijos konterkarierte. Die meisten kommunizierten, am auffälligsten Großtante Gabriele, die als einzige die Hostie in die Hand nahm – eine alberne, heute zwar nicht mehr sündige, vom Alten allerdings verabscheute Geste. Und während des anschließenden Frühstücks nach der Messe wurde dann das Wesentliche der letztwilligen Verfügung Karl-Walter zur Lindens von Hawa bekanntgegeben. Nichts entscheidend Wichtiges, alles blieb bis auf einiges Randständige beim alten; das Wichtigste indes: Anne-Catherine sollte ab sofort die Leitung des gesamten Zur-Linden-Kombinats, die Familienführung hieß das, übernehmen. Alle nickten ab, Unstimmigkeiten wurden nicht laut, und sie wären vermutlich nicht mal zu hören gewesen, wenn Hawa dies und jenes nicht unbedingt allen Zugutekommende aus dem Testament erwähnt hätte, die Donation Schalke 04 betreffend zum Beispiel und die Apanage für Britta Engstrøm, zweiundsechzigtausend Mark jährlich – trotzdem kein weggeschmissenes Geld, bedenkt man, daß Anne-Catherine dafür die Security-Frau als ihre persönliche Lifeguard behielt, ein Glücksfall, wie sich bis jetzt jedenfalls herausgestellt hat.

Die Beerdigung verlief bis auf einige unbedeutende Zwischenfälle störungsfrei. Es war dafür gesorgt worden, daß sich keine Fremden unter die trauernden Familienangehörigen hinter den von sechs befrackten Totengräbern zur Familiengruft getragenen Sarg mischten oder sich am Rande oder sonstwo in der Nähe fotografierend oder filmend aufhielten. Dafür, daß es dabei hier und da etwas butt und ruppig zugegangen ist – Giorgio Franzarolis Leute, die mit herangezogen worden waren, haben sich wohl, wie es dann hieß, »äußerst rüpelhaft, ja brutal« verhalten –, mußte man sich bei den Betroffenen anschließend entschuldigen. Unverständlich eigentlich, daß trotz allem Ziß Schüssler plötzlich hinter der Grabkapelle, in der sich die zur-Lindensche Gruft befindet, auftauchte und, die Hand zur kommunistischen Faust ballend, rufen konnte: »Der Tod macht uns alle gleich«, gerade in dem Augenblick, in dem der Sarg abgesetzt wurde. Auf dem von Ralfi gedrehten Videofilm entdeckte man Ziß, wie er in der Nische unter dem zwei Meter hohen, die Arme ausstreckenden Marmorengel überm Grab der Familie Degenhärter nebenan kauerte. Nun ja – irgendwie »hatte das ja auch was«, so Ralfis Regieassistentin Liliane, und vielleicht haben die beiden überhaupt diesen Zwischenfall arrangiert. Wie auch immer: Sieht man von einem weiteren hysterischen Schluchzanfall Jochens, der seinen Rollstuhl wild hin- und herruckte und -rollte, Alfred Schlippkötters Beinbruch wegen eines Stolpersprungs über eine quergestellte Grabplatte und dem schließlich und plötzlich einsetzenden, alle und alles durchnässenden Platzregen ab, so wird man Tschup zustimmen: »Alles in allem eine würdige Bestattung«, und Hawa, der im Jargon der Gegend sagte: »Wir haben ihn gut unter die Erde gebracht.«

Für Hawa kam dann allerdings noch was nach. Er kriegte den ersten jener beiden gewaltigen Herzanfälle, der ihn da beinahe schon umschmiß. Er machte den Heimweg vom Friedhof zu Fuß, weil er allein sein und durchatmen wollte. Der Platzregen hatte die Luft rein gefegt, und es lief sich gut, doch beim Einbiegen in die Ollenhauerstraße, kurz vor der Bushaltestelle, war Schluß: »ein Beilhieb, von hinterm Brustbein geführt, ins Herz, das wie ein geköpfter Hahn verrückt noch flatterte und dann schlaff in der Faust des Schlächters baumelte«, hat Hawa hinterher poetisiert. Er konnte sich gerade noch bis zu einem der Blechschalensitze im Wartehäuschen schleppen und da reinsacken. Eine junge Frau, eine Kurdin, fragte, ob er krank sei. Er schüttelte den Kopf, was unendliche Mühe machte und schauderhaft weh tat. Nach einer Viertelstunde ging es ihm besser. Er fühlte sich fast wieder fit, doch er fuhr mit der Taxe heim, und in seiner Bude, dem Refugium, auf dem Bett, fiel er gleich in diesen todähnlichen Tiefschlaf, diese Absence, die ihm so oft wieder auf die Beine geholfen hatte. Als dieser gewaltige Schmerz kam, hat er Benno erzählt, und noch da im Wartehäuschen hockend, habe er geglaubt: Bombenangriff, genau an dieser Stelle wie damals – die stürzenden Mauern, Staub und Qualm, platzende Häuserfronten gegenüber und im Rücken, die Säulen aus Dreck und Feuer und Asche darüber und wirbelnde Körper dazwischen, Phosphor, brennender Teer und dieser Gestank nach kohlendem Fleisch, diese unerträgliche Hitze, dabei Totenstille, aber kein Steifer diesmal, obwohl's ihm gekommen sei. »Bei aller

Schwäche und allem Elend. Verrückt.« Robert-Ley-Straße, habe er dem Taxifahrer gesagt, das sei die Robert-Ley-Straße gewesen, in Schutt und Asche damals wegradiert. »Was Sie nicht sagen«, habe der Taxifahrer gesagt.

Die meisten auswärtigen Verwandten kehrten nach der Beerdigung noch am selben Tag heim, nur einige blieben bis zur ersten Gedächtnismesse am dritten Tag nach dem Begräbnis, womit dann die Tage der stillen Trauer und Einkehr zu Ende gingen.

Ob danach »ein neues Blatt in der Familiengeschichte der zur-Lindens« aufgeschlagen wurde, wie die »Westfalenpost« zum Beispiel annimmt – nun ja. Noch in jenem Monat jedenfalls, zwei Monate nach den die Welt erschütternden Tagen, dem Monat, in dem auch »unter dem Eindruck rechtsextremistischer Ausschreitungen«, wie man euphemistisch die sich häufenden Terroraktionen, Brandanschläge, Überfälle der Neonazis umschrieb, der erste Jahrestag der »Deutschen Einheit«, des »Anschlusses« nach Annette Vendrini-zur Linden, gefeiert wurde, übernahm Anne-Catherine zur Linden die Leitung aller Zur-Linden-Geschäfte.

»Sie ist nun dran, meine älteste Tochter«, hat Hawa flapsig die Vorstellungsrede vor den Belegschaftsmitgliedern aller Abteilungen begonnen, um dann fortzufahren: »Sie wird nicht nur nach meinem Wunsch und dem meines verstorbenen Vaters, sondern auch dem Willen des Familienrats entsprechend, als zwar mit ihren dreiunddreißig Jahren noch recht junge, doch äußerst kompetente Prinzipalin ab jetzt und nunmehr und wer weiß, vielleicht für ewig und drei Tage, die Geschicke des Hauses führen, wobei ich, soweit erforderlich und noch lebendig, ihr mit Rat und Tat zur Seite stehe, falls verlangt« – ein Satz, von Benno Kröttmann später zitiert, als es zu jenem Ereignis gekommen war, das beide Kröttmanns dazu brachte, »jetzt endlich in den Sack zu hauen«, wie es Benno formulierte, »um wirklich Schluß zu machen hier und mit der ganzen Zur-Linden-Bagage«.

Hawa wies Anne-Catherine ein, soweit überhaupt noch nötig, arbeitete mit ihr die Hauptakten der einzelnen Abteilungen und die sogenannten Zentralakten durch, zeigte ihr, der dabei hier und da die Katzenaugen funkelten, vor allem dieses und jenes Detail, die eine oder andere zu beachtende Besonderheit, die Top-Secret-Angelegenheiten eingeschlossen bis auf weniges, was sie – noch jedenfalls – nicht zu wissen brauchte, vielleicht komme sie ja von sich aus drauf, wenn's soweit wäre und wisse dann, was zu tun unumgänglich sei, schließlich sei er ja auch noch da, sagte er zu Marie-Anne, und er war anschließend zufrieden: »Sie ist wirklich die Richtige.«

Und er tat das, was er sich vorgenommen hatte: aus dem sogenannten Geschäftsleben mehr oder weniger raus-, sich weitgehend aufs nur Advokatische zurückziehen und möglichst nur in Fällen tätig werden, die ihn wirklich, er sagte »teilnehmend, engagiert«, interessierten. Mit Anne-Catherine und ihren Partnern verständigte er sich darüber, übernahm einige von deren Fällen, die Verteidigung von Punks, die anläßlich sogenannter Chaostage in der Stadt wegen Landfriedensbruchs, Sachbeschädigungen und anderer Kinkerlitzchen angeklagt waren, vertrat zwei sich Antifas nennende Jungens – sie erinnerten ihn stark an Euken Wördehoff und die Edelweißpiraten –, die den Führer der örtlichen Neonazi-Jugendtruppe angeschossen hatten, verschaffte sogenannten Obdachlosen, so es eben ging, Unterkünfte, pikanterweise zwei- oder dreimal bei den Wagenbürgern auf dem alten TuS-Platz, setzte sich besonders eifrig ein für Asylbewerber, deren Anträge abgewiesen worden waren, wobei er den Präsidenten des Oberverwaltungsgerichts Berghofer, Neffe des nach dem zwanzigsten Juli 1944 ermordeten Oberstaatsanwalts Hans-Herbert Berghofer – der sich seit längerem eher in der Tradition seines Onkels sah, als weiter den »scharfen Hund« abzugeben, ein Ruf, den er sich als Staatsanwalt über Jahre erworben hatte –, überzeugen konnte, in diesen Angelegenheiten einfach nur liberaler zu urteilen und das die Exekutive im Vorwege wissen zu lassen. Daß Berghofer den zur-Lindens verpflichtet sei, wie eines dieser Boulevard-Blätter im Zusammenhang mit der Aufhebung des asylablehnenden Urteils gegen die beiden Männer aus Zaire, Siba und N'guma, behauptete, stimmt nicht, jedenfalls insoweit nicht, als damit angedeutet werden sollte,

Berghofer erhalte, falls nicht finanzielle Zuwendungen, so doch Vorteile, zum Beispiel, was die Miete der von ihm und seiner dritten Frau bewohnten, der Lindenhof GmbH gehörenden Jugendstilvilla am Südpark betrifft. Während eines Abendessens bei den Berghofers übrigens erfuhr Hawa, daß jene Demonstration gegen die Errichtung des Tagungszentrums »Ranch an den Blauen Bergen« auf dem alten TuS-Platz, die die Polizei dann so brutal auseinanderknüppelte, unmittelbar bevorstand.

Einmal jährlich soupierten die Berghofers bei den zur-Lindens, einmal Marie-Anne und Hawa bei den Berghofers, eine von Karl-Walter zur Linden, dem Alten, in den dreißiger Jahren schon mit Berghofers Onkel begründete Tradition. Berghofers dritte Frau, Mitglied der letzten Olympiamannschaft der DDR, eine langbeinige, biegsame, überaus blonde Sprinterin, erzählte es. Die Information stammte von einer Freigängerin, die sie betreute. Aurelia – auf diesen aparten Namen hörte die neue Frau Berghofer – arbeitete in dem von Hawa unterstützten Verein für Gefangenenhilfe, der wieder mal Geld benötigte, wie auch Aurelia selbst, die – ziemlich unprofessionell – ein Sportgeschäft in einem der zur-Lindenschen Gebäude in der City führte, und eigentlich war Hawa nicht geneigt, den beiden, dem Verein und ihr, wieder mal, wie sie es nannte, »unter die Arme zu greifen«. Er hat's dann doch getan, nicht nur als Gegengabe sozusagen für die Information über die zwei Tage später stattfindende Demonstration, denn die hätte ihn womöglich auch anderweitig erreicht. Er tat es wohl eher, um Ansehen bei der Freundin Aurelias zu gewinnen, Estina Moinos, ebenfalls Mitglied des Vereins für Gefangenenhilfe, eine große, knochenstarke, gar nicht mal so breithüftige Angolanerin mit einer Busenweite, die ihn unablässig an seine Vorzugsposition beim Pimpern denken ließ, während er aß und trank und ihr, seiner Tischnachbarin, vorlegte und einschenkte. Sie wurde dann ja auch später – viel später allerdings erst – die Nachfolgerin von Christa Meinhold, was Marie-Anne vorausgesehen hatte, denn sie sagte ihm auf der Heimfahrt: »Das ist doch was für dich – diese dicke Negerin, quant à tes bizarreries.«

333

Die Räumung des alten TuS-Platzes war natürlich Voraussetzung für die Errichtung jenes Tagungszentrums mit dem blödsinnigen Namen »Ranch an den Blauen Bergen«. Tschup hatte in seinem Gespräch mit ihm, Hawa, seinerzeit am Geburtstag des Alten, als sie den Wald hinunter zur Lindenburg zurückgingen, gemeint, sie würden es dann lieber sehen, wenn dieses Haus den Namen eines Heiligen, warum nicht den des Bonifatius, tragen würde. Die Diözese, so hatte Tschup erklärt, sei sehr interessiert an einer Begegnungsstätte dort an den Blauen Bergen, die sie für Tagungen vielfachster Art nutzen könnte, besonders für Begegnungen mit Theologen und Laien aus den Diaspora-Gegenden der Welt, vor allem aus Europa. Auf Hawas Bemerkung, »eine Art Parteischule also«, hatte Tschup sein zähnebleckendes Affenlachen gelacht und dann noch einmal darüber gesprochen, wie ihnen dieses Bürgerkomitee zur Erhaltung des alten Zustandes samt dieser sogenannten Wagenburg Sorgen bereite, »dieser Zusammenschluß heterogenster Kräfte in dieser Angelegenheit und eben dieses Zusammengehen unserer Katholiken mit den kirchenfeindlichsten Kräften, zum Beispiel den Grünen und Radikalen aller Couleur, bis hin zu Kriminellen übelster Sorte. Das ist doch wohl ein Abschaum – dieses Wagenbürgergesocks.«

»Christlich gesehen?« hatte Hawa gefragt, worauf Tschup nicht mal jesuitisch gelächelt hatte und fortgefahren war: »Und darunter, man glaubt es nicht, ehemalige Priester, ein Jesuit sogar. Und unser Ziß Schüssler! Ein überaktiver Laie ist er heute, den man nicht mehr einfach nur als Original abtun kann. Der ist …«

»Ja?«

»Na, du weißt schon. Wir kennen ihn doch, den Zeltfurzer.«

Das Neue aber nun: Es gab kein Interesse mehr an einer Begegnungsstätte Sankt Bonifatius an den Blauen Bergen, »diözesanseits haben wir ein anderes Projekt im Auge«, so Tschup. Und im übrigen fände man das alles überhaupt nicht mehr so schlimm. Die Wagenbürger samt ihrer Wagenburg, deren Leben, fände man sogar, so Heijo, eine Möglichkeit, eine eigenartige, gewiß, eine franziskanische vielleicht. »Quis est, quin cernat?« – darauf Tschup: »Nemo est, quin sciat.« Das lateinische Parlieren war immer schon mehr als nur eine Marotte der drei vom Harun-al-Raschid-Trio, Heijo, Tschup und Bruder Matthäus. Es diente ihnen zur Verständigung untereinander bei Ausschluß der anderen, denn wer kann schon noch das klassische Römisch in ziseliertester Form? Verstanden hatte es aber und ebenso, wo nicht gekonnter gesprochen – und das hatte gerade Heijo, den Livius- und Vergil-Spezialisten, so angemacht – Juppi, der vormalige Jesuitenpater, Mitglied der sogenannten Viererbande, des Vereinsvorstandes, wenn man so will, der Wagenbürger.

Heijo, Tschup und Bruder Matthäus, diesmal als Rentner-trupp auf Wandertag – Pepitahütchen Bruder Matthäus, Heijo und Tschup Schirmmützen, entsprechende Klamotten und Spazierstock alle drei –, waren sie durch die Blauen Berge getippelt, und schon beim Anblick des bunten Lagers vom letzten Hügel aus konnte man Heijo anmerken, daß ihm das da unten eigentlich gefiel. An einem dieser Tage war es, an dem man den Herbst schon spürt, das Klamme des Kom-menden, obwohl es noch nicht wirklich feucht ist und man die Sonne sieht, wenn auch hinter feinen Nebelschwaden, und man gerade noch was vom Sommer riecht, bevor er ganz verduftet. An solchen Tagen erscheint, wegen der durch die Nebelschleier bewirkten Lichtbrechungen vermutlich, vor allem das weiter Entfernte wie auf den Tableaux der französi-schen Impressionisten; so das bunte Gewirr der Wagen und Hütten vor ihnen, »malerisch« von Bruder Matthäus, »das Herz von Fahrenden berührend« von Tschup kommentiert. »Ja, sogar eine Jurte«, sagte Heijo, auf den zeltüberspannten Rundbau in der Mitte des Platzes zeigend. Und sie sangen, vom Hügel herabsteigend und auf den Platz zuwandernd, dreistimmig »… das soll ein lustig Leben bei uns im Lager ge-ben, zu Würfelspiel und Wein«, eins jener albernen, in den Zwanzigern nachgemachten, in der Deutschen Jugendbewe-gung und später bei den deutschen Soldaten beliebten Lands-knechtslieder, jenes übrigens, das Heijo damals den anderen, gerade aus dem verheerendsten aller verheerenden Kriege zurückgekehrt, zur Gitarre vorsang, bis der Alte ihm das Instrument aus der Hand nahm und jene berühmten, später in der Familie oft wiederholten Worte sprach: »Heinrich-Johannes, du hast überhaupt nichts dazugelernt.«

Jesuit Juppi, der die drei gleich erkannte – gewiß ist er informiert gewesen –, führte sie herum, unterbrach das lateinische Geplauder der drei, um sich in bestem Latein einzumischen und, in dieser Sprache weiter den Cicerone machend, zum Entzücken Heijos, der vergaß, daß er sich da mit einem Abgefallenen wie in vergilischen Hexametern unterhielt. Und nachdem sie dann vor dem Rundhaus in der Mitte des Lagerplatzes die Wagenbürgerspezialität, Wildkaninchen in Rübenkraut zu Polenta, gegessen und zur Gitarre einige Lieder gesungen hatten: »Wo soll ich mich hinkehren, ich tumbes Brüderlein, wie soll ich mich ernähren, mein Gut ist viel zu klein ...«, vierstimmig, und zum Abschluß »Guten Abend, guten Abend, euch allen hier beisammen – streich zu auf der Fidel, den Walzer spiel uns auf ...« – übrigens hat Heijo die Wagenburg nicht gesegnet, was Ziß Schüssler auf seinen schwarzen Tafeln behauptete –, da »ist die Sache gegessen gewesen«, wie Benno es ausdrückte, hatte, wie es Tschup formulierte, und man konnte ihm ansehen, daß er nicht übereinstimmte, »wieder mal Heijos Herz gesiegt« oder hatte, wie Anne-Catherine meinte, »das für sie sehr viel günstigere Projekt im sauerländischen Winterberg gesiegt, eine zum Verkauf stehende Tagungsstätte des Siegerländischen Arbeitgeberverbandes, ein Schmuckstück mit allen Schikanen, Sauna, Swimming-pool, Filmvorführungs- und Theaterräumen und so weiter, Abhöranlagen eingeschlossen«.

Anne-Catherine hatte übrigens längst Bescheid gewußt, als Hawa ihr davon erzählte, was vordem undenkbar gewesen wäre, aber, wie gesagt, A-C leitete jetzt, »vortrefflich, vortrefflich«, mußte sogar Jochen zugeben. Anne-Catherine war tatsächlich über alles, nun ja, über fast alles, gründlich informiert, so wie sich's gehört. Zwischen Hawa und ihr ist es dann zu einem regelrechten Krach gekommen, weil Hawa das Projekt »Ranch bei den Blauen Bergen« nun vollends aufgeben wollte, Anne-Catherine indes keinesfalls. Hohe Kosten seien bereits entstanden, entstünden täglich mehr, Aufträge an nun wartende Firmen erteilt worden, sogar von ihm, Hawa, jedenfalls trügen sie seine Unterschrift. Wie wolle man der Familie diese Kosten, von den Gewinnausfällen ganz zu schweigen, erklären, und schließlich und vielleicht allem voran, »Papa, man nimmt uns nicht mehr ernst, wenn wir da nicht rangehen. Wir würden uns am Nasenring vorführen lassen, von Outdrops dazu, wird schon gelästert. Du weißt selbst, wie so was schadet, jetzt und für die Zukunft. Nein, wir müssen da ran.«

»Wie denn?«

»Freiwillig jedenfalls weichen die nicht, die da jetzt hausen.«

»Räumen lassen?«

»Hast du einen anderen Vorschlag?«

»Herrgott – verhandel mit ihnen …!«

»Tun wir doch. Und bieten ihnen sogar Alternativen an.«

»Das ist nicht genug. Die haben breiteste Zustimmung in der Bevölkerung, das geht nach hinten los.«

»Das beruhigt sich auch wieder.«

Da hatte Hawa getobt, herumgschrien, sie beinahe geohrfeigt. Anne-Catherine, eisig-ruhig, so wie man sie kennt, wenn sie ihren Jähzorn weggedrückt hat, mit glimmenden Katzenaugen, hat dann gesagt, sie trage jetzt die Verantwortung, bitte, die Familie könne sie ihr ja wieder wegnehmen, doch er, Hawa, werde dafür keine Mehrheit finden im Rat. Und dann solle er sich noch etwas gesagt sein lassen, wenn er's noch immer nicht getickt habe. Die Zeit des biederen rheinischen Kapitalismus, der Kompromißklüngelkumpanei – er wisse schon, was sie meine –, die sei vorbei, schade vielleicht, aber so sei's nun mal. »Und wir müssen weitermachen, hier und jetzt.«

Bevor Hawa ausrastete, hatte er ihr Büro verlassen. Dennoch hat er es noch einmal versucht, obwohl Marie-Anne ihm abriet. Anne-Catherines Gründe waren überzeugend, und er hat's genauso gewußt, alle haben es gewußt außer Benno Kröttmann und Gerda, die es nicht wissen wollten, weil sie schon zu weit involviert waren in diese Angelegenheit, und zwar auf der anderen Seite. Am Tag nach dem Essen

bei Berghofers erzählte Hawa seiner Tochter von der bevorstehenden Demonstration der Wagenbürger und ihrer Sympathisanten – noch sei Zeit. Sie hatte den Kopf geschüttelt,
sie hatten zusammen einen Kaffee getrunken, sie hatte ihn
umarmt, geküßt, bevor er ihr Büro verließ und die Bismarck-
straße entlang in die Kurt-Schumacher-Allee lief, und da,
direkt vor dem Café, in dem er bloß ein Glas Wasser trinken
wollte, kippte er um. Wieder lag er im Bombenhagel, Schutt
und Asche diesmal auf ihm und zuckender Feuerschein hindurch und tropfender Phosphor darauf, und als sich jemand
über ihn beugte, wollte er noch fragen: »Ist das die Her-
mann-Göring-Straße?«, aber es kam nichts mehr aus seinem
Mund, und er hörte nur noch von Ferne die Sirene des Ret-
tungswagens, den der Mann – ein Erste-Hilfe-geschulter
Mallorca-Opa, wie sie hier Rentner nennen, die den Winter
irgendwo im Süden verbringen – vom Café aus hatte rufen
lassen.

Wieder ein schöner Morgen

Die Tage im August, die die Welt erschüttert haben sollen, wie in diesem zu Ende gehenden Jahrhundert schon so manche, an die niemand sich erinnert oder erinnert werden will, lagen neun Monate zurück, als Hawa – eine Woche vor seinem sechzigsten Geburtstag – wieder auf der Terrasse stand mit Blick über den Hof, auf dem wieder eine Linde wuchs, über die wieder aufgebauten Ställe und zum Wald hin. Hatten sie die Welt verändert, wie es allgemein hieß, diese schon wieder vergessenen Tage? Immerhin flatterte im Kunstwind überm 2370 Kilometer östlich vom Zur-Linden-Haus entfernten Kreml statt der roten Fahne der Sowjetunion die blau-weiß-rote Trikolore der Zarenzeit, und den Zaren machte diesmal der ehemalige Moskauer Stadtparteisekretär und Kandidat des Politbüros der KPdSU Jelzin, nun Liebling des Westens anstelle Gorbatschows, der später Commis voyageur in eigener Sache und dabei zum Hanswurst werden sollte. »Unfaßlich«, hatte Gerda Kröttmann immer wieder dazu gesagt, wohingegen Annette Vendrini-zur Linden nur kreischend dazu lachte – eine neue Angewohnheit, auf derartiges zu reagieren, sofern sie sich überhaupt noch über derartiges informiert. Sie befaßt sich mit Landwirtschaft, einer speziellen ökologischen Richtung, die sie auf einigen kleinen Arealen des Jochum-Hofs, versuchsweise vorerst, doch mit Unterstützung Engelbert Jochums, des Verwalters, betreibt. Außerdem unterstützt und managt sie eine Comedy-Truppe, bestehend aus vier Frauen.

Ein kühler, beinahe kalter Wind blies von Osten über die Terrasse, und Hawa gürtete den wollenen Hausmantel fester, unter dem er einen Jogginganzug trug – das »Kleine-Leute-Rehaklinik-Kostüm«, nach Liliane. Im schnell aufhellenden Morgengrauen wurde das Vogelgezwitscher noch einmal lauter als der beginnende Stadtlärm von unten herauf, der Finkenschlag zuerst, mischte sich mit dem Gekrähe der drei Hähne vom Hühnerhof am Leutehaus. Mit jenem affenmenschähnlichen Wittern, bei dem er den Kopf zur Seite an die hochgezogene linke Schulter drückte, sog Hawa, den Mund geschlossen, schnüffelnd, schnuppernd, die Luft durch die weit geöffneten Nasenlöcher. Den frühen Frühlingsduft aus aufgebrochener Erde, erstem ganz jungem und noch knospigem Grün roch er und das Tannenfrisch vom Wald her, ahnte sogar Waldmeister und Veilchen dazwischen, soweit alles nicht gerade vom Mist, am Abend vorher aus den Ställen geworfen, überdeckt wurde und vom Pralinen-Mief, der wieder mal von der Süßwarenfabrik am Nordhang mit dem Abgas über der Stadt heranwehte. Jenen Brandgeruch, dem er ewig nachspürte, schmeckte er nicht. Aber bald – die Karwoche hatte begonnen – würden wieder Osterfeuer brennen, und was darin nicht alles verbrannt wird!

Schwelendes, Verkohltes, Versengtes, nach brennenden Haaren, Kleidern, Fleisch, Menschen- und Pferdefleisch Stinkendes hatte er gerochen – was heißt gerochen!, sein Mund, sein Kopf, sein ganzer Körper war davon voll gewesen, als er in einer Wolke aus Asche, Gas, Dreck und Bombensplittern Ecke Bismarckstraße/Kurt-Schumacher-Allee auf einer Bahre in den Rettungswagen geschoben worden war, und in das Sirenengeheul des zur Klinik rasenden Wagens rein hatte er schreien wollen: »Vollalarm Vollalarm, nicht Entwarnung! Stellt auf Vollalarm …«, aber er hatte natürlich keinen Ton rausgekriegt.

Kein verkohlendes Fleisch, flämmende Haare oder so was ganz Entsetzliches, aber doch brennendes Holz, verbrannten Lack, nasse Asche, glimmendes Zeugs aller Art, rußig verglühtes Metall, feuerverkrümmtes, stechend stinkendes Plastik, ranziges, rauchendes Öl hätte er gerochen, wäre er zu seinem frühmorgendlichen – dem hasenschartenversehrten, in der Ardennenoffensive gefallenen Onkel Albrecht, dem Artilleristen, abgeguckten – Witterungs-Ritual am Morgen drei Tage nach der Räumung der Wagenburg auf der Terrasse gewesen. Aber zu dieser Zeit lag er nach einer Operation am offenen Herzen, in der ihm fünf Bypässe gelegt wurden, auf der Intensivstation der Uni-Klinik. Daher hat er auch nicht mitgekriegt, wie eine Hundertschaft Polizei den TuS-Platz besetzte und die sich wehrenden und teilweise an die Wagen und Hütten festgeketteten Bewohner der Wagenburg und deren Sympathisanten aus der Bürgerinitiative – unter ihnen tatsächlich beide Kröttmanns – festnahm und abführte, »mit nicht gerade sanften Mitteln«, so die WAZ, »äußerst brutal«, so die Moderatorin des Fernsehberichts des WDR. Dabei hatte man ihnen nur eine Frist von acht Tagen zum Fortschaffen ihrer Wohn-, Bau- und Campingwagen und zur Räumung alles übrigen gesetzt. Wo aber sollten sie so schnell einen neuen Stellplatz oder Wohnungen finden? »Das ihnen von der Lindenhof GmbH angebotene Areal, der alte Zigeunerplatz nördlich der Stadtgrenze, der ständig unter Wasser steht, kommt dafür nicht in Frage, und die angebotenen Wohnungen sind für die Platzbewohner zu teuer«, hieß es in dem Fernsehbericht, der übrigens weit weniger Schreckliches zeigte, als die Moderatorin verhieß. »Die vom alten Fußballplatz des Vereins TuS 95 an den Blauen Bergen entfernten Wagenbürger werden sicher schon bald zur erneuten Inbesitznahme des Platzes zurückkehren, und damit steht uns wieder einiges bevor« – diese Prophezeiung der »Westfälischen Rundschau« trat nicht ein, denn drei Nächte nach der Entsetzungsaktion flämmte alles noch übrige ab. Warum die Halbhundertschaft Polizei, die rund um die Uhr den TuS-Platz bewachte, um Wagenbürger an der Rückkehr zu hindern, nicht genügend aufgepaßt hatte, oder ob die Feuerwehr hätte löschen können, wäre sie früh genug eingetroffen, das weiß niemand. Ebensowenig ist bis heute bekannt, wer den Brand, besser: die Brandherde, gelegt hat.

Die Empörung in Stadt und Land über Räumung und Brand hielt sich aber in Grenzen, trotz der Aktivitäten der Wagenbürger und des Bürgerkomitees, die auf Pressekonferenzen, in Talkshows, auf Flugblättern und mit einer großen Demonstration mit über zweitausend Menschen durch die Innenstadt weiter protestierten und forderten, TuS-Platz und Blaue Berge unter Landschaftsschutz zu stellen. Dabei wurde

immer wieder der – unsinnige – Verdacht geäußert, Auftrag-
geber der Brandstiftung seien die Betreiber der Räumung, die
zur-Lindens, die ja wohl auch als Verursacher des Brandes der
Kartonagefabrik im Juli letzten Jahres benannt werden könnten, Behauptungen, gegen deren Wiederholung einstweilige
Verfügungen erlassen wurden, nicht indes gegen die Wiederholung der zur-Lindenschen Behauptung, aus den Reihen der
Wagenbürger beziehungsweise deren Sympathisanten sei der
im Endeffekt todbringende Anschlag auf Karl-Walter zur
Linden gerade an dessen Geburtstag geführt worden.

Hawa machte Kniebeugen, schwang die Arme um den
Körper und, gebückt, zwischen die Beine – hin und her –,
drehte, Arme in die Hüfte gestemmt, den Rumpf, machte
diese Turnvater-Jahn-Gymnastik, die man ihm neben anderen Leibesübungen verordnet hatte. In der Höhe hatte der
steife Wind den Himmel noch nicht freigefegt, aber hie und
da brach die Sonne schon durch. Hawa war außer Atem. Er
sah zum Taubenhaus rüber, wartete, daß der Schwarm aufstieg. Der flatterte schließlich im gleichen Augenblick hoch,
als Anne-Catherine, vom Wald her kommend, auf ihrer Stute
Ladybird in den Hof trabte und Hawa zuwinkte, nachdem
sie abgestiegen war und das Pferd von Jan Makewka in den
Stall geführt wurde. Sie reitet morgens oft noch im Dunkeln
los. »Geht's gut?« rief sie, und Hawa rief »Ja« zurück.

Anne-Catherine hat die Wohnung des Alten im lübischen
Flügel bezogen. Sie lief die Haupttreppe hoch, um sich
schleunigst umzuziehen, Karl Roggenkamp, der Sechsund-
achtzigjährige, »guter alter Pastor« in der Familie genannt und
auf Wunsch Anne-Catherines wieder »in Gnaden« aufgenommen, würde bald in der Taxe anfahren, um die Stille Messe in
der Hauskapelle zu lesen, diesmal deutsch statt lateinisch. Er
kommt zweimal wöchentlich hoch wie vordem, in der gerade
begonnenen Karwoche würde er täglich kommen. Er zelebriert meist nur für sich, Anne-Catherine, die konvertierende
Britta Engstrøm und die als Küsterin fungierende Kläre
Weidemann, die als Haushilfe der neuen Familienchefin dient,
und er wird ministriert von Mischi, einem zwölfjährigen
rotblonden Bürschchen aus der Krakauer Verwandtschaft

Makewkas, ein Saujunge, wie so einer hier genannt wird, den Anne-Catherine aber »ins Herz geschlossen« hat, sogar adoptieren will. Aber auch Hawa meint, der Kurze sei kein Schwachpunkt irgendwann als neues Familienmitglied, ein formbares Kind noch – anders als die ehemalige Angestellte der Düsseldorfer Security-GmbH Britta Engstrøm. »Gewiß«, hat Anne-Catherine zugegeben, »ein Chamäleon. Doch sie bringt was, sie ist sehr gut, und ich hänge an ihr. Ich paß schon auf!«

Hawa faßte in die Tasche des Hausmantels, unwillkürlicher Griff nach einem Zigarettenpäckchen. Er kriegte noch immer, gerade nach der Turnerei, Gier aufs Rauchen, das ihm selbstverständlich verboten worden war. In der Klinik an der Baltischen See, wo er vier Wochen nach der Operation für zwei Monate rehabilitierte, hatte er sich, verführt von der Vorstandssprecherin eines Autokonzerns – am offenen Herzen operiert wie er –, letztmalig eine ganz leichte Filterzigarette angesteckt, inhaliert und wäre dabei fast ohnmächtig geworden. Seitdem schmökte er nicht mehr. Überhaupt diese Rehaklinik! Mehr Emporkömmlinge der dämlichsten Sorte, diese viel zu schnell zu reich gewordenen Naseweise, die über alles Bescheid geben wollen, gibt's sonst nirgendwo auf einem Haufen. Daß Hawa es da so lange ausgehalten hat! Bei Anne-Catherines Besuch während einer seiner depressiven Phasen dort sagte er – »niedergeschlagen« ist überhaupt kein Ausdruck dafür: »Nichts wird wieder so sein wie früher«, und er weinte ein bißchen. Als sie ihm sagte, daß niemals irgend etwas so wie früher sei, vorher nicht und nachher nicht, sagte er, ohne aufzublicken: »Klugscheißerin.« Aber sie hatte ihn wenigstens zum Grinsen gebracht, und sie sagte ihm nichts von den beinahe täglichen und nächtlichen Sabotageakten am nur langsam fortschreitenden Bau des Karl-Walter-zur-Linden-Zentrums auf dem alten TuS-Platz an den Blauen Bergen, die vermutlich aus einer bestimmten Ecke gesteuert werden.

Der Taubenschwarm kreiste über der Lichtung zwischen Tannenwald und Schonung, wurde von einer Windböe auseinandergefegt, sammelte sich überm Leutehaus, flog her bis zur Linde, kehrte zurück, um dann in gerader Linie zum

Taubenhaus zu stoßen, wo er auf Jan Makewkas Lockruf in die Schläge einfiel. Das Konditionstraining mit dem neuen Taubenvater klappte immer besser. Es war die größte Sorge Benno Kröttmanns gewesen, ehe er für immer von hier verschwand: Was passiert mit den Tauben? »Inne Suppe damit!« hatte Hawa schreiend gezetert, »wenn das das einzige ist, was dir hier noch wichtig ist.«

Das ist hier im Haus gewesen, wohin man Hawa bereits ein paar Tage nach seiner Operation gebracht hatte – was nur ungern gesehen wurde von Erwin Holzammer, jenem »Stalin«, von dem schon die Rede war, dem Wohngenossen Anne-Catherines während ihrer Studienzeit in Köln. Erwin Holzammer, Chef einer Hamburger Klinik, war eigens von dort in die hiesige Uni-Klinik gekommen, um die Operation an Hawa durchzuführen. Er ist tatsächlich weit und breit der beste Herzchirurg, jedenfalls nach Marie-Annes Informationen, Vertrauensperson dazu, und die Operation war ja auch bestens gelungen: fünf Bypässe, gelegt aus Venen aus Hawas Bein und einer Brustwandarterie. »Wie ein Automotor mit erneuerten Schläuchen müßt ihr euch das vorstellen, wieder funktionsfähig«, hat Stalin gesagt, »der läuft bald wieder auf vollen Touren, allerdings ...«, und er hatte erklärt, daß in einigen Fällen, und zwar deshalb, vermute man, weil das Herz eine Zeitlang, sozusagen getrennt von Körper und Hirn, stillstehe und an seiner Stelle die Herz-Lungen-Maschine Atmung und Herzschlag übernehme, würde sich für einige Tage, manchmal sogar Wochen, eine Verwirrung beim Patienten zeigen, beinahe so wie Schizophrenie, die aber – Hand darauf, so Stalin – wieder verschwände, in den allermeisten Fällen jedenfalls.

Gut – sie ist wieder verschwunden, wahrscheinlich vollständig, aber anfänglich! Schon unmittelbar nach Erwachen aus der Narkose auf der Intensivstation hatte Hawa begonnen, gregorianische Choräle zu singen, durchgängig, so daß man ihn von den anderen separieren mußte – »leider eigentlich«, beklagte sich später die sogenannte Marzipankönigin, Frau des Direktors der Süßwarenfabrik, die zur selben Zeit dort auf der Intensivstation lag. In seinem Krankenzimmer schmiß Hawa schließlich die Schüsseln und Teller mit den Mahlzeiten an die Wand und aß nur das von Nelly Gekochte und ihm ans Bett Gebrachte. Das Pflegepersonal – »samt und sonders Faschisten, raus damit«, schrie er – wurde ersetzt. Die Stationsschwester, der er zunächst vertraute, beschimpfte er dann als »Tschetnik-Fotze«, obwohl sie, wie sie Marie-Anne heulend erzählte, aus einer Familie von Tito-Partisanen stammt, die von Nazi-Faschisten fast völlig ausgerottet worden ist. Erwin Holzammer, wieder in Hamburg, lachte dazu, das kenne er, habe er doch erklärt – also, das höre wieder auf –, und er änderte seine Ansicht nicht, nachdem er zum Wochenende hergeflogen war, um den Zustand Hawas, der ihn ganz ohne Ironie als »alter Stalinist und KGB-Krücke« begrüßte, zu begutachten.

Es soll nun nicht weiter die Rede davon sein, wie und mit welchen Ausdrücken, meist pornographischer Art, wovon Fickbolzen, Mösenlutscher, Arschbumser, Plastikfotze noch die harmlosesten waren, er alle Welt, sogar die Familienmitglieder, belegte – ausgenommen Marie-Anne, die, deren Hand er oft hielt, dabei leise weinend, die die einzige war, die es länger bei ihm aushielt. Zu seinen paranoiden Wahnvorstellungen gehörte, daß er beinahe jeden geheimdienstlicher Tätigkeiten verdächtigte. Von seiner Schwester Annette Vendrini-zur Linden etwa behauptete er, ebenso wie die Kröttmanns für den Staatssicherheitsdienst der DDR gespürt zu haben, Anne-Catherine sei Agentin des Mossad, Martin CIA-Spion … – nun ja, alles im Grunde zu ertragende Verrücktheiten, zumal das Krankenhauspersonal, an derartige Herzpatienten gewöhnt, es nicht ernst nahm und geduldig blieb. Doch als Hawa am sechsten Tag nach der Operation mit Dummgeschwätz blödsinnigster Art anfing, zum Beispiel, er wisse, wer Grabowski umgelegt habe, wer Schuld am Tod seiner Mutter und seiner Geliebten Christa Meinhold sei, wer und warum Karl-Walter zur Linden mit einer Spritze tötete und die Kläranlage seinerzeit in die Luft sprengte, weshalb die beiden Herren vom Aufsichtsrat der größten Brauerei der Stadt Selbstmord begehen mußten, wurde es zu peinlich. Und nachdem eine der Familie verpflichtete Person bei der WAZ Anne-Catherine benachrichtigte, Hawa habe in dieser Brauerei-Geschichte telefonischen Kontakt mit der Redaktion aufgenommen, holte man ihn aus dem Krankenhaus heim, wo er von Schwester Jakoba aus dem Marienhospital und ihrer jüngeren Mitschwester valencianischer Herkunft, Antonia, und einer Pflegerin aus Erwin Holzammers Stall betreut wurde.

Kröttmanns, die ihre Einreise nach Kanada vorbereiteten, wo sie mit ihrer Tochter und deren Familie nun für immer leben wollten, besuchten ihn erst vierzehn Tage später, als er eigentlich schon wieder bei Vernunft war.

»Aha, gibt's euch noch«, empfing er sie, in einem Ohrensessel sitzend, nahe am Fenster mit Blick über die Stadt, die man aber vor Nebel und Regen nicht sehen konnte.

»Ja«, sagte Gerda, »wir wollen uns verabschieden, für immer.«

Hawa hatte in seinem verwirrten Zustand nicht mitgekriegt oder wieder vergessen, daß die Kröttmanns »in den Sack gehauen«, wie es Benno andeutete, das heißt: ihr Dienstverhältnis gekündigt hatten, auf gepackten Koffern saßen, bis zu ihrer Überfahrt nur noch auf einige Papiere warteten. Als ihm das nun klar wurde, hätte er fast einen Rückschlag erlitten. Jedenfalls zitterte er am ganzen Leib, versuchte irgendwas rauszukriegen, sabberte, faßte sich an Hals und Herz, so daß Schwester Jakoba und die herbeigeeilte Pflegespezialistin – eine winzige Koreanerin, die alle »Kimchen« nannten – ihn zum Bett führten und die Kröttmanns aus dem Zimmer wiesen. Er ließ sie dann einige Tage darauf bitten, ihn abermals zu besuchen.

»Ist das nun wirklich abgemacht«, fragte er, »kein Zurück?«

»Kein Zurück.«

»Warum, verdammtnochmal?«

Gerda führte das Wort und sagte, sie wolle ihm nichts vormachen, rumlabern von »in die Jahre gekommen, den Lebensabend bei Tochter und Enkeln verbringen« und so was. Nein, der Grund – »Hawa, wir haben die Schnauze voll hier.«

Ob das diese Wagenburgangelegenheit sei, wollte Hawa

wissen. Nein, sagte Gerda, das sei nur der letzte Anstoß gewesen. »Wir gehören nicht mehr hierhin.«

»Oh, Gott, das hört sich an wie im Theater: Wir gehören nicht mehr hierhin – was soll das?« Hätten sie nicht in all den Jahren, was sage er, seit immer und ewig, zusammengehört, hätten sie nicht – und da merkte man eben, daß er sie noch nicht wieder alle beisammen hatte, denn wer sagt so was überhaupt, und dann noch in Anwesenheit von Schwester Jakoba, Antonia und Kimchen –, also hätten sie nicht jeder von jedem Schwanz oder Möse im Mund oder auch anderswo gehabt! Und wie viele Male wohl hätten sie zusammengelegen bei Kälte und Hitze in Bomben- und Gewitterhagel, gelacht, gesungen, gekalwert, gemeinsam gekämpft ... und auf Gerdas »Jetzt bist du aber auf der Theaterbühne« – »Jawoll, gemeinsam den Feind bekämpft, ein Bündnis ...«

»Das Bündnis, oder wie man's nennt, gibt's nicht mehr«, sagte Benno, »weisse genauso wie wir ...«

»Und jetzt, wo die Nazis wieder da sind und rumtoben. Jede Nacht brennen die Häuser von Ausländern. Auf den Straßen haben sie schon wieder ...«, schrie Hawa.

Und was sei die Aktion gegen die Wagenbürger, Räumung des TuS-Platzes, etwa antifaschistischer Widerstand? fragte Benno, und Hawa antwortete, da sei das letzte Wort überhaupt noch nicht gesprochen; die könnten sich – und dafür würde er sorgen – am Bahndamm-Gelände zwischen den beiden stillgelegten Linien im Norden niederlassen, da, wo Onkel Jülle einst hauste, mit ihren Wagen und Sack und Pack. Auf Bennos Einwand, den Platz hätten sie doch den Türken überlassen, die dort ihre Schrebergärten, Lauben und sogar ein Bethaus hätten, sagte er: »Na und – die kommen da weg«, und als Benno sagte: »Merkt ihr eigentlich überhaupt, wo ihr gelandet seid«, ging eine Bölkerei los, die nicht allein von den drei Pflegerinnen, sondern nur mit Hilfe von Marie-Anne, Andy, Serafina und Nelly beendet werden konnte. Noch einmal waren die Kröttmanns bei ihm, und dabei ging es ruhiger zu, selbst als Hawa es wieder versuchte mit solchen Sprüchen wie: »Man verläßt den Kampfplatz nicht, gerade wenn es am schlimmsten scheint« oder »Weglaufen geht doch nicht!«

und schließlich »Herrgott, was um Himmels oder der Revolution willen kann man denn in der abgelegensten Provinz Calgary in Kanada tun heute? ...«

»Warten und zugucken, wie ihr kaputtgeht«, hatte Benno gesagt, aber schon nicht mehr ernstgemeint, und Gerda wohl auch nicht, als sie behauptete: »Da gibt's Gruppen, die machen eine ganz interessante Arbeit. Da kann man sich einbringen.«

»Aha, einbringen«, darauf Hawa, »dieses Vokabular habt ihr jetzt drauf« – aber danach plätscherte das Gespräch dann über dies und das, Praktisches, Alltägliches, weg, die Taubenversorgung zum Beispiel, die Benno nur ungern Jan Makewka anvertrauen wollte, bis sie sich schließlich alle die Hand gaben und das sagten, was man beim Abschied, auch für immer, hier so sagt: »Bis die Tage dann also.«

Hawa schnupperte noch einmal. Im Odeur von Stallmist gab's was eigenartig Säuerliches, nach verdorbener Milch vielleicht, verduftete dann aber. Die Taxe, die Roggenkamp brachte, fuhr auf den Hof, und Hawa trat bis an die Balustrade der Terrasse vor, schaute herunter, sah den in sein traditionelles Kleriker-Zivil gekleideten Hauspriester aus dem Wagen klettern und beinahe leichtfüßig zur Treppe unter dem Portikus eilen. »Hurtig«, rief er ihm zu, »hurtig, Herr Pastor«, und der winkte zu ihm hoch. »Pfiffiges Pfäfflein rennt ins Wirtshaus nei«, sang Hawa leise, »trinkt sich eins, und nachher dann nimmt er der Magd die Beichte ab, Beichte ab ...«

Der Wind hatte weiter nachgelassen, und der Stadtlärm von unten herauf war noch lauter geworden, das Brummen und Jaulen von der fernen Autobahn – ein sirrender Ton, vermutlich Motorsägengeräusche dazwischen – klang näher, aber darüber hörte Hawa dieses eigenartige, von den Ornithologen so genannte Läuten und ein Rauschen und schnatterndes Schreien dazu. Tatsächlich sah er dann die Wildgänse, in Winkel-Formation von Süden kommend, hoch über den Tannen und Fichten heranfliegen, die Flugspitze wechseln und sich gerade überm Haus zum neuen Keil ordnen. Es war das letzte Geschwader für dieses Jahr, und Hawa blickte ihm, den Kopf im Nacken, lange nach, wie es zog, das Geschwader, »mit schrillem Schrei nach Norden«, sang er leise, um sprechend fortzufahren, »die Welt ist voller Morden. Kehrt ihr nach Süden übers Meer, was ist aus uns geworden«. Er verließ die Terrasse, schloß die Tür hinter sich fest, ging die fünfstufige Eichentreppe hinunter, schaute gewohnheitsmäßig in den Huck darunter und sah dort Max hocken, Andys und Serafinas vierjährigen Sohn, in einem Nest aus Decken und Kissen. Hawa ließ sich auf die Knie, was ihm weniger Mühe machte als früher. Er war zehn Kilo leichter geworden nach Operation, kalorienarmer Schmalkost, Jogging und Radtouren am Baltischen Meerbusen.

»Was gibt's denn, Mäxken«, fragte er, in den Huck hineinlugend.

»Einiges«, sagte Max.

»Schlimmes?«

»Ja!«

Max gleicht seinem Vater: die gleiche Nase, die gleichen Glühaugen bei Verdruß. Ob er nicht mit ihm kommen wolle, Frühstück gäb's unten in der großen Küche, alle seien da und freuten sich bestimmt, wenn er, Max, mitkäme.

»Auf keinen Fall«, sagte Max, der fehlerfrei und in Sätzen mit solchen Worten reden konnte, daß es Hawa manchmal direkt unheimlich wurde vor dieser Frühreife, die Andy, als er ihn darauf ansprach, für normal hielt, »die sind eben weiter als ihr früher und heute noch mit eurem mehr als begrenzten Sprachschatz im Revierdeutsch, zumindest das Alltägliche betreffend, von euren Gefühlen zu schweigen«, und auf Hawas Entgegnung: »Diese Unser-Sohn-soll-was-Besseres-werden-Tour habt ihr doch gar nicht nötig, ihr seid doch schon ganz oben«, war wieder mal eisige Streitatmosphäre zwischen ihnen entstanden.

»Komm doch«, sagte Hawa, und Max sagte: »Ich wiederhole: Auf keinen Fall!«

»Dann leck mich doch«, sagte Hawa, stand auf, ging, wartete auf irgendeinen klugen, bösen Satz hinter ihm her. Der kam aber nicht.

Beim Gang über die Umlaufgalerie sah er unten in der

Halle Irene, die galizische Haushilfe, auf Lila, das neue polnische, ihr unterstellte Mädchen aus Makewkas Verwandtschaft einreden, so laut wie Inländer gern mit Ausländern sprechen. Dabei konnte Lila besser Deutsch als Irene, und Hawa rief runter: »Deutsche Spracke schwäre Spracke, einmal im Bett, einmal ins Bett«, worauf Lila, hochschauend, im Spott-Ton zurückrief: »Ha-ha-ha.« Leise und sozusagen hintergrundmäßig klang Harmoniumspiel aus der Hauskapelle. Britta Engstrøm spielte das Instrument »gar nicht mal so schlecht«, nach Vetter Hermanns Urteil, der es ja wissen muß. In seinem Refugium zog Hawa nur den Hausmantel aus, behielt den Jogginganzug an, lächelnd in Erwartung von Lilianes Kommentar dazu nachher. »Schrebergartenfreund Hans-Walter ist aber heute früh mal wieder spät dran«, hatte sie ihn gestern morgen verarscht. Im Bad zwischen Marie-Annes Räumen und seiner »Bude« rasierte er sich um seinen Bart herum, den er sich hatte wachsen lassen und der ihm, meinte Liliane, »spitzenmäßig« steht. Er zog die Augenbrauen mit einem schwarzgrauen Stift nach, überpuderte die vielen, noch zahlreicher gewordenen geplatzten Äderchen auf dem vom Bart nicht bewachsenen Teil seiner Wangen, auf Nase und Stirn, sprühte sein Eau de Cologne hinter beide Ohren und summte dabei das Pfäffchen-Lied vor sich hin. Und als er die Treppe hinunter zum Frühstück ging, dachte er: Was will ich eigentlich noch. Mir geht's besser als vordem, und meinen Sechzigsten kriegen wir auch noch hin.

Sein sechzigster Geburtstag fiel auf den Ostermontag, doch da das Trauerjahr wegen des Alten Tod noch andauerte, würde man nicht laut und opulent feiern, selbstredend auch ohne Feuerwerk und dergleichen und nicht wieder mit deutscher Kotzkacke zum Festschmaus. Austern von der bretonischen Küste sollte es geben, Leber von Gänsen aus dem Périgord, wo noch ordentlich genudelt wird, Forellen aus dem Felderbachtal mit Schwenkkartoffeln, Filet Wellington mit – dies eine Konzession an Nelly – Pommes frites, allerdings nach altbelgischer Art in Pferdenierenfett gesotten, was angeht, Käse aus der Normandie und England und Gelati, hergestellt in Giorgio Franzarolis First-Class-Restaurant

»La Specia« – dies alles zu weißem Montrachet von 1985, rotem Corton von 1969 und Veuve Cliquot. Und nur der engere Familienkreis war geladen. Die Kinder und Enkel und Verwandte am Ort würden sämtlich erscheinen, allen voran Andy, der an einem Film über das Geburtstagskind bastelte, ähnlich dem über seinen verstorbenen Großvater.

Andy lebt mit seiner Familie wieder im Bungalow am Haus und leitet das Baubüro der Grundstücksverwaltung wie früher. Sein Aufenthalt in Los Angeles, wo er Geschäfte mit Hölzern betreiben wollte, blieb ein Kurztrip, weil Horsti Küppersbusch, sein Gesellschafter, da er nicht genug Zur-Linden-Geld bekam, verschwand, was Andy vorausgesagt worden war. Anne-Catherine würde selbstverständlich – sie lebt ja jetzt hier oben – mitfeiern, genauso wie ihre jüngere Schwester Liliane, die mit ihrem Liebsten, Ralfi, einige Räume im oberen Stock der Lindenburg bezogen hat – von Hawa nach seiner Rückkehr achselzuckend hingenommen mit den Worten: »Die fangen eben viel früher an als wir, mit allem.« Martin, der »Weltenfahrer«, war wieder im Lande, mit Geschenken aus dem »Reich der Mitte« am Abend vorher angekommen, beinahe unspektakulär im Rennrad-Dreß auf einem Mountainbike und in Begleitung eines Lyrikers aus Ulan Bator, »Kalmücke«, vermutet Liliane. Jochen et toute sa famille außer der Vinzentinerin Bärbel – sie heißt jetzt Schwester Hildegard –, deren Wundmale, das wurde bereits erwähnt, nicht mehr aufgetreten sind, würden dasein. Hawas Bruder Hans-Joachim zur Linden war erst vor zwei Tagen aus Kuba zurückgekommen, wo er zwei Monate verbracht hatte, wohl nicht aus politischen Gründen. Von dem ihm empfohlenen, bestbeleumundeten Sanatorium für Herzkranke bei Pinar del Rio ist es nicht weit nach Mexiko, dem Eldorado seiner Lieblinge. Annette Vendrini-zur Linden, Hawas Schwester, schon vor einer Woche eingetrudelt, um sich vorher noch von Makewka über biologisch-dynamische Anbauweisen nach altrussischer Methode theoretisch und praktisch belehren zu lassen – und die dabei erfuhr, daß der überhaupt nichts davon verstand –, wohnte über die Tage in ihrer kleinen Wohnung am Westturm und arbeitete gemeinsam mit

Andy an dem Film über Hawa. Von den Auswärtigen würden natürlich Großtante Gabriele kommen, Uschu mit Familie und ihrem unausstehlichen Gatten, dem Schliekenfänger Schlippkötter, sogar die Schotten hatten sich angesagt, wohl weniger, um Hawas Sechzigsten zu feiern, als vielmehr, weil Tante Josephine in die Kluterthöhle am Rande des Sauerlandes bei Milspe wollte, wo neben Asthmatikern ebenfalls Gehbehinderte Heilung finden sollten. Daß man sie dann lange hier am Halse haben würde, weil sie sich die Erlenhöhle, in der Karl-Walter zur Linden seine Marienerscheinung gehabt haben wollte, als »begnadeten, heilsspendenden Ort« ausgesucht hatte, ist eine andere Geschichte. Tschup und Heijo würden an Hawas Geburtstag nicht auftauchen, da er auf den Ostermontag fiel mit seinen Feiertagsverpflichtungen besonders für hohe Geistliche. Doch wollte man sich direkt nach dem Weißen Sonntag im weserbergländischen Solling oberhalb Meinbrexen in der Jagdhütte eines Gönners treffen. »Aber bringt die Kotenbahnen mit«, hatte der Tschup gesagt, »wer weiß, vielleicht schlagen wir doch was auf.«

»Tja, so werden denn alle wieder an Ort und Stelle sein außer den Kröttmanns«, so Hawa. Die würde man später – um einiges später – sehr vermissen, aber das ist wiederum eine andere Geschichte.

In der großen Küche saßen schon alle am Tisch beim Frühstück, als Hawa eintrat. Er setzte sich auf seinen Platz, und nach dem »Guten Morgen« fragte ihn Martin – die beiden hatten sich am Abend nur kurz begrüßt: »Na – alles wieder in Ordnung?«

Hawa schwieg, sah vor sich hin, schaute dann in die Runde und sagte, jedes Wort betonend: »JA, ALLES WIEDER IN ORDNUNG.« Alle am Tisch, auch Hawa, lachten, lachten lange. Es war ein so lautes Gelächter, daß man es sogar draußen hören konnte, wo Nelly und Makewka auf der Bank saßen, sich herumdrehten, die Köpfe schüttelten und sich dann wieder einander zuwandten, um in ihrem Gespräch fortzufahren.